中国科普作家协会资助项目

王晋康文集
第11卷

寻找中国龙

王晋康 著

科学普及出版社
·北 京·

图书在版编目（CIP）数据

寻找中国龙 / 王晋康著 . -- 北京：科学普及出版社，2023.2
（王晋康文集；11）
ISBN 978-7-110-10466-8

I.①寻… II.①王… III.①儿童小说－幻想小说－小说集－中国－当代 IV.① I287.47

中国版本图书馆 CIP 数据核字（2022）第 121280 号

策划编辑	王卫英
责任编辑	王卫英
封面题字	张克锋
装帧设计	中文天地
责任校对	焦　宁　张晓莉　邓雪梅　吕传新
责任印制	徐　飞

出　　版	科学普及出版社
发　　行	中国科学技术出版社有限公司发行部
地　　址	北京市海淀区中关村南大街 16 号
邮　　编	100081
发行电话	010-62173865
传　　真	010-62173081
网　　址	http://www.cspbooks.com.cn

开　　本	710mm×1000mm　1/16
字　　数	7460 千字
印　　张	470.25
插　　页	1
版　　次	2023 年 2 月第 1 版
印　　次	2023 年 2 月第 1 次印刷
印　　刷	北京中科印刷有限公司
书　　号	ISBN 978-7-110-10466-8 / I · 641
定　　价	2888.00 元

（凡购买本社图书，如有缺页、倒页、脱页者，本社发行部负责调换）

目　录

寻找中国龙

楔子	/ 003
第一章　传说复活	/ 016
第二章　神龙现世	/ 031
第三章　龙穴追踪	/ 040
第四章　牙牙学语	/ 058
第五章　善焉恶焉	/ 074
第六章　恶龙	/ 081
第七章　外国大鼻子	/ 101

少年闪电侠

第一章　独孤大侠	/ 127
第二章　武功还是科学	/ 143
第三章　第一个光速人	/ 152
第四章　宣战天王	/ 177
第五章　闪电侠出世	/ 184
第六章　凶魔	/ 195
第七章　白易被劫	/ 202
第八章　同谋	/ 223
第九章　诱饵	/ 231
第十章　太空双侠	/ 256

生命之歌

楔子	/ 268
第一章　长不大的元元	/ 279
第二章　基因音乐	/ 287
第三章　怪老人	/ 290
第四章　上帝的秘密	/ 303
第五章　意外的成功	/ 311
第六章　象群的挽歌	/ 316
第七章　翁婿反目	/ 323
第八章　灵智苏醒	/ 331
第九章　生命的大剧	/ 337
第十章　灾难	/ 342
第十一章　谋杀儿子	/ 348
第十二章　爱与责任	/ 354

寻找中国龙

楔　子

其实早在台商黄先生约见他之前，库区派出所所长郭洪就对那家住户有所怀疑了。这个派出所负责丹江水库在渠首段的治安。丹江是汉水的支流，是国内未被污染过的少数大河之一。一线白水从商洛山中蜿蜒而来，在湖北丹江口市被一条大坝拦截，形成一个烟波浩渺的人工湖，库容雄居亚洲第一。后来为了向北京送水，大坝加高到176米，水面扩大到1500平方千米，使这儿的风光更加绮丽。万顷碧水，微波不起，嵌着湖边疏淡的山影。为了保证水质的清洁，对湖中的航运有严格的限制，船只不多，偶尔有一艘漂亮的游轮从湖面上驶过，更多的时候，湖面上显得空旷寂寥。

丹江湖是嵌在万山丛中的一块神镜。俗话说，山不在高，有仙则名；水不在深，有龙则灵。何况这儿位居中国地理位置的中心，气候适宜，周围没有过度开发，保持着天然的神韵，确实是一片洞天福地。大坝加高后，马上有独具慧眼的房地产开发商相中了这片福地，着手建造高档的别墅，一片片红白色的小洋楼如雨后的蘑菇，很快散布在湖边和半山坡上。不过这个过程马上被中断了，原因是要尽量保持水库的自然风貌。只有那些起得最早的鸟儿吃到了虫子，有100多家富豪有幸在这儿购置了房产。

库区派出所就是这时成立的，特地从南阳选调精兵强将，郭洪就是这时调过来的。虽然这儿的高档住宅区后来未能成气候，但郭洪从没放松过警觉。别看这儿只有100多名短期的外来住户，但个个都是达官富商、社会名流，无论哪一个出了点意外，都会在国内外几十家报纸的头版看到有关报道。郭洪可不敢拿自己的职责开玩笑。不过，总的说来，他调来的五年中这里相当平静。这一带民风淳朴，外来户又多是短时休假，来去匆匆，即使有少数居住时间较长的住户，也都采取相对封闭的生活方式，与周围的山民来往不多。

郭洪今年29岁，从公安大学毕业没几年，还没成家。有时回到南阳或郑州和同学们聚会，大家都说他窝在这个小地方耽误了前程，不过郭洪倒是相当达观。他说，这里锦山秀水，远离尘嚣，有钱人在商场搏斗了一生，晚年才能到这儿享享清福，自己年纪轻轻的就能达到他们的境界，人生如此，夫复何求？同学们倒让他说动了，说早晚要割断尘缘，约齐了来这儿隐居。

这都是闲话，且不去说它。在黄姓台商约见他之前，他有所怀疑的住家是一幢单独的别墅，由一位姓鲜的留美博士购置。和其他房主不同，这个房主相当年轻，只有32岁，回国五年就创下亿万家产。想想这些人赚钱如此容易，郭洪有时也难免心中不平，不过他总是很快就把这个念头抛开了。那所别墅他没有进去过，只知道院子很大，红白相间的院墙，院内种了很多南方的名木，不过都还没有长大，深绿色的树梢刚刚超过院墙。院内是一幢二层小楼，从墙外能看到小楼极为宽大的凉台，朝南的窗户是全景式的，占了整整一面墙壁。听说院内还有一个花岗石砌的游泳池，池水来自半山中的一道山泉，山泉灌满游泳池后再向下漫溢，所以池里永远是一汪活水。

鲜先生很少到这儿来，只有一位同样姓鲜的老头在这儿看门——大概是他的族人吧。老头是个非常本分的人，说一口很难懂的福建话，老乡们都听不懂，所以他与外人接触不多。老头平时深居简出，除了出门采买，就窝在家中收拾花草。郭洪上大学时同宿舍有一个福建同学，所以福建话还能听懂几句。他与老鲜头攀谈过几次，那个难得有谈伴的老头简直拿他当亲人了，只要他不说走，老鲜头可以一直和他聊到闰八月。

听老鲜头说，房子主人只来这儿住过一次："商场如战场，生意人辛苦噢！"所以这间偌大的别墅只有老鲜头一个人常住。不过，一年半之前搬来三个人，其中一对是夫妻，男的叫陈蛟，是一个戴眼镜的小胖子，30岁出头；女的叫何曼，是一个漂亮姑娘，年纪跟男的差不多。两人都是有学问的人，暂住证上填的是留美博士。第三个人40多岁，姓顾，看来是他们的雇员。老鲜头曾对郭洪说，他们是房主的朋友，来这儿暂住，房主不让他们交房租。不过他们这次"暂住"的时间倒是蛮长的，也相当兴师动众。他们搬来后，经常有一辆小货车往这里运东西，一般是夜里运，神神秘秘的。见过的老乡说，车上都是笼子，装着一些小动物，夜里看不清是什么。这之后，那个姓顾的中年人常常向老乡们采购青草、野物和肉类，自然是饲养动物用的。看来老乡们所言属实。

还有一点比较奇怪，他们并不光往这儿运动物，隔一段时间，他们还会把那些动物运走，再把新的运来。郭洪耳朵中灌了一些街谈巷议后，心中也有些疑惑：这对夫妇不会是野生动物贩子吧。不过，他认为可能性不大，因为这里是浅山区，本地没有多少野物，一个动物贩子干吗选这儿落脚呢？中转站？似乎也不必选这么豪华的别墅。说句笑话，一旦行藏败露，让政府把窝赃的房屋没收，他们可要赔血本啦。

陈蛟、何曼夫妻也不像是作奸犯科的人，他们来办暂住证时和郭洪打过交道，后来在路上还遇见过几次。两人温文尔雅，谈吐不俗，目光清澈，看他们心地坦诚的样子，怀疑他们简直是没良心。

不过，这事总有那么一点不正常。他一直想找老鲜头了解一下，可最近一直没有见到他。所里的女民警小李子也听到些反映，这两天老在郭洪耳边叽咕。郭洪说："别叽咕了，明天咱们去拜访他们，来个现场调查，行不？"

别墅装着两扇漂亮的铁艺大门，装有可视听监视系统。按了门铃，立即传来老鲜头高兴的声音："是郭所长啊，欢迎欢迎！我这就下去开门。"郭洪说："老鲜头你好，我想拜访陈蛟夫妇，麻烦你通报一声。"听见踢踢踏踏的声音从住室里出来，老鲜头开了门，把两人领到客厅。客厅的屋顶是透明顶棚，阳光明亮，屋里摆满了浓绿的热带植物，侧面是一只异形玻璃钢茶几，茶几腿深陷在毛茸茸的地毯里。老鲜头殷勤地沏上热茶，郭洪和他闲聊几句，说好长时间没见他了。老鲜头解释，陈蛟夫妇借住这里后，一切花销由他们负责，采买也由他们干，出门的机会就少了。这时，男女主人已经走进客厅，老远就嚷着欢迎欢迎。他们显然是刚干过力气活，额头汗津津的，都是一身短打扮：西式短裤，背心。不过短衣短裤穿在两人身上所起的效果不同，陈蛟显得更加矮胖，而何曼却显得格外曲线玲珑。小李子显然对女主人很有好感，两人很快就挽起胳膊坐到一块儿了。男主人紧紧握着郭洪的手说：

"欢迎欢迎，我们的父母官，按说我们该去拜访你们的，一直穷忙，是我们失礼了。"

郭洪趁机直入主题："是啊，我看你们搬来后一直很忙，车辆进进出出，在忙什么生意？"

陈蛟笑道："哪有什么生意，都是一些小动物，我太太最喜欢小宠物了。"

郭洪看看小李子，小李子乖巧地接上话头："小动物？我最喜欢小动物了，能不能让我参观参观？"

那对夫妇互相看了一眼，爽快地答应了。他们领客人到后院，这儿新建了一排石屋，比较简陋，与主建筑的豪华形成鲜明的对照。石屋分成一间一间的，住的都是动物，倒没有钢筋护网之类的东西，院门敞开着，住户都是些可爱的幼兽，有小羊羔、小鹿、一只小金雕，甚至还有一只虎头虎脑的小虎崽！看见主人来了，小家伙们迫不及待地奔过来，偎在主人的脚下，只有那只小金雕仍停在屋角的枯枝上，用冷淡的黄眼珠盯着客人，一副不屑一顾的样子。小李子最喜欢那头小虎崽，俯下身想去抚摸，但她显然低估了山大王的威风。别看这个小家伙不比猫大多少，竟然也龇牙咧嘴，喉咙里发出低沉的咆哮，小李子吓得赶快缩回手。何曼安慰她："别怕，它和你不熟，实际上它非常乖的。"说着俯下身把虎崽抱到怀里，虎崽张牙舞爪地咬何曼的手指，小李子不由把心提到半空——毕竟是一只老虎啊，它的一口白森森的钢牙让人畏惧。但虎崽只是在与主人嬉闹，并不真的用力咬。

再往前是那个花岗岩游泳池，现在已经变成养鱼池了，鱼的品种很杂，有金鱼、鲤鱼，还有四五种鳞甲非常漂亮的热带鱼，郭洪和小李子都叫不上名字。"真可爱，这些小家伙真可爱。"郭洪说，"听老乡们说还有一只熊崽呢，在哪儿？"

"不在了，已经还掉了。"

"还掉？还给谁？"

陈蛟笑了："还给动物园呗。你以为这些小动物都是我们买的？我可没有这么多钱来满足太太的癖好。这些都是动物园的，生下后委托我们喂养两三个月，再送还他们。"

"这是你们的职业？"

陈蛟含糊地说："算是职业，也算是爱好吧。"

郭洪似不在意地问："都是哪些动物园？"

陈蛟还没答话，何曼快言快语地说："所长是不是有所怀疑啊，怀疑我们倒卖野生动物？"

"哪里哪里……"

何曼咯咯地笑着："别掩饰了，知道你们来肯定是有原因的。"

郭洪索性把话说开了："很抱歉，我们是听到一些反映，只好来核实一下。莫见怪，我们干的就是这个工作。"

"没关系，没关系。这样吧，一会儿我给你一个名单，我们打交道的动物园都在上边，有电话号码，你们可以去查问。"

郭洪的确有点不好意思，但他并没有拒绝："谢谢。不好意思啊，我们是职责所系。"

了解到这份上，他们的怀疑基本消除了。很明显，这些小动物都不像是野生的，它们与人很亲近，肯定是动物园里长大的乖宝宝。再说，这对年轻夫妻看起来……虽说不能以相貌和神情来判断罪犯，但第一面的直觉印象常常很准的。

一行四人向小楼返回时，郭洪指着小楼说："真漂亮，内部肯定更漂亮吧。"陈蛟何曼笑着，不接他们的话头。郭洪向小李子使个眼色，小李子挽起何曼的胳膊说："何姐，领我们参观参观吧？"

没想到何曼一口拒绝了："啊，对不起，我们也是借住，不好擅自做主。等真正的主人回来再说吧。"

他们在客厅又坐了一会儿，临走时何曼真的给了一张各个动物园负责人的联系电话表。他们在大门口告别，郭洪邀老鲜头得空儿去派出所玩，便和小李子离开了。路上，他们觉得这次家访并没彻底解决问题。虽说怀疑基本消除，但仍有说不通的地方：他们不让客人参观房屋，那里有什么秘密吗？他们年纪轻轻的在这儿一住两年，没有正当工作吗？为了"太太的癖好"，值得如此大动干戈？

回到派出所，他们立即和各个动物园进行联系。没错，南阳、郑州和北京动物园都承认有这么一个协议，生下的幼兽（幼禽）交陈蛟何曼夫妇喂养一段时间，两个月到五个月不等，然后再归还给动物园。在这中间，如有死亡由陈氏夫妇赔偿；如无意外，动物园不要租借费也不给饲养费。有位负责人透露了一句，说他们之所以这么做，是上面有人打了招呼，让支持陈氏夫妇的研究工作。至于是什么研究，没有说明。

郭洪不死心，又查出房主鲜先生的电话号码，打了过去。那边是一个甜美的女声："这里是天极公司。请问您有什么事情？"郭洪说，他是丹江库区派出所的所长，有件事想找鲜总了解一下，打扰了。那边让稍等，片刻后话筒里响起一个年轻男人的声音：

"你好，郭所长。不，不，谈不上打扰，丹江湖是我的半个家乡，你是我的半个父母官哩。请问有什么事需要我效劳？"

听了郭洪的询问，他说，他的别墅确实是借给这位姓陈的好友了，他们是在美国读博士时结识的。听陈蛟说要进行一项短期的生物学研究，具体内容不详。"不知道这位老兄把我的新房子糟蹋成什么样子了呢，老实说我已经后悔借了！"听筒中是一阵大笑。"怎么，那儿出什么事了吗？"

郭洪半开玩笑半认真地说："他们在那儿养了许多动物，运进运出的，我以为他们两个是野生动物贩子呢。"

对方笑了："陈蛟贩卖野生动物？这真成笑话了，那对夫妻什么都会干，就是不会做生意。放心，他们绝不会是动物贩子。没别的事了吧，再见。"

打了这个电话，郭洪对陈氏夫妇的怀疑算是全消除了。

一个月后，郭洪接到那位黄姓台商的电话。那是晚上九点半，老台商打通了他宿舍的电话。话筒中都能听出通话人十分不好意思："对不起，打扰了打扰了，我明天就要离开这里，忽然心血来潮，想见郭所长谈一件小事。值班民警告诉了贵府的电话，冒昧得很，希望没让你为难。"

郭洪说没关系没关系，为住户服务，是派出所应尽的义务嘛。台商说要过来见他，郭洪说："你不要跑了，我知道你的住址，我去吧。"十分钟后，他骑摩托来到台商的别墅,那儿与鲜先生的别墅很近。老台商在门口迎接,连声说打扰。客厅里已经煮了咖啡,茶几上摆满水果,年轻的女主人介绍说,"这些是台湾的特产,有莲雾、柳橙、凤梨等,请郭先生享用。"郭洪吃着水果,和两人寒暄一会儿,等着主人开始主题。过了一会儿,黄先生很突然地拿出一副眼镜递给他说:"这是 E-2025 双眼红外线星光夜视仪,解析度 2000 倍,可视距离 500 米,红外线可视距离 60 米。郭先生是否用过?"

郭洪说,在公安大学时用过,但库区派出所没有配备。他心里纳闷,不知道黄先生要干什么:"请问……"

黄先生难为情地说:"这是我的小癖好,喜欢夜里戴上它到野外观察动物,晚上我常和内人到湖边——你不要把我当成窥人隐私的小人啦!"

他妻子抿嘴一笑。郭洪笑着说:"不会的,不会的……"

黄先生迫不及待地打断他的话:"郭先生,你知道我们发现了什么?龙!一条中国的龙!"

他非常激动,双眼圆瞪,身体微微颤抖。郭洪微微一笑,没把老人的话当真——在 21 世纪还相信这个,未免太弱智啦。老台商马上说:"我知道郭先生不会贸然相信我的话,所以先把这副夜视仪拿出来。请你试戴一下,请你试试。"

郭洪拗不过老人,把夜视仪戴上,又随老人来到院里。在夜视仪里,黑暗的院落和远处的树木清晰可辨,呈现鲜明的绿色。老人说,这种夜视仪的性能很好,所以,"我和妻子绝不是看错了"。他妻子也点头认可。

"那么,请你详细谈谈经过吧。"

黄先生说,十天前,那天阴云很重,没有月光,他和妻子戴着夜视仪去湖边游玩。刚到湖边就听到很大的泼水声,妻子担心是大野物,小声劝他躲开。正在这时,那个野物上岸了,夜视仪中看得很清楚,竟然是条龙!头上是枝枝丫丫的龙角,满口亮晶晶的龙牙,身上的龙鳞闪闪发光。它正在地上蛇行,四只龙爪拖在身后。"我当时惊呆了,不敢相信自己的眼睛。我知道龙只是中国人的传说,自然界中从来没有龙这种动物,但眼前的龙却又真真切切。夜视仪的可视距离是 600 米,而那条龙距我们不到 200 米,所以看得很清楚。我把眼镜给内人，内人比我更吃惊，失口喊：'龙！'那条龙听见了这边的动静，转眼间就失去了踪影。"

他叙述时，妻子一直轻轻点头，表示丈夫的叙述是真实的。郭洪当然不相信世界上有什么龙，除非是恐龙，但恐龙头上不会有龙角——再说恐龙也只存在于科幻电影里。看这对夫妻的表情，他们不会是有意说谎，所以这里肯定有什么差误。

黄先生说，他们对这次目睹非常感兴趣，此后几晚，他们每天都去那一带守候，昨晚又见到一次！仍是那片湖区，龙上岸后朝山上去了，他们追了一会儿，也没追上。

奇怪的是，关于第二次目睹他说得很含糊，尤其是追踪的情形语焉不详，他和妻子的目光都有点躲躲闪闪。郭洪当时就看出这点反常，但没想到黄先生会对他隐瞒什么。黄先生特意把他请到家里，不就是为了把这件事告诉他嘛，怎么会隐瞒呢？一直到两个月后，当郭洪把确凿消息告诉黄先生时，黄先生才抱歉地说：对不起，那天他们没有说出全部实情，实际上他们在第二次目睹时，见到的可不是单独一条龙——龙的身边有一个女人！他和妻子追踪这一人一龙，一直追到鲜先生的别墅附近，那条龙突然消失了。他们当时没向郭洪说出这点发现，是因为实在不愿被别人当作"专爱窥视邻居隐私"的小人，在台湾，这样的事是非常遭忌的。郭洪不禁大摇其头，不理解这些台湾绅士的心理。当然，没有人会夸奖窥视邻居隐私的行为，但是……这可是一条龙！世界上从来没有发现过的龙！如果是郭洪发现它，而且发现它消失在邻居的院中，他绝不会把这条消息闷在肚里，而是不等天亮就到邻居家敲门啦。

那天黄先生还说："我明天就要离开这里了，但这件事不澄清，我一辈子都不会心安的！我们华夏民族称为龙的传人，有关龙的传说在我们的心中有太多太多的积淀，简直可以说，龙不是神物，也不是动物，而是华夏民族的一份子！如果真的在丹江湖畔发现了龙的踪迹……当然我知道希望是很渺茫的，丹江水库是人工湖，历史并不悠久，传说中的龙怎么可能在这儿安家呢？不过，我真的希望这是真的——这可是我和内人亲眼看见的。也许龙在远古确实存在过？华夏民族的先民曾和龙共同生活在神州大地，并把龙的英姿留在传说里……"

年迈的黄先生说得十分动情，他年轻的妻子轻声提醒他："时间不早了，让郭警官回去休息吧。"黄先生这才刹住话头，把夜视仪放到郭洪怀里：

"请收下吧，让它帮你揭开那个秘密。等有了确凿消息一定要尽早通知我，我会立即坐飞机赶来的。"

郭洪笑着接受了这个馈赠，答应黄先生，如果发现龙的踪迹，定会第一个通知他们。

民警小李子和大刘都对夜视仪很感兴趣，而对有关"龙的传说"则不以为然，说一定是黄先生人老眼花看错了，郭洪说："还有黄夫人呢？黄夫人才30多岁，眼睛可不花。"话虽这样说，他同样不相信黄先生的话。不过，为了对老人负责，也为了过过戴夜视仪的瘾，他、小李子和大刘确实分班到湖边去守了几夜。什么都没发现，老乡那里也没听到什么风声。如果真有这么大一条龙，总该有几个老乡撞见吧！慢慢地，他们把这事放到脑后了。

夏天来了，学生们马上就要放暑假了。这天晚上湖边很凉爽，没有月亮，只有满天繁星如豆。郭洪闲来无事，又戴上夜视仪去湖边了。其实就他内心而言，玩耍是主要的，对龙的探查只是附带的事，他已经不相信会有什么发现了。在夜视仪里，黑暗的湖面泛着绿光，偶尔一条鱼蹿出水面，溅出一团明亮的水花。远处的灯光在镜中呈明亮的绿点，当你转动头部时，绿点会拉长为一条浮动的绿线。一只刺猬，还有一条蛇，悄悄地爬过滨湖的小路。夜景很美，郭洪顺着湖岸信步走着。忽然——他听到哗哗的泼水声，神经马上绷紧了：也许那条龙真的出现了？定睛一看，哪里是什么龙啃，是一个穿泳衣的年轻女子，这会儿已经爬上岸，正在夜幕的掩护下脱掉游泳衣。郭洪一眼就认出那窈窕的身影是鲜先生别墅的住客——何曼。郭洪脸红了，忙扯下夜视仪，心想这一幕如果被何曼或别人瞅见，他可是跳进黄河也洗不清了——派出所的所长是个窥隐狂！但他没有马上离开，因为在一刹那的脑筋飞转中，他也悟到一些疑点：这么黑的天，何曼独自来湖里游泳？没容他想清楚，那边已亮起手电筒的光束，肯定是何曼穿戴整齐了，要回家了。这当儿湖中又响起一阵更大的水声，然后，一个长长的黑影从湖里爬上来，快活地抖掉身上的水珠，跟在电筒光的后边向这边走来。

郭洪立即轻手轻脚地避开，把刚才扯掉的夜视仪重新戴上。何曼袅袅婷婷地走过来，一头长发松开了，垂泻在身后，穿着T恤和短裙。在她身后，就是黄先生反复描述过的场景：一个长长的身影，枝枝丫丫的龙角，扁平的龙尾，闪闪发亮的龙鳞。郭洪真不敢相信自己的眼睛，瞪大眼睛仔细观看，没错，是龙！那条龙是蛇行的，四条鹰一样的龙爪拖在身后。龙的形状和黄先生的描述完全一样，或者说，和华夏民族的传说中所描绘的完全一样。

就在这时，夜视仪的镜面慢慢黯淡下来，是那两节1.5伏的电池没电了。前边的电筒光闪亮着，看来她和它是走惯夜路的，在微弱的星光中走得很轻快。郭洪悄悄跟在后边，但不敢跟得太近，怕何曼听到他的脚步声。这样跟了一会儿，目标消失了。他想何曼肯定要回家吧，就径直来到鲜先生的别墅门口。别墅里静无人声，也许是何曼没有回来，也许是她回来后已经安顿完毕。郭洪在院墙外待了很久，才不甘心地离开。

这以后郭洪天天晚上去侦察，常常守到凌晨两三点钟。他没有对同事们透露他的发现，存心想抓一个爆炸性新闻。他的身体虽然很棒，也架不住这样折腾。十天后，眼圈黑了，身体也瘦了一圈。小李子关心地问他哪儿不舒服，大刘笑着说："啥病，相思病呗，咱们的所长已经29岁了，你说他该不该着急？"郭洪笑着由他们说，没有辩解。

这些天他把电池准备得很足，口袋里装了十节新电池，再不会出现那天的故障了。又扑了几次空，他决定放大侦察范围。这天晚上没月亮，依他的经验，越是无月之夜越可能有收获。在巡行到一个山顶时，果然在夜视仪中发现了一立一卧的身影。他急忙俯下身子悄悄接近。仍是何曼和那条龙，但今天的气氛显然不同。那条龙正处于狂怒之中，低声吼叫着，声音雄浑，带着金属的尾音。虽然是在万分的紧张中，郭洪还在心中自我陶醉："郭洪，除了陈蛟夫妇，你恐怕是古往今来世界上唯一听见龙吟之声的人吧。"何曼显然是在尽力安抚那条凶龙,虽然龙张牙舞爪地不让她靠近,她仍低声安慰着,一点一点向龙靠近。这会儿连远处的郭洪都感受到了龙的怒意,不由为何曼捏一把汗。这个让人胆战心惊的场景持续了两分钟,何曼终于把龙惹火了,它低吼一声,向何曼扑来,轻易地把何曼压在身下,张开大嘴,露出森森白牙。震惊中的郭洪迅速抽出手枪,向那边瞄准,但心中不免迟疑:这可是世界上唯一的龙啊,恐怕一开枪就铸成大错啦。他的动作惊动了那边,那条龙昂首向这边倾听着,连何曼也抬起脑袋向这边倾听。郭洪忙俯下身子,不慎踩断一根树枝,咔吧一声,那条龙受惊了,立即回头向山林窜去。郭洪发现龙并不是在地上蛇行,而是像猎豹一样,一纵一纵地奔跑,身躯矫捷,步伐轻盈,转眼间就消失了。

他担心何曼的安全,正要喊,那边已经问:"是谁呀?"手电光一晃一晃地过来了。郭洪忙下意识地扯下夜视仪,何曼走过来,很有礼貌地把手电光打在地上,利用反光看清了郭洪:"是郭所长啊,你们夜里还要巡查吗?"

郭洪说:"啊,是的,今晚有点情况。何曼女士,这么晚了,你一个人……"

何曼嫣然一笑:"我的一只小鹿丢失了,我来寻找。"

郭洪十分纳闷,这就是那个被凶龙扑在身下、差点丢了性命的何曼吗?她的姿态和声音多少显得不自然,但她至少维持了表面的镇静,这份掩饰功夫让郭洪暗暗佩服。他小心地问:"我看到了那个身影,不大像鹿啊,我看见尾巴是扁的。"

"天黑,你肯定看错了。你手中拿的是什么东西?"

郭洪忽然满脸发烧——他想到前一次无意中窥见何曼裸体的场景。他满可以说:"这是夜视仪,我用它看得非常清楚,刚才你是和一条恶狠狠的龙在一起,差点被龙咬死,你干吗要对我说谎呢?"但刹那间的慌乱让他丧失了这个机会,他支支吾吾地说:

"是夜视仪,不是派出所的警具,是台商黄先生赠我的。"

何曼显然心绪不佳,没看出他心中的鬼胎,也不愿多寒暄,道了一声再见,低着头走了。她走后郭洪才醒过神,不由骂自己:"你慌个什么呀,倒像是干了什么亏心事似的！"

他忽然抽着鼻子——在何曼身后留下浓重的异味，可不是女人的香水味，而是一种很怪的臭味，带点腻人的甜味儿。这就怪了，何曼有这么重的狐臭？那天在别墅里和她面对面谈了很久，没什么感觉呀。

何曼的手电光消失在夜色中，郭洪重新戴上夜视仪，在龙消失的那片密林中查看一番。有些树枝被折断了，地上的落叶也被搅乱，但没有留下龙的足迹。他回过头赶上何曼，一直跟到她的别墅。是老鲜头开的门，两人在门边轻声说了几句，何曼似乎在轻轻摇头，然后大门合拢，别墅又恢复了宁静。

第二天一早，郭洪就赶到这座公寓。他不想再和陈氏夫妇捉迷藏，要把这件事抖开了说，一定要弄清是不是有龙的存在，这条龙和何曼他们是什么关系。但何曼和陈蛟都不在这里了，老鲜头说陈蛟早几天已经离开了，何曼是今早5点和顾先生一块儿离开的，没说到哪儿去。所有的小动物也都在早些时候全部送走了。郭洪问老鲜头，是否见过一条类似龙的动物？老鲜头矢口否认。不过，凭郭洪的直觉，他认定老鲜头是在说谎。因为他在否认时目光中有只可意会的歉疚。也许是主人向他下过严格的禁令？郭洪叹口气，没有再为难他。

那条他和黄氏夫妇亲眼看见的龙也从此杳无踪影，就像湖面上溅起的一朵转瞬即逝的水花。后来他忍不住，把两次相遇的情况对小李子和大刘说了，因为已经事过境迁，而且两人毕竟没有身临其境，所以他们都不大信。他俩也曾帮所长认真分析过种种可能，甚至怀疑那是逼真的电动玩具，最后的结论是：不可能是一条真龙、活龙。

郭洪不再辩解，但决不相信自己两次的目睹都是误认。他悄悄地锲而不舍地追查这件事。但很长时间也一直没有进展，那条曾在丹江湖出现过的龙在这儿彻底消失了，连一点痕迹都没留下，似乎它是从第四维世界里来的，真是"神龙一现""神龙见首不见尾"。黄先生还打电话问过这件事，郭洪如实相告，并保证说自己绝不会放弃追查。黄先生叹息着说："真希望能早日听到一个肯定的消息啊。"

这件事此后的突破并没有出现在现场探查中。有一天，他偶然在网上见到一个帖子，是一个叫"龙崽"的中学生贴上的，帖子里正是他关心的内容。他大喜过望，很快查出龙崽住在西南方向300千米外一个叫潜龙山的地方。对龙的追查不能列入派出所的公务中，郭洪请了事假到那座山里去了。一个星期后他回来了，立即拨通台商黄先生的电话。那位老台商一听是郭所长，声音都变直了：

"郭所长吗？郭先生吗？是不是有了确切的消息？"

郭洪笑了："是有确切的消息，不过一言难尽。黄先生，我刚从潜龙山老龙背村返回，你干脆把电话打到那儿，让龙崽——是那个村里的一位中学生——把这事的根根梢梢全告诉你吧……"

第一章　传说复活

学校放暑假了，我离开龙口镇中学，赶到镇头的路口等长途汽车。我家老龙背村离这儿有50多里，只有20里路能通汽车，其余30多里是山间便道，如果步行需三个多小时。现在是下午4点半，再不来车就不赶趟了，我立在路口，焦急地望着班车来的方向。一辆东风五平柴（五吨平头柴油发动机汽车）从我面前开过，刹车灯忽然亮了，汽车缓缓靠在路边，司机打开车门，半伸出身子喊道：

"是龙崽不？快过来！"

我喜滋滋地跑过去，看看司机，不认识。司机鼻子里哼一声："不认得啦？小娃崽的记性还不如老家伙呢。我是你何叔，你爹的同乡兼战友，复员后我到你家去过一次，知道你在龙口镇上学。你家有一条狗叫花脸，对不？"

我想起来了，不好意思地挠着后脑勺。何叔说："你是要回家吧？快上车，我能捎你20里。"

我上了车，汽车顺着盘山公路开行。何叔问："你爹咋不来接你？"

"他说明天用小四轮往镇里送货，顺便来接我，我不想等。"

何叔担心地说："下了车还有30里山路呢，到家之前天就黑定了，摸黑赶山路太危险。"

我大大咧咧地说："没事。这段路我走过十几次了，闭着眼睛也能摸回去。"

"我知道你们那儿山深，野物多。"

"对，常有豹子出没。不要紧，豹子从不上公路的。"

何叔咕哝一句："不知天高地厚的小崽子，晕胆大，跟你爹一个样。"

老龙背村位于八百里云梦山的主峰潜龙山的半山坡上。那里山高林密，涧深水急，云团经常飘浮在村庄的下边，雾霭笼罩着深涧。老龙背村其实算不上一个村子，几十户人家散布在一条几十里长的山沟里，从沟头到沟尾，得爬一天的山路。这里交通极为不便，过去，村人出一趟山，简直是惊天动地的大事。后来，我爹复员当了村长，领着全村人苦干两年，修了一条盘山便道，路很窄，勉强能通个小四轮拖拉机，还不能错车，如果对面来了车，其中一辆只能退到宽敞处候着，所以在这条路上开车，司机得时刻伸着脖子向远处看。即使如此，也是老龙背开天辟地以来的第一件大事了。我告诉何叔，我爹去年办了个竹编厂，规模很小，主要还是因为运输不便，小四轮一次只能拉一二十件竹编家具运往山外。我爹正在筹集资金，准备把路面拓宽，让大汽车能开到村头。

何叔使劲摇头："千万别开公路，别办工厂，那样会把风景糟蹋了。潜龙山是个世外桃源，风景美极了，特别是黑龙潭、龙吸水那一带，你爹带我去玩过，我去了一次就念念不忘。照我说，你们应该办旅游，让城里人和外国大鼻子去游玩，保证赚大钱。你们长年住在深山里的人是身在福中不知福啊，那些城里人一辈子住在水泥笼子里，你不知道他们多喜欢这野山野水！回去把我的意见告诉你爹。"

我笑着说："何叔很有现代头脑哩。"

何叔笑了，问我："你知道不？咱们现在走的这条盘山公路原来是要走你们村的，山里人迷信，听说要在老龙背修公路，就跑到镇里闹，说是把龙脉挖断就坏了那儿的风水，硬是逼得公路改了向。"

不是听何叔说，我还真不知道这档子事哩。我问："那是我爹当村长之前的事吧？"

"对。不过，说不定山里人的迷信反倒歪打正着，为你们保留了一块风水宝地，一块旅游资源。"他认真地嘱咐着，"记着把我的意见告诉你爹，这是正经事！"

我郑重地答应了。说话间到了进山的路口，何叔把车停在路边，看看天色，担心地说："已经5点了，你肯定得摸黑。要不先到我家？我家离这儿有40里，明天我找顺车把你捎过来。行不？"不管他怎么劝，我只是笑着摇头。

何叔见劝不动我，就从工具箱里抽出一根铁棒，"带上它，万一碰见野物用它防身。"

我谢过何叔，带上铁棒，跳下车，整整书包，向山上爬去。

何叔说得真对，这儿的风景百看不厌。一条小路曲曲弯弯傍着山崖伸展，左边是一道深涧，一线白水在石缝中跳荡，时时形成一道瀑布和一个跌水坑。山坡上尽是千年古树，有花栗木、樟树、罗汉松、竹林，汇成一片蛮勇强悍的浓绿。向上看，雾霭从半山腰升起，在林木间悄悄游荡，山峰的上半部被遮在云雾中，时隐时现。太阳慢慢地沉入山后了，月亮已经爬上天空。今天月色很好，算算是阴历十二三吧。山峦林木浸泡在银光中，就像是电影中的仙景。不过山崖太陡，峭壁常常遮住月光，脚下的山路刚刚沐浴在银色中，转眼又没入阴影。深涧中更是难得被照到，涧水沉在黑暗中，只余下哗哗的声响。

我在山路上走了两个小时，没碰见一个人。夜色已经很重，山林一片寂静，只有草虫唧唧地唱着，时而有一只夜鸟被我惊动，咕哇咕哇地叫着，扑着翅膀飞起来，没入幽暗的林中。走到一个大慢坡前，我停下来，犹豫了一会儿。这儿离我家有十几里路，顺公路走还得一个多小时。不过，要是从林子里斜插过去，能省一半路。这条林中小路我倒是很熟的，不过——毕竟这会儿天已经黑了，这里还常有豹子出没。前两年我爹领人修路时，它们都被吓跑了。这两年它们似乎知道乡亲们要保护野生动物，又大模大样地回来，甚至白天也能见到它们的身影。

我犹豫了一会儿，心一横，向林中插过去。从小在山里长大，什么野物没见过？再说手里还有这件武器，就是碰上老虎也能招架几个回合。我给自己壮着胆，小心地辨认着小路的痕迹，急急地走着。一边攥紧铁棒，警惕地竖着耳朵。说不紧张是假的，后背的衣服很快被汗浸湿了，一半是因为走路，一半是紧张。

这儿全是两抱粗的巨树，林木藤萝越来越密，月光几乎见不到了。忽然，我觉得后背发凉，直觉中有一双眼睛在死死地盯着我。我停下来，向后面搜索，没有看到什么眼睛。但我分明感到一种——杀气。没错，是杀气，周围的空气变得异样，草虫的叫声全都停止了，静得瘆人。还有，我使劲嗅嗅鼻子，闻到一股异样的臭味。我跟爹掏过狼窝，知道食肉动物身上常有熏鼻子的骚臭味儿。不过今天的味道不像那种骚臭，比那更难闻，带点腻人的甜味，令人作呕。

我不禁毛骨悚然。莫不成今天真要和什么恶兽打一场遭遇战？我努力镇静自己，爹说过，碰上野物不要怕，不要转身就跑，要在气势上压倒它。我转过身，不慌不忙地继续走，同时绷紧全身的肌肉。

在我的感觉中，那双眼睛还在紧紧地盯着我，异臭味儿也一直在我身后追随，时而淡了，时而变得浓烈。在死一般的寂静中，我听到极轻微的声响。我走，声响跟着我走；我停，声响也停下来。我猛然转身，瞥见林木深处确实有一双绿荧荧的眼睛！

我顿时出一身冷汗，腿肚微微发抖。我盯着那两点绿光，它也一眨不眨地盯着我，目光残忍冷厉。它肯定知道我看见了它，所以用目光同我较量着。异臭味儿缓缓地飘过来，把我整个罩入其中。黑暗中看不清它的身形，不知道它是什么野兽。

僵持一会儿，我想，是祸躲不过，今天豁出去了！便转过身照常前行，一边攥紧铁棒，斜睨着身后的两点绿光。绿光跟着我游动，伴着极轻微的沙沙声。这片山里没老虎，我估计它是头豹子，否则脚步声不会这么轻盈。

又走了20分钟，这20分钟对我来说真像一场梦魇。阴森森的绿光始终跟着我，不远也不近，就像是一个幽灵，异臭味儿一直在我前后飘荡。走着走着，周围的林木渐渐稀疏，离家越来越近，我的胆子也越来越大。瞅它的表现，这家伙肯定不敢贸然向人发起进攻，它也怕我呢。看来，它今天甭想拿我做美餐了。

转过山背就是我家。忽然我发现身后的压力消失了，就像它的出现一样突然。我转过身，看到一个身影向后一闪，没入黑暗中。只是短促的一瞥，没看清它的形状，隐约觉得它的脑袋很大，身体又细又长，似乎比非洲猎豹还要细长，动作异常轻捷。它消失了，异臭味儿也慢慢飘散，草虫们唧唧地欢唱起来。

我揩把冷汗，觉得攥铁棒的手心汗津津的。虽然紧张，我仍不禁暗自得意。不管怎么说，在今天的生死关头，我没有装熊，没有拉稀，算得上临危不惧吧！

猎狗花脸听到动静，早早吠叫起来。我跑过去，叱道："花脸，叫什么叫！是我回来了。"花脸立即停止吠叫，欢天喜地地唧唧着。我拨开院门，它立即扑过来，拽裤脚，舔手背，亲热得不知怎么才是个好。爹娘惊喜地迎出来，娘嚷着：

"不是说好明天去接你嘛，咋摸黑赶回来啦。手里拎的啥？"

我说："爹的战友何叔把我捎了20里，剩下这30里山路我步行赶回来，小意思！刚才我抄近路回来，还碰见一只老豹子呢，多亏何叔送我的这根铁棒壮胆。"

娘吃惊地问："你跟豹子干仗啦？"

"没有。它一直远远跟着我，到林边才停下。其实是不是豹子我也没看清，身架不小，一身臭味，肯定是头猛兽。"

娘很后怕，埋怨几句，赶紧去为我做饭。爹是个丘八脾气，凡事晕胆大，没把野物的事看在眼里，只随便问了几句。我说："对了，何叔让我一定转告你，不要在这儿修大公路，不要办工厂，要保持山里的自然风貌办旅游。他说这是正经事，让你一定在意。"虽然我说得很郑重，看来爸没把何叔的话放心上，只是说了句："谁来这么个深山窝里游玩？再说办旅游也得有钱哪。先不说这些，龙崽，看我为你买了啥礼物。"

我跟他到我的住房，屋里已经打扫过，床上是新床单新被子。桌子上放着——一台电脑！联想牌的，漂亮的流线型，太棒了！我忙插上电源，打开主机，检索出这台电脑的配置，是奔腾4，内存256M，硬盘50G，50倍速光驱，比学校的电脑强多了。中学里有电脑课，但学校条件差，只有20多台老掉牙的586，学生们只能轮流上机，实在不过瘾。

爸还买了几本学电脑的书，在桌上放着。我顾不上和爹说话，赶紧打开电脑。屏幕迅速变换着，很快进入 Windows 界面，速度比学校里的电脑快多了。我沉迷于电脑中，爹出去我也不知道。过一会儿，娘端来一大碗香喷喷的馄饨说："快吃吧，今天累了，吃了早点睡觉。黑蛋和英子盼着和你玩儿呢，已经打听过几次了。"我早饿极了，呼呼噜噜把饭扒完，又趴到电脑前。

我一直玩到凌晨 4 点钟才睡觉。

梦中听见有人大呼小叫："龙崽，龙崽，醒醒！"我睁开眼，见屋内已铺满阳光，黑蛋笑眯眯地立在床前。仍是大大咧咧的样子，短裤，短袖衬衫，敞着怀，露出一身黑肉，趿拉着拖鞋。身后是英子，立在门外。英子仍是文文静静的，穿着白衬衫，短裙，赤脚穿一双细襻带的凉鞋。黑蛋说："哼！回来也不找我们玩，当了大学生把老朋友都忘了。"我笑着说："哪有大学生？初二的中学生。昨晚睡得太晚，要不我早去找你们了。"

花脸自然认得这两名熟客，在他们腿下摇头摆尾，蹭来蹭去。黑蛋和英子都是我的光屁股伙伴，小学同学。特别是黑蛋，与我一向焦不离孟，孟不离焦，做作业、爬树、游泳、上山摘野果都在一起。如果在学校里干了什么捣蛋事老师来告状，一般也是一去两家，绝不厚此薄彼。但他俩都没上初中，现在就在我爹办的竹编厂里干活。我很为他俩可惜，但没法可想，山里人穷啊，我们离 21 世纪高科技社会还远着呢。

娘听见我醒了，在院子里说："龙崽，饭在锅里热着。你爹今天到镇上去了，他说让你好好玩几天。"我三下两下洗了脸，刷了牙，边吃饭边对两人说："喂，我爹给我买了台电脑，一会儿我教你们玩。"

两人很高兴。虽然电脑这个词已听得耳朵里长了茧子，但地处深山的他俩还从没亲眼见过呢，这台电脑是老龙背村的第一台。黑蛋喊着："在哪儿？在哪儿？"跑到我屋里找去了，英子跟在他后边。等我吃完饭进屋，他俩正站在电脑前瞪大眼睛看着，连摸都不敢摸。我打开电脑，给他们演示了各种操作，打字，编辑，上网，发电子邮件。两人眼红得不行，啧啧称赞着，说电脑咋这么聪明呢，叫它干啥就干啥，就像有个人在机箱里蹲着。还夸我：不愧是大学生啦，电脑玩得这么熟。其实我就这么几招，现学现卖，已经卖完了。我教他们玩了一会儿游戏，像俄罗斯方块啦、爵士兔啦，两人笨手笨脚，常常一上手就死了。我安慰他们，"别急，多来玩玩就好了，熟能生巧。暑假这些天，你们尽管来学。"他们很高兴地应承了。

往下再教他们什么呢？我想了想，拉出电脑中的画笔功能，在电脑上画了一个大大的鸡蛋，涂上墨，注上一行字："我是黑蛋，但我不是坏蛋。"

英子捂着嘴笑了，黑蛋乐得咧着嘴，说："电脑还能画画呀，来，让我也试一试。"我又画了一个小姑娘，画得嘴歪眼斜的，注上："我是漂亮的英子。"英子低声抗议着："这是我？看你把我画得多漂亮！"我又画了一条龙，水平太差，画得倒像是蚯蚓，注上："我是龙崽。"黑蛋像是蝎子蜇了一样叫起来：

"差点忘了一件大事，我和英子特意来告诉你的！"

英子也使劲点头："对，一件大事，重要消息。"

"什么大事啊？"

"真是大事，这么重要的大事咋会忘记说了呢，全让你的电脑把我们搅迷糊了。你知道不，潜龙山的神龙出世了！"

我不禁失笑："就这么件大事？"

黑蛋说："你先别撇嘴，先别说我是迷信，我知道你那德性。听我把话说完再下结论行不？"

英子也说："龙崽，这可是真事啊。"

我笑着说："好，那你们就详详细细告诉我吧。"

黑蛋清清喉咙："这事说起来话长，你当然知道黑龙潭的传说……"

我知道潜龙山和黑龙潭的传说。家乡有个独特的现象，就是这里的地名和龙有关系的太多：潜龙山、黑龙潭、老龙背、龙磨腰、回龙沟、龙吸水……传说黄帝大战蚩尤时，曾请一条神通广大的应龙来助阵。应龙在天上嘎嘎怪叫，杀死了一个个铜头铁臂的蚩尤族人。黄帝战胜了，应龙却沾染了邪气，不能再上天，只好隐于云梦之泽。不过这是书上的传说，按我们这儿的说法，应龙的籍贯可不是什么云梦之泽，而是在我们潜龙山黑龙潭！黑龙潭在后山，一条长年不断的瀑布挂在潭上，恰似巨龙吸水；潭里的水黑绿黑

寻找中国龙

绿，深不可测。至少，我们在黑龙潭潜水时从来没人能潜到底，因为潭水太凉，砭人骨髓。潭的周围全是合抱粗的大树，尤其是一株老银杏，传说那是神树，是黄帝亲手植的，已有6000岁了。当然这只是传说，但那棵银杏至少也有2000年的树龄，它的树干五个人伸开双臂都不能合抱。更奇的是，树皮长出好多垂挂，就像老妇人的乳房那样向下悬垂着，乡亲们常在上面绑上红布来祈福。"大跃进"那年到处砍树大炼钢铁，有人也看上这一带的古树，但乡亲们拧成一股劲反对，说这儿都是神树，砍掉就坏了这儿的风水。上边拿这些"老顽固们"没辙，再加上这里确实太偏远，砍树的事才不了了之。黑龙潭边还有一座小庙，匾额上写的是"神龙庙"，庙里的塑像已经没有了，不知道是年久湮没还是"文化大革命"中被砸掉了。

关于家乡的"龙"，小学时我和黑蛋曾有过一次激烈的争论。黑蛋说，龙这种动物过去是有的，只是后来灭绝了。我说：龙只是神话，《新华字典》上写得清清楚楚，"龙是我国古代传说中的一种长形、有鳞、有角的动物。能走、能飞、能游泳"。所谓传说，就是这种东西实际是不存在的。黑蛋犟着脖子说，"传说"的意思就是"可能有，也可能没有"。这本字典编得太早，那时考古学家们还没挖出这么多恐龙化石。我说：咋把"龙"和"恐龙"扯到一块儿了？恐龙是确实存在的一种动物，大约2亿年前到6000万年前在地球上称王称霸。但它们根本不是中国传说中的龙，"恐龙"的拉丁文原意是"恐怖的蜥蜴"，中国的生物学家们翻译时只是借用了"龙"的名称。其实，不光是龙，连凤凰、麒麟也都是中国传说中的动物，实际是不存在的。黑蛋说，既是传说，总该有根据呀，古代肯定有过这些动物。

我和他争得面红耳赤，最后到生物老师那儿判输赢。结果当然是我赢了，但黑蛋一直不服气，他是那种认准歪理不回头的人。也难怪，生活在我们这儿，空气中随时都洋溢着龙的气息。从懂话的年纪开始，龙就成了我们大伙儿的熟亲戚——不过从不露面而已。小时候在我的心目中，"世上有龙"也曾是天经地义的结论，只是在上学之后，学了一些科学知识，才慢慢否定了龙的存在。

为了说服他，我查了不少有关龙的知识。我知道龙的传说起源于新石器时代早期，在原始部落大融合时，各部落信奉的动物图腾自然而然地合为一体，这就产生了龙的概念。龙在中国传说中被奉为雷神、雨神和虹神。山西吉县柿子滩石崖上有1万年前的鱼尾鹿龙画，属于龙的雏形。辽宁阜新查海原始村落遗址（前红山文化遗存）上有8000年前的龙形堆塑，位于这个原始村落遗址的中心广场内，由大小均等的红褐色石块堆塑而成。龙全长近20米，宽约2米，扬首张口，弯腰弓背。这条石龙是我国迄今为止发现的年代最早、形体最大的龙。河南濮阳西水坡出土了6400年前的蚌塑龙纹，是用蚌壳堆成的。从这些龙的原始形态上，可以清楚地看到龙的起源和进化。

龙是怎么产生的？在古人心目中，世界是神秘混沌难以捉摸的。生产和生活不能不依赖雨水，雨水却常常向人们展示它的威力。再看这些与雨水相关的物象：云团滚滚翻卷，变化万方；雷电叱咤长空，霹雳千钧；虹霓垂首弓背，色相瑰奇；还有各种与水有关的动物，如鱼、鳄、蛇、蜥蜴等，长短参差、形状怪异——这一切是多么神秘雄奇，多么可怖可畏啊！

于是，古人猜想：一定有一个"神物"支配这一切。这个"神物"能大能小，善于变化，天上可飞，水中可藏，集合了种种动物特性，又和雨水有着特别密切的关系。所以，龙是中国古人对鱼、鳄、蛇等动物，和云、雷电、虹霓等自然天象模糊集合而产生的一种神物。经过8000年的演化，龙已经成了中国人的心灵归宿。

对于21世纪的年轻人，这些都该是常识了，我没想到，黑蛋到今天还在认着他的死理！

我说："黑蛋啊，你是没救了，都21世纪了，你还是这么一个迷信脑瓜。我真懒得再教育你了，朽木不可雕哇！"

黑蛋有点气急败坏了，红着脸说："你这根本不是科学态度。你调查没有？没有调查就没有发言权。好多人都亲眼见了！"

"亲眼见了？亲眼看见长着鳞、长着角的神龙？你亲眼看见没有？英子你呢？"

我咄咄逼人地追问。英子怯怯地说："我和黑蛋都没亲眼见过，但村里真有人亲眼见的呀，我爹就亲眼见过。"

"在哪儿？什么时候？是在云里还是在水里？"

"就在一个月前，在神龙庙的祭坛上。"英子肯定地说。

"什么样子？"

"和画里画的完全一样，长身子，身上有鳞，头上长有枝枝丫丫的角，大嘴，鹰爪。"

我有点弄不明白了。我知道黑蛋说话不可靠，但英子不是说话"日冒"的人。看她说得有鼻子有眼的，究竟是咋回事？我喊妈来问，妈走进来，肯定地说："英子说得不错，真有人亲眼见过，像回龙沟的陈老三、陈明全、咱村的德新爷，少说也有五六个人见过吧。如今神龙庙可热闹了，百里之外的人都来朝拜，每天香火不绝。只有你爹不信，为这事很恼火，一直嚷着这是造谣、迷信，但这回他这个村长说话不灵了，没人信他的。"娘犹豫地说，"龙崽，我正想和你商量这件事，我也想去神龙庙上一次香，你说这算不算迷信？"

黑蛋得意了："龙崽，我说的错不错？"他耐心地教育我，"你别认死理了，这不是迷信。恐龙化石发现之前谁知道有恐龙？没有。现在谁都知道有恐龙了吧！当然，现在还没发现龙的化石，但你敢说地下就没有？敢说世上就没有活龙？连神农架有没有野人，现在还没有完全确定呢。照我说，龙这种动物是有的，不过后来基本灭绝了，只剩下那么一两条生活在深山老林中，生活在潜龙山里。这就像是英国尼斯湖的怪兽和中国长白山天池怪兽一样。"

我使劲摇脑袋。我知道龙和恐龙绝不能混为一谈。龙是从来就不存在的，哪儿出土过龙的化石？这是一条最起码的科学事实，如果连这也怀疑，那我就枉上八年学了！但这会儿我是绝对少数，三比一。黑蛋认真地说：

"知道我们今天为啥找你？找你来商量大事的。神龙出世千真万确。如果我们能把它调查清楚——调查一点儿都不难，神龙庙的庙祝说，神龙每天夜里都要去享受祭祀和供品——再拍出几张照片，你想这该是多轰动的消息！从来没人见过中国龙，这回真龙现身了！没准儿外国大鼻子会拿100万元来买你的照片！咱们潜龙山会比尼斯湖更有名，成千上万的游客会来游玩，到时成了全世界的旅游热点。这前景多诱人啊。"

我想起搭便车时何叔关于办旅游业的意见，啧啧地说："真是士别三日刮目相看，黑蛋也有市场意识了，有战略眼光了。"

"那是那是，咱不能一辈子为你爹打工，受你爹剥削呀。拿破仑说过，不想当将军的士兵就不是好士兵。"

"既是这样，你和英子去干就行呗，找我干啥？"

"哼，你把咱家看成啥人了？有福同享，有难同当，有这么个发财机会，咋能忘了龙崽呢。再说，你照相、写文章都比俺俩强，实施起来离不开你呀。"

英子不说话，一个劲儿地抿着嘴笑，不过她分明是同意黑蛋的意见。我考虑了一会儿，心想这样也好。爹不是一直为神龙庙的乌烟瘴气头疼吗？我要用第一手资料戳穿这些谣言，也算是为爹分忧，算是我在这个暑假的社会活动。我说："好吧，咱们去组织一次'捕龙行动'。不过丑话说在前边，如果到时证实你们说的都是谎话，你们得负责在村里辟谣，破除迷信。"

黑蛋痛快地答应了："好，如果事实证明我们错了，我和英子到每家每户去辟谣！不过'捕龙行动'这个名字不好，对神龙太不尊敬了，只能说是去参拜神龙，或者是验证神龙它老人家的存在。"

"行啊行啊，那就叫'参拜神龙'行动吧。英子你说呢？"

英子笑着点头："叫什么名字我都没意见。我就是想亲眼见见神龙。"

我们商量好，下午先到黑龙潭去一趟，为明天的侦察行动踩点。这件事我们想暂时瞒着大人，省得事没办成先惊了全村。我们在热烈地讨论行动计划时，花脸似乎觉察到我们打算出门，便亢奋地跑来跑去，提醒我们别忘了它。带不带它呢？我考虑了一会儿，决定暂且不带。花脸实际上算不得一只好猎犬，从没打过猎，性格毛毛躁躁的，弄不好会搅了我们的侦察。午饭后，我们把花脸锁在屋里，偷偷出发了，花脸在屋里呜咽着，显得十分不满和伤心。

去黑龙潭的山路十分崎岖难行，在我们村的孩子群里，到黑龙潭游泳一向是勇敢者的行为。三年前我们去过一次，见识过黑龙潭。潭周围的巨树把

寻找中国龙

那儿遮蔽得阴气森森,白色的雾霭笼罩着水面。神龙庙几乎淹没在荒草中,庙内什么也没有,只有满屋的蛛网和野兽的粪便。那次我们还在庙里发现过一条水桶粗的巨蟒——当然这是孩子气的夸张,实打实说来,那条蛇有茶杯粗细,将近两米长。即使如此,那样子也够吓人的了。

去黑龙潭一定要经过阎王背。这是一处陡峭的山脊,一块巨石向外凸,石壁上凿出一条窄窄的小路,路外就是深深的山涧。要想走过去,必须把腹部紧贴着石壁,慢慢地挪过去。这时是不能回头向下看的,看到云雾笼罩的深涧,说不定腿一软,就栽下去了。我和黑蛋都来过,当然不怵。我们安慰英子:"不要怕,眼睛一闭就过去了。你怕不怕?"许是我们的思想工作不合章法,起了反作用,英子吓得脸色苍白,强撑架子说:"不怕!有你们领着我就不怕!"

我们前呼后拥,总算让英子平安过去了。

现在的神龙庙已经今非昔比,再往前走,看到山草中已踩出明显的行迹,庙的四周肯定清理过,荒草乱树都被砍掉了。横匾上"神龙庙"三个大字用漆重新描画过。庙内新添了一座龙的石刻像,盘旋虬曲,张牙舞爪,虽然做工比较粗糙,但形态相当威猛。一位老太太和一位40多岁的中年人正在虔诚地跪拜,显然是一对母子,祭坛上的供品琳琅满目,有馒头、两个猪蹄、水果,甚至还有两瓶可口可乐。庙祝扎着髻子,身穿道袍和白布袜子,手里拿着拂尘,正肃立在旁边。黑蛋悄声问我:"这个道士你认得不?"我仔细看看,不认得。黑蛋嬉笑着低声说,"这是个假道士,自封的,就是回龙沟的石匠陈老三嘛,他干道士这一套完全是无师自通。"经他这么一说,我才认出来。

两个香客喃喃有词地敬了香,许了愿,叩了三个响头,又往功德箱里塞了十元钱。透过箱子正面的玻璃,看见里面的纸币不少,不过多是五元以下的小票。我对黑蛋说:"见神龙要磕头的,咱们磕不磕?咱们也磕吧。"黑蛋没听出我奚落他,照他对神龙的坚定信仰是要磕头的,不过毕竟是21世纪的少年啦,不大好意思。他试探地问:"陈三伯,我们不会磕头,鞠躬行不行?"陈老三很大度地说:"行啊行啊,只要心诚就行,神龙不会怪罪的。"我们向塑像鞠了躬,又往功德箱里塞了钱,他俩各给五元,我给了十元。陈老三偷眼看到我的祭献，笑得更慈祥了。

两名香客还在同庙祝唠叨，无非是说神龙的灵验。这两个人我们都不认识，可能是远处赶来的。老太太已有70岁，走路颤颤巍巍的，我真纳闷，刚才的阎王背她是如何爬过来的？信仰的力量真大啊！

我背着手，在祭坛上审视一遍，说："陈三伯，这供品不大对头吧？你想龙是水里生水里长的，按说他该吃鱼鳖虾蟹才对吧，你可要研究研究，别让龙王爷吃了你的供品落个肠胃病。要知道他老人家已经6000多岁啦。"假道士没有听出我话里的奚落，或者他听出了但不想当着香客和我理论，连说："没事，没事，神龙每天都把供品吃得干干净净，它肯定喜欢这些。"我说："可口可乐它也喝？那可是洋玩意儿，中国龙肯定没喝过。"假道士说："喝，怎么不喝，喝时还知道打开瓶盖，拉开铝环，吃鸡蛋和香蕉还知道剥皮呢。"

我急忙捂住嘴才没有笑出声。这个陈老三，也太敢胡日鬼了，神龙吃鸡蛋还要剥皮？还知道拉开可乐罐的拉环？连黑蛋和英子也觉得他的话水分太大，尴尬地看看我。

香客走了，我使个眼色，领黑蛋他们到庙后去侦察。庙后荒草极深，能埋住我们的肩膀。一只野兔受惊，向草丛中窜去。我们在后墙上发现一道宽宽的裂缝，非常便于我们的观察，甚至照相都行。不远处就是那棵千年银杏，垂挂的树瘤上绑着香客们敬献的红布。通过裂缝，我们看见庙祝跪下，恭恭敬敬叩三个头，然后打开功德箱，美滋滋地数起来，数完后揣进怀里，把庙门半掩上，离开了。这个数钱的动作看来亵渎了黑蛋的坚定信念，他看看我，脸红红地扭过头。

我小声安慰他，"这说明不了啥问题，庙祝贪财，并不说明神龙就是假的，你说对不对？"黑蛋红着脸说，"你先别说刺棱话，咱们明天见真章！"我笑着说，"行啊，明天看谁笑到最后？"

我们团坐在银杏树下，商量明天的行动。当然要先做好准备，要带上手电、干粮。我家的傻瓜相机要带上。要准备两把猎刀——万一遇见什么野物怎么办？万一所谓的神龙只是我们见过的那条长蛇？五六年没见，它一定长得更长了，两把猎刀不一定能对付呢。英子有点临事而惧了，她不好意思打退堂鼓，只是低声问："龙吃人不吃人？"我说，"传说中倒是有吃人的恶龙，不过你别怕，明天我站前边，吃人先吃我，百八十斤的，肯定能管它一顿饱了。"黑蛋说，"你们别胡说，这条龙不管是不是传说中的应龙，反正是一条善龙，它已现身三个月了，除了吃庙里的供品，连鸡啊羊啊都没糟蹋过一只。"

英子抬头看看黑蛋，想说什么，又闭上嘴。我敏锐地发觉她的异常，便撺掇她："英子你有什么话尽管说，黑蛋和神龙都吃不了你。"黑蛋也不耐烦地说："有啥你尽管说嘛，女孩子家真是麻烦。"英子迟疑地说："今早听刘二奶说，神龙吃了回龙沟陈老三家的羊娃。"

"就是刚才在这儿的那个庙祝？"

"对，就是他家。"

黑蛋把头摇得像拨浪鼓："你信？龙崽你信不信？你们想想，神龙每天有这么多食物，吃都吃不完，干吗还要去吃羊娃？"

英子说："噢，对了，刘二奶说神龙把羊娃咬死了，没吃。"

"全是诬蔑！谁看见的？看清了没有？一定是豹子干的事，赖到神龙身上了。"

我说："可惜刚才没问问陈三伯，看他的表情，不像是对神龙有什么意见——不过也说不定。他每天从神龙身上捞这么多钱，个把羊娃的损失算不了什么。哎哟！"我跳起来，"只顾说话，你看太阳都落山了，快走吧，要赶在天黑前走过阎王背。"

过了阎王背，天真的黑了。我们不敢大意，不再说话，急急地赶路。这儿离家还有一个多小时的路程，好在月亮已经露面了，微弱的月光照着崎岖的小路。快到回龙沟时，我忽然浑身一机灵，立即停步，示意伙伴们噤声。黑蛋低声问："咋啦咋啦？一惊一乍的，眼看快到家了嘛。"我严厉地瞪他一眼，对他用力挥手，他这才闭上嘴。我竖着耳朵努力倾听着，听不到什么动静。但我的直觉告诉我，那天晚上的"杀气"又出来了。空气变得异样，周围静得瘆人，草虫们都停止了鸣唱。一股淡淡的异臭从树林中飘出来，我用力嗅嗅，没错，还是那天的味道。那只老豹子或什么猛兽肯定藏在前面的树林里。

黑蛋和英子不知道我那晚的经历，但从我的表情上看出事态严重，他们疑虑重重地盯着我的后脑勺，同时也努力倾听树林里的动静。很长时间过去了，树林中没什么动静，更没有那晚的两点绿光，异臭味儿也慢慢消失了。但我的下意识在坚决地说：刚才不是梦幻，那条绿眼睛的什么玩意儿肯定在树林中窥伺过我们。

黑蛋低声问："到底是什么？"英子也问："你看见什么啦？"我低声向他俩追述了那晚的经过，描绘了那玩意儿的绿眼睛和异臭味儿。我问："你们刚才闻见什么了吗？"黑蛋说："没有，什么也没闻见。"英子不太肯定地说，"我似乎闻到一股怪味，是带着甜味的异臭，令人作呕。"我说，"对，就是这种味道。"

黑蛋不大相信我的话，不耐烦地说："神经过敏了吧？什么杀气，什么异臭，我怎么没有感觉到？算了，别耽误时间，该走了。"

我迟疑地迈出第一步，忽然英子拉住我："龙崽，你看那儿有人！"顺着她的手指看去，在树林阴暗的边缘，的确有两个模糊的身影。肯定是一男一女，因为那个矮个子身后有长发在飘动。看来，这两个人不是本地人，本地的姑娘们没见留披肩发的。两人立在树林边一动不动，莫非他们也听到了树林的动静？后来两个身影开始动了，开始向树林中走。我立即大声喊：

"那儿是谁？"那两个身影立即定住了。"不要进树林，林子里可能有猛兽！"

非常奇怪，听了我这句话，那两人像是受惊的兔子，嗖地蹿进树林，呼呼啦啦一阵响，他们就消失了。我们三个人面面相觑，心中十分惊疑：这两个家伙是什么货色？为什么怕见人？看他们鬼鬼祟祟的样子，八成不是好人！

先是那玩意儿，再是两个神秘人，这两件事在我心中种下深深的不安。此后在回家的路上，我们都沉默着，暗自揣摩这两件事。我决定等爹回来后，把这两人的事告诉他，叫他认真查一下。

赶到村子时，大半个月亮已从山坳里爬上来，算算明天是阴历六月十四，月光正好，对我们的行动很有利。我们再次重申对大人要保密，省得人多嘴杂，把神龙惊走了——神龙当然是有灵性的嘛。

我们悄悄散去。

第二章　神龙现世

　　第二天晚上8点钟，我们"全副武装"地赶往神龙庙。我脖子里挂着爹的傻瓜相机，挎着一把四节的长手电，英子背着一包干粮和三瓶水，我和黑子的腰带上还各自插着一把猎刀。刀已经磨过，磨刀时娘问我干啥，我给含糊过去了。临走时我们分别告诉家里，我们到回龙沟去玩，今晚不回来了。爹娘都没起疑心。

　　前面是千年银杏和神龙古庙。庙门虚掩着，我们进去查看一番，神龙的塑像威严地立在祭台上，功德箱里的钱钞清理过了，香炉里的香还没燃尽。供品仍像昨天一样丰富多彩，有鸡蛋、香蕉、五香牛肉、饮料和一袋饼干，比我们带的食物还丰富。我想，陈老三只清理钱钞，没把这么好的食物带走享用，看来还蛮有职业道德嘛。这种情况让我稍感不安，如果陈老三不把供品带走，这说明……莫非真有一个家伙来吃供品？我没把自己的疑虑告诉黑蛋，不能先长他的志气嘛。我们退出去，在庙后的荒草丛中隐藏好。

　　月光皎洁，大地笼罩在银辉之中，平添了一层神秘和庄严。山岚从潭的上空一团一团升起，并向岸上飘拂过来，别看我在山里长大，这样的景象还没见过。潭水静如镜面，只是偶尔传来鱼儿的戏水声，水面上绽出一圈涟漪。微风飒飒地吹着荒草，有时几只鸟儿鸣叫着从树冠扑翅升空，然后又落下来，恢复了寂静。

　　同是黑龙潭的景色，白天和夜里看来完全不是一回事，我们的心中都鼓荡着一种神秘感和敬畏感。银盘似的月亮冷静地看着世界万物，它已经观看了45亿年了，它经历过生命之前的洪荒，见证过寒武纪的生命大爆发，看过恐龙在地球上的兴衰，见过猿类向人类的艰难进化，也一定目睹过黄帝和蚩尤的大战。不知怎的，我脑海中浮出一幅画面：黄帝在战车上指挥，黄帝的女儿旱魃赤足在地上步行，应龙嘎嘎怪叫着在天上翱翔，黄帝部族驱着无数的猛兽，把铜头铁额的蚩尤族人紧紧包围起来……龙伴随着华夏民族走了近万年的历史之路，也伴着我长大，我熟悉它就像熟悉我的家人。从理智上说我不相信有神龙，但从感情上我很希望世上真有神龙，希望它此刻正藏在月光下的丛林里。

英子碰碰我，轻声问："饿不？"她的眼睛在月光下闪闪发光。我说："不饿，不过吃一点也行。"英子把烙饼和五香牛肉递过来，我慢慢地嚼着。英子小声问："龙崽，你说咱今天能看见那条神龙吗？"黑蛋抢先说："这种事哪能打保票？也许得等一个月才能见到。龙崽，三五天见不到，你可不能判我输。"我说："咦，昨天你不是说神龙每天都来享用供品吗？心虚了吧，你是不是开始为自己的失败找借口了？"

黑蛋忽然"嘘"了一声，向我摇摇手指。我和英子都竖起耳朵听。我们听见了，声音是从黑龙潭那边传来的，是泼水的声音，我们站起来放眼望去，见平静的潭面上有一道巨大的三角形波纹，向这边逼近，波纹的尖端有一团黑乎乎的东西，看不清楚，但从波纹的巨大来推测，这个野物的个头不会太小。

很奇怪，尽管我们在特意等着神龙出现，但此刻谁都没把湖里的东西与神物联系起来。也许我们下意识里认为，神龙的出现不会如此平常，一定伴随着雷电、虹霓、云霞、风雨等自然界的异兆。那东西很快靠近这边的湖岸，爬上来，抖一抖全身水珠，还用爪子搔搔后脑勺——黑蛋忽然拉住我和英子的手臂，低声说："龙！"

的确，从那东西的大致轮廓看，很像是一条龙，不，绝对是一条龙。它的脑袋很大，长有枝枝丫丫的角，身体大概有两米长。它没有多耽误，熟门熟路地向庙门跑来，不是跑，是像蛇那样一曲一拱地游行。我们都屏住呼吸，万分紧张地看着。正在关键时刻，它的身影被庙墙挡住了，我和黑蛋同时迈步，想绕过墙角去观看。英子手疾眼快地拉住我们，摇摇头，又朝墙缝努努嘴。她的手冰凉，微微颤抖着，我们知道她是怕惊动了"那东西"，便按她的意见扒在墙缝上，紧张地窥视着。

吱扭一声,庙门开大一点,明亮的月光从门里泻入,一个黑影悄无声息地滑进来,滑到祭坛之前。是龙!我们的眼前肯定是一条龙,尽管谁都没有见过真龙,但几千年的文化濡染,早已将龙的形象刻在我们心中,溶化在血液里。衬着月光,我们看到一个硕大的龙头,状如鹿角的龙角,一双熠熠闪光的龙眼,龙嘴旁卷曲的龙须,亮晶晶的龙牙,长长的披满鳞甲的龙身,四肢强健的龙爪,一条扁平的龙尾。它的背部是青色的,腹部呈灰白色,上面有横纹。刚才它在地上游行时,龙爪贴在身旁,向后拖着,此时它将龙爪撑在地下,挪动着龙爪向前行走。显然,用龙爪行走不如用腹部蛇行来得轻快,它耸着肩膀,一摇一晃地走着,很像座山雕在平地上行走的样子。

我们都惊呆了。不论是龙的赞成派还是反对派,我们都对目睹一条真龙缺乏心理准备,现在它就在我们眼前,两米之外。一条活灵活现的真龙!它是从哪里来的?当然,它不会是黄帝时代的那条应龙——这一点是很明显的,这条龙没有6000年的老态龙钟,没有6000年的沧桑威严,看起来它显得稚拙,应该是一条年龄尚幼的龙崽。

龙崽贪馋地注视着供桌上的祭品,它先伸出长舌,将一盘五香牛肉一扫而光,非常香甜地咀嚼着;又用舌头卷起一个鸡蛋,放在祭坛上,笨拙地伸过来一只龙爪,抓起鸡蛋在供桌上敲击着。用坚硬的龙爪来做这些细活,似乎不那么得心应手,动作之生疏就像一个两岁的人类婴儿。但不管怎样,它最终把鸡蛋皮剥下来了,用长舌把剥皮蛋卷进嘴里。我们三个都面面相觑——庙祝原来没说谎话,它吃鸡蛋真的还要剥皮!我认为是最拙劣的谎话竟然是真的!

龙崽饕餮大嚼,满意地哼哼着,看来它喜爱这些凡间食品更甚于仙家的盛馔。它的大脑袋在墙缝里晃来晃去,有时候从我们视野里消失,一会儿又晃过来,离我们最近时只相距一米,所以,我们对它的表情看得清清楚楚。没错,是表情。它的大眼睛里透着新奇和顽皮,能感受到它对这顿美餐的喜悦之情。

供品吃完了,龙崽仍不安静,在庙里到处走动,有时是蛇行,有时是足行,这儿嗅嗅,那儿舔舔,有时还用脑袋在墙上或功德箱上轻轻撞击着,像一个精力旺盛的孩子。我们面前的墙缝只能提供一个有限的视野，当龙崽走出视野时，我们那个急呀，恨不能把眼珠突出来，再隔着墙缝伸过去。三个人的脑袋沿着墙缝纵向排列，自下而上依次是英子的、黑蛋的、我的。忽然屋里的声音静止了，很长时间没有丝毫动静，它在干什么？我们等啊等啊，仍是没有动静。我实在按捺不住了，便拍拍两人的肩膀，领他们悄悄向庙门绕过去。我们高抬脚，轻放下，尽量不发出声音。

终于到了庙门，从半开的门洞里向里看，找不到龙崽的踪影，黑蛋低声说："走啦！"我赶忙扭过头，瞪他一眼，禁止他出声。忽然英子拉拉我的衣袖，朝祭坛上一指。它在那儿！祭坛上的塑像由一个变成了两个，原来龙崽爬到祭坛上，摆出和塑像完全相同的造型，昂着头，身子盘旋着，爪子雄健有力地抓住桌面，目光威严。

这个造型保持了很久。我们有一个感觉，刚才它是在玩耍，这会儿是工作，是摆着架势让香客膜拜。不过这会儿我们心里已经没有什么敬畏感，这个威严的造型显然是一种表演，是儿童演员反串老生，是孙儿穿上长衫学爷爷走路。龙崽在里面一动不动，我们三个在外边也一动不动，时间一秒一秒地向前滚动。这片安静被黑蛋打破了，他一直伏在我身后撑着膝盖、伸长脑袋观看着，不知怎的胳膊一软，脑袋敲在门板上，咚的一声，在一片安静中简直像一声惊雷。

龙崽显然听见了，它扭头朝门口看看，吃力地挪动着四爪下了祭坛，向门口蹒跚走来，我们都呆住了，想跑，又怕惊动它，只好大气不出地硬挺着。少顷，一个大脑袋从门缝伸出来，与我们劈面相对！我们屏住气息，一动不动，心中祈盼龙崽看不见静止的东西。《侏罗纪公园》那本书里说，恐龙就是这种视觉特征。但龙崽显然看到了我们，不过它没有表示敌意、愤怒或者警觉。它只是歪着脑袋，非常好奇地打量着我们三个，左嗅嗅，右嗅嗅，然后伸出长舌在我脸上舔了一下，它的舌头湿漉漉黏糊糊的，还带着五香牛肉、咸鸡蛋和香蕉的味儿。我不敢稍动，龙崽又一视同仁地分别在英子和黑蛋脸上舔了一下。

也许它在判断三人之中哪个最可口？看来它选中了黑蛋，它把脑袋凑近黑蛋，再次伸出长长的舌头。我觉得黑蛋已经精神崩溃了，我想他这会儿没有尖叫着逃跑，只是没了逃跑的力气。我也一时惊呆了，猎刀就别在腰后，但我没想到抽出它。反倒是胆子最小的英子相比起来最镇静，首先想到解救危难的办法，她忙将干粮掏出来，捧在手里，送到龙崽嘴边。龙崽嗅嗅，显然非常满意，伸出长舌把五香牛肉和两个面饼一扫而光。

这些东西咽到肚里后，它两眼亮晶晶地看着英子，长舌在她手心里继续舔着，看来它还没有吃饱哩。英子不知道该怎么办，因为食物只有那么多了，她两手空空地举在龙崽脸前，不敢收回，表情十分尴尬。

我们都十分紧张，但不再恐惧。因为从龙崽的目光中，我们看到的是好奇，是天真善良。从龙崽的目光看，它确实是有灵性的，绝不是普通的爬行动物。那些低智力的爬行动物，像蛇啦、蜥蜴啦、乌龟啦，它们的目光中绝不会有这么丰富的表情，常常是像玻璃珠子一样死板。

我们面对面僵持着，不知道这种僵持以什么方式收场。这时，我忽然在一时冲动下做出最勇敢的举动，我举起脖子上挂着的傻瓜相机，对着神龙按下快门。闪光灯闪过之后，龙崽并没有被激怒，它仍安静地蹲伏着，只是上上下下打量我手里的相机。见我久久没有动作，便伸出舌头舔了我一下，努努嘴巴。停一会儿又舔了我一下，努起嘴巴向我示意。看它的样子，似乎在向我示意什么。英子拉拉我，声音抖颤地说：

"它是不是想让你再照一张？"

我只有苦笑：英子实在是想象力丰富啊，神龙还知道邀请我们给它照相？黄帝那年代怕是没这玩意儿吧。但此刻也没别的办法，我声音颤抖地自语道：

"我再照一张？"

龙崽忽然向我轻轻点头，我们三个真傻了：神龙能听懂我们的话？没错，它能听懂！也许这点本领算不了什么——如果它真是神龙（应龙）的话，想当年黄帝下命令时它也能听懂啊，不过当时黄帝说的是古汉语，总不会它既懂古汉语又懂现代汉语？神龙嘴巴里发出咕咕哇哇的声音，怕是在用龙的语言同我们沟通吧。我不敢耽误，忙举起相机，频频按下快门，闪光灯在它眼睛里闪亮着。

　　黑蛋的魂灵这会儿已经还阳了，转眼间变得十分勇敢，他伸出手，哆哆嗦嗦，慢慢伸向龙崽的头顶。他想摸摸神龙，就像我爱抚花脸一样？我们紧张地盯着，大气不敢出。神龙看来对他的冒犯并不在意，安静地待着，直到黑蛋的手真的摸到头顶。黑蛋简直大喜若狂，我们也很高兴。我和英子也慢慢伸出手……

　　忽然龙崽抬起头侧耳倾听，似乎听到我们听不到的什么信号。它没有耽误，马上从我们身边挤过去，蛇行到潭边，跳下水，水中的三角形波纹迅速向对岸移去。然后它上了岸，消失在对岸的树丛中。

　　与龙崽对面相持时，我们的灵魂都出窍了，先是惊后是喜，七魂八魄在月光之中飘荡着。龙崽消失后，我们的灵魂才归位。黑蛋欣喜若狂地喊着："是真龙！是一条真龙！龙崽（这是叫我）你服不服？你服不服？"英子也欣喜地说，"是真的，你看它多温顺、多可爱！"

　　我不是个轻易服输的人，但这会儿确实服输了，我说："没错，它是一条龙，不过绝不是大战蚩尤的应龙——它哪里像有6000岁？它也不是法力无边的神龙——你看它多家常、多随和，它让我拍照，还让你摸脑袋呢，它也不会腾云驾雾。"

　　黑蛋说："先不忙说它是不是应龙和神龙，先说它是不是一条真龙？"我老实承认，"是的。"黑蛋得理不让人，咄咄逼人地追问："你不是说，龙只是传说中的动物吗？你不是说，龙这种动物从来不存在吗？"

　　对黑蛋的诘问我确实无言以答，我相信自己学到的科学知识是不会错的，可是——一条真龙刚刚在我面前存在过，它舔在我脸上的唾液还没干呢。我曾考虑它会不会是一条变异的蛇？想想不可能。蛇如果变异出双头或四足是有可能的，也曾见于报道，但要说一条蛇恰好变异出龙角、龙须、龙爪、龙鳞、龙尾，一句话，照着中国人心目中的龙模样去变异，那就难以让人相信了。尤其是这条龙的目光！我不能断言它就有智慧，但至少说，它的目光是清明的，是有灵性的，是天真善良的。这绝不是爬行动物的眼睛。

我们进到庙里，七嘴八舌地讨论着，龙崽的塑像安静地陪着我们。我们的讨论其实没一点实质内容，尽是感叹词的堆砌：不可思议！简直像做梦！多可爱！天光渐渐放亮，听见外边有脚步声，是庙祝进来了，他看见我们，立刻警惕地瞪大眼睛：

"你们三个毛孩子，这么早来干什么？"

我们早已忘记对庙祝的不恭，七嘴八舌地说："陈三伯，我们真的见到了活龙！""它吃了供品，还吃了我们的干粮！""它还舔了我的脸！""它能听懂我的话！"庙祝看到一下子增添了三个坚强的信仰上的同盟军，不免喜出望外，和我们的距离一下子拉近了。

"是啊是啊，有些干部还说我是造谣哩，特别是贾村长，一见我就吹胡子瞪眼的，诬蔑我造谣！"

黑蛋嘿嘿地笑着，指着我对庙祝说："他就是贾……"

我瞪他一眼，他赶紧把下半截话咽进去了。庙祝没听出他的话意，继续说着："告诉你吧，两个月前我亲眼见过神龙它老人家，这个塑像就是按它的模样刻出来的，是我亲自刻的。"

我想起来陈老三是位石匠，不过对他说的"老人家"表示反对，"它怎么能称得上老人家呢？是一条又顽皮又可爱的小龙崽！"

陈三伯想了想，也认可了："可能吧，我原先心里就嘀咕，要真是大战蚩尤的应龙，不会是这么小的身架。那么，它是应龙的后代？是龙宫三太子二公主什么的？"

"陈三伯，龙崽的家在哪里？"

"谁知道啊，不像在黑龙潭，从没见它在潭里多停留；也不像在远处，从未见它驾云飞升。大概就在潜龙山哪条深涧里吧。"

我觉得应该适时地强调一下我们与庙祝的区别。"没错，它是一条龙——但它是一条肉身凡胎的龙，没有什么腾云驾雾、呼风唤雨的法力，你看见它施过什么神通吗？"

"没有见过，"庙祝老实承认，但仍固执地抗议道，"不过它肯定有神通，有法力，它是一条真龙啊，真龙哪会没有神通呢？"

这个问题是争不出什么结果的，我们也就不争了。我忽然想到英子的话，问庙祝："陈三伯，有人说这条龙崽吃了你家的一只羊娃，是真的吗？"

庙祝立时恼了："胡说八道！我家的羊娃是被咬死一只，肯定是豹子什么干的，绝不会是神龙！神龙每天吃着供品，咋会再去咬死羊娃呢？你别听我家老婆子瞎叨叨！"

我从他的话里听出点破绽，便迟疑地问："羊娃被咬死时你不在家？"

"嗯，我起早到这庙里来了。"

"是你老伴看见羊娃被咬死的？"

"是，她瞎瞎唧唧的，肯定没看清楚。"

我看看黑蛋和英子，这么说，陈老三并不是目击者，他老伴的话应该比他的话更可信一些。看来，这桩公案还没到盖棺论定的时候。庙祝怕这件事影响神龙的威信，喋喋不休地辩解着。我说："好啦，不用说啦，我们相信你的话。我们已经亲眼看见，这是条非常善良、非常仁义的龙崽。"

我们同庙祝告别，踏着晨光返回村里。快到村边时，我让大伙儿停下，团坐在一块光滑的山石上。我说，"下一步该如何办，咱们是不是讨论一下？"

"首先，"我发言道，"我承认自己错了，这条龙是真实存在的，"黑蛋得意地笑了。"但我的另一个观点是正确的，那就是没有传说中的神通广大的龙，这条龙崽是一只普通的动物，就像一只猎犬、一只海豚那样，它身上没什么神秘的光环。黑蛋，我的结论对不？"

黑蛋肯定想反驳，但他认真想了想，不情愿地点点头，英子也点点头。是啊，在喂过龙崽、被它的长舌头舔过、摸过它的脑袋之后，谁还能相信它是一个神灵呢？我继续说："看来只有一种可能，龙确实是自然界存在的生灵，很可能它就是恐龙的一种，而且在恐龙灭绝之后，它还存活下来——仅仅存活于中国这片土地上，被我们的祖先发现，编进中国的神话传说里，你们说对不对？"

黑蛋和英子对我的推理完全同意，用力点着头。"如果你们同意，那咱们下一步就该去寻找它的巢穴，它绝不能生活在天上，也不会生活在水里——

很明显，它没有鳃，没有鳃的动物是不能长年生活在水下的。它一定藏身在潜龙山某处深山秘洞里，如果我们找到它的巢穴，找到它的家族，肯定是21世纪最重要的生物学发现！"

黑蛋激动地说："咱们要把它交给政府！"

我笑着看看他："不卖给外国大鼻子啦？"

黑蛋红着脸说："甭提那个话头，那是我一时财迷心窍。中国的龙，咋能卖给外国人呢！"

"那好，咱们今晚上带着猎犬花脸来，让它追踪龙崽，行不行？"

黑蛋和英子都表示赞同："对，哪怕追到龙潭虎穴！"

但我仍有点迟疑，我似乎觉得，整个事情中有那么一点不对榫的地方，是什么呢？对了，是龙崽的长相，龙崽的大角！黑蛋看出我的迟疑，问："你还有什么疑惑？尽管说出来。"

"我想……"我思考着，"龙崽应该是食肉动物吧，但自然界的食肉动物没有一个长角的，龙崽为什么是个例外？"

黑蛋不服气地说："食肉动物为什么就不能长角？谁规定的？"

"这是进化论的结论。动物的器官都是在使用中进化的，凡食肉动物都是进攻者，不需要角这种防御武器。你不妨数一数有角的动物：牛、羊、鹿、犀牛，甚至草食恐龙……绝不会有一个例外。如果这条龙崽真是自然界的动物而且是食肉动物的话，它的角就是唯一的例外了。"

黑蛋不服气，他绞尽脑汁，想在动物中找到相反的例证，但找不到，只好皱着眉头沉默了。

第三章　龙穴追踪

爹要出门两天才能回来，对我说："明天黑蛋、英子不能和你玩了，我联系了一笔业务，得让他们上山砍竹子。"我忙央求爹："再放他们一天假吧，让我们再玩一天吧，行不？"爹笑着答应了。

我说："你联系竹器外销这么辛苦，干吗不利用互联网呢？在电脑上发一条产品信息，全国全世界的人都知道。"

爹疑惑地说："我倒是听说过用互联网联系业务的事。不过——它真管用吗？"

"一定管用！爹，等我把龙……等我再玩一天，我负责把这件事给你办妥，不光国内，还要用英文发到全世界。"

爹显然对我的能力不是太相信，或者说对这种虚无缥缈的办法不相信，他随口应一声："好吧，我等着你"。他匆匆吃完早饭，带工人上山砍竹子去了。实际上，他的小工厂只有三个长年的工人，黑蛋、英子不去，就只剩下一个将带一个兵。爹在准备工具时，我犹豫着是否告诉他那两个神秘人的情况。后来，决定暂时不说，免得影响我们对龙崽的秘密行动。

过了一会儿黑蛋、英子都兴冲冲地来了。我们详细商量了今晚的行动。首先是潜伏地点，我提议潜伏在黑龙潭的对面，就是龙崽最初下水的地方，因为它吃完供品后是按原路返回的。对这一点，两人都同意。再者就是究竟带不带花脸。英子说当然得带上，要靠它嗅认龙崽的踪迹呢。我说，对倒是对，但我最了解花脸，它可不是什么心机深沉的好猎犬，如果它早早就吠起来，不是把龙崽给惊走啦？

商量来商量去，还是得带上它。我们喊来花脸，郑重地告诫："花脸，晚上带你去打猎，你一定得沉着，不许乱吠，听懂没有？"花脸仰着它忠诚的狗脸，傻乎乎地看着我们，只知道摇头摆尾地撒欢。我无奈地说：

"它肯定没听懂。黑蛋、英子，按我的印象，龙崽——别看它属于爬行动物——智力肯定比花脸高。你们说对不对？"

"当然，它能听懂咱们的话！"

"它还会说话呢，只是我们听不懂罢了。"

我奚落花脸："花脸，你还是高级动物（哺乳动物）哩，还不如一条爬行动物聪明，什么话你也不懂。"花脸听不懂这是赞扬还是批评，照旧摇尾巴。我们只好怀着担心把花脸带上，赶往黑龙潭。

晚上，我们三人和花脸埋伏在黑龙潭对岸的草丛中。花脸一直耐心地聆听着，不时在喉咙里低声吠叫。我抱着花脸的脖子，努力让它安静。

夜里1点钟时，草丛中有了动静，花脸立即耸起背毛。果然是我们的老朋友出现了，它不慌不忙游出草丛，跃入水中，三角形波纹向对面荡去。花脸在我怀里努力挣扎着，对我不放它追击猎物表示抗议。

我们焦急地等待着，等待十分漫长，我们觉得两个钟头过去了，可一看电子表，才过去十几分钟。这会儿龙崽在神龙庙里干什么？它该把供品吃完了吧，也许这会儿已经爬到祭坛上"亮相"，或者在到处寻找我们也说不定。我们艰难地熬到凌晨4点钟，花脸忽然耸起耳朵，向远处倾听着，它在听什么？英子扯扯我："龙崽，你看花脸！"

对岸并没有龙崽的动静，何况花脸是向我们后方倾听。我忽然灵机一动，说："花脸一定听到什么信号，就是昨天晚上龙崽听到的信号！要知道，狗耳能听到超声波，所以，这个信号很可能是超声波信号，是召唤龙崽回家的。只是不知道信号是谁发出的，是龙崽的父母，还是它……有一个主人？"

黑蛋对此表示怀疑："龙崽还能有什么主人？要知道，它是一条龙啊。龙如果有主人，一定是玉皇大帝了。我想一定是它的父母在发信号。你想，蝙蝠和海豚都能发出超声波嘛。"

英子嘘一声，指指对岸。这会儿那边有了动静，一个黑影从庙里出来，滑入潭内，有溅水声，我们已经熟悉的三角形波纹向这边扩展。龙崽很快到了这边，爬上岸，抖掉身上的水珠。

我们紧张地屏住呼吸，但我一时没有照顾到，花脸挣开来，咆哮着想蹿出去，我心里连呼糟了糟了，龙崽肯定听见了！连忙抱紧花脸的脖子，生气地敲它的脑袋。花脸噤声了，委屈地低声呜咽着。龙崽当然听到了动静，向这边扭过头看一会儿。不过它似乎对这点动静根本不在意，回过头，不慌不忙地钻进草丛中游走了。等草丛中的沙沙声远去，我顾不得埋怨，拍拍花脸的脖子，示意它快去追赶。花脸嗅认着，领着我们追踪而去。

路十分难走，有时是深可埋人的草丛，有时需要钻过低垂的枝干，有时是陡峭的山脊。我们气喘吁吁地翻过一座山，花脸忽然停住，如临大敌地注视着前方的丛林。那边有呼呼啦啦的响声。循着响声，我们在200米外找到了龙崽的身影，它正在那里用力摇摆着脑袋，愤怒地吼叫着：莽哈，莽哈。我们三人十分纳闷。它在干什么？莫非要"龙颜大怒""淹地千里，伤人八百"吗？

我们很快猜到原因：它美丽的龙角卡在树枝上，进退不得了。我捅捅黑蛋："看，这就是你所说的神通广大的应龙，连几根树枝也对付不了。"黑蛋说，"别说风凉话，你看它多难受，要不咱们去帮帮它？"

我说："那怎么行，咱们一露面，还怎么追踪啊。"

龙崽还在愤怒地咆哮着。我心中那个疑问又浮出来：如果龙崽是食肉动物，是一条强大的无所畏惧的"龙"，那它就不会进化出角这种防御武器，这玩意儿多累赘！在密林中生活，说不定它会把龙崽的命送掉。莫非进化论的规则在它身上失效了？

前面的龙崽终于摆脱树枝，钻进草丛不见了，我们继续小心地追踪，时刻盯着月光下起伏蜿蜒的那具龙体。龙崽行进的速度很快，把我们累得呼哧呼哧直喘。我们都不是老练的猎人，脚步很重，尤其是进到林区后，脚下免不了有窸窸窣窣的声音。龙崽不可能听不见的，但它对身后的声响置若罔闻。我心中越来越疑惑，拉拉俩人让他们停下，低声问："你们说，龙崽能不能听见我们的脚步声？"

黑蛋大声喘息着——单是他的喘气声也把我们的行踪暴露啦！黑蛋说："肯定能见。除非它只能听见超声波而听不见正常的声波。不过按咱们在神龙庙和它打交道的情形看，它肯定不是聋子。"

"那它为什么一点儿都不管身后的声音，只是大摇大摆地往前走？莫非它……想把我们引入某个陷阱？"

我的推理让他们有点悚然，英子激烈地反对："不会，绝不会！它干吗把我们引入陷阱？如果它是条吃人的凶龙，在神龙庙早把我们吃了。那时咱们几个都吓傻了，跑都不会跑，它一口一个，吃着多惬意呀。"

黑蛋也说："对。它绝对是条善龙。你看它在神龙庙的表现，多善良，多亲热，比你家的花脸还温顺呢。"

他们这些观点我也是很赞成的。"那……继续追踪？"花脸焦灼地低吠着，催我们往前走。于是，我们又迟迟疑疑地前进了。突然，前面的龙崽停下来，向后张望着，还用力嗅认。我想糟了，它真的发现我们了。龙崽调过头，快步向这边跑来。我赶忙拉着两人和花脸躲进树丛中，带出一片声响。不过龙崽不是冲我们来的，它对这边的声响照旧听而不闻，径自向一片密林斜插过去，很快隐没不见。我拍拍花脸的头顶，让它向这边追踪。这片林子很密，又不敢用电筒，行走十分困难。我焦急地想，恐怕要把龙崽追丢了。

蹑手蹑脚地走一会儿，前边突然传来一片声响。我们赶快闪到树后，刚把三人一犬隐藏好，龙崽就踢踢踏踏地返回了——几乎是擦着我们的鼻子尖经过。它仍然不在意我们躲藏时发出的声响，自顾沿原路走了。我们暗自庆幸，连忙跟在它身后。

在此后的追踪中，我心中一直有隐隐的不踏实，好像有什么值得注意的地方，而我一直把它忽略了。是什么呢？我想啊想，想不出来。还是英子解开了我的谜团，她忽然停下来，用力抽着鼻子，疑惑地说：

"龙崽，这路上有一股臭味！"

我恍然大悟。没错，有一股异臭，是从龙崽经过的地方传来的。臭味很淡，但仔细辨认后能断定，它和那晚的味道儿一样。臭味明显是从龙崽身上飘过来的，刚才它擦过我们身边时臭味最浓。但龙崽身上应该没有臭味呀——在神龙庙它还舔过我们三人呢，那时我们什么也没闻见。

我们继续追踪着，一边绞着脑汁。不知为什么，虽说只是一点儿臭味，但这事一直使我惴惴不安。过了一会儿,黑蛋恍然大悟地说:"我知道了,我知道原因了!"

"什么原因?"

黑蛋得意地说出他的猜测——那真是黑蛋独有的推理,换了第二个人也想不到的。他说,"刚才龙崽明显是离开行进方向,往树林里拐了一下,干什么去了?大便去了,而现在它身上那淡淡的味道,实际就是大便的臭味。想想嘛,它的食欲这么好,荤的素的热的凉的全捞到肚里,难免有点消化不良,难免有点臭味。对它这点小贵恙咱们就别挑剔啦,连咱们人类也是这样呢,你说是不是?"

我和英子啼笑皆非,他的结论对于龙崽——不管怎么说,它身上还带着神秘的光环——未免不敬。可我们也驳不倒他,慢说龙崽是条普通的动物,即使它是应龙的后代,也同样需要吃喝拉撒嘛。我咕哝道:"行,真有你的,你真是思维敏捷。不过龙崽干吗跑那么远去解手,它也知道男女之防吗?噢,对了,龙崽的性别还不知道呢,你们说它是雌龙还是雄龙?"

三个人在这个问题上的意见很难一致,我认为它应该是条雄龙,主要是因为它的角,大而美丽的角一般是雄性的特征,是用来向雌性炫耀的。不过这一点并不严格,很多雌性动物也长角的。黑蛋和英子认为它应该是一条雌龙,是条性格温顺又多少带点调皮的小囡囡。这时花脸向我们吠起来,原来我们只顾讨论龙崽的性别,没注意到龙崽已经消失了。这片山林恢复了深夜的寂静,月亮安静地洒着催眠的月光。我们努力观察和倾听,没有发现龙崽的动静。

这会儿花脸才显出它的本领。它不慌不忙地嗅着,左转右转,领我们到了一面山坡前。山崖上有一个黑黝黝的深洞,附近有行走的痕迹,洞口还安有高高的木制栅栏。花脸在栅栏上抓挠着,显然这就是龙崽的行宫。

这个结果让我们有点儿失落。龙崽就住在这儿?如果这就是它的行宫,那这位可怜的龙崽必然是龙世界中的贫下中农。龙宫从来都是极其豪华的,慢说东海龙王、洞庭湖龙王,就是一个小小的井龙王还有个漂亮的龙宫呢。栅栏门紧闭着,不知道里边是否有龙崽的父母。不过,我想更可能是它的主人。因为龙崽的父母——如果我们不承认它们是有灵性的神龙——不大可能为自己的巢穴安上大门的。我们三人低声商量着，决定翻过去查看。黑蛋自告奋勇，说他的手脚最利索，他先进去吧，万一有什么好歹，也不致全军覆没。我庄重地说："你放心去吧，万一有什么不幸，你的爹妈就是我的爹妈。"英子生气地说："这当口儿还贫嘴，净说晦气话！"我蹲下搭了人梯，黑蛋踏在我肩上爬上栅栏，朝我们做个手势，轻轻攀下去。

随着他的落地声，似乎听见一声熟悉的"莽哈"。不过，发声处距离很远，我们听不太真。黑蛋悄悄向里潜入，很快隐入洞中。我们紧张地睁大眼睛，但目光无法穿透浓重的黑暗。随即山洞里的灯亮了，一个男人的声音高声问："谁？"

糟糕，被发现了！龙崽果然有主人！我和英子十分紧张，留也不是，跑也不是——我们一跑不打紧，黑蛋还在虎口里呢。我们焦急地低声喊："黑蛋！快回来！黑蛋快回来！"黑蛋那边没有动静，他可能藏起来了。随之手电筒一亮一亮地过来，听见那个男人在喝叫："谁？不准动！"

这下糟了，我和英子豁出去，干脆也打开手电，用力擂起门来。大门很快打开，开门的是一个只穿内裤的男子，三十一二岁，娃娃脸，小胖子，戴一副度数颇高的金边眼镜。他一手拿着手电，一手拎一根高尔夫球杆，黑蛋缩头缩脑地立在他后边。

一个姑娘从里屋跑出来，也是三十一二岁，长得很漂亮，穿着短裤，上衣还没把扣子扣齐，露出雪白的肌肤，脑后扎一个长长的马尾辫，跑时辫子在身后使劲晃荡。一看她的风度就知道是大城市的人，这种风度是装不来的。她看看我们三个，笑着说：

"哟，哪来的不速之客？看样子，你们不像是梁上君子吧。"

她的一口京片子好听极了。黑蛋说："我们当然不是小偷，我们是追踪神龙的。"

我瞪他一眼，这个黑蛋！一句话就把底牌端出来啦！谁知道眼前这一对男女是什么人？是江洋大盗还是外国特务？他们和龙崽有什么关系？听到我们提到神龙，那两人脸上掠过一波惊慌的表情，摇着头使劲否认：

"什么神龙？我们这儿没有神龙。"

看他们的表情，心里肯定有鬼！我推推英子，英子甜甜地说："叔叔阿姨，我们亲眼看见小龙崽进到这个洞里了，让我们找找吧。"

"叔叔"一个劲摇头："没有，没有。你们找它干什么？"

我理直气壮地说："破除迷信啊。它吃人家供品，骗香客给它磕头，把黑龙潭搅得乌烟瘴气的。"

"阿姨"走过来和气地说："我们这儿真的没什么神龙，请你们回家吧，这么晚，你们的父母一定在为你们担心呢。"

黑蛋犟着脖子说："不，找不到龙崽我们就不走！"

"叔叔"和"阿姨"也没辙了，低声商量着。这时我忽然心里一动，这位叔叔的面貌似乎在哪儿见过！我想啊想啊，突然想起来，学校图书馆有两本书的封面印着他的照片，那是作者给母校的赠书，还有本人签名。作者叫陈蛟，在龙口镇中学毕业，考上北大，又到美国读的洋博士。回国后他曾偕夫人一块儿回过母校，还给上一届学生做过报告呢。因为他是本校出的大人物，我很崇拜他，对他的模样记得比较牢。我兴奋地喊：

"你是陈蛟博士，你是他的夫人何曼博士！陈博士是龙口镇中学毕业的，咱们是校友，对吗？"

陈博士和他爱人互相看看，我想他们原打算否认的，但稍稍犹豫后笑着承认了："没错，你怎么认得我？"

"你给母校的赠书上有你的照片！你写的两本书，我都看过呢。"

陈蛟叹口气，知道无法把我们赶出去了，不大情愿地说："来吧，请进屋谈，我的小同学。"

他说的屋子是山洞里一个小小的侧洞，屋子摆设异常简单，也相当雅致，中间有一把藤编的逍遥椅，墙边有一座竹编的袖珍书架，上面堆有几十本书，正厅有一台电脑，屏幕比一般电脑大，电源线歪歪斜斜地沿着洞壁向外爬出去。在这深山野地里，他们从哪儿引的电源？我伸出脑袋看看，看到电线接到一座小小的变压器上，便恍然明白了。这儿的山顶上正好有高压线经过，他们一定是把高压电直接引下来了，当然要经过降压才能用。屋里没有电视，

寻找中国龙

没有电话,一只手机扔在桌子上,不过后来我们知道它在这儿又聋又哑,因为信号传不过来。陈蛟博士穿上长裤和衬衫,一边问我们的名字,黑蛋介绍说:"我叫黑蛋,她叫英子,他叫龙崽,它叫花脸。"陈蛟歪过头,对我追问一句:

"你叫什么?龙崽?"

我点点头,陈蛟和妻子交换着眼神,会意地笑了。后来我才知道他们为什么发笑——他们给那条龙起的名字也叫龙崽。陈蛟问我们怎么搞起这次追踪行动,黑蛋详细追述一遍,包括他的原始动机——让外国大鼻子掏100万来买神龙的照片;也包括我们在神龙庙的奇遇,龙崽如何吃供品,如何舔我们的脸等,讲得有声有色。陈蛟听得只是笑,但听完后却来个坚决否认:

"很遗憾,我们这里从没见过什么神龙或龙崽,你们不要耽搁了,快到别处去找吧。"

英子和黑蛋苦苦哀求:"我们真的看见它进来啦!让我们在洞里找找吧。"我看见花脸一直在紧张地嗅着,分明龙崽就在附近。但陈蛟坚决不松口,冷着脸说:

"这么说,你们一定要搜查这儿了。搜查证呢?"

我们哑口无言,哪有什么搜查证,我们不被当作小偷已是万幸啦!不过我也不是那么好唬的,想了想,也冷着脸说:

"二位不是这儿的老住户吧,那你们的暂住证呢?我爹是村长,外来人口办暂住证都是我爹办理。但我不记得有你们的。"

这番话真把他震住了,陈蛟吭吭哧哧地没法子回答。黑蛋和英子高兴地帮腔:"对呀对呀,他爹是贾村长。""外来人口都要办暂住证的,乡公安要抽查呢。"看着他的尴尬样,我十分得意,便大度地说:

"你们别担心,暂住证我去帮你们办。打眼一看,就知道你们是好人,对不对?再说,咱们还是同学呢。"

陈蛟就腿搓绳似的说:"那就谢谢啦,我明天就去找贾村长。天不早啦,你们快回家吧。"

在我们和陈蛟磨牙时,何曼不为人觉察地离开屋子,再也没回来。我想了想，对男主人说："既然是这样，我们就告辞了，对不起，打搅了，明天见。"

陈蛟愉快地说："别客气，其实我很喜欢你们这种敢想敢干、有责任心的孩子。以后尽管来找我们玩吧。"

我对英子说："你们先在这儿等一会儿，我出洞去撒泡尿。"我捂着肚子跑出去，但没有去洞外，而是蹑手蹑脚地向里走去，因为我刚才似乎看见何曼闪到那边了。这个山洞相当深呢，走了一段路，看见一道微光。那是另一个侧洞，安着木门。从门缝向里看：那不是龙崽吗？它正亲亲热热地偎在何曼怀里，就像一只通人性的狮子狗，何曼在它耳后搔着，低声命令：

"龙崽龙崽，乖乖待在屋里别出去，外面有生人。"

原来它在这儿！原来它也叫龙崽！我忍住欣喜，悄悄退回去，在洞口大声催促同伴："走吧，别打搅主人了！"

黑蛋和英子显然很不死心，但也无可奈何，不情愿地同陈蛟告辞。我们带着花脸走出洞门，我说："何曼阿姨呢？我们要跟何阿姨告别。"陈蛟不大情愿地喊了一声，何曼从洞内赶出来，为我们送行。这时，我突然发难，用手捂成喇叭对着山洞深处大声喊：

"龙崽龙崽，快出来送客人！"

陈蛟和何曼的脸色唰地变了，不等他们阻止，从洞内蹿出来一只——龙崽！它用四只龙爪踏着舞步，颠颠地跑过来，蹭着陈蛟的腿。黑蛋和英子哇哇地叫起来：

"哈，龙崽龙崽！你果然在这儿！"

花脸狂吠着冲过去，在龙崽旁边蹦来蹦去。龙崽好奇地看着花脸，可能它还从未见过猎犬，不知道它是何方神圣。它友好地探过脑袋朝花脸嗅嗅，花脸惊慌地蹦到一边，仍然勇敢地吠叫着。这样的事态发展显然不合陈蛟的心愿，他沉着脸说：

"好了，别让你们的狗乱吠啦。既然你们见到了我的龙崽，走吧，我把事情的前前后后告诉你们。"

他让我们回屋，黑蛋没加考虑就随他跨进洞门。我却犹豫着，陈蛟这么轻易就答应向我们披露秘密，我总觉得过于容易了。英子显然也在疑虑中，她一直偷偷打量着何曼，何曼阿姨不知什么时候解开了马尾辫，一头黑亮的长发在身后飘拂着。何曼很漂亮，但这会儿英子显然不是在欣赏她的美貌。她朝我努努嘴，指指何曼的长发。我恍然大悟：那两个神秘人！陈蛟夫妇就是那晚我们碰到的两个神秘人！这是不会错的，虽然那晚只是黑暗中远远的一瞥，但何曼的长发，她纤细的腰肢，陈蛟的矮胖身材……一切都合榫合卯。我实在不愿相信我的不同届同学会是江洋大盗或特务间谍，但那晚他们的惊慌逃避太可疑了！

我低声对英子说："对，是他俩！"黑蛋已经随何曼进洞，英子情急中惊慌地喊："黑蛋别进去，他俩就是那晚的神秘人，他们想杀人灭口！"

黑蛋愣住了，转身想往外跑。陈蛟马上露出凶神恶煞的样子，吼道："不进去？能由得你们？龙崽（这是喊他的龙崽），把他们三个给我抓进去！"

龙崽显然能听懂他的命令，唰地游过去，张开大嘴咬住黑蛋的胳膊。黑蛋的脸色唰地白了，我想他一定吓得屁滚尿流。花脸狂吠着冲上去，但被龙崽用尾巴轻轻一扫，摔了个四脚朝天。这一下打击大大挫折了花脸的锐气，它仍然吠着，但吠声里多了些恐惧，再也不到龙崽周围三尺之内了。

龙崽把黑蛋横拖竖拽地拉进洞内才松口，又朝英子游去，我们还没决定是否逃跑呢。英子吓得脸色苍白，不等龙崽张嘴，乖乖地进来了。我呢，识时务者为俊杰，也没让龙崽他老人家动怒。

三个小囚犯——不，四个，还有花脸——乖乖地立在陈蛟的住室内，龙崽得意扬扬地守卫着。黑蛋惊慌地看他的胳膊上龙崽咬过的地方，不过那里显然没留下什么伤口。陈蛟收起凶恶的表情，笑眯眯地坐在逍遥椅上，何曼过去，依在他身上，含笑看着我们。我这时才想到了身后别着的猎刀，陈蛟也够大意了，不知道没收我们的武器。我借着英子的身影，悄悄把手伸到身后，将刀把顺过来。陈蛟笑眯眯地说：

"别害怕，俺俩今晚心情很好，不会杀人灭口的，也不会拿你们喂龙崽。不过你，"他指指我，"不要摸你的猎刀了。好不好？"

原来他什么都看见了，这个狡猾的小胖子！我红着脸把手放下。陈蛟对何曼说:"这三个小家伙和咱们也算有缘啊,要不,咱把有关龙崽的超级机密透给他们,你说呢?"

何曼抿嘴笑着:"想说你就说吧。我早知道,不找人吹吹你的成功,你会把肚子憋炸的。"

"那我就告诉他们?喂,你们三位,我要告诉你们,但你们一定要为我们保守秘密,行不?"

三人互相看看,都没有回答——谁知道他说的是什么秘密?万一是祸国殃民的秘密呢,这俩人是不是想拉我们下水?但陈蛟并没强求我们答应,继续说道:

"讲述之前,你们先检查检查龙崽,看看它的龙角啦、龙爪啦、龙鳞啦,是不是假的,是不是用手术加上去的。龙崽,过来让他们摸一摸!"

龙崽摇头摆尾地过来,把脑袋杵到我们的腋下,我大着胆子摸摸,检查检查。它身体的各部位天衣无缝,肯定是"天生"的。黑蛋和英子也都摸了,我们异口同声说:

"是条真龙!"

陈蛟得意地说:"没错吧,一条真龙!可是,这条真龙是从哪里来的?要知道,龙只是传说中的动物,是原始部落各种动物图腾的集大成。也就是说,自然界中从来不存在这种长相的龙,那么它是从哪里来的呢?"

我想我已经知道了答案。自从看见陈蛟夫妇,这个答案早就呼之欲出了。我得意地大声说:"我知道它从哪里来——基因魔术!"

我们对陈蛟夫妇的戒意很快就消失了。本来嘛,这个面相和善的小胖子和他漂亮的夫人,怎么也不像是阴谋家或冷血杀手。至于那晚他们的可疑举动,一定有另外的原因。何曼招待我们吃了一顿简单的早饭,龙崽和花脸很快化敌为友,头挨头挤在一个盘子上吃饭,舔得哗哗哗响成一片。吃过饭,我们都凑到龙崽跟前,轻轻地抚摸它的头顶、脊背,而它也像只小猫一样迎合着我们的亲昵。我们也注意地闻闻它的身体,这会儿没有任何臭味。

陈蛟把有关龙崽的根根梢梢全告诉我们了,黑蛋和英子如听天书,一头雾水。我呢，到底比他俩多读了两年书，又读过陈博士赠龙口镇中学的那本《基因魔术》，听起来相对省力些。陈蛟讲述的知识大致可以归结为四条：

第一，生物体的所有遗传信息都藏在DNA中，藏在这本无字天书中，这已是基本常识了。所以，黑蛋和英子没什么疑问。

第二，所有生物都是"同源"的，都是从一种低等生物发展而来，所以所有生物的基因都非常相似。比如主管眼睛的基因，无论它是苍蝇的复眼，还是能伸出眼眶转动的变色龙的眼；无论是无比敏锐的鹰眼，还是对静物盲视的青蛙眼睛，其基因都是极其相似的。再比如四肢基因，无论是鱼鳍，是蜥蜴的四肢，还是高度灵活的人手，它们的生成基因也是非常相似的。爬行动物正是由一种四鳍鱼进化而来。连蛇类也是如此，尽管它们的四肢早已退化，但相应基因仍保留着。

黑蛋和英子听得瞪大眼睛，最终他们也信服了。

第三，所有动物的细胞核都是万能的，每个细胞核的DNA都包括了全身每个部件的信息，但它是否表现出来，以及成长为哪一个器官，则要按生物体的指令。

第四，21世纪的基因技术早已发展到这种程度：科学家可以随心所欲地激发基因，让它活化，成为表现态，比如：让果蝇翅膀上长出一双眼睛，让螳螂身后再长出一双大刀，让每一片树叶都变成花朵，把北极鱼的耐寒基因移植到西红柿里……这些好像是魔术或法术的变换，在生物学家手里已可以随手拈来。

我们三人连声惊叹："真的吗？太神啦！太不可思议啦！"

这四点讲清楚后，陈蛟说：

"当我在美国读完博士学位、熟练掌握上述技艺之后，我忽然产生了一个念头。你们知道，在国外，中国人常被称作龙的传人。龙的传说反映一个事实，那就是汉民族在蒙昧时期就有海纳百川的气概，龙图腾是各种动物图腾的集大成。如果我们今天能把传说中的龙变成实际存在的东西，应该是一件很有意义的工作。因为龙的诞生将是基因工程集大成式的进步，它不再是对动物个别器官的改良，而是按人们头脑中的蓝图去设计一种完整的生物。这在世界上还没有先例。我找留美同学何曼谈了这个想法,两人一拍即合——知道不?我找她合作,开始就存有私心。"陈蛟狡猾地笑着说:"你们评价一下,她漂亮不?"

我和黑蛋看看她,只是嘿嘿地笑,英子说:"当然漂亮啦,何曼阿姨真漂亮!"

陈蛟说:"我早对她有非分之想啦,可惜我的相貌登不得大雅之堂,不敢贸然向她求爱。后来借着这项研究,慢慢接近她,总算把她骗到手了。"

我们仔细对比这对夫妇,都承认他说得有道理。何曼的美貌是没说的,她有一种公主般的气度。陈蛟的尊容比较老土,与她确实不大般配。不过这件事我们不大好表示意见——你不能当面贬低陈蛟的容貌吧。黑蛋老练地安慰道:

"您是谦虚。俗话说郎才女貌,何曼阿姨一定是看中了你的才华,你们俩很般配呢。"我和英子不禁对黑蛋刮目相看,他真是太成熟了,这话说得多得体!黑蛋很得意,继续发挥着:"再比如我和龙崽(他是指我),模样都一般般吧,可漂亮的英子为啥看中龙崽呢,因为他比我聪明,学习比我好,这也是郎才女貌嘛。"

我和英子的脸霎时变成大红布。这个满嘴胡扯的黑蛋!其实我知道他说的也不是没一点儿因由,英子和我之间确实有那么一点儿朦胧的好感,是相互的。英子来找我玩,总是拉着黑蛋,但她的目光始终在我身上。看来黑蛋的眼睛里也是不揉沙子的,对此看得清清楚楚。今天黑蛋贸然扯掉了我们之间的一层蒙布,弄得我俩十分尴尬。何曼很是善解人意,为我们解了围,她咯咯笑着,用手指点着黑蛋的鼻子:

"你呀你!你怎么知道我的才能就不如陈蛟?你问问陈蛟,看他敢不敢说这句话!"

陈蛟诚心诚意地承认:"对,何曼的才能丝毫不亚于我,在这个项目的研究中,她的贡献一点也不比我少。"何曼得意地朝我们扬扬下颏。"不过,创意可是我先提出来的,一个项目的成功,好的创意要占40%的功劳。你承认不?"

何曼对此没有表示异议。于是，陈蛟转回正题：

"创造一条自然界从没有过的龙——从基因工程学的水平来看没有问题，当然实际做起来困难重重。我们先去选定龙的各个器官的素材。其实，宋朝人罗愿早就为我们设计好啦，他描述龙的形态'角似鹿，头似驼，眼似兔，项似蛇，腹似蜃，鳞似鱼，爪似鹰，掌似虎，耳似牛'。因此，我们只用把上述动物相应器官的基因取来拼合就行了。我们重新选择的唯一器官……"

我忽然想起一件事，忙打断他的话头："陈叔叔，我有一个疑问。自然界的动物，其器官都是'用进废退'的，所以，在生物链中处于进攻一方的肉食动物，绝对不会长出用于防御的角。这是进化之路的必然，决不会出现一点例外。龙崽当然属于食肉类，我们见过它香甜地大吃牛肉，那么它长出龙角不是毫无用处吗？"

陈蛟看看我，真心地夸奖着："难怪黑蛋说你聪明，你一下子就点到一个关键问题。龙崽不是在自然界中进化出来的生灵，而是按照一个事先就有的图样设计出来的，它不遵守进化论的规律。龙角对它的生存没有任何用处，反倒是一个累赘，但我们不得不违心地保留它——否则，它就不是一条龙了，不是中国人心目中的龙了。对不对？"

我不由看看龙崽。它偎依在何曼的身边，安静地听我们聊天。它能不能完全听懂我们的交谈？我心中不免有一丝怆然。龙崽真可爱，可是，它不是自然界的生灵。如果把它放入山林，带着这对累赘的大角，它不一定能生存下去呢。陈蛟继续说：

"我们唯一重新选择的是龙的大脑，我们认为，这条龙应当有尽可能高的智力，所以我们选择了海豚和黑猩猩的成脑基因加以拼合。今天我敢说，我们的小龙崽是世界上最聪明的动物，它的智力与人类相比也相差无几。小龙崽，告诉客人，3乘4等于几？"

龙崽仰起头，莽哈莽哈地叫了12声，然后非常自信地看着我们。它的回答激起我们巨大的兴趣，兴高采烈地围着它，纷纷给它出题。对于这些初中范围以内的问题，龙崽全都能给出正确的回答。每次正确的回答都激起一片欢呼。陈蛟摆摆手，不在意地说：

"这只是雕虫小技，实际它的本领大着呢。"他递给龙崽一个特别的键盘，说，"龙崽，随便打几句话，向小客人表示欢迎。"

龙崽用龙爪熟练地敲着键盘，正厅的电脑屏幕上跳出一个个汉字：

"我叫龙崽，欢迎你们来这儿做客。我很聪明，你们愿意和我对话吗？"

它的本领真把我们震住了，陈蛟夸弄地说："怎么样？它的智力已超过七岁的人类儿童啦！有时候，我真不知道该用哪个代词来称呼它，是用宝盖头的它，还是用人字旁的他？"

我们听得如痴如醉，我脱口问道："既然这样，你为什么不干脆让它长出人的大脑呢？"

陈蛟抬头看看我，苦笑道："这位龙崽真是个大天才呀，今天专点我的麻筋，尽问关键问题。还是让何曼来回答吧。"

何曼为难地说："这是个很难回答的问题。按说，用人的大脑基因来拼合龙崽，并不是大逆不道的事。人和动物本来就是同源的，没有什么尊卑之分。不过……如果对此一点不加限制，难免会出现一些可怕的东西，像长着人脑袋的鳄鱼，长着巨蟒身体的人，等等。这是生物伦理学中无法解决的悖论。我们没能力回答它，只有暂时躲开它。"

黑蛋对我的纠缠很不满意，说："龙崽，你的天才问题等以后再问吧。"他对二人由衷地说："陈博士，何博士，你们创造出世界上第一条龙，你们真伟大！"英子也说："对，我们可不是拍马屁，你们真的很伟大！"

娃娃脸的陈博士高兴得合不拢嘴，但他谦虚地摆摆手："不，我们一点儿也不伟大，伟大的是造物主。你们知道吗？我俩满怀信心地投入这项研究，但在那颗拼合的细胞核开始正常分裂时，我和何曼反倒陷入彻底的自我怀疑中——我们能成功吗？不错，我们使用了正确的零件，使用了各种动物各种现有的器官，但这些器官能不能拼成一个整体的生物？它的大脑会不会指挥陌生的四肢？它会不会吃饭？会不会成长？有没有生存欲望？现在这些担心都烟消云散了，这说明，生物内部有一个天然正确的程序在自动协调着各个器官之间的关系，这个程序究竟是如何工作的——我们还毫无所知。我们就像两个不知天高地厚的小孩子，试探着拼出一个电动玩具，一按电钮，它开始运转了，但对电学的深层机理却糊里糊涂。所以，"他再次感叹道，"我们越深入了解自然，越是觉得造物主伟大。"

我们被他引入一种浓厚的宗教氛围中，在心中赞颂着造物主的大能，很久，我才难为情地问："陈博士……"

"别喊我陈博士，也别喊我们叔叔阿姨——我们没有这么老吧，尤其是何曼，肯定不乐意这个称呼，就喊我们哥哥和姐姐吧。"

我难为情地问："蛟哥，我有一点不明白，你们做出了这么伟大的成就，应该向世界宣布的。可是，你们为什么鬼鬼祟祟地——对不起，这个词儿不好听——躲在深山老林里，还故意在神龙庙装神弄鬼？"

陈蛟的脸唰地红了，看起来他比我更难为情。他看看何曼，何曼爽朗地说："这不怪他，是我的主意。其实，黑蛋应该知道我们这样干的动机。"

黑蛋茫然地说："我？我不知道啊！"

何曼姐姐说："你刚才已经讲了你们追踪神龙的原始动机，我们也是为了那个玩意儿——钱。要知道，用基因拼合来创造新的生物，这是孤独者的事业，因为大多数生物学家和生物伦理学家反对这样做，认为这样太危险，可能在世界上留下隐患。平心而论，他们的意见有其正确性。但我和陈蛟认为，尽管危险，总得有人做起来，而且要由那些富有责任感的人去做。这就像对电脑病毒的态度，有责任心的电脑专家绝不会去制造电脑病毒，但你总得去研究啊，否则一旦病毒肆虐，社会就束手无策了。基于这个看法，我和陈蛟不顾各种反对意见，推进着我们的研究。但是，这种研究无法得到官方的资金支持，我们的研究经费全部来自私人积蓄，来自朋友和几家私人企业的支持。现在，我们欠了两千万元债务，已经举债无门，研究也停滞了，这还不说已欠下的债务也总得偿还。可惜这项研究基本上属于理论性的，没有多少商业价值……"

黑蛋性急地说："我知道了！你们是想在潜龙山先伪造出一个谜团，引起大伙儿的好奇心，再去卖照片！卖给外国大鼻子！"

两人不好意思地承认了："虽不像你说的那样简单，大致如此吧。我们想先让龙崽在一个偏远的山村亮相，培养出一种神秘感，让别人相信它来源于远古，是史前时代的遗物。然后把有关资料和照片卖给新闻界，也包括国外新闻界，随后在潜龙山搞一个大型的中国龙公园，就像侏罗纪公园那样。知道为什么选在潜龙山吗？一方面因为这里有丰厚的神话传说资源，再者我想给家乡办件好事。你想嘛！一旦这儿成了中国龙的藏身之地，该有多少游客来观光啊。英国的尼斯湖就成了旅游胜地，实际上尼斯湖怪兽全是新闻界吹出来的。如果我们向新闻界捅出一张货真价实的龙的照片……"

黑蛋得意地说："我们有龙崽的照片，前天晚上龙崽——我是指他——照的！"

陈蛟和何曼一下子傻眼了，你望望我，我望望你。他们知道，我们的照片一披露，两人精心炮制的发财计划就要泡汤了，至少打乱了他们的部署，何曼试探着问：

"你们……为龙崽拍照了？"

"对，我们原来只拍了一张，后来龙崽——我是指你们的龙崽——不答应，硬赖着我们又多拍了几张呢。"

"你们的照片——准备干什么？"

黑蛋老实地说："我已经说过了嘛，照片要拿来卖呀。"

我和英子都猜到蛟哥和曼姐的担心，便同声说："蛟哥，曼姐，我们的照片送给你们吧，本来嘛，龙崽是你们费多大气力研究出来的，如果这张照片能对你们的经费有点帮助，我们就太高兴了！"

黑蛋也悟出其中的门道："对，我刚才说卖照片，就是为了你们的研究，卖的钱是你们的。"

两人很高兴，很感动，连声说"谢谢，谢谢"。我为了表示诚心，干脆把相机递给蛟哥，对他说："胶卷还没冲洗，你去处理吧。"

"谢谢，不过，"陈蛟若有所思地仰着头，"这样行不行？干脆由你们出面把消息捅给新闻界，小孩子的话记者们更相信，我们躲在幕后。"

"当然可以，我们很愿意为龙崽出力。"

陈蛟嗨嗨地窘笑着："这样是不是不大光彩？"

我们诚心诚意地安慰他："没关系的，干大事不拘小节，为了高尚的目的，可以采取一些不大高尚的手段。"

"那就这样，我将在近期通过朋友把消息捅给美国《国家地理》杂志——那是一家非常有名的杂志，肯为一则真实的独家消息出大价钱——让杂志的记者来找你们。那时你们只用照实情说就行了，只不过要暂且瞒住'龙崽是基因工程的产物'这部分实话。"

"对，我们就说龙崽是土生土长的，是黄帝时代那条应龙的后代，是潜龙山的老住户，老龙背村还有它的户口呢。"

"咱们先把一张真实的照片卖给他们，要价100万，然后再把一条活龙卖给他，要价1000万——这样合适吗？"他内疚地问何曼，"把中国龙卖给外国人？"

我们也都觉得这件事有些棘手，感情上接受不了。如果说龙是华夏民族的象征，我们这样做，不是"汉奸的干活"吗？最后，陈蛟皱着眉头说："活龙不能卖给外国，光卖照片吧，只要能把这儿变成世界闻名的旅游胜地，资金会慢慢筹集到的。龙崽、黑蛋和英子，你们愿意出面吗？"

"行，我们愿意为这项研究出力。"

"那好，我立即通知美国的朋友——糟了，"他愧然说，"我们不该当着龙崽的面谈这些事。它的智力已经相当于七岁的孩子，我们不该在它纯洁的心灵上泼污水。"他抱愧地看看龙崽。龙崽拿大眼睛挨个瞅我们几个，然后在键盘上敲出一行字：

"我听懂了——这是高尚的谎话。"

一道欣慰的山泉流进我们的心田，不过龙崽随后又敲一行字："我知道，你们不会把我卖到外国的。"

我们都愣了，过一会儿，何曼过去搂着它的脑袋，两行热泪涌出来："不，我们不会卖你的，你放心。"我们也七嘴八舌地向龙崽保证："不会的，不会把你卖到外国，你尽管放心吧。"龙崽莽哈莽哈叫了两声，表示满意。

第四章　牙牙学语

吃完早饭已是 9 点钟，黑蛋很自来熟地说："蛟哥，曼姐，午饭我们还在这儿吃啊，我们要好好陪龙崽玩一天。"何曼笑道："行啊行啊，龙崽太孤单了，巴不得你们陪它玩儿呢。"

英子说："曼姐，干脆把龙崽带回村，行不？我们保证让它玩得舒舒服服，吃得肚饱肠圆。"黑蛋说："对，我给它摸螃蟹，逮小鱼，让它改改口味。"我说："我给它讲故事，从古到今有关龙的传说，像大禹治水啦，柳毅传书啦，秃尾巴老李啦（这是一则原汁原味的汉族民间传说。一条白龙生于姓李的农家，出生后被其父当成妖怪剁掉尾巴，但其母偷偷把它养大。白龙上天后十分顾恤百姓，被乡亲昵称为秃尾巴老李。后来为保护百姓而与整个神界搏斗，壮烈牺牲），西游记上的白龙马啦。它一定爱听。"

两人只是笑，蛟哥说："我们十分感激你们对龙崽的情意，不过现在还不是它向外界露面的时候。咱们若想把潜龙山渲染成尼斯湖那样的神秘之地，就得让龙崽保持一定程度的神秘性。所以，我们一般只让它夜里出去。"

英子不满地说："那龙崽白天不成一个囚犯啦？多可怜啊。"曼姐解释说："白天我们也要带它出去玩的，但一般都在深山密林中，我们要造成'神龙见首不见尾'的神秘感。"

那么，我们就在这儿和龙崽玩吧。龙崽和我们已经十分熟稔，就如多年的好友。不过它最亲近的是花脸。也许，尽管龙崽有很高的智慧，它在内心里还是把自己定位为动物，与花脸有天然的亲近感。它俩无时无刻不厮混在一块儿，一会儿互相舔着，脖颈绕着脖颈；一会儿在打闹，花脸龇牙咧嘴地咬龙崽的尾巴，龙崽把尾巴摆到这边，它跳到这边咬；摆到那边，它跳到那边咬。龙崽调皮地一甩尾，把花脸甩个四脚朝天。花脸的自尊心受到打击，爬起来生气地吠叫着，龙崽赶快去舔舔它，两位又和好了。

我忽然想起那个疑问，问："蛟哥，龙崽是雌龙还是雄龙？是小男孩还是小姑娘？"

"你们猜猜看。"

我们仍然各自坚持原来的理由，我说，看它的调皮劲儿和它爱动爱玩的性格，还有它的一对大角，像是个小男孩。英子说，它那么漂亮温顺，像是个女孩。蛟哥问黑蛋，黑蛋抓了半天后脑勺，也没得出确定的意见。最后蛟哥说：

"英子猜对了，它是个小女孩，是一条又调皮又温顺的小雌龙，按说该叫它龙囡的。但它刚诞生时我们不能确定它的性别，就喊它龙崽，叫顺了，也就这样一直叫下来了。"

黑蛋说："这就好了，这就好区分了。蛟哥你知道不，我们原来一直为两人重名而头疼呢。现在，你，"他指指我，"就叫男龙崽，而你，"他指指龙崽，"就叫女龙崽。你说行不行？"

他问龙崽。那位女龙崽好像真的认可他的说法，向他点头，把我们都逗笑了。

中午，两位主人到洞的后部他们的厨房做饭，英子去帮忙，被两人赶回来："去去，哪有让客人动手的道理，你抓紧时间陪龙崽玩吧。"英子回来后小声说："厨房里食物很少，为了招待咱们，他们恐怕要倾其所有了。"想想也不奇怪，这儿太偏僻，老乡也不多，他们又没有冰箱，采购食物一定很困难的。我溜到后边看看，他们正在盘点自己的库存：有三个咸鸡蛋，够孩子们吃了，有半箱可乐，再炒两个山野菜……我悄悄离开，回到前边，黑蛋英子看着我说："要不，咱们就别在这儿吃饭了。"我想想，说："不，现在离开很不礼貌，中午咱们尽管放开肚子吃好啦，明天咱们给他们送点给养，家里没有，我可以让爹到镇里买。"

"对，不愧是大学生，办事有板有眼。就这么办！"

午饭是米饭，两盘山野菜，一个盘里放着三个咸鸡蛋。"你们吃吧，我和你蛟哥嫌它太咸。"曼姐说。我们装着糊涂问:"是不是只剩下这三个了?"

"哪里哪里,食品柜里好多呢,不信你去看。"

我笑着说:"不用去验证了。吃吧,不要亏了主人的一片心意。"黑蛋和英子明白我的意思,每人不客气地拿了一个,我把自己的那个递给龙崽:"龙崽,我在神龙庙见过你剥鸡蛋,再来一次让我看看。"

龙崽用它坚硬的鹰爪艰难地抓牢鸡蛋,在地上磕着,又用爪尖剥蛋壳。它的动作仍十分笨拙,但不管怎样,它到底把鸡蛋剥出来了。我们三人一齐拍手叫好。龙崽把鸡蛋举到嘴边,想了想,又送给花脸,花脸却一点不知道谦让,一口吞下,满意地哼哼着。

我们笑着指责花脸:"贪馋鬼!比比龙崽,看你多没家教!"花脸听不懂我们的批评,仰着脸看龙崽,它还想再吃一个呢。于是,黑蛋和英子都把已经剥好的鸡蛋塞给龙崽,龙崽给花脸一个,自己留一个,两位都吃得十分香甜。

喝可乐时,我还让龙崽表演了开瓶,它用坚硬的右爪努力抓牢可乐瓶,用左爪的一个指尖艰难地勾住拉环,用力一拉,拉开了,我们三人又是一阵鼓掌。别看它笨手笨脚,可它是动物啊,如果让花脸学开可乐,保准一辈子也学不会。龙崽把可乐倒在盘子里,不过花脸不喜欢这玩意儿,舔了一口,立即喷着鼻子躲开了。

看着龙崽的举止,我很难克服自己的错觉:它完全是一个人,是一个好心眼的小姐姐,只不过披了一张龙的外衣。它的智慧绝对已经超出动物的范畴,虽然它和花脸很亲密,但两者的智慧根本不在同一个数量级。

我不由叹息一声。陈蛟笑着问:"叹息什么,饭菜不如意吗?"

"不是。我喜欢龙崽,也可怜它。它这么聪明,可惜没有爹妈——你们最多只能算作它的半个父母。也没有兄弟姊妹,在这个世上孤孤单单一个人,将来到哪里去找配偶呢?"

陈蛟和何曼互相看看,笑道:"放心吧,它很快就会有兄弟姊妹,将来也不愁没有配偶。至于父母,这点没法子可想,它永远不会有真正的父母,我们就权当它的父母吧。"

我点点头，心中仍然愀然不乐。为什么不高兴？我自己也说不清楚。我的直觉感受到一些深层次的矛盾，但我中学生的逻辑能力不足以把它明朗化、条理化。我只是觉得，龙崽，这个自然界中第一次出现的生物，它的生命之路中有太多不确定的东西。它将生活在什么地方？在深山密林，在动物园，还是人类家庭中？以它的智慧，让它按动物的层次生活，未免太狠心，可是让它作为人类的一分子，似乎也不可能……

我摇摇头，摆脱这些缠人的思绪。总有办法吧，车到山前必有路。上帝创造了万物，但上帝已退休了，现在，人类已造出无数自然界没有的生物或生命形式：骡子、金鱼、虎狮、克隆羊、试管婴儿、克隆人……所有这些，总归要找到自己在自然界的合适位置。

下午4点钟，蛟哥催我们回家，说："还有这么远的山路，再不走就要赶夜路了。"我们恋恋不舍地同龙崽告别，蛟哥嘱咐："记着，回村后尽管为龙崽扬名，越轰动越好。只是不要说龙崽的来源，不要透露我们这个住处。"

我说："你尽管放心吧，这是黑蛋的强项，没有的事他都能吹出来，何况是真有其事呢。他一定能考证出龙崽是应龙的几十代玄孙，还会发誓说他亲眼见过神龙腾云驾雾，耕云布雨。在黑蛋心里，神龙本来就该是法力无边的，龙崽这么平常，他早就觉得不过瘾了。"

黑蛋嘿嘿地笑着，并不反驳。蛟哥和曼姐说："适当的夸张是必要的，尤其是在目前的造势阶段。但也不能太离谱。说到底，我们是科学家和有知识的学生，不是靠装神弄鬼唬钱的巫婆神汉。"我们笑着答应了。

七扯八扯，太阳已在西边的山尖沉落，我们告别这三位，走过山坳。回头望去，蛟哥、曼姐还在向我们招手，龙崽用后腿蹲坐在地上，就像一只守门的石狮。花脸特别地恋恋不舍，朝着那三个黑影响亮地吠着，我们听到龙崽也在"莽哈莽哈"地回应。

我们赶到村口，暮色苍茫中，看见几个女人在路边闲聊，一边探着脑袋张望，是我娘、黑蛋娘和英子娘。看见我们，我娘高兴地说：

"跑哪儿野去了？你个小鳖羔子，还有你俩小鳖羔子，两天不见你们的人影！"又转回头对另外两人说，"没事吧，我说过没事的。都是大孩子了，办事会有分寸的。"

我把黑蛋推到前边，小声说："去吧，该你唱主角了。"黑蛋毫不谦让，走上前清清嗓子说："娘，两位婶婶，我们是去龙穴探险，我们见到神龙了！"

"真的？真的？"三个大人都很激动，尽管两个月来关于神龙的传说早已流传遐迩，但真正见过的人并不多，她们三个就没亲眼见过。她们七嘴八舌地问："真的见到了？陈老三说的话都是真的？"

"对，亲眼见到了，绝对没假。不过，这条神龙并不是应龙本人，是它的20代玄孙，是一条可爱的小龙崽。我立即在心中推算，6000年前的应龙，20代玄孙，每一代有300年，龙的寿命是比人长多了。我们和它玩了很长时间，还摸了它的脑袋……"

英子娘担心地问："摸它的脑袋？黑蛋，你可不要以下犯上。虽说它是条小龙崽，也是神哪。"

黑蛋嘻嘻地说："没事，我们摸它它还很乐意呢。我们还喂它吃了五香牛肉和烙饼……"

黑蛋娘生气地说："黑蛋，不许没大没小！对神龙怎么能说'喂'呢，只能说你向它上供，它享用了。"

我惊奇地看看黑蛋娘，一个没什么文化的山村农妇竟然知道这个，真令人佩服！黑蛋很随和地说："行，那就说是我们向它上了供，它享用了。这位神龙很现代、很前卫的，什么现代食品都吃，五香牛肉，可口可乐，咸鸡蛋……它喝可乐会拉开盖上的铝环，吃鸡蛋还会剥皮呢。这些都是我们亲眼见的。"

"哟，陈老三真的没说谎，真的没说谎！龙崽娘，你们当家的冤枉他了嘛。"

我娘有点难为情，低声咕哝道："他是当干部的，党员，不兴信这一套的……我回去数落他。"

三个当娘的分别领着自己的儿女回家了。爹正趴在电脑前学打字，手忙脚乱的，比龙崽的鹰爪还笨。见我回来，随意撂一句："这两天野哪儿了？赶紧吃饭,吃完教我打电脑。"

我在厨房吃饭,听堂屋里娘叽里咕噜地讲着神龙的事,还听她埋怨爹:"那么多人都见了神龙,连咱家龙崽都见了,你还不信吗?乡亲们都迷信,就你能?"少顷,爹满脸疑惑地过来,劈头就问:

"你真的见到了神龙?摸过它,喂过它?"

我知道对爹不能像黑蛋那样吹牛,笑着说:"爹,别着急,坐下听我慢慢说。没错,龙崽我们是亲眼见了,也摸了,也喂了。不过,它不是神龙,不会呼风唤雨,腾云驾雾,也不是什么应龙的20代玄孙。它——只是一条普普通通的动物,但它是世界上唯一的龙,就是我们传说中的龙,这点儿没假。"

爹怀疑地说:"不是一条恐龙吧。"

"不是,绝对不是。它是一条中国龙,模样与九龙壁上的龙完全一样。"

爹大惑不解,喃喃自语:"这就怪了,这就怪了。按说,龙只是神话……"

我心里想,爹呀,对不起了,为了我们和蛟哥、曼姐的计划,只能瞒你几天。我说:"爹,先不管这条龙的来历,既然它来到潜龙山,对我们是大大的好事啊。你想,如果全世界都知道这儿有一条真正的中国龙……"我把我们的设想尽情吹嘘一番。"潜龙山以后就要靠旅游吃饭了。你没忘吧,上次何叔也建议你发展旅游呢。"

爹迟疑地说:"那敢情好,只是……"

爹没说出他的担心,不过我知道他是怕迷信之风也会随之高涨。其后的事应验了他的担心——我们三个的宣传给村民带来极大的震动,即使原来对陈老三抱着怀疑的,这会也都信了,全村掀起一股空前的"神龙热"。陈老三对我们感激涕零,逢人便说:

"我说我亲眼见过神龙!我说我亲眼见过神龙剥鸡蛋皮!有人偏说我造谣,如今你们问问黑蛋、英子和龙崽,我到底是不是造谣!龙崽还是大学生哩,还是贾村长的儿子哩。"

路上与陈老三见面,他对我特别客气,特别尊敬,说话时垂着手,半侧着身子。我在心中揶揄道:看来我们都沾了龙崽的光,也都成半仙之体啦!

向神龙庙进香的人潮水一般,其中有百里之外的人。后来我去神龙庙看过，祭坛上的供品比前几天丰富多了，有真空包装的南京板鸭、道口烧鸡、咸鸭蛋、山核桃、板栗、五香猪手、银鱼罐头、可口可乐（人们肯定听说了龙崽爱喝美国可乐的嗜好）……对乡亲们这些破费，我们倒没有于心不安，这是让龙崽吃的呀。多可爱的龙崽，即使乡亲们将来知道真相——知道它不是法力无边的神龙，也会心甘情愿把好东西给它吃的。

至于乡亲们的磕头礼拜、虔诚许愿，我心里不是滋味。中国老百姓的膝盖怎么这么容易弯呢，他们干吗非要臆造出某个供他们跪拜的神物呢？不过，我在心里安慰自己，毕竟有关神龙的盖子不会捂得太久，只要我们把龙崽的身世一公开，看陈老三该多狼狈吧。那时乡亲们就不会相信神灵而信仰科学了。

在对神龙的崇拜潮中，只有我爹不跟风。他总是恼火地看着进香的人流。他无法阻止和批评他们，现在还会有谁信他的话？连他儿子都证实了神龙的存在。而且，以我爹的知识水平，他又不可能猜到龙崽的生命来源于科学，来源于基因技术。但尽管这样，他坚决不参加到这个潮流中，暗地里坚持着自己对"神龙"的怀疑。说实话，我对爹开始有点儿佩服了。

两天后，我们给蛟哥他们一家三口送给养：一箱鸡蛋，一箱龙须面，一件饮料，是我爹从镇上买的。我、黑蛋和英子每人扛一箱，连花脸的脖子上也吊着一袋牛奶软糖。既然它是龙崽的好朋友，它也该出点力嘛。山路不好走，尤其是过阎王背，我们是爬过去的，三个都气喘吁吁。马上就到那个洞口了，花脸急不可耐地冲过去，我们也加快脚步。三天没见到龙崽，我们已经想得不行了。

栅栏门虚掩着，花脸用嘴巴推开门进去，欢快地叫唤着。可是它很快就满脸懊丧地返回了。很遗憾，三位朋友都不在家，看来陈蛟夫妇带龙崽出去放风了。我们把食物放到厨房里，发现他们也新购了一批食物，这是他们去镇上买的，还是什么人送来的？

不见龙崽就走，未免心有不甘。我们等了很久，他们还是没回来，我们只好怏怏地离开。花脸还是像上次那样，时时扭回头，对后面的洞口恋恋不舍地吠叫着，直到夜色渐渐把洞口淹没。

此后两天我们没再去那儿。黑蛋和英子开始忙起来，我也想趁这几天把暑假作业赶完，这是我的老习惯，赶完作业，以后玩起来就没有负担了。爹的小竹编厂就在屋后不远，依着山坡建一个工棚。闲暇时我也常去帮他们干活。黑蛋正在破篾丝，动作十分潇洒，一把篾刀从容地前进着，长长的篾丝在他身后飘动，就如一条夭矫多变的青龙。我夸他能干，黑蛋老老实实地说，"其实我只是干粗活的，只能破篾丝和编个背篓簸箕。英子才是干细活的，编一些鱼啦虾啦小松鼠啦，编什么像什么，你爹开给她的工资比我高多啦（这句话是贴着耳朵说的）。"不过黑蛋大度地说，"我一点儿也不嫉妒，谁让咱艺不如人呢。"

我去看英子干活，她正在编一只小松鼠，灵巧的十指疾速地翻飞着，篾丝在她手里变成有生命的东西，慢慢地，小松鼠的脑袋定型了，身体出来了，一条毛茸茸的大尾巴也伸出来。我真心称赞着：

"英子，你真巧！上学时没发现你有这种天才呀。"

英子微微笑着，把最后的篾丝头插进去："给，这个给你吧。"

我接过来，向她建议，你照我家花脸的模样编出一条狗，送给龙崽做礼物，它不是最喜欢花脸嘛。英子答应了。

工棚里的根柱伯告诉我，他昨天去神龙庙上了供，不过没见着龙崽。根柱伯问我，"神龙什么时候驾临庙里？"我说，"一般是晚上两点到三点。如果你想见到它，就得守上一夜。"根柱伯说："行，明天就守一夜，我真想亲眼见见神龙是什么样子。"他又问：

"这么说，老神龙——就是黄帝手下的应龙——真的不在了？"

黑蛋抢着说："当然不在了，龙的寿命虽然长，也就是500年，并不能长生不老啊。长生不老的龙是不存在的。"

根柱伯有点儿失望，但也表示信服。这两天，黑蛋成了龙专家，有关龙的一切没有他不知道的。像什么龙的心是凉的，人的心是热的；龙能活500年，人能活100年。以上资料实际来源于一则神话故事：《龙女与三郎》。还有，凡龙要想成仙，必须揭去龙鳞，但揭龙鳞可是一道生死关，就看这条龙有没有勇气和福分了。还有什么渭龙清，泾龙浊，洞庭龙宽慈，钱塘龙性如烈火，等等。我知道他是尽量为"神龙出山"造势，但有时我不得不抢白他。我说："你消停一点吧，你的那些知识都是垃圾，自相矛盾，胡吹冒撂。再沿这条路滑下去，得先拿你开刀，破除迷信啦。"黑蛋嘿嘿地笑着说，"你别介意，自从见到龙崽后，我已经知道龙不存在，咱们小学的那次争论确实是我输了。我吹这些，是和那些还相信神龙的乡亲们开个玩笑。"

我们商定第二天再去山洞一趟，算算已经有六天没见我们的龙崽啦，再不去，我们包括花脸就要得相思病了。

晚上爹不在家，又出山去联系业务。我想还是应该利用现代化工具，就把竹编厂的生产品种、价格、交货期、我家电话等编成一条消息，在网上发出去。我还准备哪天去找蛟哥，让他把这些资料翻译成英文，发布到国外。对了，蛟哥说要在网上把神龙的消息发到国外，不知道发了没有？后来我睡了，做了一个乱七八糟的梦，事后想起来都脸红。我敢说，我从来没有动过这些坏念头，它们怎么会进入我的梦境呢？我想这都怪黑蛋，是他那些乌七八糟的"龙知识"影响了我。

我梦见自己变成王三郎，就是神话传说"龙女与三郎"中的主人公，带着花脸来到龙宫，给美丽的龙女吹笛子。龙王发现龙女喜欢上了三郎，龙女长得像英子，三郎就是我，龙王勃然大怒，说："用我的龙须把穷光蛋的嘴巴缝上，看他还能不能吹笛子！"龙女的保姆墨鱼精劝龙女："别跟那个凡人啦，龙的心是凉的，凡人的心是热的；龙能活 500 年，凡人只能活 100 年。"龙女说，"再不救他，他连三天都活不了啦，还说什么 100 年 500 年……"龙女派墨鱼精保姆把我救出来，抽掉我嘴上的龙须，然后龙女温柔地吻我，花脸高兴地乱吠……

确实有谁在吻我，我醒了，一条大舌头轻轻舔着我的脸，一只枝枝丫丫的大脑袋映着门洞里射进来的月光。是龙崽！花脸乐疯了，前前后后地蹿着跳着吠着。我一下子抱住它的脖子，惊喜地喊："龙崽！龙崽！你怎么来了？

蛟哥曼姐不是不让你出山吗？他俩也来了吗？"

娘从门外探进脑袋，她一定是听见了这屋里的动静。我喊，"娘，这就是龙崽，它来咱家串门哩。"娘惊得眼珠子都掉出来，大张着嘴，定定地看着它。龙崽很有礼貌地对女主人莽哈一声。娘紧张地小声问我："用不用磕头？见神龙该磕头的呀。"我恼火地说："磕什么头啊，这是我的好朋友，就像是你的侄女，它该对你磕头才是。你只用把好吃的东西拿来就行了。"娘忙去搜罗一堆，都是原来给我准备的，有萨其玛、怪味豆、五香驴肉等，放到龙崽面前。龙崽的大眼睛闪动着，再次很有礼貌地叫一声。

娘在龙崽面前还是很紧张，要知道，这可是山民们世世代代朝拜的神龙啊。而现在，这条神龙正同儿子和猎犬亲昵。她立在门口，仍有些手足无措的样子，我只好说："娘，你去睡吧，我和龙崽玩一会儿。"娘松口气，忙退出我们的房间。我接着问龙崽：

"你是不是一个人来的？知道吗，三天前我给你们送去很多好吃的东西，黑蛋、英子和花脸都去了，可惜你们不在家。今天晚上我们刚商量好要去看你呢。我真想你，你想我们不？"

在我连珠炮的追问中，龙崽只是安静地吃着食物，只是时时伸出舌头舔我一下。我叹道："聪明伶俐的龙崽呀，可惜你不会说话，要能说话该多好。"

这时龙崽的表情有一个明显的变化，它停止咀嚼，定定地看我，看得我心里纳闷。我耐心地说："龙崽，你是不是有什么话想告诉我？你能听懂我的话吗？"

龙崽看着我，嘴巴翕动着，喉咙里发出三个音节。再看看我，把这三音节重复一遍。等到它重复第三遍时我恍然大悟——我的心怦怦跳着，不敢相信自己的揣测，小心地问：

"龙崽，你是在同我说话，对不对？"

龙崽点点头。

"你再说一遍，慢慢说，不要急。好吗？"

龙崽再次重复一遍，这次我完全听清了，它是在说："我说话。"喉音很重，音节单调，辨听起来比较困难，但我想自己没有听错。我问："你是说，我——说——话，对不？"

龙崽眼睛中亮光闪烁，高兴地点头。

"你说'我说话'，是说你要说话，还是说你已经会说话？"

龙崽的回答仍是三个音节："我说话。"

我不再追究，也许它还不能领会精微的字义，现在最重要的是它会说话！虽然语言能力还很差，像一个两岁的人类孩子，但这已经很伟大了！我耐心地教它：

"我再教你说别的话，好吗？来，先说你的名字：龙崽。"

"龙——崽。"

"再说我的名字：龙崽。"

"龙——崽。"它又加一句，"两个龙崽。"

我笑了："对，两个龙崽，咱们很有缘分，对不对？再说你父母的名字——至少他们算是你的半个父母吧：陈蛟，何曼。"

"陈蛟，何曼。"

这两次它的发音很准，估计蛟哥、曼姐对这些名字已经进行过多次训练。我指指在它旁边撒欢的花脸，"再说它的名字，花脸。"

"花——脸。"它想想又补充一句，"我最好的朋友。"

"你说什么？"

"最好的朋友。"

这句话让我吃醋了："最好的朋友？那我呢，黑蛋、英子呢？"

龙崽难为情地看着我，瞪大眼睛思考着，最后赧然低下头。我笑着拍拍它的头，不再难为它。其实我知道它的意思，它的智慧已经接近于人类，但它还是把自己归于动物一类，放在人类之下。这样，它看我们时带着仰视的目光，所以没把我们归入"朋友"一类。这种想法比较纡曲，别说它的小脑瓜了，就是我也不一定能表达清楚。我说：

"行啦行啦，花脸是你最好的朋友，我们三个也是你最好的朋友。对不对？"

龙崽喜悦地点点头。

寻找中国龙

我们的对话已超过花脸的理解力,它这会儿一动不动,尾巴高高翘着,仔细辨听我们的谈话。龙崽嘴里发出"花脸"这个词时,它习惯性地摇摇尾巴,但马上意识到这不是主人在召唤,而是一个动物同类发出的声音,于是疑惑地盯着龙崽的嘴。龙崽调皮地唤一声,再唤一声,花脸的尾巴摇个不停,它的狗眼也越来越惊异。我想,也许花脸正在对"龙崽说人话"这件不合常规的事进行认真的思索,不过,看来,以它的智力不可能得出答案了。

龙崽用它聪慧的大眼睛看着我。它会说话,我们能在更高的层次上互相理解了,我真想这会儿就把黑蛋和英子喊来,让他们分享这个好消息。我开始穿衣下床,娘听到动静,过来问清我想干啥,说:

"你这孩子,不看看几点了?深更半夜的,搅得全村不安生。明天再去吧,明天吧。"

我兴奋地说:"你不知道,龙崽会说话!"

没想到娘一点儿也不惊奇,咕哝道:"有啥奇怪?仙家哪有不会说话的,龙要是不会说话,柳毅和龙女咋谈情说爱?"

原来在她的心目中,龙崽仍是个法力无边的神龙,是仙家。当龙崽一直用仰视的目光看人类时,我娘及许多乡亲却在用仰视的目光看龙崽。娘对龙崽非常敬畏,连带地对龙崽的同伴——她儿子——也多了份敬重。她轻声细语地劝我睡觉,然后轻轻拉上门走了。

龙崽和花脸安静地卧在我床下,我和它们有一搭没一搭地说着话,慢慢进入蒙眬。我想蛟哥和曼姐太不仗义,这么好的消息,为什么一直瞒着我们?如果潜龙山出了条真龙,还是一条会说话的龙,那不是更轰动吗?我还要教它说外语,等外国大鼻子来参观时,龙崽会说:"古的拜!""莎扬娜拉(日语再见)!""达斯维达尼亚!(俄语再见)"

可他们为什么一直瞒着我们呢?我们在他家玩了一整天,龙崽没有露出一句人话,可见他们事先下过禁令,不过到我家后,龙崽把禁令忘了——它毕竟是个孩子嘛。为什么蛟哥要隐瞒呢?在半睡半醒的蒙眬中,我忽然猜到一个原因,我想这个原因不会错的:

龙崽是用多种动物的基因拼成的,但如果想让它有语言能力,则这些基因中必然包含一种特定生物的基因：人。人是这个星球上唯一进化到具有语言能力的动物。而且，恐怕不仅仅牵涉到声带，语言是由人脑中一个特定区域管理的，这么说，龙崽的脑基因中可能也含有人类基因……

而蛟哥和曼姐一直说，为了避免引起社会的反对，他们一直没有使用人类基因。

我想起他们讲过的那个悖论：人类和动物基因的混合并不是大逆不道的事，因为人类本来就来源于动物，人类和黑猩猩的基因相似度高达98%。但"人兽杂交"确实又是个令人恐怖的字眼，因为，若对此没一点儿限制，迟早会出现狼人、鳄鱼人等怪胎。这是个两难的问题，现今人类的智慧还回答不了，只有等历史来裁定了。

我听这番话时糊里糊涂，这会儿回想起来，对它的理解又加深一层。但不管怎样，看来蛟哥和曼姐已悄悄越过这道界限，非常小心，非常谨慎，但毕竟是迈过去了。只是，他们对外面一直谨慎地保守着这个秘密。

我想了想，决定把这个秘密沤到肚里，谁也不说，对黑蛋和英子也不说。他们都是龙崽的铁杆朋友，但他俩不一定能理解这些深层次的观点。我不想让蛟哥和曼姐再应对更大的外界压力。

对，就这样。我伸手拍拍龙崽的脑袋，拍了个空，它已经走了。隔着窗户，我看见一龙一犬的身影在院外的山坡上依偎着。少顷，花脸轻快地跑回来，没再到我屋里，径自回它的狗窝里睡了。

第二天一大早，我把黑蛋和英子从床上拽起来。我敲黑蛋脑袋时，他恼火地说："现在才几点？你这个游手好闲的家伙，别忘了我是工人阶级了，今天还要上班呢。"我说："我要宣布和龙崽有关的一条重大消息，你爱来不来。"很快，黑蛋和英子睡眼惺忪地出来了，英子还没梳妆，头发乱蓬蓬的，见我在看她，难为情地用五齿梳（手指）在头上胡乱梳了梳。我说："你们二位去溪边洗洗脸，清醒清醒，我真的有大消息。"

一会儿两人过来了，急切地望着我。我不会把"人类基因"的秘密泄露给他们，但"龙崽会说话"这件事是瞒不了人的，我也不想瞒。我说："第一条消息,龙崽昨晚到我家串门了,今早才走。"

两双眼睛眨巴眨巴地看着我,等确定我不是在开玩笑,立时像热油锅撒了一把盐粒,两人嚷起来:"为啥不喊我去!""蛟哥和曼姐不是不许它出来吗?""哼,它为啥上你家不上我家,龙崽偏心眼!"

我笑着说:"关于这点请不必吃醋,龙崽来我家是冲着花脸的,它亲口告诉我,花脸是它最好的朋友。当然我们也是它的朋友啦,但档次是排在花脸之后的。"

"它亲口告诉你的?"

"对,这正是我要宣布的第二项重大消息,龙崽会说话!"

这次,那两双眼睛眨巴得更快,随之的爆炸也更猛烈:"真的?""它真的会说话?""你一定是开玩笑!"

我把昨晚的情形复述一遍,他们马上相信了。黑蛋说:"对,它当然会说话,它多聪明啊,光那双大眼就会说话。"

英子说:"我想起来了,在神龙庙第一次碰上它,咱们喂它吃五香牛肉时,它就曾经呜里哇啦说过一阵,肯定那时它就在说话,可惜咱没听懂。"

黑蛋越想越生气:"龙崽,这么好的消息,为什么昨晚不喊我们?"

我歉然说:"我确实打算去叫你们的,被我娘拦住了。"

"它今晚还会来吗?"

"我不知道。我想——它还会来吧。"

"那好,今晚咱们守它一夜,我要亲耳听它说话。"

英子说:"还要给它带好吃的东西。"

"好吧,晚上 10 点钟聚到我家等它。"

晚上,两人早早来到我家,每人拎一大包小吃,他们一定把家里打牙祭的东西全搜罗来了。我们围坐在床上聊天,一边竖着耳朵听外面的动静。花脸卧在床下,也常常突然抬头倾听着,它也在等候着自己的朋友。闲谈中黑蛋一个劲儿追问:"龙崽怎么会说话,它有人的声带还是鹦鹉的舌头?"我知道再往下追一步,他也会怀疑到龙崽身上是否掺杂了人类基因,忙把话头扯开。

时间一分一秒地过去了,连英子也着急了,不停地喃喃自语:"它今晚会来吗?会来吗?"我心里也没一点数,因为龙崽昨晚走时并没有同我约定。

月影在窗台上悄悄移动,皂角树在夜风中簌簌作响。我们的眼皮已经变涩了,忽然花脸跳起来,喉咙里狂喜地唧唧着,向门外冲去。片刻之后,一个硕大的龙头出现在门扇的光影中,我们一跃而起,团团围住龙崽:

"龙崽,你可来了!"

"龙崽,我们给你带来很多小吃!"

"龙崽你会说话?说一句让我听听!"

龙崽用脑袋把我们挨个蹭一遍,笑眯眯地说:"都是好朋友。"它想了想,又加一句:"最好的。"

它的话仍然哇里哇啦的,像爪哇话。不过,不用我翻译,黑蛋和英子都听懂了,乐得不知高低。我说:"怎么样,我没吹牛吧。"黑蛋英子都说:"是真的,它真的会说话!让它再说几句,说呀。"娘听到这边的动静,悄悄过来,手扶门框看了一会儿,又悄悄退回去。闹腾一阵,我说:"好,静一静,不要七嘴八舌地吵。龙崽会说话,但它说得还不好,咱们得教它。你说对不对,龙崽?"

龙崽使劲点头。我们公推英子做教师,因为她的普通话说得最好。英子问:"龙崽,你叫什么名字?"

黑蛋说:"你这不是废话嘛,它当然叫龙崽啦。"

英子说:"不,我是想问它的大名。"

龙崽迷惑地看着她,看来它不知道什么是"大名"。它老老实实地说:"我叫龙崽。"

"你几岁啦?"

黑蛋忙解释:"知道什么叫'岁数'吗?就是说你打生下来到现在,一共活了几年。"

"我懂。我两岁。"

"才两岁!两岁就长这么大的个子,懂这么多的事。真不简单!你家在哪里？"

龙崽想了想："一栋大楼，好多的水。"

"好多的水……你是住在一个岛上？"

龙崽摇摇头："我不知道什么是岛。"

"那儿有你的兄弟姊妹吗？"

不知道为什么，这个问题改变了它的情绪，它难过地低下头，不作回答。我小声埋怨英子不该问这个问题："它当然没有兄弟姊妹，它多难过呀。"

我们赶紧把话头扯开，教它说别的话："在岛上是谁教你学说话？是谁教你算算术、敲键盘？你会唱歌吗……"那时我们都没想到，龙崽刚才的难过是有原因的。

第五章　善焉恶焉

　　我们对龙崽那次的情绪转变印象很深。不久我们就知道，这其实是一个转折点。此前，在我们同龙崽及龙崽父母的交往中，充满诗情画意，纯洁透明，其乐融融，一派伊甸园的气氛。但那晚之后，生活的另一面——阴暗——开始悄悄把一只爪子伸进来了。

　　那晚我们和龙崽闹了半夜，都困了，但黑蛋和英子坚决不回家，于是我们就横七竖八地挤在我的床上，准备眯一会儿。正在这时，龙崽忽然浑身一震，抬起头，向外倾听着，随即唰的一声蹿出去了。花脸着急地叫着，跟着它蹿出去，我们三个也一齐跳下床，站在院里向远处眺望。龙崽干什么去了？是不是听到蛟哥、曼姐的召唤？但是按常理它该跟我们告别一声啊。

　　少顷，花脸怏怏地回来，不知道是没追上，还是龙崽把它赶回来了。我们没有多想，回屋睡觉。大约一个小时后，突然听到花脸愤怒的叫声。我们都没睡熟，立即醒了，一齐跳下来，跑到门口。门口的情景让我们大感不解，龙崽正蹲在门口，显然想进来，而花脸却狂怒地上蹿下跳，恶狠狠地吠着，一副苦大仇深的样子。我喝道：

　　"花脸你叫什么！这是龙崽，你最好的朋友啊。"

　　黑蛋困惑地问："花脸你怎么翻脸不认人啦，是不是刚才你们在外面吵架了？"

　　龙崽尴尬地蹲在门口，进也不是退也不是。英子忽然扯扯我的胳膊，朝龙崽嗅嗅鼻子。我也闻见了，龙崽身上飘过来相当明显的异臭。我恍然大悟，难怪花脸不认龙崽。书上说，每种生物都有一种最强势的感官，它们对外界事物的判定，一般是以强势感官的信息为准的。比如人的强势感官是视觉，当你看到一个熟识的相貌，即使这人声音不像，或者身上有异味，你仍然会毫不犹豫地做出"这是王老三"的判断。而狗最强势的感官是嗅觉，它相信嗅觉要远远超过相信眼睛。所以，尽管龙崽的模样一点儿没变，但它身上这会儿的臭味足以让花脸判定其为"陌生者"。我笑着骂花脸：

"花脸花脸，别犯傻了，这是龙崽呀，出去解大便，身上沾了点臭味，你就翻脸不认人，真是狗眼看人低。"

花脸也不会没有一点儿困惑——至少龙崽的相貌是熟悉的呀，但它仍遵从狗的本能，不屈不挠地狂吠着。我想龙崽一定会生气的，它对这条蛮不讲理的狗朋友要勃然大怒了。但很奇怪，龙崽反倒有点理屈的模样，低声莽哈一声，算是告别，转身向山林跑去。

我们高声喊它，挽留它，但没能留住它的脚步。回到院子里我们一齐训斥花脸，"看你，怎么搞的，把龙崽气跑啦！龙崽一定不会再理你了，也不会来这儿串门了，都怪你！你还是龙崽最好的朋友呢。"花脸委屈地唧唧着，显然很不服气。

龙崽走了，黑蛋和英子也回家睡觉了。我躺到床上，眼前总是晃动着龙崽的最后一瞥：尴尬，理屈。我想不通这是为什么。而且，奇怪的是，一种不安的氛围在我周围浮动着，我不知道是什么引起我的不安，但一定有什么东西。到底是为什么呢？我突然想起，龙崽身上的臭味很熟悉，我在山路上曾两次闻到过，第一次是放假回家那天，第二次是和黑蛋英子去黑龙潭那天。而且——那臭味当时还伴随着一种阴森森的杀气。

我突然从床上坐起来，感到背后发凉。莫非那晚跟踪我很久的所谓"猛兽"就是龙崽？那天模模糊糊看到的大脑袋，细长的腰身，和龙崽是很像的。如果真的是它……我在心里为它辩解着：实际上那个跟踪者的"凶恶"只是我的想象，它跟我那么久，并没向我进攻啊。它也许只是想和我认识，想和我开玩笑吧。

不过，我的直觉不相信我自己的辩解，因为那个跟踪者的敌意是明显的。我不愿相信龙崽就是那个跟踪者，只是……它身上的臭味是从哪儿来的，为什么时有时无？

晚上没睡好，早上我睡得很死，但一个忽高忽低的声音顽强地挤进我的梦乡。我强睁开眼睛，听见是根柱婶的大嗓门：

"……把我的猪娃咬死了，羊娃咬死了，不吃，摆到大门口，这不是明摆着欺负人嘛，村长得管管。"

娘说："龙崽他爹到县里去了，今儿个能赶回来。不过，你们肯定看错了，不是龙崽。"

"肯定没看错，枝枝丫丫的龙角，长身子，身上发出很怪的臭味……"

"肯定看错了，龙崽昨晚一直在我家呢，和我家龙崽、黑蛋和英子在一块儿玩。它是条善龙，仁义着呢，和几个孩子们玩得可热乎。龙崽，龙崽！你来告诉你婶。"

我很勉强地走到她们跟前。我真不愿说龙崽的坏话，但我自小没有学过说谎，何况，根柱婶的一句话霍霍地扎着我的神经：很怪的臭味。昨天龙崽回来时确实带着臭味！我低声说：

"昨晚我、黑蛋和英子确实和龙崽在一块儿，不过……它在大概4点钟时出去了一会儿，5点钟才回来。"

根柱婶叫起来："就是这个时辰！不光是我家，好多家的猪娃、羊娃都被咬死了，怎么，你家没有？"

娘说没有，我家的畜禽都是好好的。娘说这话时透着理屈，根柱婶拖长声音噢了一声，什么也没说，不过这含意深长的一声足以让我娘和我脸红了。

爹不在家，我只好代他去村里巡查一番。没错，几乎家家都遭了害，猪娃，羊娃，母鸡，被咬死的畜禽摆在各家正门口，明摆着是一种挑衅和威胁。根柱伯原是神龙的虔诚信徒，这会儿也免不了有一些腹诽。他吭吭哧哧地说：

"神龙想吃一两只活物也没啥，过去给神龙上供，都是猪牛羊三牲呢。可它干吗……龙崽，听说你和神龙最熟，能不能问问神龙，是不是咱村里谁得罪它啦？是不是嫌咱们的供品太薄？"

我只有苦笑，没法子回答。访遍全村，只有我家、黑蛋和英子家没有遭害，而各家的描述是绝对一致的：肯定是龙，不是豹子山猪什么的，有四五家亲眼见到它作案，其他人也都闻见了它留下的异臭。对龙崽的态度不一，年轻人气愤地说:"这条神龙太不识抬举,好吃好喝地供着它,它还来糟害人,惹老子恼了就一刀捅……"常常是家里的老人赶过来制止,说:"可不能对仙家胡说八道,咱们得揣摸揣摸,是不是咱们的供品不合神龙的意?"

巡视完,我把黑蛋和英子叫到村边,三个人都面色阴沉,心里疑惑不定。从这些天和龙崽的交往看,它绝不是一个心地残忍的家伙,但昨晚它的行为又如何解释?至于这些事是否是它干的——这一点不用怀疑了。别说众人的举证,就凭昨晚它的异常,也可推证个八八九九。

英子的大眼睛中满是泪水:"我不信,我不信,就是不信。龙崽多善良啊,它还舔过我的脸呢。"

我难过地说:"我也不愿相信啊,可事实就在眼前。也许,咱们把龙崽看得太理想化了。它再聪明善良,说到底也是一只食肉动物。食肉动物总有一点儿兽性。你想,熊猫多驯服可爱,但昨天的报上说,有一名记者进到熊猫馆里,惹它发怒了,一爪子就把记者抓伤了。"

黑蛋说:"它身上的臭味从哪儿来的?咱们和它玩时,被它舔时,从没闻见它的臭味。"

我说:"你不是说,那是它大便后沾上的臭味嘛。"

黑蛋不好意思地说:"我那是信口开河,不为准的。"他皱着眉头思索着,忽然说,"我知道了,我猜到答案啦。"

我俩洗耳恭听,看他这回有什么高见。黑蛋的理论蛮复杂的,好容易才把意思说请。他说,"龙崽作为一种人造生物,一定有特殊之处。可能它身上有一个暗藏的开关,一旦这个开关被触动,它体内的兽性就会复活,作为副产物,它身上就要发出一种臭气。这时它就会远离人群,大肆杀戮,发泄它的兽性。然后它会恢复原状,回到主人这里。所以,龙崽身上有臭气时,它总是在躲着咱们,你们说是不是?"

这个理论自然很牵强,但也是目前能勉强说通的唯一解释。特别是,黑蛋还举出一条有力的佐证,他神秘地说:"按我的猜想,蛟哥和曼姐一定知道这一点,不过他们一直瞒着我们。不要忘了,有一天晚上咱们曾看过一男一女两个神秘人物,听见咱们喊叫后慌忙躲入林中。当时,那儿就有一股异臭。"

我们都悚然回忆起这件事。这两人当然就是蛟哥和曼姐,这是不用怀疑的。不过,和两人相识后,由于两人的明朗性格,我们已经有意无意埋掉了那一段记忆。经黑蛋提醒,我们觉得当时两人的行迹确实可疑。也许那时他们是在寻找兽性发作的龙崽,也许那时龙崽正满嘴鲜血,浑身异臭,四周躺满小动物的尸体……

英子说:"咱们快去找蛟哥和曼姐,让他们把龙崽的疯病治好。龙崽是个好崽崽,只要把疯病治好,它还会像过去那样善良可爱。对不对?"

我迟疑地说:"再说吧,咱们想想再说吧。"经过这档事,我知道蛟哥和曼姐并没有对我们推心置腹,没有对我们完全透明,谁知道他们是否还藏着别的什么秘密?

爹回来了,还没有到家,耳朵里就灌满了龙崽的劣迹。他气哼哼地进门,和娘叽咕一会儿,喊我去正间。我知道一场艰难的谈话等着我,硬着头皮去了。爹问:"那条龙崽到咱家来过?"

"对,它非常聪明可爱,和花脸是最好的朋友。"

"它能听懂人话?"

"对,可惜那天你不在家……"

爹打断我的话,愠怒地说:"那你说说它昨晚干的缺德事!"

我忽然看到爹身后有一支……半自动步枪!一定是爹从民兵队部拿来的,他想除掉龙崽!我急了,忙说:"爹,昨晚的事我一定要查清,保证它今后不会干这事了。可是爹,你千万不要贸然动手。保护野生动物的法令你知道不?吃人的老虎和豹子还要保护哩。"

"龙崽是野生动物?"

我语塞了。考虑到龙崽的出身和智慧程度,它恐怕只能算作"半动物"吧。但我仍振振有词地反驳:"不管是不是野生动物,反正它是世界上最珍稀的动物,比大熊猫、华南虎还珍贵呢。你可不能向它开枪。"

爹冷冷地说:"听你娘说,它还会说人话呢。"

这句话说得突兀，我还以为爹是在夸龙崽呢。但我随即明白了爹的意思：他是说，老虎豹子不通人性，它们杀死畜禽是自然本性，咱们可以不怪罪它们。而这条龙崽呢，它可是通人性的，既然通人性还干这事，就太可恶了，就不可饶恕了。我越发着急，也更加雄辩滔滔：

"爹，因为它懂人话，就更不能轻易杀它，那叫'不教而诛'。咱们可以讲道理呀，可以教育它呀。即使它不改悔，也要用法律手段来惩处它，因为它已经是智慧生物嘛。爹，龙崽是世界上第一个智慧动物，你没权这么对它。"

我这段绕来绕去的道理把爹也绕进去了。他辩不过我，恼怒地说："照你的道理，咱们只能干看着，直到它咬死一两个人？"

我吃了一惊："不会，绝不会！我了解龙崽，它绝不会变成杀人凶手！"

爹怒哼一声，不理我了。出来后我心虚地想，我说我最了解龙崽，真了解吗？恐怕不敢肯定，至少我没料到它会杀死这么多畜禽。

我没想到，爹的话不幸言中了。

这么严重的事，我当然不会瞒着黑蛋和英子。晚饭后，我们聚在村口的大槐树下，花脸摇着尾巴，向龙崽来的方向眺望着，嗅闻着。它的心里没负担哪，在它看来，昨天那只带臭味的龙绝不是龙崽，它喜欢的龙崽还在山那边哩。我们默默地等待着，打不起精神说话。龙崽由善变恶变得太突然，我们的感情转不这个弯。实际上，连这次我们该不该带武器，都让我们踌躇良久。黑蛋说，"它会不会兽性还没发泄完，把咱们三个也给'嘎嘣'了？"英子难过地说："不会，绝不会。"可是，真的不会？谁心里也没有底。

不过，我们最终没带猎刀。想起这些天的友谊，如果带武器，未免太亵渎它了。那么，我们还是空手去赴龙崽的约会吧，如果……就算我们为友谊付出的代价。天上一钩残月，光芒暗淡，大槐树的阴影遮蔽着夜空。黑色的山峦贴在昏暗的天幕上，蝙蝠在夜空中无声无息地滑行，几只萤火虫倏然来去，山间的寒气慢慢罩下来。忽然，花脸欣喜地叫起来，龙崽来了，它在夜空中轻轻地滑出来，转眼到我们面前。花脸早迎过去，同它亲热地偎擦着。

这种情形马上让我们放心了。看花脸的亲热劲儿，显然今天的龙崽不在"恶"之中。我们仔细闻闻，果然没臭味，一点也没有。龙崽似乎完全忘了昨天的不愉快，忘了花脸对它的敌意。它游过来，大眼睛在夜色中闪闪发光，用脑袋亲热地蹭着我们。

我们三人你看看我，我看看你，真不知道该如何响应龙崽的亲昵。后来我蹲下来，委婉又坚决地问："龙崽，我要问你一句话，我真不想问的，可我不能不问。龙崽，昨晚你是不是咬死了很多家的猪羊，还把死尸摆到每家门口？"

我担心它听不懂这么复杂的问话，但它显然懂了，立即低下头，显得羞愧和慌乱。如果说直到刚才我还拿不准龙崽是否干了这些坏事，现在完全可以肯定了。我看看同伴，继续劝道："龙崽，如果你想吃活物，我们会想办法满足你，但不要这样，不要惹得全村人都骂你。龙崽，你很聪明懂事，会改掉自己的毛病，对不对？"

龙崽仍然低头不语。最后，我狠着心说："龙崽，今天你就不要进村了，怕乡亲们生你的气，万一有谁伤着你。回去吧，回去好好想一想我的话。只要不再做坏事，我们还是好朋友，好吗？"

英子眼泪汪汪地说："龙崽，我们仍喜欢你，真的！"

黑蛋也说："过两天我们去看你，你回去吧。"龙崽久久看着我们，难过地莽哈着，然后掉过头，怏怏地走了。它肯定不愿离开，一步懒似一步。花脸不理解这些曲曲弯弯，眼看龙崽要走，焦急地叫着，追上去拽它的尾巴。但龙崽没有停留，慢慢隐于夜色中。

我们懒懒地回家，一路上几乎无话可说。分手时英子说："龙崽，去告诉蛟哥、曼姐吧，让他们想办法教育龙崽。行不行？"我懒懒地说："你以为他们不知道吗？恐怕他们早已知道了。"顿一会儿我说："再说吧，停停再说吧。"我摇摇头，带花脸回家了。

第六章 恶 龙

　　爹并没有听我的劝说，闲暇时，他仔细擦拭着步枪，还在院子里设了个靶子，练习瞄准。看着那支枪，我心里总是惊悚不安。如果龙崽不听我的劝告，恶性再次发作，爹真的会把它的脑袋打烂吗？

　　第二天，回龙沟的住户早早打来电话：昨晚龙崽又在那里作恶了！爹怒冲冲地提枪就走，我忙追上去，说："爹，我跟你一块儿去吧。"爹勉强答应了。我想再喊上黑蛋和英子，看看爹的脸色，没敢吭声。

　　实际上，我跟爹来，是把自己摆到两难的位置上。如果爹真向龙崽举起枪，我该怎么办？我当然不忍心让龙崽被打死，可是——它的恶行也着实让我恼火。回龙沟的驼背二爷领我们看了各家的现场，和我们村一样，猪羊都被咬死了，但没吃一口，尸体整整齐齐摆在大门口。正是这一点特别让人恼火。驼背二爷说："虽然它是条龙，也是个野物，吃掉个把猪羊也不算出格。可是它一口不吃，咬死后摆在门口，不明摆着欺负人嘛。我看它一定不是应龙的后代，倒是泾河小龙那样的孽龙！"

　　驼背二爷还说，庙祝陈老三这些天也十分反常，上蹿下跳的，到处哭丧着脸宣扬：神龙发怒啦，大祸临头啦！闹得乌烟瘴气的。爹问："陈老三家的禽畜被糟害没？"

　　"这次没有，不过几天前就遭害了。那时只他一家。"

　　爹说："去陈老三家看看吧。"我们一块儿去了陈老三家，这是个很大的院子，院里摆着石刻和石坯。陈老三的石匠手艺还颇有点名声。我一眼就看见屋里摆着一件未雕完的石龙，上半部雕好了，与真的龙崽一模一样；身体也大致雕成，只余下四条腿还在石坯里藏着，旁边扔着锤子、錾子等工具。陈老三不在家，他老伴抱着一个胖小子在院里玩，是他的孙子，娃儿长得很可爱，唇红齿白，胖嘟嘟的屁股，见人就笑。爹说："小家伙长得多富态，是叫小金豆吧。"三婶说是叫小金豆，乖得很。三婶小心地问："村长有啥事？是不是老三犯啥错了？"爹不客气地说，"老三家的，你家老三到处造谣，说什么神龙发怒，大祸临头。你告诉他，再胡说八道，我报乡公安把他抓起来。"

三婶慌张地说："村长，他可不是造谣，是真的呀。他晚上愁得睡不着觉，过去从神龙庙回来，总是喜气洋洋的，现在一回来就愁眉苦脸，有时在院子里雕这座龙像，干着干着就长叹，流泪。我问他是咋回事，他只是说：大祸临头了，大祸临头了。村长，你是见过世面的人，想法子解劝解劝他。他一定有难处啊。"

看她的表情不像说谎，这番话弄得我心烦意乱。神龙为什么要发怒？是什么大祸？爹和我都不迷信，但心中难免沉甸甸的。出了回龙沟，我对爹说："爹，要想把这件事弄清楚，我有个主意。"

"你说。"

"你闻见陈老三家有一股臭味没？就是龙崽……变坏时身上发出的那种味道。这事儿太复杂，以后我再跟你讲清楚。反正我猜测，陈老三和龙崽一定有来往，有什么交易。我想，咱们晚上埋伏在陈老三家，看他有什么举动。"

爹想了想，同意了。晚上，爹、我和花脸埋伏在回龙沟的一面山坡上。这个位置既能看到陈老三的大门，又能看到由回龙沟到神龙庙的小路。只要陈老三一出门，我们就能看到他。

爹恢复了当年当连长的劲头，半蹲在地上，肌肉绷紧，就像是一只蓄势待发的豹子，半自动步枪顺在他的右手边，保险已经打开。花脸的精神状态也与上次埋伏大不相同，前些天它在埋伏现场就像患多动症的孩子，稍不注意就闹点小纰漏。但今天，不知爹用什么法术把它调教好了，它精神奕奕，沉着机警，不亚于久经沙场的警犬。

看着爹手边的自动步枪，我简直难以相信会走到这一步。想想仅仅三天前我们与龙崽的相处，那真是一段田园牧歌式的美好回忆。假若龙崽真的是……天使与魔鬼的结合体，那我们对世界、对真善美的信心就要大打折扣了！我希望今天埋伏的结果证明龙崽的清白，以前种种都是一场虚惊。

陈老三没让我们久等，大约夜里 11 点钟，门吱扭一声，他从院里出来，把门虚掩上，向神龙庙方向走去。我们小心地跟在后边。月光很暗，那个身影晃啊晃啊，消失在夜色中，我们不敢跟得太紧，好在有花脸，它在地上嗅着，非常自信地领着我们前进。

不过，陈老三的背影虽然模糊，也足以让我得出一个印象：这家伙已经被恐惧压垮了。他腰背佝偻，脚步拖得很慢，与前些日子在庙里那个意气飞扬、美滋滋数钞票的陈老三实在不可同日而语。陈老三没走多远，在一处林边草地停下，蹲在地上，看来这是他与龙崽约定的见面处。我们在他后面三十米处悄悄埋伏下来。

恰在这时，我踩到一根干枝，啪的一声脆响，在寂寥的山谷中，这点响声像打枪一样惊人。爹迅速扭回头，瞪我一眼，我大气不敢出，瞪大眼睛看陈老三。还好，他没有注意到这边的动静，他抱着脑袋，有时用双手捶着，真有一股求死不得的劲头。我和爹猜不透是咋回事，疑惑地交换着目光。

时间一分一秒地过去了，我的腿都蹲麻了，悄悄站起来想倒倒脚。爹扫我一眼，警告我别再弄出动静。我忽然伸手抓住爹的肩膀——它来了。我不是听到它来的动静，而是闻到那股异臭，非常刺鼻的异臭，看来龙崽正处于兽性大发作的时期。花脸自然也闻到了，耸起背毛，一副深仇大恨的样子。一只黑影慢慢从黑影中浮出，走路非常轻捷，听不到一点声音。它在陈老三身前站定，陈老三这才发现它，浑身一震，忙站起来，又是打躬又是作揖，夹杂着哀哀的求告声：

"神龙爷爷……我实在不敢……饶了我吧……"

这是什么意思？难道陈老三真和"魔鬼"有交易？当我开始提出这一猜测时，还觉得它未免牵强，但看眼前情景，竟然是事实。唯一不同的是，陈老三还在挣扎，还没有把灵魂完全卖给魔鬼。

龙崽——我真不愿相信它就是我们"那个"龙崽，但它的模样不容我错认。它恶狠狠地咆哮一声，开始说话。语速很快，完全不像我们教它说话的样子。我悲伤地想，原来它在说话这件事上也对我们玩了心机？他俩说的什么，我们听不太清，但大致意思是明白的，龙崽是在威胁陈老三快去干某件事，否则就如何如何。

爹看来忍无可忍了，把手电筒给我，用手势向我示意，只要他下命令，我就立即揿亮电筒照住目标，以帮他瞄准。他双手端枪，枪托顶在肩膀上，瞄准龙崽。我呆呆地看着，想象着龙崽的身体被子弹穿透，鲜血淋淋……就在这时，陈老三扑通一声跪下，大声哭号着：

"我不敢哪……你饶了我吧……"

我的血液冲上头顶，这个陈老三，太给人类丢脸了！但我没想到，陈老三的哭诉反倒更激起龙崽的兽性，它大吼一声，向前一扑，按住陈老三的胸脯，然后张开大嘴，露出森森的白牙……

爹低喝一声："开灯！"我的手电筒唰地罩住龙崽的身体，电光中看见那熟悉的龙角，大嘴，龙须，蜿蜒夭矫的身体。龙崽向我们抬起头，那双眼睛不再有温馨和友爱，而是狠歹歹的寒光。爹扣下扳机，一道红光射过去，龙崽的身体猛一抖，看来肯定击中了，但没击中要害。它敏捷地转身，向后一跃，转眼间消失了。

我们跑过去，我心疼地对着夜色大喊："龙崽，龙崽！"爹恼火地说："穷喊什么，你还把它当朋友？"我想爹说得对，就停止喊叫，快快地回来。陈老三还仰面躺在地上，面色苍白如纸，胸前的衣服被撕破，两眼呆呆地瞪着我们。爹俯下身看看，还好，没有受伤，爹没好气地说："你呆呆地看什么？我是村长老贾。陈老三啊陈老三，这半年你为神龙摇旗呐喊，修庙雕像，出了大力。它就这么感激你？差点给你来个开肠破肚。"

陈老三没有反应。

"喂，该还阳了，起来吧，对我说说，有什么大祸要临头。"

这句话似乎一下子打开陈老三体内的某个开关，他浑身一震，爬起来哭喊着："你把神龙得罪了，大祸要临头了！"

爹厉声喝道："哭什么，有我呢。我不信什么神龙强过我的自动步枪。再不行，让部队带火箭弹来！你告诉我到底是咋回事。"

陈老三这会儿简直把爹当成瘟神，连连后退，像留声机一样重复着他的哭诉:"完了,神龙要发怒了,大祸临头了!"

他哭诉着,转身回村,爹喊他也不应。这事弄得我很纳闷。神龙到底对他发过什么威胁?让他干什么而他不敢干?爹也很纳闷,他已经知道龙崽能懂人话,但那毕竟不是亲眼所见。而现在,他亲眼看见恶龙在同陈老三交谈。一条会说人话的龙——莫非它真的是神龙?爹从来都是坚定的无神论者,但他亲眼看见的景象弄得他忐忑不宁。

我们折回头,检查龙崽逃跑的痕迹。地上有一条血迹,我的心猛然抽紧。不,不能同情它,它是罪有应得呀。血迹进入林木中就难以寻找了,花脸正在前边嗅着,焦急地等待着命令,爹向它发出口令,它立即蹿出去。

我和爹跟在后边,爹把步枪斜挂在胸前,警惕地扫视着四周和身后。我走在前边,盯着花脸时隐时现的身影。龙崽逃跑的路线很复杂,时而向左时而向右,但总的说不是向着蛟哥和曼姐住的山洞。也许,它干了坏事后不敢回家,害怕"大人"的处罚?

转眼间四个小时过去了,东边渐露曦光。我们爬到一座小山顶,爹停下,辨识着方向,奇怪地说:"前边是回龙沟啊,那条恶龙转了一圈,又回到老地方了。"说到这儿爹浑身一震,"糟了,它在使用调虎离山之计,快到村里去,到陈老三家去!"

爹没猜错,没到村里就听见一片熙攘声,人们都在朝村东走,个个神色紧张,看见我俩,一个人高声说:"村长,神龙把陈老三的孙子掳走了!"

我的头嗡地涨大了。龙崽还会使用人质战术?这一着够毒的。在此之前,我内心里还一直为龙崽留着退步,但如果它走到这一步,那就无可挽回了,就由人民内部矛盾转为敌我矛盾了。村民急匆匆走着,有些人主要是老年人看到爹,都低下头,加快脚步走过去,回避和爹打招呼。他们一定认为是爹手里的半自动步枪带来了灾祸。爹当然感到了大伙儿的疏远甚至敌意,他脸色阴沉,跟在大伙后边。

村东有哭喊声,在一棵大柿树下,龙崽背倚树干,杀气腾腾,背上血迹斑斑。一个婴儿在它爪下扎手舞脚地哭着。婴儿还活着!我的心中一阵喜悦涌来，旋即又被紧张代替。人们远远围着龙崽，人群前是婴儿的奶奶和父母，陈老三也在那儿，哭诉着：

"神龙爷爷，放了小金豆吧……饶了他吧……"

龙崽没理他，锐利的目光越过人群盯着我爹，盯着我爹手中的枪。它知道这是它的真正敌手，但它没打算逃跑，而是摆出一副鱼死网破的决战架势。爹推开人群，默默走进去，在离龙崽20步远的地方站定。龙崽立即低下头，把婴儿叼在嘴里。婴儿一惊，哭得更凶。这边的人群反倒停止哭叫，大气不敢出，都被吓呆了。

爹皱着眉头与龙崽对视，我不知爹这会儿是怎么想的，可能他估计到龙崽的此番举动是向他叫阵。爹慢慢放下枪，又用脚把它踢到一边。龙崽果然领会到这个动作的含义，也把叼着的婴儿放下。爹沙哑地说：

"是我开的枪，是我把你打伤的。你想报仇就冲我来吧，别伤小金豆。"

爹赤手空拳，慢慢向龙崽走去，龙崽也蓄势待发，冷冷地盯着来人。我痛心地看着龙崽，真不相信它能变得这么"恶魔"。它目光冷厉，嘴巴残忍地咧着，四只毛茸茸的腿爪紧紧地撑在地上……我忽然浑身一震，这不是我的龙崽！它的头部、身体、尾巴等和龙崽一模一样，但四肢却酷似豹子的腿爪，而龙崽的四个爪子类似鹰爪，光秃秃的，很坚硬。在这一瞬间，我又闪电般地回想起，龙崽一般用腹部蛇行，如果使用四肢走，则姿势相当笨拙，一摇一晃的。而刚才，在埋伏地点，恶龙逃跑时却使用四肢，跑动姿势酷似猎豹，迅捷飘逸。我失口喊：

"爹，它是另一条龙，不是我们的龙崽！"

爹的脚步稍稍停顿，又继续往前走。是啊，它究竟是哪条龙，对当前的局势没一点影响。爹越走越近，那条恶龙已经伏下身躯，就要扑过来。空气紧张得马上要爆炸……我突然高兴得几乎喊出来，因为我看到了龙崽，我们的龙崽！它在恶龙的身后，借着树木的掩护，小心翼翼地蛇行着，往这边靠近。我脑子一转，高声喊起来：

"爹你停一停，先停下！喂，你这条恶龙，你究竟要干什么？咱们可以商量嘛。我知道你能听懂我的话，快告诉我，你有什么条件，我们一定答应。

喂，你听懂了吗？"

我向恶龙跑去，花脸也随我蹿过去。爹着急地回头喊："胡闹，你们快回去！"恶龙似乎一时蒙了，看看我，看看我爹，又看看旁边的婴儿。这时龙崽已借我的掩护接近恶龙，它闪电般扑过来，把恶龙撞了好远！恶龙的身手也十分敏捷，一个打挺翻身起来，恶狠狠地张开大嘴。但它看见龙崽后，似乎稍稍一愣，它没有同龙崽拼命，而是向婴儿扑来。龙崽立即插过去，把婴儿护在后边。

爹没有犹豫，三两步蹿上去，把小金豆抱在怀里。恶龙绝望地吼一声，和龙崽恶狠狠地对峙。爹迅速跑向人群，把小金豆交给他妈妈，然后捡起刚才丢在地上的步枪，向恶龙瞄准。

此后的局势出乎我的意料，龙崽正和恶龙对峙，喉咙里咻咻地喘息着，但它忽然瞥见爹的枪口，立即掉转身护住恶龙，焦急地喊："不要——开枪！"

爹愣了，为龙崽的举动大感不解。刚才龙崽主动跑来同恶龙搏斗，分明是善恶不同，可它怎么又护着那条恶龙？龙崽回头对恶龙急切地说着什么，大概是龙的方言，我听不懂。看架势无非是让恶龙赶快逃走，而恶龙凶狠地低吼着，似乎并不买账。

有两个人匆匆穿过人群，来到爹身边，是蛟哥和曼姐，我已经多日不见他们了。两人神色羞愧，情绪很低沉。曼姐轻轻按下爹手中的枪，低声解释着，蛟哥走向两条龙，大声喊：

"龙娃，别闹了！快回来，我们都喜欢你，龙崽也喜欢你。我们能把你的病治好，你跟我回去吧。"

他的劝告起到了反作用，恶龙不再和龙崽对峙，转身就跑——它的纵跃果然十分轻捷，龙崽随后追过去，蛟哥和曼姐也匆匆追去。花脸也欲追击，但爹把它喊住了。不知曼姐刚才对爹说了什么，这会儿他的脸色平和多了，自动步枪一直斜挂在身边，没有向逃跑的恶龙瞄准。

小金豆已经不哭了，两眼滴溜溜地看着大人。他爹娘抱着他，又是亲又是哭，不过仔细检查一遍，小金豆身上没一点儿伤，连个牙印也没有，真不知恶龙是怎么把它噙来的。爹走到陈老三面前，讥讽地说：

"好了，小金豆大难不死，也算你祖上积德。老三，说吧，这些天你和那条恶龙一直在叽咕什么，什么大难临头？"

陈老三惊魂稍定，可怜巴巴地说："这条神龙……恶龙，是四天前找上我的，那时我正在神龙庙扫地。我还当它是原先的神龙，可是一看，妈呀，它长了四条豹子腿！那时我就想，一定是条妖龙、孽龙，大难就要临头了……这条恶龙的法力肯定比善龙高，你刚才看见没有，它会讲人话！你想，会讲人话，肯定不是凡龙啊……"

"它都对你说了什么话？"

"它让我……"

"痛快点，说说它要你干什么缺德事。我昨晚听见你在求饶：'我不能干哪，我不能干哪。'"

陈老三哭丧着脸说："也不是太缺德的事。自从头一条神龙来到咱潜龙山，仁慈宽厚，护佑一方，这儿太太平平，风调雨顺，乡亲们谁不感激它的恩德？我照它老人家的法相雕了条石龙，供在祭坛上，让乡亲们朝拜。但这条恶龙那次对我说，这座庙是它的，让我把神龙的塑像扔出去，塑出它的金身。我陈老三不是瞎子，谁好谁坏我是清楚的，咋能把善龙的牌位扔出去把恶龙请进来？再说，我不能为这条孽龙把善龙得罪，如果惹恼两条龙，在潜龙山大战一场，那可是大祸临头了，不知要死多少人呢。"

听到这儿，我对陈老三真是刮目相看。在我的心目中，他是一个装神弄鬼、贪钱爱财的小人物，原来也颇有正义感和责任感呢。与前后发生的事互相验证，看来他没有说谎。我想到他院中未完成的雕像——恰恰是四条豹爪没有雕出来，他一定是在故意磨洋工吧。

陈老三接着说："后来我想，不答应它的要求，它肯定不会善罢甘休，我便央求这条孽龙说，我为它塑出金身，与原先的神龙并排放在祭坛上，行不？再不，我筹钱为它新盖一座庙，行不？孽龙一点不松口，威胁我，不照它说的办，就吃了我家小金豆。后来的事你们都知道了，据我看，这条孽龙一定与咱们的神龙前世有仇。"

我走上前拍拍陈老三的肩膀："好啦好啦，事情已经过去了。陈三伯，我向你道歉,这两天我和我爹一直在怀疑你,认为你和那条恶龙有什么龌龊交易,我们冤枉你了。陈三伯,我挺佩服你的,虽然你在恶龙面前磕头求饶,丢了咱人类的面子;不过原则问题上能拿得住,尽管恶龙威胁利诱,你也没把神龙扫地出门,没有卖友求荣。是不是?"

陈老三的苦瓜脸舒展一点儿:"那是那是,我不能对不起神龙。你看,这回多亏它救了我家小金豆。"

周围的人群逐渐平静下来,爹让他们先回家,说,这条恶龙的事随后再想办法解决。我心中有说不出的欢畅,不光是因为陈老三和小金豆逢凶化吉,同样重要的是,我没看错我们的龙崽!它真是一条善良仗义的好龙。我巴不得一步赶回村,把这天大的好消息告诉黑蛋和英子。想起前两天对龙崽的怀疑,我觉得十分愧疚。爹的脸色也缓和了,他问我:"龙崽,刚才那条善龙——就是你说的那个朋友?来过咱家,也会说人话?"

"没错,它也叫龙崽。"

"那一男一女是谁?"

我将这几天的情况对他进行补课,他听得直点头:"嗯,不错,是条好龙崽。不过,它和那条恶龙是什么关系呢?"

我还未回答,蛟哥、曼姐匆匆返回了,龙崽平静地跟在他们后边。人群立即沸腾了,陈老三跌跌撞撞迎上去纳头便拜:"恩人哪,真是护佑一方的神龙啊。"受他带动,另有几位老太太也去参拜,龙崽反而被这个阵势窘住了,害羞地躲在两人后边。

我蹲过去,把龙崽搂在怀里,低声说:"龙崽,真对不起你,前些天我们还怀疑过你呢。我现在才知道,你一直和恶龙搏斗,你身上的臭味是从恶龙身上沾来的。可你为什么一直不对我说明白?"

龙崽两眼亮晶晶地看着我,使劲摇头:"不是恶龙。"它清晰地说,"我弟弟。"

弟弟?我愣了。善良可爱的龙崽怎么会有这么个残暴的弟弟?真是"龙生九子,各有不同"!龙崽再次重复:

"不是恶龙,小弟弟。"

蛟哥看看龙崽，很感动，长叹一声。他们刚才没有多追，因为担心婴儿的安危，赶回来询问。听爹说了小金豆的情况，二人舒口气说："那就好，那就好，我们早料到龙娃不会伤人的，它只是一个脾气有点乖戾的孩子。"

爹沉着脸说："你这个坏脾气的孩子已经咬死了20多只猪羊。"

蛟哥叹息着说："我们知道了，我们会赔偿的。不过，龙娃真的不是你想象的恶龙，它不会伤人的，这点我们有把握。"

爹说："把这件事的前前后后讲给我吧。你的两条龙把这儿搅得天翻地覆，我是一村之长，还蒙在鼓里呢。"

两人很尴尬，连声说："好的，好的，我们这就向你汇报。其实，大部分情况我们都已告诉你儿子了，缺的只是关于龙娃的情节。"

晚上我家来了一次大聚餐，黑蛋和英子也来了。他俩和龙崽见面，自然少不了几声惊呼，一番亲热。听我说了这一天来的变化，两人捶胸顿足，埋怨我没叫上他们，让他们错过这些历史镜头。黑蛋趴龙崽身上闻闻，说："对，还有点臭味。不过我们知道这是你和恶龙——龙娃搏斗时沾上的，我们一点也不嫌弃你。"

英子触触我："龙崽，我知道啦。"

"知道啥？"

"知道咱们责备龙崽干坏事时，它为啥羞愧地一声不响。"

前几天，正是因为它的羞愧，我们才确信是它干的坏事。原来它是为弟弟而羞愧！它宁可遭人误解，也要替弟弟保密，真是一个情意深重的姐姐啊。

这会儿花脸的表情真是逗人，它欢天喜地地向龙崽迎过去，但用鼻子嗅嗅，带着敌意吠起来。吠几声后，大概它的狗脑瓜中很疑惑，又凑上前嗅嗅，看看，满脸困惑。我笑道："花脸，别作难了，这就是龙崽，是咱们的好朋友，是救出小金豆的英雄，只是身上沾了一点臭味。"我们的英雄有点难为情的样子，于是我到屋后山泉接了一桶水，把它的臭味冲掉。这下花脸不再疑惑了。

娘准备了丰盛的饭菜，有野韭菜、权菜、树楸、干竹笋、烧野兔等。龙崽还是和花脸挤在一个盘子里，舔得哗哗响成一片。曼姐一个劲儿夸饭菜好吃，"婶婶，你让我把肚子撑破啦！"娘很欢喜，一口一个闺女，叫得可亲热啦。吃饭时，我没忘让龙崽表演它的说话本领，让它喊出龙崽、黑蛋、英子和花脸的名字，又让它向我爹叫"伯"，向我娘叫"婶"，娘乐得合不拢嘴，连声说："别别，别折我的寿限。有神龙喊我婶子，我是哪辈子修下的福分啊。"

在全家欢乐的气氛中，爹的脸色也转晴了。说实在的，这么一条可爱的小龙崽，再加上美丽可爱的曼姐、随和宽厚的蛟哥，爹的脸想绷也绷不起来。叙谈起来，蛟哥的爹和我爹还是熟人呢，他家住在30里外的龙回头村。饭后，我们团坐在屋后的皂角树下，龙崽和花脸疯闹着，蛟哥向我们讲述事情的来龙去脉。实际上，前半部分就是关于龙崽的那部分由我主讲，黑蛋和英子做补充。然后，蛟哥接下去说：

"龙崽一岁时，我们又制造了，或孕育了第二条龙，所用的各部件的基因是一样的，仅仅做了一处修改。你们大概已经看到，龙崽的四只鹰爪走起路来很不协调，当它快速行路时，爪子是拖在身后的。当然，按照华夏民族的传说，龙的爪子'本来'就该是鹰爪形状，但如果龙崽想作为生物生存下去，这样的爪子是不适合的。所以，我们对龙娃做了一个大胆的改进：用金钱豹的基因让它长出腿爪。"

"这个改进成功了，你们可以看到，龙娃跑起来是多么舒展，多么矫健，多么潇洒。还有，经我们改进后，龙娃的语言能力也高于他的姐姐。所以，总的来说，龙娃的诞生是一个比龙崽更大的成功。我们都为此欢欣鼓舞。可惜后来发现，龙娃的设计中出了一点小小的纰漏。"

蛟哥苦笑着摇摇头，曼姐接着说："真的只是小小的一点纰漏。由于某些我们还不了解的基因之间的相互作用，龙娃身上的香腺非常强大。其实这种香腺在哺乳动物身上广泛存在，人类也有，随人种而不同。黄种人的体臭较轻，而白种人尤其是北欧人就较浓。我在北欧做访问学者时，有时真难以忍受旅店中的体臭味儿。这是一个很小的差错，甚至算不上是差错，可惜，这点小差错要影响龙娃的一生。"

黑蛋直撅撅地问："怎么会毁了它一生？是不是你们都讨厌它？"

曼姐叹息着："它也是我们的孩子啊，即使是残废。我们怎么会讨厌它呢？不过它身上的异臭味儿实在太强烈了，连我们有时也难免有所表露。龙娃是个非常敏感的孩子，它看出人们喜欢龙崽而疏远它，便逐渐养成乖戾的性格。这次潜龙山行动，我们没打算让龙娃来。龙是华夏民族的象征，不管你承认不承认，它身上总有相当的政治意义，咋能让一条浑身异臭的龙来煞风景呢。所以，我们把龙娃留在基地，安慰它，等给它切除香腺再让它出来。但不久前，我在基地发现龙娃逃跑了！那时我们就料到龙娃一定要来这儿，它是冲着龙崽来的，来找它姐姐的晦气。"

我说："我们曾有一次见到两个神秘的人影，听到我们喊话，他们忙躲进林中，当时周围也有这种异臭味。是不是你们？是不是在寻找龙娃？"

蛟哥不好意思地承认："是的，我们那时已发现它的踪迹，想把它唤回家。龙娃很狡猾，一直成功地躲避着我们。但它没有躲避龙崽，常常隔两三天，龙崽就去找龙娃，两人在林中见见面，玩一会儿。很奇怪是不是？龙娃千里迢迢来找姐姐的晦气，但实际上它俩很有感情的。尤其是龙崽，处处护着坏脾气的弟弟。"

龙崽停止和花脸玩闹，静静地听我们说话。这会儿它把脑袋伸过来，缓慢地说："龙娃——好弟弟。"

我们很感动，曼姐说："虽然龙娃脾气乖戾，但我们也没料到事态会发展到这种地步。最后，贾村长你这一枪使矛盾激化到了顶点，它掳走小金豆是这一枪逼出来的。"她歉然说，"我不是指责你，处在你的位置，你开枪是完全应该的，但这里边一定有什么误会，龙娃为什么和陈老三过不去？不过，再怎么着，它也不至于杀死陈老三的。"

原来，蛟哥、曼姐还不知道龙娃闹事的由头，我告诉他们，龙娃是来逼庙祝把龙崽的塑像清出去，另立它的塑像，陈老三怕引起二龙争斗，一直没敢答应。蛟哥、曼姐迅速对望一眼："原来如此！其实，它的这个愿望可以满足嘛，那不过是一点小小的虚荣心。"

我不高兴地说："把龙崽的像扔出去？"

曼姐笑了："那倒不必。我说过，龙娃的心理是很怪异的，它虽然处处和龙崽作对，其实对龙崽很有感情的。贾村长，请让陈老三把龙娃的塑像立起来吧，和龙崽的像放在一起，所有费用我们出。"

爹说："几个钱算什么，只要能把事情摆平。这事交给我办吧。以后怎么办？你们准备怎么安抚那条恶……龙娃？"

"恐怕得借重你的儿了，还有黑蛋和英子。这一段时间，龙娃老躲着我俩，我想让孩子们去找它，它的戒心可能小一些。"蛟哥转过脸对我们三个说："你们随龙崽去找到它——一定能找到，龙崽知道它的藏身之处。你们劝它回来先把伤养好，再做香腺切除手术。它会变成人人喜欢的好孩子。你们能做到吗？"

我们很高兴地答应了。娘有些担心，低声问："危险不？万一它恶性发作，把你们一口吞掉……"

曼姐笑着说："放心吧大婶，我们了解它，再说还有龙崽呢。即使龙娃兽性发作，龙崽也足以保护他们。"

爹点头答应了，蛟哥说，尽量快点把这件事处理完，我已经把有关消息发到美国，据说近几天美国《国家地理》杂志就要派记者前来采访。咱们可不能让龙娃把大事耽误了。

第二天，我们催着回龙沟的陈老三把龙娃的石像刻好。陈老三很不乐意，一边干活一边嘟囔："这条孽龙，差点儿要了我和小金豆的命，还要享受一方香火？……哪见过龙长四只豹爪的，当时我一看就知道它是条孽龙。"

我和黑蛋为他顺气："别发牢骚了，陈三伯。这个龙娃算不上十恶不赦的坏人，怎么说，也算得上'可以教育好的子女'吧。咱把它争取过来，让它积福行善，也是一桩功德嘛。再说，事情一平息，你又能从功德箱里数钱啦，是不是？"

当天这座石像就雕好了，几个村民把它抬到神龙庙，放到祭坛上，与龙崽的像对面而坐。龙崽的像十分喜相耐看，而龙娃呢，也许是我们的心理作用，也可能是陈老三把自己的感受融进了作品中，使它有一股森森的阴气。

黑蛋曾建议，庙门的匾额也该换一换，换成"双龙庙"，但我和英子都反对，因为……不管怎么说，龙娃的所作所为是不配享一方祭祀的，现在摆上它，只是一种权变，一种统战方式。如果连匾额也换掉，未免太高抬它了。

陈三伯把庙里庙外都打扫了一遍，和村民们离开了，我们五个（三人一龙一犬）留下来，看龙娃是否会露面。我、黑蛋、英子用手捂成喇叭，对着四周大喊：

"龙娃，你的塑像摆好了，快来看看吧！"

"来和我们玩，和你姐姐龙崽玩！"

龙崽伸长脖子长啸，低频音波向远处扩散，周围的空气在啸声中振动。它是在用龙的语言邀请它的弟弟。我想，即使在数十里之外，龙娃也能听到它的声音吧。

那晚，我们在神龙庙的附近尽情玩耍，我们一会儿进庙向两条龙合掌参拜，一会儿脱了衣服，拉龙崽下潭游泳，还骑在龙背上威风凛凛地巡行一周。我想，这份风光，除了陈塘关总兵三太子哪吒，就属我们独有吧。世界上有骑鳄鱼的，有骑鲨鱼的，多会儿有骑龙的？我们骑着龙崽，在碧波里穿行，兴奋得尖声大叫。英子原本没下水，她是女孩家，担心衣服弄湿不方便换，但不久她就忍不住了，扑通跳到水里，让龙崽驮着她游，她的尖叫声比我们还要高几个分贝。

天黑了，我们上了岸，在庙前潭边生起一堆大火，烤着我们身上的湿衣服。家里为我们准备了好多吃食，我们拿出来喂花脸和龙崽——这会儿，没人来对我们用"喂"这个词加以指责了。我们把食物抛到空中让花脸接，很快龙崽也学会了这套本领。一块牛肉划着弧线飞过去，龙崽脑袋一偏，准确地把它接住，我们拍手叫好。我想，那些对神龙虔诚跪拜的香客们，如果看到这么"不庄重"的场面，一定会吓晕的。

后来我们还用树枝扎个火圈，让花脸跳。花脸很聪明，很快学会了，细长的身体在夜空中一闪，就从火圈中穿过去，然后喜滋滋过来领赏。龙崽也很想玩这个游戏，但毕竟它的身体太狼伉，最终也没成功。

那晚我们玩得真疯，真痛快。当然我们不会忘记来这儿玩的目的，隔一会儿，我们就会跑到火堆外，用手捂成喇叭，对着黑沉沉的山林喊："龙娃，回来吧，和我们一块儿玩，我们喜欢你！"

龙崽也喊，它不是喊龙娃的名字，还是用那种长长的"莽——哈"声。可能这是姐弟俩常用的联系信号吧。

喊完后我们接着玩，篝火烤红了英子的面庞，她伏在我耳边轻声说："龙崽，我们好像在梦里，童话里。你看这深潭、密林、山岚、篝火，还有一条可爱的小龙崽。真美，太美了！"

我看着英子，她也显得很美，红彤彤的脸庞，深潭似的眸子中有火光在跳跃，她的外衣还在火堆边烤着，只穿一件小背心，露出浑圆的肩头。英子说这儿美得像一幅画，其实她也是画中人呢。

忽然龙崽昂起头，两眼晶亮地看着远方。我们知道它来了，也向龙崽眺望的方向搜索。首先飘来那股特殊的臭味，林中变得十分安静，草虫们停止鸣叫，我又感到了那天的杀气。接着，一双绿火在黑暗中出现，慢慢向我们靠近。纵然我们已对龙娃了解了很多，这会儿仍紧张得手心冒汗。

龙崽对我们点点头，踢踢踏踏跑过去，它是去邀请龙娃来参加我们的联欢。我对黑蛋英子说："喂，做好准备，谁都不许讨厌它，知道不？"

黑蛋说："知道，再难闻也要忍住。把舌头嚼碎咽肚里也不能呕吐！"

英子也点头，表示一切听我的。龙崽在林中停了很久，我想它一定在磨破嘴皮劝龙娃过来，而龙娃对火堆边的一切则疑虑重重。时间真漫长啊，我悄声说："别发愣，咱们还接着玩，来呀。"

我们继续吃啊，喝啊，笑啊。花脸老向后竖着耳朵，显得忧虑不安，我搂着它的脖子低声交代："可不能再对龙娃恶狠狠的，它是咱邀请来的客人！"

终于，龙崽回来了，边走边看着后边，有时再折回头跑一段。然后，那条恶龙，孽龙，龙娃，从林中悄悄走出来。臭味越来越浓烈，我们用力忍着。龙娃走两步停一停，走两步停一停，目光仍是充满疑虑。我们大声喊：

"龙娃快来呀，我们欢迎你！"

"给你准备了很多好吃的东西！"

"你的塑像也摆好了，快来看吧。"

我们的热情感化了它，它终于下决心向这边走来。忽然它又退回去，扑通一声跳进潭里。我一愣，旋即明白了它的用意。它一定是想把自己身上的臭味洗掉，至少冲淡一些，这是个既自卑又有很强自尊心的家伙呢。英子心细，立即想到了龙娃的伤口，跑到潭边喊：

"龙娃，快上来，你身上有伤口，会感染的！"

少顷，龙娃上了岸，甩甩身子，走到火堆前。它的臭味虽然淡了许多，仍然呛鼻子。我们傻呵呵地看着它，不知道第一句话该怎么说。花脸仍怀着敌意，但它至少看出主人们态度的变化，所以没有狂吠和进攻。

我想，还是我来打破僵局吧，就走前一步说："龙娃，还记得我吗？咱俩见面最早，七天前，就是我才放学时，在我家附近一片林子里，你跟踪我好长时间，对不对？"

龙娃冷着脸不说话，它的姐姐安静地傍着它。龙娃的外貌同姐姐十分相似，但龙崽显得温顺可爱，龙娃则带着几分狰狞冷厉。森森的白牙，发着绿光的眼睛，尤其是四条不伦不类的豹爪，仍在我心里激起惧意。我克制着惧意，勇敢地把手伸过去，伸向它的头顶。龙娃身体一抖，敌意地望着我的手，似乎不能忍受人类的亲昵。不过，它强忍着，没有跳到一边。终于，我摸到它的头顶，就像爱抚花脸一样轻轻抚摸着，龙娃默认了我的爱抚。

我心中狂喜。别看这只是一次轻轻的抚摸，它说明龙娃和我们之间的敌意已经消除了。黑蛋和英子也欢天喜地地挤过来，把手放在它的头上、背上。龙娃还不像龙崽和花脸那样喜欢我们的亲昵，矜持地沉默着，似乎它的容忍对我们是一种施舍。

我们太高兴了，连龙娃身上的臭味也不那么熏人了。龙崽自然也很欣喜，拿脑袋在弟弟身上蹭着。黑蛋说："龙娃，庙里有你的塑像，去看看吧，去吧。"龙娃似乎还有些勉强，龙崽在它身后用嘴推着，它终于跟我们去了。神龙庙的祭坛上并排放着两座龙塑，四只豹爪的自然是龙娃，表情冷冷的，似乎还在同父母赌气。四只鹰爪的自然是姐姐，它满脸含笑地望着弟弟。龙娃默默地看着塑像，我免不了还有点担心：它曾经命令陈老三把龙崽的塑像扔出去的，这会儿它会不会还坚持这一点？不过显然蛟哥、曼姐对它的了解更深，它看着一对相依相伴的塑像，目光中的冷意慢慢消失了。

我们回到火堆边，英子说："龙娃，让我看看你的伤口好吗？蛟哥和曼姐特地让我们带来了消炎药。"龙娃默认了，我们过去查看它背部的伤口，伤口已化脓，不知道子弹是否还在里面。我用手按一按，龙娃的身体抖一下。我歉然说：

"龙娃，真对不起，是我爹开的枪。不过那时的局势也……这是一个误会。现在我们先为你敷点药，等蛟哥随后为你取子弹，好吗？"

龙娃犟着脖子不说话，显然它对"父母"的气还没全消呢。我们用酒精小心地洗了伤口，撒上消炎药，用敷料包好。龙娃一动不动地任我们包扎，它的目光也越来越柔和。

到现在为止，可以说已经把龙娃拉入我们的朋友圈子，它再不会满腹乖戾、狠狠歹歹的了。不过它一直不说话，嘴巴像被铅汁灌死。有时龙崽与它脖颈缠绕，咕咕地说着什么，它也不回答。这怎么办呢，我要想办法撬开它的嘴巴。我说："噢，对了，忘了告诉你，你姐姐已经学会说很多话了。龙崽，给它表演一下。你说'龙崽'。"

"龙崽。"

"说：龙娃。"

"龙娃。"

"花脸。"

"花脸。"

"咱们是最好的好朋友。"

"好朋友，最好的。"

花脸听见叫它，忙跑过来同龙崽亲热。我说："看吧，龙崽多聪明，会说这么多的话。不过你也不用急，你比它小，慢慢学，也能学会的。"

黑蛋触触我，低声说："你忘了？曼姐说龙娃的语言能力更强呢。"龙崽也平静地说："龙娃——聪明。"他们俩的话我全当没听见，继续说："龙娃，现在我教你说最简单的词，不要急，慢慢说。先学你自己的名字吧。如果连自己的名字也不会说，多丢人啊。好，现在你跟我说：龙娃。"

龙娃盯着我，一声不吭。

"别怕，我们不会笑话你的，跟我说：龙娃，龙——娃。"

龙娃恼火地望着我，那表情分明是说我藐视了它的智力。我佯装不知，仍然不厌其烦地诱导它："不要害羞，只要说出一个字，接下来就好办了。说，龙——娃。"

龙娃忽然大声说："我会说，早就会说！"

它说得非常流利，标准的普通话，字正腔圆，电台播音员似的，我敢肯定它是跟曼姐而不是蛟哥学的口音。我哈哈大笑，搂着它的脖子，得意扬扬地说："好啊，总算骗得你说话了，你可真是金口难开呀。"

英子惊喜地喊："龙娃你真的会说话，比你姐姐说得还好呢。"

龙娃终于绷不住，破颜一笑，一道光辉从它脸上掠过。这道光辉有神奇的魔力，一下子改变了龙娃的相貌，撕去它身上那个冷漠的外壳，还原出一个稚气未脱的小龙娃。从这时起，我们之间的隔阂、设防甚至敌意都完全冰释，小龙娃完全加入我们的朋友圈子里了。

我们疯闹了一个晚上，又拉着龙崽到潭里，每人骑了一次。龙娃也要往水里跳，它看见我们玩得这么乐和，在岸上待不住，但考虑到它身上的伤口，我们硬拦住它没让它下水。后来我们也上岸，在篝火边玩游戏，讲故事，闲聊天。天色快亮时篝火熄灭了，我们也实在困了，就歪在火堆旁，很快入睡了。

清晨的鸟雀声把我惊醒，抬头看看，黑蛋和英子还蜷着身子睡觉，龙崽和龙娃没了踪影。它们到哪里去了？我把两人推醒，起身寻找。在那儿，龙崽在潭里游泳，不过只有它一个，看不见龙娃的身影。潭边还坐着一对男女，依偎在一起，是蛟哥和曼姐。他们听见动静，扭回头笑着问好：

"醒了？我见你们太困，没惊动，想让你们多睡一会儿。"

我们高兴地告诉他俩，"龙娃和我们已经建立了友谊，你俩说得对，它真的不是一条恶龙或孽龙，实质上是一个稚气未脱的孩子，只是有些嫉妒和逆反心理罢了。"曼姐笑着说：

"我们都知道了，其实昨晚我们一直在周围守候着。谢谢你们，谢谢你们对龙娃的爱心。昨晚，不，今早龙娃离开这儿时，我们追上它与它见了面，还为它取出体内的子弹。它已经不记恨我们了。"

"它为什么要离开呢？"

蛟哥说："让它一个人再待几天吧，有些弯子不可能一天内就转过来的。"

黑蛋问："你们什么时候给它做香腺切除手术？老实说，"他压低声音说，"龙娃真臭得可以。我妈老说我脚臭，顶风能熏30里。可拿我的脚臭和龙娃一比，嘿，自愧不如！"

蛟哥笑着说："暂时还顾不上。喂，你们三位，外国大鼻子明天就要来了。"

"真的，他们真的上钩了？"

"嗯，是美国《国家地理》杂志派来的，叫惠特曼。这可是一家非常有名的杂志，杂志上所有报道的来源都是绝对可靠的。所以——看你们的本事啦。"

我说："肯定没问题，有那么多硬邦邦的照片，还有两条实实在在的活龙，他怎么可能不信？只要记住别泄露它是基因技术的产物就行。"

蛟哥摇摇头："不是两条活龙，是一条。龙娃——暂时不想让它露面。"

我们一齐拿眼瞅他俩，他们也觉歉然，但看来不打算改变这个主意。我们当然知道他为什么做出这个决定，但打心底里觉得这个决定不对味儿，为龙娃感到不平。两人自然看到我们的抵制，蛟哥苦笑道：

"没办法呀。如果龙娃单单是我俩的残疾孩子，我们绝不会羞于公开，一定会堂堂正正让它去见宾客。可是，不管怎么说，龙是中华民族的象征，在它身上积淀了太多的政治意义。我们不得不有所忌讳。"

我说："蛟哥说得对，为贤者讳，为尊者讳，为亲者讳，这可是中华民族5000年的优良传统，不能在咱这儿出错。就是头上有秃子也得捂得严严实实，不能让外国人看见。"

蛟哥苦笑道："龙崽，看你说话像刀子一样。你们不必把这件事看得太重，等惠特曼采访结束后就为龙娃做手术，手术后它就可以自由活动，不必遮遮掩掩了。"

英子忽然问:"假如——我是说假如——手术不成功呢?那时,为了你所说的象征意义,是不是得把龙娃终身囚禁起来?"

蛟哥和曼姐苦笑着说:"今天才知道,你们三个的口舌之利一个赛过一个。"

黑蛋懒懒地说:"我还没说话呢。蛟哥,曼姐,原先我不理解龙娃为啥这么乖戾,这么敌意,现在我理解了。"

两人的脸成了红布。蛟哥说:"好啦,非常感谢你们对龙娃的情意,但你们还是照我说的来吧。虽然我们也十分疼爱龙娃,但无论如何,不能把这条浑身异臭的龙摆出来让外国人看。英子别担心,手术一定会成功的,手术后就没有这些烦人事了。"

他向我们交代了应注意的事项,然后看看我们,小心地说:"恐怕神龙庙的龙娃塑像也得先藏起来。"我们都闷着头不吭声。"这事我来安排吧。还有,龙崽这些天不会去你家了,它应该在最具戏剧性的场合突然露面。"

我们说好吧,我们知道该怎么做,一定把这场戏演足。

离开黑龙潭回家,路上平心想想,我们对蛟哥、曼姐的不满是没道理的。他们是想让"龙"以十全十美的形象出现在外国人面前,拔高来说,这是虔诚的爱国主义嘛,有什么可指责的呢。而且龙娃身上的异臭味儿确实十分刺鼻,和它玩了一个晚上,这会儿我们身上都有驱之不去的怪味儿。可是龙娃也是无辜的呀,这点毛病是天生的,它又没什么过错,不该因此就低人一等。况且,我们刚刚用友谊赶走了它心中的阴霾,化解了它的戾气。如果因为这件事再次挫伤它的自尊心,把它赶到老路上去,那太可惜了,也太可怕了!

第七章　外国大鼻子

第二天，美国《国家地理》杂志的惠特曼先生风尘仆仆地赶到老龙背村。

那会儿我正帮爹运竹子，在村头看见一个外国人一摇一摆地过来了，背上是一个硕大的背囊，几乎有一人高，使他看起来像一只健壮的骆驼。他停下，向一个小孩打听。那小孩叫竹生，比我小两岁。他问话时竹生光笑着摇头，可能是听不懂他的话。我赶紧迎上去，那人转身问我：

"请问这是老龙背村吗？我想找贾云龙先生。"

这个大鼻子会说中国话！虽然他说得怪声怪调，重音拿捏不准，但总的说还算流畅。我对他十分佩服，想想吧，如果要让我的英语说到他这个程度，得下多大力气！不过他问的这个贾云龙先生……我突然悟到，那不就是我嘛。从来也没人把"贾云龙"这三个字和"先生"这个尊称安在一起，一下把我蒙住了。我不好意思地说：

"不要客气，我就是贾云龙。"

竹生失口喊道："你是找龙崽呀，要说龙崽我不早告诉你了！"

大鼻子哈哈大笑，就这样，我和惠特曼先生算认识了。惠特曼先生大约60岁，粉红色的皮肤，手背上、胸口处都长满了浓密的金色汗毛，身体极壮健——那个大背囊也亏得他能背动！后来我们知道，背囊里是野外记者的全副行头，有相机、三脚架、望远镜头、广角镜头、各种滤色镜、红外线星光夜视仪、麻醉枪、睡袋，甚至还有一个简易的帐篷。

周围很快挤满村里的小孩和大人，争着看外国人的蓝眼珠、大鼻子和一头金发，连我爹也挤在其中。我对此很窘迫，难为情地说："对不起，惠特曼先生，这儿很闭塞，从来没有外国人来过，所以乡亲们太……好客了。"

惠特曼先生笑嘻嘻地说："尽管参观吧，我是一只外国大熊猫，对吗？"

大伙儿听懂了他的中国话，开心地笑起来。

黑蛋和英子也来了，眼睛里闪烁着兴奋的光芒，尤其是黑蛋，一个劲儿向我递着兴奋的眼色，意思是很明白的：大鱼终于上钩啦。我有意把目光别转不看他，这个黑蛋不是大将之才，遇事太沉不住气，没准他会把好事情搞糟的。我把惠特曼领到家里，劝说围观的人散去，只留下黑蛋和英子。我当然知道惠特曼的来意，不过我还是煞有介事地问："伯伯，你找我有什么事？我能为你帮什么忙？"

"龙崽——我也这样称呼你，可以吗？"惠特曼说，"我们在网上见到一条消息，说贵处——中国潜龙山黑龙潭附近——发现一条远古孑遗的龙，不是恐龙，而是中国传说中的龙。消息还说，是你和另外两个孩子发现的，对吗？"

"不是我最先发现，是乡亲们最先见到，但我和我的两个伙伴——黑蛋和英子，喏，就是他俩，实地去验证过，没错，真的是一条活龙。"

惠特曼仔细打量着两人，详细询问了有关"神龙"的所有情况。什么时候第一次发现？多少人亲眼见过？几月几号几点几分？是白天还是黑夜？龙崽身长大约有多少？吃什么食物？对这些问题我们一点儿也不怵，按实际情况分别做了回答。

"我们全都亲眼见过！"黑蛋说。

"对，我也亲眼见过。"英子细声细语地说。

"它很温顺和善吗？"

"对。"

"听说你们拍有照片？"

我兴奋地看看黑蛋、英子——现在进入实质性谈判了。我们珍惜地拿出那晚抢拍的照片。照片拍摄得相当有水平，很清晰。照片上，龙崽瞪大眼睛，毫不怯生地直视着镜头，瞳仁里闪着闪光灯的光芒。但我的傻瓜相机闪光灯的功率太小，照片上只显出头部的特写，和少许的背部及爪子，其他部分隐在黑暗中。惠特曼先生聚精会神地盯着照片，足足有30分钟，几乎眼睛都不眨。等他把照片研究透彻，大概他已确信这不是一张假照片，脸上才浮出欣喜的微笑，他说：

"是在很近的距离内拍摄的？"

"对。"黑蛋抢着说，"我们几乎是脸挨着脸，它还舔过我的脑袋，还舔了龙崽和英子。当时我以为它要吃我们呢。"

英子说："它才不吃人呢，它是一条善龙，爱吃五香牛肉、烙饼、水果，还爱喝你们美国的饮料。这些都是乡亲们为它上的供。"

黑蛋说："它会游泳，我们还骑……"

我使劲拽一下黑蛋，截住他过于热情的介绍。黑蛋是想让惠特曼赶紧信服龙的存在，可他不想想，如果把骑龙的事也告诉惠特曼，后者还能相信这是条"野生野长的远古子留的龙"吗？龙崽的情况不能一下子倒给他，得讲究节奏。惠特曼没看见我的小动作，一直在欣赏着照片，赞叹着："真是一条十分逼真的中国龙。"他从背囊里取出一叠剪报，里面有各种中国龙的彩照，有北京九龙壁、曲阜孔庙的龙柱、二龙戏珠的民间画，甚至还有辽宁阜新出土的号称天下第一龙的8000年前的石龙，等等。他把剪报和照片反复对照着，思考着。

该吃午饭了，爹留下黑蛋和英子也在这儿吃，娘张罗了一桌丰盛的午饭，端上来，搓着手说，不清楚"老外先生"的口味，不知道山里的饭菜能不能合客人的意。惠特曼狼吞虎咽，连声称赞好吃好吃，非常美味。饭后，惠特曼单刀直入地问：

"你们能带我实地看看那条龙吗？"

我们为难地说："当然可以，不过……"

惠特曼解释着：《国家地理》是本非常严肃的杂志，它绝不允许出现虚假或失实的报道，我知道你们的照片是真实的，但我仍要亲眼看一看，请你们谅解。"

我和两个伙伴你看看我，我看看你，不知道该怎么回答，带他去看龙崽当然没问题，我们也正打算这样干。问题是——如果他自己拍了照片，还会买我们的照片吗？如果照片卖不了好价钱，怎么帮助蛟哥和曼姐呢。但要我们直接把钱的问题提出来，又觉得难以开口，君子不言钱嘛。惠特曼先生很

老练,一定猜到了我们的心思,便主动提出来:

"我准备出 10 万美金买断这则消息的独家报道权,这个价格包括你们拍的这两张照片在内,也包括你们三位今后为我提供的服务。你们同意吗?"

我迅速在心中做了换算,10 万美元相当于 83 万元人民币,虽然没达到蛟哥的预期,也差不多了。便高兴地说:"我没意见!黑蛋、英子,你们呢?"

两人也兴高采烈地点头,也不免害羞,心想惠特曼一定把我们三人看成小财迷了,他不知道我们是在为蛟哥、曼姐筹款。惠特曼微微一笑:"那好,请喊出你们的父母签订协议吧,我想你们几位都没超过 16 岁,还不具备民事资格。"

惠特曼拿出一份合约,中英文对照,原来他早做好准备啦。文件十分冗长,各种责任各种权利细得简直可笑。我爹拿着文件扫了两眼,10 分钟后,就和惠特曼签好协议,惠特曼随即签了一份支票交给我爹。

事不宜迟,当天下午,我们三个,再加上花脸,领惠特曼去神龙庙踩点。一路上花脸老是对着惠特曼嗅鼻子,狗脸上满是疑惑的表情。其实,我们早就觉察到了惠特曼先生身上的异味,不过我们很礼貌地佯装没闻见。那是和龙娃一样的体臭,当然比龙娃的要淡一些。蛟哥前些天对我们说过,白种人尤其是北欧人,身上的香腺比黄种人发达,常常有浓重的体臭。想到这儿,我不免为龙娃叫屈:惠特曼能满世界乱跑,也没有为自己的体臭自卑,我们干吗对龙娃这样苛求呢?

神龙庙打扫得干干净净,祭坛上龙娃的塑像果真被移走了。虽然一个塑像并没有什么实际意义,而且挪走也是暂时的,我仍然觉得心里不好受。庙祝陈老三手执尘拂,正煞有介事地引导两位香客对神龙参拜。很巧,正是我第一次来神龙庙时见到的那对母子。他们说上次来这里许了愿,回家后母亲的病就好了,这次特地来还愿。供桌上放着一只猪头,母子虔诚地行完大礼,又往功德箱内塞入 100 元,而上次只有 10 元,我看见陈老三的脸上掠过一波喜色。然后,母子去庙外的千年银杏树上挂红,惠特曼看看我,问:

"按照这儿的风俗,我们也要磕头吗?"

寻找中国龙

  我不好意思地解释:"不用,我们从没磕头。我不相信龙是神灵,即使它是神灵我也不磕头。这个讨厌的礼节在我们这一代已经废弃了。我知道,西方人从不下跪磕头,你们的风俗好。"

  黑蛋突然插话:"不,西方人不磕头,但也下跪。电影上常常见到,他们在教堂里做礼拜时,都要跪在座前的一块木板上。"

  他这一说,我也想起来了,确实如此。我好奇地问:"惠特曼先生,有一个问题我早就想找一个人问了。西方科学这么发达,为什么还有那么多人信仰上帝,心甘情愿地向上帝下跪,做他的奴仆?难道你们真的相信是上帝在管理宇宙?"我担心地说,"我的问题是否不礼貌?请你别见怪。"

  惠特曼稍稍一愣,圆滑地绕过我的问题:"这个问题不是一句话能回答清楚的。来,让我们向神龙行个礼吧。"他行了鞠躬礼,还往功德箱内塞了一张美元。陈老三对他的虔诚十分满意,笑眯眯地迎过来,两人寒暄一会儿。惠特曼问:"先生,你亲眼见过神龙吗?"庙祝坚决地说:"那还用说,神龙晚上经常来享用供品,我见过许多许多次,这座塑像就是按神龙的真模样雕的。他们三个也亲眼见过呢。"庙祝指了指我们三个。惠特曼又问:"神龙的家,或者你们所说的龙宫在哪里?"庙祝狡黠地说:"那可不知道,神龙风里来云里去,谁知道它住在哪儿!"惠特曼不再问了。

  我们避到庙外,等着庙祝离去。来这儿前惠特曼说,今晚他要在这儿亲自拍下神龙的照片。我们说没问题的,神龙几乎每天都要去神龙庙,只是今天没月亮,观察起来要困难些。惠特曼笑着说:不要紧,他带的器材足以应付的。等庙祝离去后,惠特曼去庙内布置了他的摄像机,这是个十分先进的家伙,能在黑暗中拍摄,镜头能自动追踪目标,通过电缆即时地把影像输到庙外的屏幕上。我们躲在庙后的深草中等待着,满天星斗不耐烦地眨着眼睛。忽然屏幕上的红灯亮了!我们头挤着头看屏幕,一片绿光中,有一只小家伙缩头缩脑地进来,镜头紧紧地追着它转,原来是只刺猬。刺猬在屋里转了一圈,没发现可吃的东西,吃食都在祭坛上,它够不着,便又缩头缩脑地从墙洞里走了。镜头忠实地工作着,直到刺猬消失才停止转动。

  我们仍等待着,心里一点也不紧张,我们知道,今天龙崽一定会来,或者说，蛟哥和曼姐一定会让龙崽来亮相的。唯一让人难受的是惠特曼身上的"香腺"，离得近，熏得我们不能吸气。但囿于礼貌，我们只能强忍着。4点钟，花脸忽然兴奋地唧唧起来。龙崽来了！今天天太黑，看不清它的身影，但我们能猜到它像往常一样，从黑龙潭上游过来，甩甩水珠，进入庙内。现在，它出现在屏幕上，这是红外线摄影，它的身体呈边缘模糊的红色，在绿光中游动着，然后把四只龙爪撑在地上，一颠一颠地走路；上了祭坛，吃东西，剥鸡蛋皮。一切都和我们讲述的完全一样，惠特曼简直看呆了。

下面是龙崽的即兴节目。它在庙里来回走动，这儿嗅嗅，那儿抓抓，镜头始终尽职尽责地跟踪着它。忽然它的身体越来越大，很快就只剩下一只龙眼占据了屏幕——它发觉了摄像机，正在好奇地研究它，嗅嗅，围着它转了一圈，然后——一只硕大的舌头把屏幕全盖住了。黑蛋低声说："这个贪吃鬼，什么东西它都要舔舔，那天也是这样舔我们的。"

惠特曼轻声嘘一下，继续观察。龙崽发现这个东西既不能吃，也不会说话，便把它放弃了。它跳到祭坛上，照旧摆出一个造型。到现在为止，一切都照计划执行，但龙崽随后的行为超出了我们的预料，或者说，超出了蛟哥的安排。它在祭坛上突然想起什么，开始左左右右地寻找。它在找什么？接着我们听到它在喃喃自语："龙娃呢？龙娃呢？"——它是在找龙娃的塑像！

我急了，紧张地看看惠特曼，还好，他没辨出龙崽的话意，他毕竟不是中国人，对中国话的辨识力要差一些。另外，他根本料不到龙崽会说话，所以只是把这些声音当成动物的喉音。但我们三个可急坏了，龙崽怎么在这个关口找龙娃的塑像呢，难道它不知道蛟哥和曼姐想把龙娃瞒着惠特曼？也许它的智力毕竟有限，理解不了"大人的心机"，现在，它发现龙娃的塑像被移走，担心那个乖戾的弟弟会因此闹出事来，就把别的全忘了。

不管实情如何，反正这会儿它在急匆匆地寻找。惠特曼没听懂它的话，但也看出它在找什么，悄声问我们："它在干什么？在找什么？"

我们三人都尴尬地一声不吭。

镜头还在忠实地追随着它。它跳下祭坛，继续寻找。它找到了，龙娃的塑像在祭坛边的一个角落里，盖着草席。它用嘴巴扯掉草席，露出那个豹爪的龙像。我们紧张得能听见自己的心跳,惠特曼先生倒不是太看重这座像,夜景中看不清龙像上的豹爪,也许他认为在神龙庙里另有一个龙像并不是太意外的事。

龙崽努力用嘴巴推石像。我们当然知道它想干什么,它想把石像移到祭坛上。不过,这件事显然超出它的能力。它气喘吁吁地推了半天,石像纹丝不动。无奈,它只好放弃努力。

凌晨,龙崽应超声波哨声的召唤,跳入潭中游走了。它一离开,惠特曼就兴奋地抓住我的手说:"没错,是一条活龙,一条真正的中国龙!现在我可以确认这一点了。"我们也都很高兴,说:"那当然了,当然是一条真龙,哼,我们说的话你还信不过吗?"我们回到庙里,惠特曼立即到祭坛角落里去找那座石像。他一眼就看出这座塑像的特殊之处,不解地问:"一条豹爪龙?怎么这儿还有一座豹爪龙的塑像?"

我们都哑口无言,黑蛋平时嘴巴多伶俐,这会儿也像是塞了个地瓜。我勉强说:"豹爪龙有什么奇怪?常说龙生九子,各有不同,这九子中说不了就有一种长着豹爪。"

惠特曼笑着摇头:"我知道龙生九子的传说,但九子中没有这个品种。"他扳着指头给我们详细列出"九子"的名字和各自的长相:一种叫赑屃,力大能负重物,即今刻在石碑下的石龟;一种叫狻猊,喜欢蹲坐,即佛像座下的狮子;一种叫囚牛,性喜音乐,常刻在胡琴琴杆上;还有一种叫螭吻,即殿脊的兽头之形……

黑蛋和英子听得直咋舌,这个美国大鼻子厉害厉害的有!看来他在来中国前一定上过"龙文化"的专业课。我不敢在他面前胡吹了,心想这个谎该如何圆呢。这时惠特曼说:"恐怕这种豹爪龙是潜龙山独有的东西。如果是这样,那这儿应该有关于豹爪龙的传说。你们能帮我搜集到这个传说吗?"

我们的心一下子放下了。他只是把豹爪龙看成一种传说!既是这样,就好办多了,回去和蛟哥他们商量一下,编也能编出个"真实"的传说,好歹把龙娃的事瞒过去。想到这里,不免对蛟哥、曼姐的决定有点腹诽:如果当时他们不苛求龙娃身上的臭味,我们哪会遭遇这种尴尬?两只小龙一齐出阵,

"潜龙山是龙的故乡"这个传说将更具说服力,龙娃也不会受到这种不公平的待遇。

下午我们和惠特曼返回老龙背村。很奇怪,惠特曼先生并没有显出成功的喜悦,一路上老是若有所思的样子。回家后,妈妈给我们做了一顿夜宵,是香喷喷的鸡丝馄饨。爹瞅空偷偷问我:"怎么样,他信了吗?"爹这两天思想大有长进,开始对潜龙山的旅游资源关心了。吃完夜宵,惠特曼先生执意不睡我们给他腾出的房间,一定要睡在室外,他说这里简直是仙境,他要置身于仙境中,呼吸大自然的气息。爹说,让客人睡在外边不是山里人的待客之道,一定要他睡在主卧室。两人争了很久,我劝爹:客随主便,就按惠特曼的意思办吧。私下里我想,也许惠特曼先生知道自己的体臭,不想熏得我们都睡不成?爹拗不过他,便搬出一张竹床,让他睡在院中的银杏树下。

忙了一天,我也累了——特别是,今天的成果基本令人满意,我悬着的心放了下来,我躺到床上,很快入睡。不知道过了多长时间,花脸在唧唧地叫,把我惊醒。它的叫声很奇怪,犹犹豫豫的,既不像有敌意,也不像对熟人的欢迎。我迷迷糊糊地揉揉眼,窗外是一钩新月,夜色正重,万籁无声,忽然我看见窗户上映着一个硕大的脑袋,头上是枝枝丫丫的角。是龙崽!龙崽又到我家串门来了。但就在同时,我闻到了一股浓重的体臭,当然不是惠特曼的,比那要重得多。这么说,不是龙崽而是龙娃?

我一骨碌下床,打开窗户跳出去。一条龙的身影果然在院子里,夜色中看不清楚,但不必怀疑它是龙娃,一是它的体臭,二是花脸对它的态度。经过上一次的交道,花脸对龙娃的敌意减轻多了,但要把龙娃认成朋友,它似乎还缺少必要的思想准备,所以两个家伙就这么尴尬地僵持着。我心里非常感动,龙娃能主动寻到我这儿来,说明它确实已经改邪归正,说明它真心把我看成朋友了!我高兴地喊:"龙娃!龙娃!真高兴能在这儿见到你,快进屋吧。"

龙娃害羞地低着头,爪子在地上蹭着,可能它还有点自卑。它曾在这儿胡作非为,是村民的公敌,现在浪子刚回头,脸面上还下不去。我愈加热情地邀请:"来吧,进来吧。一回生,二回熟,下一回就是老朋友了。"

龙娃开始犹犹豫豫地迈动脚步，我忽然叫一声苦：怎么把门外睡的外国大鼻子忘了呢。蛟哥、曼姐让把龙娃的事瞒着他，现在我的邀请不是把它往惠特曼的眼皮底下送吗？可是，我不能突然改口，把龙娃撵走，那样对它的自尊心的打击太大了！龙娃大概看出我的异常，前爪抬起来没放下去，询问地看着我。在这紧要关头，我忽然急中生智，低声喊道：

"龙娃，我有一个好主意，这会儿咱们把黑蛋、英子都喊起来，人多，玩起来才热闹呢。"

不由分说，我拉着龙娃从后门出去，听听没有惊动惠特曼，便直奔黑蛋家去了。十分钟后，黑蛋、英子和我，当然还有花脸和龙娃，在黑蛋家附近的槐树下聚齐。刚才我揪黑蛋的耳朵时，他还哼哼哝哝地不想醒，我趴在他耳边说了龙娃的来访，他的睡意马上没了。

我让黑蛋和英子随身带来家里能搜到的吃食，全部堆到龙娃的嘴边。英子甜甜地劝道："吃吧，别客气，你姐姐龙崽就不客气，头次见面就吃了我的烙饼和五香牛肉。你也是我们的好朋友，快吃吧。"

龙娃真的低下头，老实不客气地大嚼起来。一会儿就把我们带来的东西一扫而光。英子问："好吃吗？"龙娃语调清晰地回答："好——吃！"它的说话能力确实比龙崽要棒，我们都乐不可支，英子说："可惜这次我们带的吃食太少，下次来前先打个招呼，我让娘多准备些。你这两天回你爹妈——我是指蛟哥、曼姐——家了吗？"

龙娃犟着脖子不吭声，看来它对蛟哥、曼姐的气还没消。我连忙打圆场："不要紧不要紧，过两天龙娃自己就会回去的。不过，这些天你挨饿没有？"

龙娃骄傲地举起前爪："我能自己捕食。"

我想它说得对。这四只豹爪虽然不合"龙的定义"，但用它捕食无疑要比龙崽的鹰爪更方便。如果龙的家族真的从此繁衍下去，龙娃生存的可能性比龙崽更大。不过，它们今后的生活绝不会像今天这样诗情画意，因为生物的生存竞争是最残酷的。想到这儿，心中有一种酸酸的感觉。我抛掉这点思绪，对两人说：

"今天我确实很感动的，龙娃主动找上我家，说明它把咱们当成朋友了。

你们说是不是？"

黑蛋连连点头："对，本来应该我们去树林里找它的。"

英子说："龙娃，谢谢你对我们的友谊。"

龙娃很高兴，说出它的第三句话："我——们——是——朋——友。"

"对，我们是朋友，还有龙崽、花脸我们都是朋友。花脸，和龙娃握握手，以后不准再把它当陌生人，不准对它吠，知道吗？"

花脸很聪明，看出主人对龙娃的态度变化，乖巧地嗯嗯着，把前爪伸过去。天色放亮的时候，龙娃与我们告别，恋恋不舍地向密林走去。我们没留它，心想等惠特曼走后再和它玩个痛快吧。我赶回家，为了怕惠特曼知晓，仍从后门绕回去。没想到正与惠特曼碰了面，他正在一株楸树下锻炼身体，笑着跟我打招呼：

"你好，贾，这么早就起来了？"

我支吾着说，我去后山锻炼，还有黑蛋、英子和我一道。说谎时我有点心虚，但惠特曼显然没有察觉。回到屋里，我想，都怪蛟哥、曼姐一步棋走错，让我掉进谎话堆里爬不出来。说不定这件事办完后，我会习惯成自然，变成一个说谎不带皱眉的瞎话精了呢。

早饭后，惠特曼把我们三个叫到一起。这两天，爹给黑蛋和英子放了假，说只要把客人陪好，我不但给你记工，还要发奖金呢。我们三人热情地说："惠特曼先生，还需要我们做啥事？尽管吩咐！"惠特曼沉思着，说：

"我对龙的存在已经没有丝毫疑问了。不过，我还有其他的疑问。比如，龙崽的巢穴在哪里？它的父母呢？谁见过它的父母？"

我们使劲摇头，说我们都没见到。惠特曼诚恳地说：

"我相信这条真龙是自然界的生物，并不是神龙。但如果它是自然界的生物，那么，它从远古繁衍至今，就绝不会是孤立的存在，至少有一个小小的族群，能够支撑它的自然繁衍。咱们下一步就要找出这个小族群，找出它们的巢穴。对不对？"

"你是说……"

"我想应该对那条龙崽进行追踪。有 21 世纪的技术设备，追踪它是轻而易举的事。"

黑蛋和英子为难地看着我。其实不必追踪,我们完全知道它的巢穴在哪儿,只是,这样一来,蛟哥他们想要瞒住的第二点:龙崽是基因技术的产物,就会露馅了。不过,经过两天的锻炼,我已经能从容应付这样的局面。我说:

"对的,应该对它的巢穴进行追踪。惠特曼先生,你先在我家休息一天,我们三个到黑龙潭附近打听一下,多了解一些情报,回来后咱们再商量具体的追踪办法。"

甩掉惠特曼,我们拔腿就往蛟哥那儿跑。蛟哥看来也缺乏实战经验,他的战地指挥所设得太远,又没有通信设备,无法对我们实行灵活指挥,害得我们在几十里山路上来回奔波。赶到那个山洞已是气喘吁吁,蛟哥、曼姐把我们迎到洞里,连声说:"辛苦啦辛苦啦,这两天的效果怎么样?"我们简短地汇报了两天的进程,以及惠特曼今天的打算。蛟哥说:

"这个很好办嘛,我在深山找个地方设一个假龙洞,让龙崽——我是说那个真龙崽——把它引到那儿去。至于他要找的'龙的小族群'也很好解释,你们就对他说:中国有句老话,一山不存二龙。一条这么大的龙确实需要很大的领地才能满足食物来源,这是符合动物行为规律的。就说它的同类可能在更深的山里。"

我说:"蛟哥,不如让龙娃也出面吧。不就是有点体臭嘛,不就是长了四条豹腿嘛,谁家的孩子没点儿毛病?惠特曼有体臭也不妨碍他满世界乱跑,咱干吗把一点臭味看得那么重?再说,惠特曼已经见过那座豹爪龙的雕像啦。"

曼姐忙问:"怎么,他看见了?"

我们讲了那晚的情形,蛟哥嘟哝道:"这个陈老三,太懒,把塑像挪到庙外不就没事了。"不过他坚决地说:"还是要把龙娃瞒起来,毕竟是中华第一龙,毕竟有相当的政治意义,咱们要尽量让它十全十美。"

曼姐也是这个意思,我们虽然老大不乐意,也只好暂时服从。

回家后我们告诉惠特曼，听黑龙潭附近的老乡们传言，龙崽的巢穴离这儿并不远，大概有二十里吧，但那儿没有路，很难走。惠特曼说，"路难走没关系，今晚在黑龙潭瞄上龙崽后，你们三个都留下，我要一个人去追踪。请放心，我不会出事的，我是个有四十年经验的老探险家了。"

我们都很佩服这位老人的敬业精神，佩服他的健壮。要不是为了蛟哥说的"华夏民族的象征"，真不忍心骗他。我们准备吃过午饭就出发，妈去给我们做饭，我们四个在堂屋坐着闲聊。忽然外边有人喊："龙崽同志，龙崽先生！"同村的亮哥把脑袋探进来，嬉皮笑脸地说："龙崽，你真成大人物了，又有人找你呢。"

随他进来一位客人，高个子，身体很壮实，方脸盘，穿一件灰色的夹克衫。他伸出粗壮有力的手同我相握，说："你就是龙崽同志吧，好容易找到你了。"

"你是……"

"我是丹江库区派出所的郭洪，在互联网上看到了你的名字，专程赶来的。"

丹江！离这儿有300多千米呢。真是的，一不小心就成名人啦。亮哥还在那儿吃吃地笑，我不客气地把他推出去："亮哥，你去吧，去吧，我们在这儿有正经事呢。"

那位郭同志看到了惠特曼，迟疑地问："这位先生……"

黑蛋骄傲地介绍："是美国的惠特曼先生，专程来这儿寻找中国龙的！"

郭洪激动地说："是吗？我也是为它来的，我在网上见到了那条龙的材料。"他走过去，同惠特曼用力握手。惠特曼很有礼貌地同他握手、问好，但他的眼睛中分明闪着警惕的光。我知道这是为什么，惠特曼一定担心自己的"独家采访权"受到这位不速之客的威胁。我呢，虽然为郭洪的热诚所感动——他在网上见到一条不起眼的小消息，就千里迢迢地赶来了——也担心他会给我们的计划增加不确定因素。果然，郭洪的下一句话就几乎捅了大娄子。他从口袋里掏出两张一寸的小照片，问我：

"龙崽，你见过这两个人吗？"

照片上的一男一女在向我们微笑。黑蛋失口说:"蛟哥和曼姐?"

郭洪显然十分高兴:"对,对,他们的名字叫陈蛟和何曼。这么说,我的猜测没错,我知道发现龙崽的地方就能找到他们。"

我心中叫一声苦:这位郭同志真是哪壶不开提哪壶!他这么一搅和,龙崽出身的秘密还能保得住?我偷眼看看惠特曼,还好,这会儿他正皱着眉头想心事,没有注意到我们的谈话,大概他还在考虑如何保住他的"独家采访权"呢。我急中生智,忙大声说:

"郭同志,你是要找这两个人?我领你去,就在前村。"我吩咐黑蛋和英子,"你们在这儿陪惠特曼先生,我领郭同志去。"

黑蛋和英子还没领会我的意思,傻傻地望着我,他们分明在说:"蛟哥和曼姐不是在后山吗?蛟哥和曼姐不是让对他们的住址暂且保密吗?"我避开惠特曼和郭洪的视线,使劲向两个笨蛋挤眼,挤得眼珠子都快掉下来了。这时,黑蛋才恍然悟到我的用意,忙说:

"啊对呀对呀,你快领郭同志去吧。快去吧。"

郭同志很随和,他说:"我比你大几岁,就叫我郭大哥吧。"我领郭大哥到前村去,一边不动声色地探听着,我得先弄清,关于龙崽和龙娃他究竟知道多少。郭大哥没有提防我的意思,很痛快地把所有情报都倒给我了。他说,他在丹江曾两次见到龙崽的身影,两次它都是和何曼在一起。所以,他估计这条龙和陈蛟、何曼一定有很深的关系。他还说,这条龙的性格很怪的,有时它似乎非常温顺,有时又非常凶暴。"你在网上说,这条龙在潜龙山现身已经几个月了。这几个月中,它做过什么……不好的事吗?"

依我现在与龙崽龙娃的"铁关系",已经不能容忍对龙娃的批评了。我很想当即反驳他:"不,龙娃绝不是一条坏龙,它的性格一点也不凶暴,只是由于大人的处事不当,它略有些怪脾气罢了。"不过我不能提前泄露秘密,只是含糊地说:"没有,它是个好孩子,只是脾气有点怪罢了。"

郭大哥还提到,是一个姓黄的台商最先发现这条龙的,黄先生非常渴望能得到关于这条龙的确实消息,因为他也是龙的传人啊。"他还送我一具红外线星光夜视仪，我就是用它在黑夜中发现那条龙的。"

他拿出夜视仪让我看，我想，要是我早两个星期有这玩意儿，我们的发现肯定会更顺利一些。我说："这具夜视仪真好，不过惠特曼先生已经带了一个。"

郭大哥笑道："那位大鼻子老外刚才说，他今晚要去追踪龙崽，我能和它一块去吗？"

我为难地说：恐怕不行。因为我们和惠特曼先生签过合同，卖断了关于龙崽的"独家采访权"。郭大哥皱起眉头，不快地说："中国的龙，为啥要把采访权卖给老外？"

我的脸红了，很想告诉他：这10万美元只是为了给蛟哥、曼姐筹措研究资金，我们并不是三个小财迷。不过……为了蛟哥他们的计划，我受点委屈怕什么呢，忍辱负重嘛。郭大哥的脸色也转霁和了，笑道："已经过去的事，不说它了。其实，让老外为咱们宣传也没什么不好。"

他刚才的不快虽然让我难堪，但很奇怪，他在我心目中一下子变得亲近了。我原想把他领到前村，拿蛟哥、曼姐的照片随便找几个人问问，把郭洪糊弄走。但现在决定不糊弄他了。我立住脚，郑重地说：

"郭大哥，你想跟惠特曼先生一块儿龙穴探险吗？我可以说服他答应。不过，你得答应我一个条件：不要在他面前提陈蛟和何曼的事，一句也不要提。不，你先不要问为什么，等他走后，我会把一切内幕全告诉你。行吗？"

郭洪上上下下地打量我，我神色坦然地接受了他的审视。最后他笑了："好，我相信你们都是好孩子，你们的'暂时保密'是有正当理由的。对吗？"

"当然！"

"好，我答应了。"

我们击掌为誓，我领着他又返回我家。

晚上，我们一行五人算上花脸是六个向黑龙潭出发。郭大哥的加入在惠特曼那儿没有遇到什么阻力，他只是重申独家采访权，郭大哥也表示认可，这事就算谈成了。郭大哥还笑着说："我是受过野外训练的，相信会成为你的得力助手。"

过了阎王背是一片密林。忽然，一股熟悉的臭味从路侧飘过来。开始我们还以为是惠特曼的贵恙呢，但臭味是从路侧传来的，而且，花脸还一个劲向密林中挣着。我们三个很快就猜到是怎么回事：是我们的新朋友龙娃，它又来找我们玩，但很可能它发现我们中有两个陌生人，于是就没有露面，而在暗地里跟踪我们。

我们三个的心一下提到嗓眼里，你碰碰我，我触触你，暗地里着急。龙娃是没办法责备的，其实，它这么急切地想找我们玩，还让我们很感动呢，而且它并不知道内情。但无论如何，它今晚的露面很不合时宜。万一惠特曼看见它，蛟哥的打算就要泡汤了。

我们悄悄地观察着路侧，心中祷祝惠特曼别看见它。不过这是妄想，惠特曼可不是吃素的，几乎立刻发现了异常。他悄悄止步，用手势让我们也停下，然后从背包中取出夜视镜。这下我们知道糟了，夜视镜里什么看不见啊。郭大哥同样闻见了这股异味，他轻轻触触我，低声说：

"闻见异味了吗？我在丹江时就闻见过，是龙崽身上发出来的。"

我触触他，示意他不要说话。这会儿我没法儿向他解释：这是龙娃的气味而不是龙崽的，更没法儿解释为什么不能让龙娃露面。我们只是屏住气看惠特曼的反应。一会儿，惠特曼取下夜视镜，轻声说：

"是另一条龙！那条豹爪龙！它果然是存在的。你们看！"

我们不用看，光闻见那股味儿就知道啦。不过这话不能对惠特曼说，我们只好接过夜视镜，绿光中龙娃的身影看得清清楚楚，它半掩在粗树之后，露出粗粗的前肢，一对绿眼像是两只明亮的绿灯泡，正聚精会神地盯着我们。我干脆承认了：

"一点没错，是一条豹爪龙，和神龙庙那座塑像完全一样。"

"它身上有很浓烈的香腺。你们闻到了吗？"

我想，废话，它要不是有这点毛病，也不用藏着掖着了。我一本正经地说："闻到了，闻到了，你们闻到了吗？"

黑蛋和英子也忙不迭点头。我问："惠特曼先生，你说怎么办，是不是想先去追踪它？"

黑蛋和英子不满地瞪我，但我想，我的说话声已足以把警告送到龙娃耳朵里了。惠特曼可能奇怪我为什么这么大声地说话，但他不会想到我在向龙娃通风报信。因为他不知道龙娃懂得人类语言这个事实。龙娃看来听到了我的警告，立即转身，向密林深处跑去。它真机灵啊，我们暗暗高兴。惠特曼用夜视镜观察着，直到龙娃的身影消失，这时说：

"不，目标不改变，咱们继续赶路吧。"

龙崽自然按时出现在神龙庙。我们仍埋伏在黑龙潭的对岸，当它经过黑龙潭返回时，惠特曼和郭洪已装束停当，带着各种必要的家什，向我们招手再见，跟着龙崽的身影消失在黑暗中。我们知道他们这次追踪肯定会成功，会发现一个逼真的龙窝，然后……他会把一张一张真实的照片和生动的报道发往全世界。潜龙山黑龙潭会成为神秘的龙之乡，千千万万游客将从世界各地急巴巴向这里赶来。

不知道黑蛋英子是怎么想的，但至少我的心里不是那么……纯净。回想我们最初在神龙庙目睹龙崽，那时我们是怎样的心境！这种心境不可能再回来了。也许谜底的破解冲销了那种仰视感，也许我们在事情的具体进程中看到了不那么诗情画意的东西——比如基因技术上的纰漏。今天是体臭这种小事情，明天会不会出现更严重的不可挽回的疏漏？还有，龙，作为对某种图腾的物质再现，它是极其成功的，但如果作为一种自然生物，要在残酷和自然竞争中不被淘汰，它们能做到吗？它们头上那个漂亮的但毫无用处的大角会永远保留下去吗？我甚至想得更深，想到了蛟哥说的生物伦理学，想起在动物基因中嵌入人类基因的合法性与正当性……

英子担心地看我，问我发什么愣。黑蛋不屑地说："别理他，故作深沉呗，他知道傻姑娘们都喜欢这个调调。"英子脸红了。黑蛋玩世不恭的腔调赶走了我的冥思，我正要反唇相讥，忽然听到动静。是龙娃，它肯定已经发现陌生人离开这里，便赶来现身了。我大声叫：

"龙娃！龙娃！来吧，陌生人已经走了，咱们来玩吧！"

寻找中国龙

一道黑影从林子暗处闪出,轻快地一路跑来,伴着它特有的体臭。我们在潭边迎上它,五个伙伴抱作一团。真的,现在熟悉了,它身上的臭味也没那么熏人了。英子说,"到庙里去吧,不知道龙崽把供品吃完没,我想它肯定给龙娃留着呢。"我们便簇拥着龙娃去了。祭坛上果然有不少供品,龙娃不客气地一扫而光,大饱口福。吃完,我们就在庙里玩。龙娃这儿看看,那儿嗅嗅,忽然我叫声不好,我怎么忘了一件大事?龙娃的塑像已经从祭坛上被清除了呀。龙娃曾为争得它闹得天翻地覆,如果发现它被除去,以它的乖戾性格,会不会……

黑蛋和英子几乎同时想到了这一点,我们交换着眼色,心虚地看着龙崽塑像对面那处空荡荡的地方。龙娃也发现了这一点,发现自己的塑像被塞在角落里,它的双目中立刻冒出怒火,脸上开始隐现杀气……

说实话,那会儿我还无暇考虑我们处境的危险——它毕竟是一个刚改邪归正的冷血杀手,怒火冲溃理智时会不会拿我们开刀?那时我心里只有一个念头,就是我们的所作所为对不住小龙娃——我们的新朋友,我尴尬地说:"龙娃你别生气,你听我解释,是这样的……"

两天来我对付惠特曼时智计百出,口舌便捷,但这会儿我真的编不出什么好解释。不过龙娃也不想听什么解释,它的怒火突然消失了,低下头,悲伤地说:

"你们讨厌我。"

我们喊道:"胡说!我们怎么会讨厌你?你是我们的新朋友,是龙崽的好弟弟。不许胡说八道。"

我们七嘴八舌地劝它,发出许多关于友谊的庄严的誓言。龙娃仍低着头,固执地说:"你们讨厌我。"

我们真没辙了,英子已经急哭了。黑蛋一急,就口无遮拦地说起来。事后我才知道,黑蛋这番不讲一点策略的大实话反倒能起作用。黑蛋说:"龙娃,我们真的喜欢你。实话说吧,我们确实曾讨厌过你,在你干坏事时,在你咬死那么多鸡鸭猪羊时,在你吓唬陈老三的小孙子时。现在你学好了,我们为什么讨厌你?喜欢还来不及呢。这座塑像搬下来是因为……"他也卡壳了,一拍脑袋说:"管它为啥,再搬上来不就行了吗?来,咱仨一块干!"

我们三个一齐上去,按说这座石像的重量超出三个少年的能力,但情急力生,肾上腺素加速分泌,三人呼尔嗨哟一使劲,硬把它送上祭坛了!我们得意地喊:"龙娃,来,看看,已经摆好了!"

我们忙乱时,龙娃一直悲凉地看着我们。这会儿它低着头,怏怏不乐地走出庙门,来到黑龙潭边,呆呆地望着水面。我们悄悄追过来,想安慰它,但一时无法措辞。英子走过去,轻轻地抚摸它的长颈,就像我们爱抚猫咪那样。时间一分一分地过去,龙娃始终不动,静立如石像。后来它回过头,忽然龇出两排白牙,头一甩,猛地把英子叼在嘴里!

它的兽性发作了!它要吃掉英子了!我的两腿发抖,但男子汉大丈夫的豪气战胜了恐惧,想起对英子做过的许诺,我一步跨过去,大声喝道:

"放下英子!——要吃就吃我,把英子放下!"

黑蛋也没孬种,这时已悄悄从龙娃身后摸过来,准备卡住龙娃的脖子。但已经晚了,龙娃带着英子猛地一蹿,闪电般跳入潭中,激起很高的浪花。我和黑蛋都没有迟疑,立即跳入水中,水花四溅地向它游去。透过水花,我看见龙娃放松了口中的英子,然后再次噙住,往背上猛力一甩,然后……然后英子在咯咯地笑:

"黑蛋,龙崽,龙娃让我骑它,它逗我们玩呢。"

我的妈呀,我全身一松劲,几乎沉下水。龙娃一脸鬼笑,这句话有点儿夸张,不过我们确实看到它的促狭目光。它驮着英子在前边跑,英子抱着它的脖子笑疯了。我和黑蛋不约而同,恶狠狠地扑上去,骂道:

"你这条臭龙,臭长虫,臭泥鳅,敢跟我们开这样的玩笑!打死你打死你!"

我们追着它打,它不反抗,只是开心地驮着英子跑,转着圈跑。我们追不上它,我们的蛙泳自由泳都没法跟它比。但我们的援军非常及时地赶到了,身后扑通一声响,是龙崽在向我们游来。我们欢喜地喊着:"龙崽,快来,驮我们追它,打它个臭泥鳅!它敢骗我们!"

龙崽驮上我俩,欢欢喜喜地同它的弟弟疯闹,闹得昏天黑地。欢闹中我没忘问龙崽:"那个老外和那个大个子呢,你把他们引到哪儿啦?"龙崽的口舌不如龙娃伶俐,只会重复着:"领到了,领到了。"当时我们没理解,龙崽把惠特曼领到龙洞后,为什么又急匆匆赶回神龙庙。后来想,可能它仍在担心着塑像被移走的事,怕坏脾气的龙娃失去控制,这才急匆匆赶回来。

两条龙、三个人在潭里玩得忘了时间,花脸在岸上催着我们。晨色慢慢在潭水上撒开,几只鸟儿啾鸣着从头顶飞过去。忽然,闪光灯连续地闪起来,有人在岸边大声叫好:

"好啊,好啊,双龙戏水!"

那当然是惠特曼,郭洪笑眯眯地站在他身后。他们探索到龙窝后,肯定是跟踪急着往回赶的龙崽又赶回来。一夜之间走了40多里山路,真有他们的。当60岁的惠特曼在岸边欢呼雀跃时,我们都大眼瞪小眼,傻了。

惠特曼为我们主要是龙姊弟噼里啪啦照了许多相,龙姐龙弟倒很有汉官威仪,从容大度,仪态万方,一点不怯场。照完相,惠特曼温和地责备我们,说我们恐怕没有把所有实情告诉他。因为看我们和两条龙的亲昵劲,今天绝不会是第一次见面。郭大哥呢,估计他已经看穿了所有的谜底,毕竟他事先就认识蛟哥和曼姐,但他很讲义气,只是深不可测地微笑着,不来揭我们的底。我吭哧了一会儿,黑蛋爽快地说:"算啦,别藏着掖着了,实话实说吧。"于是,他讲述了为什么把龙娃藏起来不愿让他看见,还很傻气地问:"有体臭的龙娃让外国人看见不算丢人吧?你身上有体臭,也没自卑,还满世界跑呢。"我直皱眉头,使劲瞪黑蛋。俗话说揭人不揭短,他怎么当面说人家有体臭?惠特曼倒不以为忤,温和地说:

"对,我也不赞成这种做法,那对龙娃太不公平了。"

他沉思片刻,说:"我想,在21世纪,没有人会相信什么神龙,也不会有人相信龙崽、龙娃的父亲是6000年前大战蚩尤的应龙。它俩是这样的温顺善良,这样的聪慧和善解人意,我看它像是家养的,不像是野生的。"

惠特曼先生太厉害了,一下子点中了我们的要害!我们知道已经瞒不住了,也不打算再狡辩。惠特曼接着说:

"也许大自然中真的有这种传说中的中国龙？但我不大相信这一点，我想，更有可能的是，"他字斟句酌地说，"它是基因工程的产物。用基因技术造出一条龙是极为困难的，但从目前基因工程的水平来说，有这个可能。"他用锐利的目光盯着我们，"你们三位都是聪明诚实的孩子，能和我一块儿解开这个谜吗？"

羞愧之色漫过我们的面庞，一直延伸到脖子和胸口，我们真不想再欺骗这位惹人喜爱的惠特曼先生，可是……我们预期的计划不是要泡汤了吗？郭大哥忙使出外交辞令为我们解围："跑了40里山路，我是累坏了，快回家休息吧，明天咱们再商量，好吗？"

我们放走两条龙崽，赶回村里，吃了丰盛的早饭。惠特曼确实累惨了，躺在竹床上很快入睡。我让郭大哥暂且睡到我的床上，他含意颇深地看看我，什么也没多说，顺从地接受了我的安排。把客人安排好后，我和黑蛋、英子藏在厨房压低声音商量着："怎么办？看来我们准备兴办'中国龙公园'的宏大计划要泡汤了。可是，我们不想再欺骗外国客人——他是那样精明，骗也骗不住。"我们三人商量半天也没商量出一点儿办法，只好请示蛟哥和曼姐。

上次我对蛟哥提过建议后，他俩已把指挥所移到回龙沟，那里有电话。我怕睡在院外的惠特曼听见，用手捂着话筒，先告诉他，一个叫郭洪的人在找他们，是丹江库区派出所的。听陈蛟小声对何曼说了一句什么，何曼笑着说：

"郭所长？这家伙竟找到这儿来了！"

我又小声向蛟哥详细汇报了惠特曼对"基因工程"的猜测，我想蛟哥也一定傻眼了，因为电话中有五分钟没回话。我小声地催促："喂？喂？"蛟哥在电话里忽然笑起来："狡猾的外国大鼻子！看来，咱们生来不适合做生意。干脆，你这样办吧……"

我决定先把底细捅给郭大哥，这也是爹开会的规矩，先党内后党外嘛。郭大哥没有睡，枕着双臂在想心事，看见我们，他含笑坐起身。我言简意赅地介绍了有关龙崽、龙娃的曲曲弯弯，郭大哥听得直点头：

"这就是了，这就对了，我当时就怀疑他们为什么饲养那么多的动物，原来是挑选有用的基因啊。我曾看见龙娃凶狠地把何曼扑倒，而奇怪的是，何曼似乎并不怎么恐惧。现在我全明白了。"

"对，龙娃根本不是什么性情凶暴，它只是一个脾气有点乖戾的孩子，而且——主要是当爹妈的处事不当，伤了它的自尊心。"

"现在呢，是否要把真实情况告诉惠特曼？"

"嗯，瞒不住了。"

"好吧，咱们去把他喊醒。"

惠特曼从梦中醒来，看见我们三人并排站在竹床前，便用臂肘支起身子，含笑看着我们："嗯？"

我说："惠特曼先生，你想找到龙崽的真正巢穴吗？你想找到它的父母吗？"

"当然！你们……"

"你现在还有力气吗？"

惠特曼一下坐起来："当然有力气！"

"那好，随我们走吧，我们全知道，这就为你揭开宝盖。"

惠特曼兴奋得像个孩子，欢呼着，手忙脚乱地背上他的全部行头。我们五个人，还有花脸，在山路上急行，一路上我们没说一句话，惠特曼也识趣地闭嘴不问，耐心地等待着揭宝的时刻。我们来到那个荒僻的山坳时，西天上已是半天红云。那座简陋的龙宫静静地卧在夜色中，透着肃穆和神秘。在惠特曼疑惑的目光中，我们走近大门，我拍了三下手掌，屋里的电灯唰的一下亮了，栅栏门洞开，蛟哥和曼姐含笑立在门口，龙崽和龙娃则偎在他们中间，用聪慧的目光安静地瞪着我们。

"请进吧，这就是龙崽和龙娃，这两位是它们的父母，这座房子是它们的龙宫。陈蛟博士和何曼博士会把全部情况一点不漏地告诉你，请吧。"

惠特曼欣喜地盯着龙姐弟，龙崽和龙娃小跑步迎上来，拽住了惠特曼的裤脚。而郭洪已经紧赶几步，哈哈大笑着用拳头捶陈蛟的肩窝。

三天后，惠特曼从美国向我家的电脑发来一封电子邮件，是他在《国家地理》杂志上将要发表的文章。蛟哥为我们翻译成中文。文章中说：

……在中华民族一万年的文化中，处处浸透着龙的气息。龙的形成，反映了华夏各部族融合为汉族的过程。在中国历史上，以龙为图腾的朝代，有黄帝、炎帝、共工、祝融、尧、舜、禹，到商朝后，龙干脆成了帝王的象征，成了华夏文化和华夏民族的象征。

当然，龙在自然界中是不存在的，它只存在于传说中，存在于中国人的心目中。但今年五月份，位于中国腹地的潜龙山突然爆出一条惊人的消息：一条真正的龙在潜龙山黑龙潭出现了！一条真正的龙，而不是恐龙——虽然在中国语言中，恐龙和龙使用着同一个汉字。本杂志立即派了记者惠特曼先生赴潜龙山，经过认真考证，确认这条消息是完全真实的，它绝不是尼斯湖怪兽那样虚无缥缈的东西。本期杂志独家登载了这条龙的一组照片，拍摄者为惠特曼和中国潜龙山的一位男孩贾云龙。

至于这条龙崽是从何而来？它有父母吗？它的巢穴在哪里？记者惠特曼正在做深入采访，有关消息将随后披露……

看了这篇文章，蛟哥笑着说："惠特曼狡猾狡猾的！他没有说一句谎话，但他最大限度地勾起了读者的好奇心，他很够朋友！履行了对咱们的诺言。"

下面还有他的一封短信，信中说他正在与几家从事生物工程的跨国公司接洽，为陈、何筹措研究基金。他说已有很大进展，相信一个月内就有肯定的回音。我们三个高兴地问："蛟哥、曼姐，这么说，你们的研究资金不发愁了！"他们俩笑着点点头。短信最后说：

再次感谢英子姑娘送我的礼品。我想，在龙崽、龙娃的消息披露之后，它俩必将代替熊猫添添、香香，成为美国乃至全世界孩子的最爱。我估计，用龙家乡的青竹编成的工艺品龙娃娃，必将有很好的销路。请你们立即准备20万只竹编龙娃娃，价格初定为每只五美元，可否？请速回音。另外，我打算用10万美元买断这种玩具在全世界除中国之外的销售权，你们是否同意？

蛟哥和曼姐奇怪地问："什么竹编龙娃娃？"英子羞涩地掏出两只竹编的龙崽，做工十分精细，细细的竹篾惟妙惟肖地扎出龙角、龙嘴、龙牙、龙爪。其中一条龙长着鹰爪，另一只长着豹爪。竹龙夸大了龙崽、龙娃的憨劲儿，圆头圆脑，憨厚可爱。英子说，"这是我和贾大伯商量着创作的，惠特曼先生临走时送了他两只。"陈蛟大睁着双眼喊道：

"哈，原来我们之中最有商业头脑的，是最不爱说话的英子啊！嗨，100万美元的订单！这还不包括中国市场呢，我想在中国也能卖它100万只！"

我们围着英子欢呼起来，英子羞得连脖子都红了。忽然龙娃从人群中挤进去，立起身子，从英子手里叼走了那条竹编青龙，龙崽则叼走另一只。它们都知道竹编青龙就是自己的肖像，不过并没对肖像权提出什么意见，它俩把青龙摆在地上，非常珍爱地端详过来端详过去。我们在它俩后边笑成一片。

郭大哥在见到龙崽龙娃的第三天就走了，他请的是事假，不能在这儿多待。不过他说，他会在年底以前安排好休假，再来这儿，陪我们五位当然包括龙崽和龙娃痛痛快快地玩上两个星期。蛟哥、曼姐带我们去为他送行，曼姐揶揄他：

"一个人回去啦？不把贩卖野生动物的罪犯带走啦？"

郭大哥威胁地朝她挥挥拳头，又同龙崽和龙娃告别，两姊弟很懂事地不住朝郭大哥点头，一直到公共汽车离开。

以下就该商量着给龙娃割狐臭了。我们三个团团围住龙娃为它打气，"龙娃，不用害怕，这个手术很小的，甚至算不上手术，做起来一点都不疼。"龙崽的口舌比较拙，不会劝说，但也用脖颈擦着龙娃的脖颈，算是行动上的鼓励吧。龙娃勇敢地说：

"我不怕。一点也不怕。"

"对，这才是好孩子呢。"

正在这时，电话响了，显示屏上显出 886-2-29262805。这是台湾的电话？黑蛋拿起听筒，听了两句，一本正经地对我说：

"找龙崽先生的。"他悲天悯人地摇头，"唉，你看当个名人多忙啊。"

我接过话筒，里边是一个急切的声音："是龙崽先生吗？是贾云龙先生吗？我姓黄，是郭洪所长的朋友。郭警官说，你们那儿确实有两条真龙，活龙，中国龙，是吗？"

"当然，这会儿它们正在我家呢，可惜我家不是可视电话，要不你就会看到了。"

"太好了，等我回大陆后我会马上去潜龙山，要亲眼看看它们。不过请你先把有关情况告诉我，好吗？郭警官说，你会把这事的根根梢梢全告诉我。"

龙崽和龙娃已经听出，电话中谈论的是它们，它们停止嬉闹，注意地倾听着。我清清嗓子说："可以的，黄先生，我已经听郭大哥介绍过你。现在，我就把有关龙崽、龙娃的所有情况全部告诉你……"

少年闪电侠

第一章　独孤大侠

初秋的天气仍十分燥热，暴雨说来就来。四个人从卧龙中学出来时，天边刚刚涌出一团乌云，转眼扯满了天空，眼前的景物全都变得晦暗无光。他们紧赶慢赶，赶到武侯祠的下坡，一阵狂风飞沙走石卷地而来。四个人齐叫一声"不好！"扛着他们的电力脚踏两用车上了武侯祠的石阶，这时大滴的雨点已经砸下来了。

这里便是全国闻名的南阳武侯祠，诸葛亮的躬耕之地。李白在《南都行》中写道："谁识卧龙客，长吟愁鬓斑。"白居易说："鱼到南阳方得水，龙飞天汉便为霖。"它坐落在一道逶迤的浅岗上，占地甚广。祠内古柏森森，丛竹飒飒，芳草萋萋。建筑布局严谨，疏密相宜。有仙人桥、大拜殿、茅庐、宁远楼、古柏亭、野云庵、躬耕亭等亭台殿阁，藏有岳飞手书的诸葛亮"前后出师表"等文人碑刻、汉代"天禄""辟邪"（圆雕石兽）等文物，与同样著名的南阳汉画馆毗邻。

孩子们把自行车放到大门的门槛下，倾盆大雨已经淹没了外面的世界。白色的雨柱，狂暴的雨声，地上被打得一片白蒙蒙的。祠内的千年古柏在狂风骤雨下抱紧枝干，一只老鹰急迫地鸣叫着返回巢内。白易走过去对守门人说："大妈，我们在门楼下避避雨，不用买票了吧。"

那位大妈忙把她拉进去："不用不用，快进来吧。"她从值班室拿来干毛巾，为白易揩干头发，"喂，你们几个也来把头发擦干。哟，姑娘长得多可人意儿，鼻子是鼻子眼是眼的。"

白易在她的抚弄下落落大方地笑着。她确实是个漂亮的13岁姑娘，唇红齿白，鼻梁挺秀，一笑两个酒窝，肤色白中透红，眸子深幽清澈。穿着吊带短裙，白色网球鞋，裸露着白皙圆润的肩头和筋腱清晰的小腿。脾气又极好，世上没有她合不来的人。同学们给她起的外号是"小黄蓉",说她像《射雕英雄传》中的黄蓉一样漂亮,一样心窍玲珑。黄蓉在桃花岛上跟着哑仆们学会了哑语,白易也不弱。中央电视台的播音不是伴有哑语吗?她没事就琢磨,硬是无师自通地学会了。平常在街上只要碰见哑巴她是绝不会放过的,一定要过去聊一会儿,聊得兴致勃勃、妙语连珠。

瘦螳螂似的马田笑嘻嘻地说:"大妈,抽空儿也疼疼我们几个——莫非我们的鼻子不是鼻子,眼不是眼?也没长错地方啊。"

大妈笑道:"疼,都疼——你们扛上来的自行车就是什么'超导车'吧。"

"对,电力脚踏两用车,碳纤维骨架,2038年最新产品。大妈知道什么是超导吧。"

"知道。别看大妈文化不高,好歹也是21世纪的人哪。超导,就是指电流在电线中流过时没有电阻。"

"说得对。你看这些车轮,是用室温超导材料制成的,强大的电流储存在轮圈中流动着,永不损耗,需要动力时再从轮轴处引出来。这种车又轻便又省力,棒极了。"

大妈说一句"赶明儿给孙子买一辆",就回值班室去了。姜菲菲擦干头发,从书包里掏出几块巧克力:"来,每人一块儿。大妈!给你一块儿。"

大妈探出脑袋笑着拒绝:"谢谢,我不爱吃那玩意儿,甜得发腻。"白易接过巧克力,担心地说:"菲菲,你不敢吃啦,再吃就成圆桶啦。"

菲菲外号叫"肥肥",肥肥是30年前一个香港女主持人的绰号。她确实长得圆滚滚的,肌肉似乎要把衣服撑破。但她毫不在乎地说:"圆桶怕啥?我已打定主意要参加胖人协会,那首会歌怎么唱来着?'世人的闲言不要理睬,只要我们活得自在。'"

马田大口嚼着巧克力:"对,肥肥说得对。能胖起来是福分,我就不行,干吃不上膘,我妈老说我长了一个没良心肚子。咦,白璧小侠呢,你咋不说话?"马田外号"抬杠博士",嘴巴是一刻也不能闲住的,且素以知识渊博见识乖僻著称。用朱小刚的话说,就是"身边的事知道一半,地球上的事知道三分之二,宇宙里的事全知道"。这会儿他嬉笑着刺小刚:"害怕啦?临事而惧啦?"

小刚是个英俊小生,两道剑眉,一双星目,身材匀称。他确实有点担心——担心这么贸然闯进爸爸的研究所,说不定会挨训。但他不屑地说:"我怕啥?"

"怕你吹的牛马上就要穿帮了。小刚啊,"他叹息着,"你这人哪儿都好,就是有点爱吹牛。"

两个女孩儿都笑起来,因为这句话实际出自小刚的自我评价。他外号叫"白璧小侠",并不是说他武功盖世,轻功卓绝。实际上,这四个字是"白璧微瑕"的转义。白璧者,就是他自诩的"我这人没啥缺点";微瑕者,就是"有时爱吹点牛"。

小刚不服气地说:"博士先生不要当面造谣,不能肆意篡改别人的原话。我的原话是'爱夸弄',不是'爱吹牛'。"

马田笑道:"近义词,这是近义词,咋能算是篡改呢。"

"不,有原则上的不同。吹牛是把没有的事凭空吹出来,夸弄是把真事向别人夸耀——所以只是多少有点儿不谦虚而已。"

"那么,你还是坚持你说的:你爸妈养的猩猩会说人话?"

小刚立即开始了凌厉的反击:"又是当面造谣!我什么时候说过猩猩会说人话?我只是说,经过我爸妈的智力拓展和训练,那头猩猩已经基本能听懂人的语言,并且能用手势语表达自己的思想。白易,肥肥,我是不是这样说的?"

两个女孩都点点头:"没错,这是小刚的原话。"

抬杠博士有点狼狈,小刚则乘胜追击:"不行啊,"他悲悯地摇着脑袋,学着博士刚才的口气,"你这种不老实的作风如果不改的话,是要吃亏一辈子的呀。"

马田只好以退为进:"反正马上就要真相大白了,看谁笑到最后吧。喂,雨停了,走吧。"

暴雨已经停了,雨后的天空蓝得令人心悸,白杨树叶浓绿欲滴。四人同守门的大妈告别,提着车子走下长长的石阶,走过"千古人龙"的石牌坊,然后骑车向南走。今天是星期五,是法定的集体活动时间。近 30 年来,由于网络的普及,学生们完全可以坐在互动式电脑前学完全部功课而不必去学校。为了避免孩子们都变成与世隔绝与人隔绝的网虫,法律规定:每星期至少保证一天的集体学习时间和一天的集体活动时间。不过后一条规定对这四个人实际没用,即使没有它,他们也向来是形影不离的,几乎每天都要凑到一块儿,打一会儿嘴巴官司,侃一阵儿武侠小说——这四人都是铁杆加钢杆的武侠迷,连平素说话都是满口江湖行话。

今天下午集体活动时,马田忽然提议要看看小刚常"夸弄"的"会说人话的猩猩",两个女孩自然是热烈赞成。小刚先有点犹豫,因为爸妈一向不喜欢外人打扰。但经不起马田的激将和两个女孩的软语相求,脑子一热就答应了:"去就去,大不了让爸爸骂一顿。他们很疼我,即使训斥两句也是雷声大雨点小。"

往南走了四五里,卧龙岗的坡势渐缓。小刚领大家拐上一条绿草茵茵的小路,车轮过时,绿草分开,露出下面的水泥路面。原来,水泥路上留有许多圆洞直通土层,青草是从洞中长出来的,草尖刚好能盖住路面。车辆通过时,草尖被压入洞中;车辆通过后绿草又把路面完全遮盖。两个女孩啧啧称赞:"真漂亮!真是好主意!"马田不屑地说,这不是什么新招数,他在电脑资料库中查到过,几十年前新加坡就修过这样的生态公路。小刚看看他,坦率地承认,"这次博士说对了,我爸也是这样说的。"

四人并排骑行。这条小路不是太宽,勉强能容两辆卡车错车。它向前伸展,隐入一团绿荫之中。这会儿小路很僻静,既无车辆也无行人。虽说四人每天在一块儿玩,走东家串西家的,但小刚父母的研究所倒是从没来过。马田边走边怀疑地打量着:

"这就是你说的那个世界级的研究所?怎么这样冷清,倒像一家牛奶场或花木苗圃。"

小刚忍不住又"夸弄"起来:"浅薄!以貌取人!我爸妈是科学界有名的太乙散仙,他们的研究项目都是世界级的,由世界财团资助。不过他们敬慕诸葛孔明的为人,生性淡泊,不求虚名,一直隐居在这里。局外人对他们不大了解，但圈内人都敬之如神哩。"

白易和菲菲都听说过小刚父亲朱义智和母亲童明的名声，对小刚的话是信服的。其实马田也不是不知道，他只是爱唱个反调罢了。菲菲问："小刚，那你说，你的爸妈相比，谁更厉害些？"

小刚想了想："没法比。两人功力相若，都是一流的大侠。可能我爸的脑瓜更灵光一些，但比较粗心，照前不顾后。我妈更细心一些。形象地说，我爸是开路的，我妈是押后的。"

马田又忍不住要进攻了："小刚，常听你谈他们，可他们究竟是什么专业，却从来没给我们一点儿概念。是物理学家？化学家？生物学家？"

小刚笑他："又浅薄了不是？你提这个问题，表示你已经落后于时代了。现在，各个学科分支的汇流是最强有力的趋势。物理、化学、生物、天文，都已经是你中有我，我中有你，密不可分了。有人说，这说明人类已经接近于破解宇宙的终极真理。想想吧，宇宙是从大爆炸中产生的，从一团虚空中分出正物质和反物质；正力（强力、弱力和电磁力）和负力（引力），正能量和负能量（引力能），逐渐演化成今天这样错综复杂的世界。从这个复杂世界向前回溯，当然事物的规律会越来越趋于简单……"

马田忙截住他的话头："得得，就此打住吧。你再说下去，我这个博士头衔要让给你了。"

两个女孩咯咯地笑起来。他们已经骑到一个池塘边，池中铺满碧绿的藕叶，池塘后是一处绿荫掩蔽的庭院，树丛中隐约可见一幢白色的圆顶建筑，周围是花墙和栅栏铁门。小刚说："到了，这就是我爹妈的研究所，实际上我也很少来的。"四人走近大门，大门轻轻咿呀一声便自动打开了。他们推车进去后，大门又自动关闭。马田嘟囔着："安全工作这么疏忽，像一个世界级的研究所吗？"其他人没有理他。

院落很大，散落着古典式的凉亭和小巧的拱桥，柏树、银杏、楸树和换香树排列在路旁。人影杳然，林静鸟喧。马田笑嘻嘻地说："这倒有点儿山中访高人的味道，骑驴过小桥，独叹梅花瘦。不过咱们骑的是电驴，路边也不是梅花……"

地下试验室里，朱义智教授对猩猩的测试正干到兴头上。老助手林钧过来低声说："有四个小孩子到了大门口，两男两女，打头的是你儿子小刚。"朱教授侧过目光扫了一眼监视器，鼻子里哼一声："这小子，交代过不让他把同学往这儿领，他把我的话当耳旁风？"

不过他的语气中并没有恼怒的成分，倒是充满了欢欣——这几天的试验进展得极其顺利，甚至超过最乐观的预计。林钧说："我去劝他们回去吧。"朱教授没有马上回答，思索片刻。他今年43岁，小个子，大脑袋，穿一身肥大的工作衣，说不上太邋遢，但也绝对说不上衣冠楚楚。助手林钧比他年长，今年已经58岁了。实际上，林钧原来是他的老师，后来是他的同事，再后来心甘情愿地做他的助手。因为他知道，这个衣着随便貌不惊人的小个子，还有他的妻子，都是难得一遇的科学天才。他没有看错，眼前这次惊人的成功便是例证。

朱教授说："放他们进来吧，要不，小刚在同学们面前太没面子了。再说，"他的目光中闪着戏谑，"这么惊人的成功，不让儿子知道，我哪能忍得住哇。林老师，你说是不是？"

林钧笑笑，按下控制大门的电钮，在屏幕上看着大门缓缓拉开。他知道朱义智骨子里还是一个大孩子，一个43岁的大顽童。比如说，他和小刚不像一对父子，更像一对铁哥们儿。两人若是有一段时间不见面，一见面非得抱着摔一阵子。为了玩"藏猫猫"时骗过小刚，他可以用几个星期天在家里费神费力地布置出激光全息的假人儿。林钧有时奇怪，为什么很多才华横溢的科学家常常有浓郁的童趣。比如美国某位著名科学家，他在洛斯阿拉莫斯国家实验室工作时，最喜欢的消遣是用钢丝捅开同事们的保险柜，在里面放上一个小小的礼物。也许，童心和才华是不可分离的孪生兄弟？

监视器上看到，四个小家伙探头探脑地进入院内。朱教授微笑着，在通话器里告诉自己的试验对象："独孤大侠，四个小朋友来了，肯定是冲着你来的，一会儿给他们亮几手绝技，可不能让他们失望啊。"

20米外的一个舞台上，灯光柔和明亮，独孤大侠傲立台上。它听到了主人的这番激将，不屑地低吼一声。

独孤大侠是一只臂长及地、剽悍矫捷的12岁的雄性黑猩猩。

四个孩子已经走到院落中心，在院外看到的圆顶白色建筑就在这儿，它的外形大致类似一个天文馆，不过比天文馆大多了。小刚指着右边的停机坪，失望地说："爸妈的扑翼机不在这儿，他们今天可能不在研究所里。噢，对了，妈妈早上说她要赶到北京去开学术会，那么爸爸应当在家。走，咱们进去。"

进了圆顶房屋，才发觉里面更大，简直可以用"辽阔"来形容。上面是透明的薄壳屋顶，阳光均匀地洒进来，照着屋内一排翠绿的天竺葵、巴西木等盆栽。屋子空落落的，像一个比赛结束的足球场。这时他们头顶上响起麦克风的声音：

"欢迎小刚和他的同学们。请下到地下试验室吧。"

伴着轻微的嗡嗡声，面前的地板滑开了，露出一个阶梯。小刚高兴地说："是我爸爸的声音，看来今天不会挨剋了。"他领头走下去，另外三人小心地跟在后边。

地下试验室里和上边一样明亮，不过并不是人工照明，而是通过光纤和聚光镜引入的自然阳光。屋内有五六个人，其中一个小个子站在控制台上，正笑嘻嘻地看着他们，他旁边是位头发花白的男人。两个女孩子认得小刚的父亲和林教授，忙甜甜地叫一声："朱伯伯好。林爷爷好。"朱教授扬扬手，笑道："你们好，孩子们，你们可是一群不速之客呀。"

试验大厅的陈设并不复杂，但所有仪器设施极为精巧，即使外行人也能一眼看出它的非凡。马田已被这儿的气势震慑住了，唯独对小刚父亲不太服气：个子似乎比自己还低，衣服极随意，说着艮艮的南阳土话，咋看也不像一个"世界级"的科学家。他小声问旁边的白易："这就是那位太乙散仙、隐居高人？我看不大像。"白易忙拉拉他，温和地责备道："不许胡说！"

然后四个人都看到了20米外的舞台，一只大嘴巴的猩猩沐浴在柔和的白光中，神态傲然而懒散。四人的注意力马上被吸引过去，不约而同地跑向舞台。他们发现猩猩目光从容，全然没有普通动物的茫然和畏缩，更兼精光外露，显然是一位内家高手。它穿着一件白色的练功服，腰间束着银光闪闪的狮蛮带。不过近前才看清，腰带上还连着一根只有小指粗细的近乎透明的细绳，绳索的另一端拴在舞台中央一根粗大的地锚上。马田瞪大眼睛，严肃地说："看见没有？这只猩猩一定是个邪派武林高手，好不容易才被擒获，得时时防范着。这条索子一定是用天下至坚至韧的天蚕丝编成的。"

林钧爷爷走过来，笑着解释道："不是天蚕丝，但确实是天下至坚至韧的东西。它是用基因技术生产的美洲金蛛的蛛丝，比同样粗细的钢丝要坚固20倍。"

白易定睛看着猩猩，轻声问："为什么要捆住它？它真的是个坏人？邪派高手？"

林爷爷摇摇头："不，它的智力只相当于五六岁的孩子，说不上什么正邪。不过我们不敢马虎，一旦它逃跑，也许会捅出什么娄子。"

白易不满地说："那它多可怜啊，仅仅因为不懂事就要被囚禁，太不公平了。"她看见旁边放有香蕉，便拿一串送给猩猩。林爷爷忙交代她不要进入圈子里，白易听话地站到圈外，尽量把手伸进去。猩猩马上走过来，不过它并没有接香蕉，而是入迷地看着白易的面孔，简直看得如痴如醉，一波笑纹从那张丑陋的黑脸上荡过。白易欣喜地喊道：

"林爷爷，它笑了，黑猩猩会笑！"

林钧皱起眉头。他发觉猩猩的目光太贪婪，往常似乎没见过他这样。也许是因为白易长得太漂亮了，难免吸引异性的目光。他不愿往下推想，忙把四人拢在一块儿，带他们来到朱教授身边。

"欢迎你们。"小刚爸再次说道，含笑看着儿子，"说吧，是不是你的主意？"

小刚刚才有点儿担心爸爸生气，现在看阵势完全放心了，不过终究有些不好意思。马田笑嘻嘻地抢先回答："伯伯，我们常听小刚'夸耀'你，说你训练的猩猩特别聪明，我们都想亲眼见见。"

这句话显然搔到了小刚爸的痒处。他对这只猩猩的疼爱不亚于自己的儿子，何况是在大获成功的今天。他笑着反问："你们相信猩猩有智力吗？"

马田说:"有——但只是低等智力。它们的脑容量太小啦。我记得大猩猩的脑容量是700多毫升,黑猩猩的不到500毫升。它们的脑重只占体重的0.7%,但人类要占2.0%,连海豚也有1.17%呢。"

"对,当然咱们不能指望把猩猩培养成爱因斯坦。但是,智力不光取决于脑重,还取决于脑细胞之间的横向联系,取决于大脑皮层上的沟回数量,而这些在很大程度上取决于幼年时所受的外界刺激。比如,把一个大脑正常的幼儿丢到黑猩猩群里,长大后他就只能达到黑猩猩那样的智力;相反,幼年时做过半脑切除的脑瘤病人仍能在人类社会中正常生活,虽然这种病人的脑容量就和猩猩差不多。黑猩猩是世界上最聪明的动物,会使用表情,能认识自己,在人类的训练下能学会简单的手势语,可以表达几十个单词。上个世纪末,英国女科学家珍妮·古道尔曾到非洲对黑猩猩社会观察了38年,有了15项重大发现。你们知道吗?"

四个人想了想,小刚说:"知道,看过有关资料,但是记不全了。记得其中一条发现是:猩猩会使用人造物品。有一只叫马伊克的黑猩猩曾用珍妮扔掉的空汽油桶使劲敲打,恐吓别的雄黑猩猩,来争夺王位。"

白易说:"还有一条发现是:黑猩猩也知道敬畏大自然,看到雄伟的瀑布时会自发地舞蹈。"

菲菲说:"黑猩猩族群中也有战争。"

马田说:"黑猩猩会发明工具,能同其他部落做技术交流。那只白胡子大卫发明了用草棍钓蚂蚁吃,而且这个绝招忽然之间就传到其他部落中去了。黑猩猩也有计划能力,比如一头叫责岗的家伙为了使族群迁徙,有意先劫走一个黑猩猩幼崽,再乘乱施行它的计划。噢,对了,它们还能用草药为自己治病。"

教授笑着点头:"对,说的都对。但它们比起我们这位就差远了。这只黑猩猩从小就接受了智力拓展和强化。我们没有增大它的脑容量,没有用基因技术把它变成一只长着人脑的猩猩——那是生物伦理学所禁止的。但我们在它原有脑容量的基础上,努力疏通和建立了脑细胞之间的横向联系。完全可以说,它的智力已经超越了动物的范畴。"

"伯伯，它真的能听懂人类语言？"菲菲问。白易也抢着问："真的能用哑语表达自己的思想？"

"没错。当然，我说过，它的智力只相当于一个五六岁的孩子，所以它的理解和表达都是相对简单的。"

这样有限的承认已经非常鼓舞人心了。"真的吗？"三人齐声叫道。白易喜滋滋地补上一句："我也会哑语，我这就和它对话去。"

教授看看白易："你真的会哑语？"他用双手急速地比了几个手势，白易笑道："你是问我怎么学会的，对吧。我是跟中央电视台学的。"

"对。"三个朋友证实，"她是无师自通，学会之后瘾大着哩。可不敢让她在街上碰上个哑巴，要不，一聊起来就没个头了。"

教授遗憾地说："早知你有这个本事，我该请你来当助手的，也不用我自己去学了。不过，这只猩猩的本领远不止此。"他着意强调着。

四双眼睛又瞪大了："远不止此？"

"对，在某些方面甚至远远超过人类。"他忙补充道，"我是说超过今天的人类。"

他有意停下来，看着四个小家伙。这个消息太惊人了！太出人意料了，甚至出乎小刚的意料！四个人的馋劲儿都被勾起来，急得想伸手到他的嘴巴里把消息掏出来。白易甚至忘了去同猩猩聊天的愿望，他们乞求道："爸爸，伯伯，它有什么高强本领？告诉我们吧，快告诉我们吧。行不行？需要保密的话，我们可以发誓。行不？"

林钧看到这儿笑着走开了。朱教授说："行啊，我这就告诉你们。你们很幸运，是我们试验成功后的第一批客人。坐下吧，这件事可不是三句两句能说清楚的。"

四个孩子忙拉过椅子围坐在他身边，眼睛乌溜溜地盯着他。

小个子教授把手头的工作安排一下，开始讲述了。他沉默片刻，突兀地问："你们几个都爱看武侠小说，对吧。我知道小刚是个超级武侠迷。"

"对极了，"马田嬉笑着说，"我们仨和小刚是一丘之貉，臭味相投。可以食无肉，居无竹，不可缺少武侠书。"

"喜欢看谁的作品？"

四个人七嘴八舌地说："金庸的，古龙的，都喜欢。最近的金庸三号和古龙二号也不错。"

他们说的金庸三号、古龙二号是指人格化的电脑写作系统，它们的作品也确实达到了金古二人的水平。教授点点头，又问："你们是喜欢光盘书，三维书，还是旧式的铅字印刷书？"

除姜菲菲之外，都说爱看旧式的印刷书。"只有这种书才能最大限度地激发读者的想象力。如果眼前硬造出一个具体的小龙女、郭靖、老顽童、小李飞刀，哪怕他再逼真，再飘逸，也无法和我们心中的'那一个'相比。"

小个子教授哈哈大笑，颇有点遇上知音的味道："不错，有见地，比很多文学批评家还强。老实说，我也是一个武侠迷，迷龄已有40年，比你们的年龄还大两倍呢。"他问了一个怪问题，"你们说，假如所有小说中的高手同台比武，谁的武功最高？"

马田抢着回答："肯定是老顽童周伯通！他会九阴真经，七十二路空明拳，双手互搏……"

小刚心目中的英雄不同："是小李飞刀！刀不轻发，发则必中。他虽然在英雄榜上排名第三，但排名第二的上官金环——他刚刚杀害了排名第一的无极老人——也死在他的刀下。"

姑娘们则另有偶像。白易说她最佩服小龙女，她的天罗地网势多厉害呀，能用双手把九九八十一只麻雀罩在怀里飞不出去。小刚反驳说，她的快功轻功当然高明，但终究比不上郭靖的功力沉稳。再说，郭大侠品德高尚，"为国为民乃侠之大者"。马田说，这些大侠武功再高，也都失败过，只有独孤求败才是真正的武学巅峰，世无对手，刻意求败而不能如愿，最后寂寞地死去，连他留下的巨雕都能当杨过大侠的师傅。

四人一争起这件事就没头没尾，白易忽然想到了什么，说："伯伯，你问这些干什么？和这只猩猩有什么关系？"

教授乐了，嘎嘎地笑过一阵，故作严肃地说："告诉你们吧，眼前这只猩猩就是独孤大侠的传人,独孤小侠,我们给它起的名字叫独孤星星——是星辰的星,不是猩猩的猩。不过它的武功不是走沉稳一路,而是像小龙女那样专务轻灵。小龙女、楚留香、黑蜘蛛……都比不过它。"

四个人听得热血沸腾。他们一向沉迷于武侠小说,常在梦里同各位异人高士相会。但他们都知道这只是幻想而已,从不奢望在现实世界中见到。小刚爸的话激活了他们的梦想,他们真想立即见识这位独孤小侠的真功夫!当然,他们的目光中也不乏怀疑。教授看着孩子们的复杂表情,开心地笑起来。

静场片刻后,白易抿嘴一笑:"伯伯,你真幽默。我知道你是在逗我们哩。"

马田接口说道:"当然,我早就知道啦。伯伯你真逗,不怪小刚说你是老顽童。"

白易忙拉拉他,担心地看看伯伯。但这位小个子伯伯一点儿也没生气。他正色道:"怎么会是逗你们呢,我说的全是真的。"

马田使劲摇头:"哪能呢哪能呢,独孤求败是宋末元初人,死了至少500年啦。这只猩猩才几岁?"

"12岁。"

"对呀对呀,他连独孤大侠的孙子的孙子都看不到,咋能是大侠的传人呢。"

"你们不信?"教授目光闪烁,努力隐藏着嘴角的笑意,"不信咱们当场试验。"

"当场试验?"几个人你瞪我,我瞪你。他们当然不相信世界上真有绝顶武功——否则他们早就踏遍青山去寻访名师啦!但是朱伯伯说得那样郑重,也可能是真的?他们不敢相信,又不愿拒绝,心底有强烈的期望在勃勃跳动。教授重复道:"当场试验。其实在你们来之前,我们正在试验呢。独孤大侠,"他对着通话器说,"请做好准备,这几位小客人要来考较你的武功啦。"

他领着四人走到控制台边。四个孩子晕乎乎的,不知道这会儿究竟是在武侠小说中,还是在真实世界里。但至少猩猩是听懂了这边的盼咐,它低沉地咆哮一声,朝这边的小客人不屑地瞟来一眼,然后懒散地走到台子中间。

朱教授唤助手拿来四张射箭比赛用的弓,他说:"这四张弓比较软,你们能拉开的，现在每人拿一张，瞄准猩猩射，看它能不能躲得开。"四人都感到很新奇，依言把箭搭上弦，看看锋利的箭头，回头担心地问：

"爸爸，伯伯，它真的能躲开吗？别把它射伤啦。"

小个子教授对着通话器说："独孤大侠，告诉几位客人你有没有把握。"

猩猩哼哼着，用两只长臂拍打着胸脯——现在不用怀疑了，它肯定能听懂主人的吩咐。两个男孩已经性急地把弓弦拉满，大声喊道："独孤大侠，要射箭啦！千万小心！"

两支羽箭嗖嗖地飞过去。猩猩几乎没动身子，手腕一翻，已把两支羽箭绰在手中。控制台上方的屏幕上马上放映了刚才的录像。画面先是唰唰地快进，等到羽箭飞抵猩猩面前时再转为慢动作。现在，飞箭极其缓慢地一毫米一毫米地向前移动着，猩猩抬起胳臂，不慌不忙地夹住箭杆。即使在慢速播放中，它的动作仍然快如闪电，因此对付这两支飞箭绰绰有余。几个孩子都高兴地吆喝起来，这才不再犹豫，一支连一支地射过去。猩猩手臂略动，顷刻之间，在它脚下扔了一地的羽箭。四人手中都只剩下一支了，小刚想起一个主意："咱们喊个口令，一块儿射过去，看它能不能躲开。"

"行！"马田和菲菲把箭上了弦。白易忙问："伯伯，它能躲开四支箭吗？独孤大侠，你能躲开吗？"

猩猩不耐烦地拍着胸脯，那意思是很明显的："小瞧人不是？来吧，不在话下。"于是小刚喊着口令："预备——放！"

四支箭同时射过去，忽然他们一声惊叫，因为他们看到，一支箭准准地射进猩猩嘴里！四个闯祸的孩子愣住了，女孩子们的泪水已经开始溢出。"独孤星星！你……"忽然猩猩用力把口中的箭吐出来，咧开嘴唇，露出两排洁白的牙齿。孩子们顿时欢呼起来：

"齿镞法！真了不起！"马田加了一句："不过齿镞法算不上绝世武功，很多高手都会。"

在慢速播放中，他们看到飞箭缓缓地向猩猩口中射去，比人们用筷子向口中送饭还要慢多了。猩猩不慌不忙地"呱嗒"一下，咬住了箭头，看起来十分容易，似乎连他们也能做到。小刚爸笑道：

139

"齿镞法当然算不上绝世武功，不过好戏还在后边哩。来，换换武器。"

工作人员收起弓箭，给每人发了一把手枪，装好子弹。这是老式的五四手枪，但即使是老式的普通手枪也是太可怕的武器——谁听说过郭靖、杨过、楚留香、令狐冲或任何一位武林宗师能对付枪弹？孩子们担心猩猩受伤，大眼瞪小眼，不敢动手。小刚爸忍俊不禁：

"别怕别怕，我要是没有把握，敢让你们胡来吗？这只猩猩和我的儿子一样贵重哩。射吧，尽管大胆地射吧。"

在他反复催促下，孩子们才端起枪，手心都是汗津津的。小刚想了想，低声说："这样吧，我先射，射它的腿。万一……也不会让它送命。"

"行啊，你先射吧。"几个人小声叽咕着。那边，猩猩丝毫不知道惧怕，甚至都等得不耐烦了，手里舞着一支短短的细铁棒，那就是它对付枪弹的武器。小刚咬咬牙，调动了足够的勇气，才闭着眼睛扣下扳机。枪响之后紧接着是当啷一声，亮晶晶的子弹坠落在舞台上。猩猩的动作太快，大家几乎没有看见它如何动作，于是四双眼睛立即转向头顶的录像。从录像上看，枪弹的速度虽然已被大大放慢，但比起刚才的飞箭来说还是快多了。它朝前飞行着，弹体与空气的摩擦产生高热，使弹头变成暗红色，并在身后留下一道淡淡的青烟。猩猩没有像上次那样用手去夹，当子弹快到身旁时，它用那根银白色的铁棍快速一击，正好击在弹体的中部，枪弹便坠落在地上。

孩子们看得眼睛都直了："神了，真神了！"他们不再胆怯，噼噼啪啪地射击着。只听当当当响成一片，亮晶晶的子弹四处飞迸。子弹射完，猩猩又恢复了懒散傲然的神态，渊停岳峙地立在台子中央。

"神了！""这才叫绝世武功呢！"孩子们赞不绝口。教授截住他们的话头："先别激动，它的本领还没施展完呢。看，"他手中拎着一只模样奇特的手枪，"这是便携式激光枪，再用它试试。"

四个人惊异地问："激光？它的反应速度能超过激光？"

"当然不能。宇宙中——我是指我们这个宇宙中——没有快过光速的东西。不过……看后再说吧。"

他把激光枪递给儿子。儿子犹犹豫豫地举起来，瞄准猩猩。猩猩显然知道这家伙的厉害，懒散和不屑之态一扫而光。它双腿微屈，双目精光外露，死死地盯着小刚的手指。小刚尽力控制住手指的颤抖，大声喊：

"独孤大侠，你准备好了吗？我要开火啦！"

他按下扳机，一道炫目的红光破空而去，在所经之处留下一道白痕。那边黑影一晃，猩猩已敏捷地跳过一边，干净利索地躲过激光束。激光落在它身后的木制墙板上，烧出一个花生米大小的圆洞。几个孩子立即把目光转向头顶的录像。这次，即使经过大倍数的放慢，激光在画面上仍是一闪即过，看不出有任何放慢的迹象。小刚爸笑着解释：

"你们都知道光速是每秒30万千米，这儿离猩猩只有30米，也就是说，光束到达那儿只需一千万分之一秒的时间。所以，即使在高速摄影中，它仍然快得像闪电。不过，你们看出来猩猩是怎样躲避激光了吗？"

孩子们困惑地摇摇头。教授操纵着电脑，把录像的画面聚焦在小刚的手指上。屏幕上，那只手指正极慢极慢地向下按。"明白了吗？在高速摄影中，激光的速度几乎是不可放慢的，但小刚手指的动作可以放慢。也就是说，猩猩虽然躲不开激光，但它仍足以对小刚的动作做出反应——看到手指开始动作时就跳开。"他把激光枪收回去，"好了，试验到此为止。这把枪对它还是有一定危险的，我刚才做试验时就烧焦了它下肢的一块皮毛。所以，你们三个就不要再试了。"

但四个孩子已经完全满意了。他们跳下控制台，跑到舞台前边，敬畏地注目着这位武功盖世的黑猩猩。独孤大侠显然知道自己在孩子心目中的分量，就像时下那些被追星族宠坏了的明星那样，它也摆出一副标准的明星嘴脸——既显得不耐烦，不情愿，又不能过于挫伤崇拜者的积极性，所以屈尊而就，接受了孩子们的瞻仰。

纵然对大侠的绝世武功已经五体投地，菲菲仍忍不住小声嘟囔道："呀，这位大侠真的太丑了，塌鼻孔，大嘴巴，小眼睛，满脸黑毛……"

"嘘，"白易忙止住她，怕独孤星星听懂这些话，心中难过。她小声对菲菲说，"可不能拿咱们的眼光来评价。在猩猩们看来，塌鼻孔，大嘴巴，这才是天下第一等的美貌哩。小星星一定是黑猩猩中最漂亮的男孩子，你说对吗，独孤大侠？"她安慰道。

独孤星星至少是部分听懂了她的话，露出欣悦喜爱的表情。它尽着腰链的长度走到台边，弯下腰，向白易伸出毛茸茸的手。马田笑道："哟，它也学会了明星们的做派，要和观众握手交流呢。白易，大侠这样青睐你，可别错过机会哟。"

白易真的很高兴，很感动，也努力把手伸过去。不过一黑一白两个指尖还差有20厘米。小刚和马田过去，把白易娇小的身体举起来。这么一来就够上了，独孤星星立即把白易的小手握在自己的长手掌中，傻兮兮地笑着。

白易伸手时，控制台上的朱教授和林教授想出面阻止，但两人对望一眼，笑笑，都心照不宣地保持沉默。他们创造了一个超级生物，虽然智能较低，但身体之剽捷灵动远远超过人类。所以，他们在喜爱之余，也一起警惕地看守着它。按说不该让孩子们离它这么近的，但这会儿气氛融洽，猩猩显然十分喜欢白易，想来不会出事。

猩猩握着白易的手久久不放，目光清明，充满愉悦，就像小弟弟见到了久违的姐姐。所以，白易也一直微笑着，没把双手从猩猩手中抽出来。倒是她身下的两位骑士等不及了：

"喂，松手吧，我们都没劲啦。"

白易轻轻往外抽手，猩猩感觉到了，再度抓紧。小刚和马田真的没力气了，气喘吁吁，"松手没有？松手没有？"菲菲不知道帮忙，只会在一旁咯咯地笑。最后，星星松手了，两个男孩忙把她放到地上。白易这才有机会向星星比划了一番哑语：

"你好，我们都很佩服你的武功，真的佩服。再见。"

猩猩听懂了，但它并没有以哑语回答。忽然，它把长长的黑手指放到凸起的大嘴巴上，向台下送了一个飞吻。孩子们愣住了，然后同时爆发出一阵大笑，姜菲菲甚至笑得坐到地上："妈呀，它也会向观众送飞吻！香港明星的做派！"

星星受到笑声的鼓励，把飞吻送得密不透风。这边的几个人，包括朱教授和林教授，都笑得前仰后合。

第二章　武功还是科学

如果说刚才孩子们的心中是敬畏崇拜，那么在它的飞吻送完后，这些感情开始变化了，独孤大侠变成了惹人发笑惹人爱怜的小顽童。但无论如何，对星星的武功还是绝对服气的，那是亲眼所见，绝对不是金庸古龙的虚构。

小刚爸喊孩子们过来，马田几个箭步抢在头里，第一个走上控制台。下面的事态进展很是出人意料：马田抢到小刚爸的面前，扑通一声跪下："朱伯伯，今天我有幸目睹这场表演，才知道金庸、古龙笔下的武功句句是实。求你收下我做徒弟吧。"

这一招把其他三个孩子弄愣了，犹犹豫豫的，不知道自己该不该学他的样。朱教授的脸色唰地沉下来，厌恶地说："干什么？快起来！我最讨厌下跪叩头这类玩意儿！"

马田惶惑地辩解着："武侠小说中，徒弟拜师都是这样行大礼的呀。"

"快起来，起来再说话！"

马田惶恐地慢慢站起来，朱教授这才把语气放软说："下跪，叩头，这是咱们老祖先留下来的最让人脸红让人恶心的遗产。好在这个时代已经过去了，记着，以后永远不要对人下跪，无论对任何人！"

"可是……"

"无论对任何人，哪怕是师尊、父母和君王——当然，早就没有君王了。告诉你们吧，虽然我爱看武侠小说，但实在难以忍受书中的某些东西，像下跪叩头、烈女节妇、一夫多妻等。这些都是中国文化中的糟粕，绝不是值得留恋值得夸示的东西。可惜，连金庸、古龙这样的大师有时也不能免俗……好啦，"他笑着，表示这一页已经掀过去，开玩笑地说，"你要拜师，干吗不找独孤大侠呢，我可是毫无武功。"

"不会的！"马田抗声说，"我知道你是独孤星星的师傅，是深藏不露的武学宗师。小刚，你说是不是？连你也被蒙在鼓里吗？"他诚心诚意地劝小刚，"来，咱们一块儿求朱大侠收咱们做弟子，你家的绝艺不能在你这一代失传啊。"

小刚给弄糊涂了。他常和爸爸打闹，从没觉出爸爸有什么不世武功。不过，也可能他深藏若谷也说不定，这在武侠小说中是常见的情节。至少，独孤星星的武功刚才是亲眼得见，它不会是无师自通吧。他犹犹豫豫地说："爸爸……"

菲菲赶紧捅捅白易："咱俩咋办？不知道朱伯伯收不收女弟子？"

白易看着朱伯伯，轻声说："伯伯最疼咱们，如果真有绝世武功，他一定会传给咱们四个的。"

小刚爸回头对林教授说："林老师，咋办？麻烦惹上身了。"

林钧咧嘴一笑："咋办？你教呗。"

马田看看有门儿，习惯性地又想跪下——不过他及时停住了，忙不迭地问："伯伯，我们该咋拜师？敬礼还是鞠躬？"

小刚爸笑着直摇手："都不用，都不用。来吧，我把真相告诉你们。"

他让四个孩子坐定，按一下电钮，周围升起一圈透明的挡板，把试验室的嘈杂声隔开。再按一下，挡板变成乳白色，不再透明。他说："耐心听我讲吧，这不是几句话能说清的。"

孩子们静下来，殷切地望着他。朱义智笑道："等我把真相挑明后，不知道你们是失望还是高兴。听着，这不是什么绝世武功，这是科学而不是武学。"

"科学？"四人异口同声地说。

"对，科学。科学就是可以实现的神话或魔法。我想对此你们已经了解得够多了。随便举几个例子：若把激光枪送到明朝，会不会被看作魔法？如果把电脑送到200年前，肯定会让当时最杰出的科学家瞠目结舌。不过，科学毕竟和魔法不同，科学的成功，首先在于，它对'什么可以达到''什么不可以达到'能作出最明晰的判断。你们都说说,世界上什么是做不到的事情?"

小刚说:"超光速!"

马田说:"永动机!"

"对。这些是做不到的,至少在我们现在认识的宇宙中做不到。"

菲菲说:"还有长生不老,也做不到。《天龙八部》中童姥返老还童也做不到。"

"对,绝对的长生不老是不可能的。你们想,连组成物质的最基本的砖石——质子都会湮灭,连宇宙都会灭亡,哪里还能有什么长生不老呢。不过,相对的长生不老倒并非不可能,没有任何物理学定律规定生物的寿命。比如说,人的平均寿命已经由猿人时期的 20 岁提高到了 80 岁,今后还能提高多少?"

"100 岁!""200 岁!"

教授笑了:"你们太吝啬了,如果是我,我就说 1000 岁,10000 岁。"

"10000 岁!"孩子们的眼睛瞪得溜圆溜圆。

"不要惊诧。生物寿命是由基因内的一个时钟来控制的,科学家差不多已经找到了重新设定时钟的方法。顺便说一点,已知世界上最长寿的生物——还不包括那些无限分裂、永远不死的单细胞生物——是澳大利亚塔斯马尼亚岛上的一种灌木,它或称它们已经活了 45000 年。没理由说人就达不到这个寿命。我不是说现在人类就能做到这一点,但'暂时达不到'和'达不到'是有根本差别的。扯远了,扯远了,"他笑道,"还是回到独孤星星身上来吧。"

他略为停顿后说:"其实独孤星星并没有学到金庸笔下的绝世武功,比如,它不能力举千斤,掌劈巨石,以气驭剑;也不会什么六脉神剑,赤砂掌,铁布衫,金刚罩等。虽然它的表演让人眼花缭乱,但归根结底只是一个字:快。它的高超本领只是因为它能对外界作出极快速的反应。你们想想,是不是这样?"

四个人仰着脸想想,都信服地点头。小刚说:"对,连它的齿镞法也不是什么神力神功,那就像我们咬住吊在面前慢慢晃动的一个苹果。"

教授说:"正好这个'快'字,是现代科学能达到的。我来帮你们温习几点神经生理学的知识。动物接受外界刺激、做出反应,是依靠体内的神经系统。动物体内的神经轴突就像我们今天使用的电话线,每根轴突包含着数百条甚至数十万条神经纤维,彼此互相绝缘,传递着不同的信息。神经轴突有长有短,人身上最长的是腰部脊髓前角运动神经纤维,它的末端直通到脚趾,长度可达 1.2 米。长颈鹿的中枢内运动神经纤维可达 2 米,鲸的神经纤维最长,可达 10 米以上。"

"哟,10 米!"

"可惜的是,这些神经纤维传递神经脉冲的速度相当慢。其中粗的有髓鞘纤维要快一些,比如人体内管四肢运动的脊髓神经,直径有 20 微米,它传递信号的速度可达每秒 120 米;细的无髓鞘纤维就要慢一些,比如某些低等无脊椎动物的神经传导速度只有每秒 0.05 米。生物体太复杂太精巧了,当人类还不了解它的内部机理时,常常有意无意地把它作为一个'黑箱',认为生物体内的运动和机制可以超越物理规律。其实根本不是那么回事。比如说,有了上述参数,连小学生都能算出鲸鱼做出反应的最短时间。设鲸鱼大脑至尾鳍的距离——12 米,神经传导最大速度——120 米/秒,那么尾鳍做出反应的最短时间——0.1 秒。"

小刚恍然道:"噢,难怪大动物常常没有小动物敏捷。"

"对,当然也有很多笨拙的小动物,像蠕虫、蜗牛等,那是由其他因素决定的。但在相同的神经传导速度下,小动物的反应必然较敏捷,而巨型动物如鲸鱼和恐龙,就绝不能很灵活。上面说的只是一个极限值,实际上,动物的反应时间还要加上其他一些延迟。比如,要加上中央处理器(大脑)对信号做出处理的时间;要加上相邻轴突之间化学传递的时间。每根轴突之间是互不联结的,留有 20~50 纳米的空隙。在这儿,神经电信号需要转化为化学信号,再传到下一根神经轴突上。总的说,加上这些延迟后,动物的反应速度要比刚才的计算值大得多。比方说,一个最敏捷的运动员,或武林高手,对外界信号的反应,最少要多长时间?"

小刚立即回答:"很好算,按 1.80 米的身高,按每秒 120 米的神经传导速度，脚部做出反应至少要 0.015 秒。"

"实际上要大得多。就以百米短跑运动员为例吧，他们的起跑经过最严格的训练，可以说已经达到了人类神经反应的极限。这个时间是多少呢？短跑名将格林的起跑时间是 0.134 秒，贝利是 0.145 秒，蒙哥马利是 0.134 秒。女运动员相对好一些，一般在 0.120 秒以上。百米比赛有这么一条规则：凡起跑时间小于 0.1 秒的，均判为抢跑。这就是基于下述的统计数据：人的反应时间不会小于 0.1 秒。"

马田笑嘻嘻地说："0.1 秒已经够快了，我看肥肥至少要 0.5 秒。"

菲菲反驳说："你才 0.5 秒呢。人的胖瘦并不影响神经纤维的长度，因此也不影响反应的快慢，朱伯伯，是不是？也有很多胖人非常灵活，比如……比如……"

"比如与小李飞刀交过手的至尊宝，就是那个女巨无霸，能用脖子上的肥肉夹住飞刀，那是小李飞刀一生中唯有的一次失手。"

菲菲知道打嘴仗打不过马田，只好知难而退了，小声咕哝道："你才是至尊宝呢，比你的瘦螳螂好，剔剔骨头剔不出四两肉。"

小刚爸摇摇头："不，0.1 秒的反应速度太慢了。尤其是难以适应以光电为信号的现代社会。以驾驶时速 3600 千米的飞机为例，在 0.1 秒中，两架相向飞行的飞机已拉近了 200 米，飞行员怎么来得及防止相撞呢。即使在体育运动中这个速度也太慢。你们都知道，足球比赛中，点球决胜负时，最紧张的不是守门员，而是点球者。因为守门员看到足球飞出——大脑判断球的方向——发信号至足部——肌肉紧张——身体加速——扑球，这个过程必定大于足球的飞行时间。所以守门员扑不到球是可以谅解的，点球者破不了门才丢人呢。"

马田又想抬杠了，不过毕竟面前是朱伯伯，所以他的语气缓和了许多："朱伯伯，那么，为什么还有许多守门员能扑到点球？"

"那是因为，有经验的守门员熟悉对方的习惯性动作，能事先判断出他的射门方向。更多的时候则是一次赌博——不管你往哪儿踢，我都向某个方向扑去。抓住了算我运气好，方向弄错了算我倒霉。"

白易问:"这么说,小龙女的天罗地网势肯定做不到了——那独孤星星呢,为什么它能击落枪弹?"

朱教授笑道:"别着急,我马上就要说到了。再问一个问题,从本质上讲,神经脉冲是什么信号?"

马田和小刚都抢着说:"是电信号,这连小学生都知道。"

"对,神经脉冲本质上是按0、1编码的电信号。比如,人体多数神经脉冲的放电时间是0.5到1毫秒,电压为1毫伏。现在,我就要提到那个人人皆知的参数了:电信号的传播速度是多少?"

"光速!电磁信号的传播速度是光速!"

"对,光速。在这个物理世界中,几乎所有的电磁信号都是以光速传播——可惜,同样是电信号的神经脉冲却被剔出来,它的速度只是光速的三百万分之一。太慢了,太可惜了!"

"这是为什么?"

朱教授摇摇头:"是啊,为什么?我也是在你们这个年纪时第一次想到这个问题。如果生命是上帝创造的,那么这个上帝一定是没有一点儿物理知识的文盲和笨蛋。你想,他完全可以用一千种非常简单的方法,在动物体内建立以光速传播的电信号通路嘛——可惜这个聪明上帝是不存在的。动物的进化完全是盲目的,基因在一代一代复制时会随机产生变异,这些变异中只有1%对生物繁衍有利,被保存下来,在一代代的自然选择中得到强化和进化。神经系统同样是这样完全盲目完全偶然的产品,所以,它带着某些先天性的根本缺陷也就不足为奇了。随着生物的进化,神经传导速度总的趋向是逐步提高,但由于先天不良,这种提高是很有限的:从无脊椎动物的每秒0.05米到哺乳动物的120米。生物神经系统的进化一开始就走了一条错路,已经不可能回头了。"

小刚喊道:"爸爸,我知道,你、妈妈和林爷爷一定找到了解决办法!"

小刚爸得意地笑了:"只是权宜之计罢了。如果让我来重新设计动物体,我一定用最好的室温超导材料来建造神经网络,至少也要用银丝或碳纳米管。当然这是不可能的,所以,科学家只能立足于现有的生物结构来想办法。幸运的是，我们终于找到了一种办法，凑巧它又是非常简单非常廉价的。"

"什么办法？究竟是什么办法？"

教授笑着："具体办法我得保密呀，再说，方法虽然简单，但机理却非常复杂，牵涉到量子力学、宇宙统一场论等最深奥的知识，你们大概要10年后才能理解。目前，你们只需要了解结论就成——结论就是，独孤星星的神经反应速度已大大加快，对不对？"

四个孩子交换着目光，也交换着一个最迫切的愿望，最后由小刚为代表把它提出来了："爸爸，我们……也能像独孤大侠一样吗？"

小个子教授朗声大笑："太性急了吧。我们的研究当然是为了人类，否则，只培养出功力超绝的猩猩或猎豹，那对人类不是太危险了吗？著名的物理学家霍金曾说过，随着科学的发展，人类势必要改变自身。他说得对极了，我们正是这样做的。"他换了语气，"不过人体的神经系统太复杂太精巧了，要想把在黑猩猩身上取得的成绩用到人类身上，估计还需要50年时间。"

孩子们失望地嚷起来："50年！那么久！那我们不是轮不上了嘛。"他们七嘴八舌地央求："伯伯，爸爸，能不能快一点儿？"

林爷爷的脑袋从护板的缺口探出来，笑望着这群叽叽喳喳的麻雀，对朱教授使了个眼色。教授从孩子们的包围中站起来，安抚道："别急别急，即使你们不催，我也会努力的，连我自己也想成为这样的大侠呀。好了，我要去工作了，你们该回去了。"

孩子们很懂事，虽然恋恋不舍，但他们知道科学家的时间宝贵，便同教授告别，走出控制台。一边走，一边热烈地讨论着："我们能赶上那一天就好了。""生不逢时，生不逢时啊。"马田感叹道。小刚说："咱们四个长大了，都来搞这项研究，行不行？""行，一言为定！"菲菲丧气地说："可惜我没有当科学家的脑瓜，不过，我来给你们当助手吧。"

朱教授让一位年轻助手把孩子们送走，但四个孩子不约而同地向猩猩奔去。令他们感动的是，猩猩也一直迫切地望着这边，看见他们走出屏护板就兴奋地咆哮起来。孩子们欢呼着跑去，但小刚、马田和菲菲很快发现自己是自作多情了——独孤大侠的热情是冲着白易来的。小刚蹲到看台边，伸出右

手想同猩猩握别,猩猩碰了一下,不耐烦地把他的手拨过去。白易看出端倪,轻声说:

"让我同它告别吧。"

小刚和马田不情愿地举起白易,星星立即两眼放光,握住白易的手——竟然啧啧地吻起来。马田看得瞪大了眼睛:"妈呀,它把你的手当成美味酱猪蹄了吧。"菲菲也笑得岔了气。那边的两位教授一直在关注着这边的情况。孩子们同猩猩握手时他们没有干涉,但这会儿的事态进展让两人有些尴尬。朱教授喊一声:"小张!"正在舞台边的一个年轻人回过头,朱教授示意他把猩猩和白易分开。白易倒没有着慌,只是多少有点难为情。她温和地责备道:

"星星,不要这样,叫别人看着多难为情!"

星星听话地松了手,不过看见小张拎着激光枪过来,它又恼怒地咆哮起来。白易下来了,马田蹿上去,伸出右手喊道:"星星,过来同我握手!你这样重色轻友,算什么狗屁大侠!"

星星不可能完全听懂这番义正词严的责备,不过它眨巴眨巴眼,还是伸出手,应付其事地同马田碰了碰。这已经足以使马田志满意得了:"行,能听懂我的话,也能知过即改,孺子可教也。"

菲菲瞧得眼红,也上去同星星握了手。四个人恋恋不舍地走了。等他们走上台阶时,听见星星又生气地咆哮起来,昂首眺望着这边。显然它舍不得这几个孩子,尤其是它最青睐的白易。白易笑着向它挥手:

"再见,下星期我们还来看你!"

孩子们走了,这边也该下班了。像往常一样,工作人员要把猩猩关到一个极为牢固的钛合金笼子里,再运往它的住处。不过,今天独孤星星的情绪比较反常,它一直低声吼叫着,扯得那根金蛛丝带子啪啪作响。工作人员不得不亮出激光枪,它才不情愿地走进笼子,还一直怒冲冲地瞪着拿枪的人。

朱义智和林钧看着这种情形,多少有点担心。朱义智其实是"天人合一"的信徒,一贯主张人类和自然界和睦相处。他认为动物界没有残忍,所谓残忍只是动物为了"活下去"而必备的本能。更何况是猩猩这样的素食动物呢。

它的本性是温和的，尽管已经被赋予强大的能力，它也绝不会变成戕害人类的恶魔。

不过，今天猩猩对小姑娘白易的"失态"就令人担心了——其实这没什么。这也正是它的本能。独孤星星是一只成熟的黑猩猩，它当然会对异性（母猩猩）产生好感，只是，在接受了人类的智力拓展后，它可能不知不觉被人类同化了，把对同类的兴趣转移到女孩子身上——这就有点不尴不尬了。好在白易心地单纯，一直把星星看作一个傻兮兮的小弟弟。

今后，最好不要让星星见到白易了。

林钧笑着说："今天南阳晚报上有一则趣闻，公园里的一只雄鸵鸟见到游人就屈膝行礼——这是鸵鸟的求偶方式，但这只傻鸵鸟不仅分不清种族，还分不清男女，挨齐来。"

朱义智知道老师是在安慰自己，便笑着挥挥手。林钧说："祝贺你，这次成功是世纪性的。"

"是我们大家的成功。童明在北京也乐坏了。不过我已告诫她暂不宣布，我想，等到这种神力1号在人体上取得成功后再向社会公开。"

"对，今天你不该让孩子们知道的。"林钧微责道。

朱义智挠着头笑了："没错，可是我当时太兴奋了。"

"既然已经基本成功，神力1号就要严加防护了，世界上一定有人会觊觎它的。你看要采取什么保卫措施？"

朱义智开玩笑地说："也许最好能培养出几个像独孤星星那样的人类高手来当警卫。在这之前，我先随身带着吧。反正马上就要服用了。"

"好吧。"

第三章　第一个光速人

朱教授回家时，发现扑翼机停在家庭停机坪内，妻子已经从北京回来了。进了客厅，听见妻子和儿子正热烈地讨论着，话题当然是功力超绝的独孤大侠。看见爸爸回来，小刚立即跳起来："爸爸！"他走过来，兴奋地说，"同学们都说你和妈妈真伟大，盼着你们早点在人类身上取得成功。我愿意当第一个试验者！"

父亲拍拍他的头，过去把妻子揽到怀里，吻吻她的额头。童明双眸中流淌着喜悦，但低声埋怨说："你不该告诉孩子。"

小刚爸歉然道："怪我。但他们正好在我成功的亢奋中不请自来，我实在忍不住。我想让儿子分享我的喜悦。"

童明莞尔一笑："其实在北京听到你的电话，我也忍不住告诉了几个最要好的同行。行了，吃晚饭吧。"

教授从胸前口袋里掏出一个精致的小瓶："先把神力1号放到保险柜里。注意保管。"

童明接过这个瓶子。瓶子不大，只相当于250克装的酒瓶。里面是碧绿的溶液，在灯光下泛着微光。童明久久地凝视着它，轻声叹道："20年的心血呀。"她和丈夫来到卧室里间，旋开保险柜，把瓶子放进去，小心地锁好。抬起头，看见小刚在门口，两眼滴溜溜地盯着这儿。

"爸，妈，该吃饭了——那是什么？是给猩猩服用的仙丹玉液吗？"

两人含糊地应了一声，领着儿子来到餐厅。家政机器人已经摆好了丰盛的饭菜，三人入席后，小刚一个劲儿地缠着爸妈："爸，妈，让我当第一个试验者吧。近水楼台先得月，我是你们的儿子，这点儿方便也不给吗？"

夫妻两人摇摇头，相视而笑。小刚爸说："我不是说过了吗？这种技术要用到人类身上，还需要50年的时间。"

小刚用力摇头："不，这不会是真话，你已经骗不住我了。我知道人类与动物的区别是在精神领域里，而在身体结构上根本没有明显的界限。尤其是黑猩猩，它与人类的血缘关系最近，在40亿年的生物进化树上，仅仅在600万年前它才与人类的祖先分流。黑猩猩与人的基因有98%是相同的。所以我根本不相信，对黑猩猩神经系统有效的药物，不能用到人类身上！爸爸，你说的50年一定是危言耸听，是想摆脱我们的纠缠，对吧。"

他狡猾地斜睨着父亲，在父亲的表情中发现了几丝难为情，立即胜利地喊起来："我说对了吧，爸爸，你老实承认吧。"

朱教授暗暗佩服儿子的分析——基本符合事实真相。他笑着看看妻子，童明过来为丈夫解围："怎么是危言耸听呢。人和猩猩还是有很大区别的，至少说，人的大脑是黑猩猩的两倍。还有，把药品用于人体试验，要有很多法律上的障碍。你爸爸说的50年倒不一定，但一二十年的期限总是要有的。"

不过，今天小刚变得特别能言善辩。他雄辩滔滔地说："什么是法律？法律只是对现存社会秩序的认定。如果人类都变成光速人，旧的社会秩序能不改变吗？法律能不改变吗？既然如此，你为什么非要受旧法律的约束呢。"

夫妻两人富有深意地对视着——真不能小看孩子们，一转眼间他就长大了。但最后他们还是下了禁口命令："小刚，这个问题留待以后再讨论吧。我们为这次成功已经辛苦了20年，今晚想放松放松。"

小刚笑嘻嘻地说："好的，吃完饭到音乐厅去听音乐吧，我给你们放《英雄交响曲》。但是希望你们别忘了我的要求。"

10点钟，爸妈上床休息了。小刚到爸妈的卧室里道了晚安，还老老实实地让妈妈吻了额头。本来八岁后他就不乐意这样干了，因为"我已经是个男子汉了"，所以今天他的慷慨让妈妈很高兴。他在妈妈床边坐了一会儿，和妈妈聊了学校的一些杂事，然后笑嘻嘻地回到自己屋里。

爸妈都没发现，这个狡猾的小家伙临走时偷偷支起了他们的电话，摁下了对讲键。回到自己屋里后，他又拿起自己的分机。这样，两台分机就构成了一个简易窃听器。当然这种方法有欠光明，不过干大事者可以不拘小节。小刚敢百分之百地肯定，爸妈今晚一定会谈"光速神经通路"的话题。小刚需要了解内情，然后争取做第一个试验者。

他趴在床上，翘着两只脚，聚精会神地听着。

电话中听见爸爸说："明，我真兴奋，"窸窸窣窣的声音，"今天怕是要失眠。"

"我也一样啊。"

"我甚至不敢相信今天的幸运，失败了多少次啦！"

"这就叫'否极泰来'吧。"

下边是热吻声。小刚知道这不是自己该听的，便老老实实把话机推远。等到话筒中出现正常的谈话声时，他才拿起耳机。是妈妈的声音："小刚说得对。孩子们往往能道破一些真理。现存的法律只能是维护旧秩序的，如果过于受它的束缚就会一事无成。"

爸爸说："对，我不会停步的。我想马上开始人体试验。"停停他又说："其实我已做好下一步的打算了，我把神力1号带回来，就是想明天便开始服用。"

明天！小刚觉得血液一下子沸腾了，更加专注地听下去。妈妈急急地反对："不，先让我服用。对这项研究来说，你比我重要。"

爸爸笑道："恰恰相反。我比你强的地方是善于凭直觉定出方向，等到具体开辟道路时，你比我更强。"

"不，我不……"

"就这样定了。从猩猩身上的试验结果看，这种神力1号是很安全的，用于人身根本不会有问题。再说，万一……别忘了小刚，他更需要母亲。"

沉默。父亲轻微的笑声："一切都会顺利的。这个'世界上第一个光速人'的荣誉，我真舍不得让给你……不说了，良宵苦短啊。"

下边是窸窸窣窣的声音，这不是小刚该听的内容，但小刚沉迷于自己的思索，对这些声音听而不闻。他仰着头痴痴地想："爸爸妈妈真伟大，他们争着在自己身上做第一次试验，把危险留给自己……可是，他们把我给忘了呀，毫无疑问，在孩子身上做试验更容易成功，因为孩子的可塑性强。"

他立时觉得血脉偾张，一翻身坐起来。对，就是这个主意。这么做，既能代替父母身涉险地，又能成为世界上第一个光速人。两全其美，何乐而不为？等他也达到独孤星星的境界，也能手接飞箭，棍击飞弹，马田、白易和菲菲怕不把眼珠子都瞪出来。那时自己会成为一个超人，惩恶扬善，推着历史的车轱辘前进。这正是武侠小说中说的忠孝两全，"为国为民乃侠之大者"。

小刚立即下床。说干就干，他可不是那种只尚空谈、临事不决的书呆子。而且，这个计划执行起来毫无困难：神力1号就在家中，就在保险柜那个碧绿的瓶子里。至于那个老式的机械式保险柜，早就是小刚的手下败将了。

五年前，小刚听林爷爷讲过某位著名科学家的轶事。此人在美国洛斯阿拉莫斯试验室参加曼哈顿工程时，精力过盛，常常凭借过人的智力和灵敏的听力，用钢丝捅开同事的保险柜，再在里面放上一个小小的礼物。安全部门发现了他的恶作剧，多次劝说，才让他金盆洗手。这个故事激起了小刚的好胜心。他不信别人能干的事自己就不能干。

那时他也是说干就干。一有机会，他就用细钢丝捅进保险柜锁里，轻轻拨动着，用听诊器仔细辨听门锁的构造。半年后，他真的捅开了自己家的保险柜。当然，他没有动柜里的东西，只在里面放了一朵鲜花，这是学楚留香的做派。后来爸爸开了保险柜，看见鲜花后一愣，拿起闻闻，便置之不顾了。他一定以为这是妈妈留下的小礼物。小刚当时偷看了这一幕，忍住笑，没有向父亲"夸弄"。

现在，小刚盘算已定，先到自己的书柜抽屉里找出自己当年的"作案工具"——一根细钢丝，到药品柜里拿来听诊器，然后悄悄摸到爸妈屋里。

妈妈躺在爸爸臂弯里，两人睡得十分香甜。小刚悄悄溜过去，来到卧室深处的保密间。他用钢丝捅开门锁，轻轻推开门，进去后小心地把门关好。下面的进程十分顺利，在听诊器的嗒嗒声里，保险柜门很快就打开了。

那个珍贵的小瓶已到了他的手里。小刚掩上房门，悄悄溜过仍在熟睡的父母，回到自己卧室。他关好门，拉上窗帘，入迷地欣赏着。玻璃瓶很精致，玲珑剔透，晶莹的瓶壁透出一汪碧绿。用手晃晃，溶液略带黏性，就像小刚爱喝的一种叫作"透瓶香"的蜜酒。溶液内部折射着神秘的微光，那似乎是从宇宙、粒子和基因深处折射出来的。神力1号。它确实蕴含着改变世界的神力。

小刚贪馋地看着，几乎忘了时间的流逝。他想，孙猴儿偷琼浆玉液、偷蟠桃、偷太上老君的仙丹时，怕也没有自己这样激动吧。好，该服用了，这时小刚才想起一个小小的难题：怎么服？一次服多少？这毕竟是药物而不是孙猴儿喝的琼浆。他也不可能去喊醒爸爸："爸，我把神力1号偷走了，请问如何服用？"

不过这点困难难不倒小刚。从爸爸的话中分析，这瓶神力1号是一个大人的服用量。自己是个小孩，就服一半吧。想了想，他决定还是保险一点儿，先服用四分之一。

于是他小心地打开瓶口，仰起脖子喝了四分之一。然后睡到床上，仔细品味着服用后的感觉。神力1号入口光滑，微带酒香，除此之外没有别的感觉。他有点纳闷，在他想来，有如此神力的药液，药效一定是非常猛烈的，服用后的感觉一定像《天龙八部》中的主人公段誉误食了"莽牯朱蛤"后那样难受。所以他的亢奋中也带着忐忑。但十分钟过去了，十五分钟过去了，体内毫无动静。看来它的药力还不如一杯咖啡一杯绿茶哩，肯定是喝得太少了。于是他爬起来，又喝了四分之一。

又熬了十分钟，还是毫无动静。小刚焦躁了——难不成是父亲拿了一瓶蜜酒回来骗他？蜜酒也该有点酒力呀。他不耐烦傻等了，干脆起来，把剩下的半瓶咕嘟咕嘟喝完。

十分钟后，小刚欣喜地感觉到药劲上来了——而且一来就十分凶猛。一道道闪电顺着他全身的神经轴突、树突和胞体传播着，爆炸着，搅动着，又以惊人的压力向外扩张。很快，他的胸腔、腹腔、头颅、四肢乃至胯下的两个蛋蛋都憋胀着，似乎要爆炸，立刻要爆炸！刚刚浮出的喜悦之情转瞬变成了冷汗。他躺在床上猛烈地喘息着，焦灼地思考着该怎么办。眼前的情景恰恰像段誉误食了莽牯朱蛤又无意中吸入了十几个武林高手的内力那样，充沛的内力奔走于四肢百骸,不受约束,急于撑破这具肉体。他努力回想段誉当时是如何逃过这一难关的?对,他是按伯父南帝的指引,把真气导入了膻中气海。好在小刚对全身的穴位了如指掌,也从武侠书中知道一些吐纳功的技法,于是他急忙敛神闭气,努力把体内流荡的闪电导入胸前的膻中气海。

不过,金庸大侠说的方法显然不大奏效。体内越来越难受,越来越憋胀。他已经难以喘气了。更可怕的是,药力开始猛搅他的脑浆,用力驱赶他的意识滑向无底的黑暗。小刚忍不住泪水涟涟,这可真够丢人的。他想下床去喊爹妈,但他能感觉到,自己只要一起身就会失去知觉。这可怎么办?恐惧中他忽然想起,床头柜上的电话还没挂上呢,忙闭着眼睛摸到话筒,大声喊道:"爸,妈,快来救我!救救我!"

没有反应。听筒中只有父母均匀的鼻息声。小刚大声喊着,喊着,终于忍不住号啕起来。

这之后他一定暂时失去了知觉,因为他醒来时,爸妈正伏在他的脸前,焦急地呼唤着。看见儿子可怜兮兮地睁开眼睛,两人才松口气。他们已经发现了床头柜上的小瓶:

"刚儿,你喝了神力1号?"

小刚哽咽着说:"嗯,我想代你们做人体试验。"

"你把一瓶全喝光了?"爸爸的声音都直了,但这个问题实际不需提问——空瓶在那儿明摆着。小刚听出了爸爸的恐惧,哇的一声哭了:"我先喝了一少半,又喝了一少半,见没有动静才……"

妈妈急迫地说:"快送医院,灌肠!"

小刚焦急地喊:"不要灌肠!不要把神力1号糟蹋了。"

爸妈眼眶红了,几乎忍不住要落泪。这小冤孽,命都保不住了,他还在担心不要糟蹋了神力1号!爸爸果断地说:"晚了,看他的反应,药液大部分已经吸收了,只好……去做磁场疏导吧。"

他把后一句话咽到肚里:死马权当活马医吧。神力1号药力凶猛,这瓶药液是成人一个月疗程的用量,服用时要循序渐进,精确计量,要用十几种仪器24小时监测服用者的生理变化：脉搏、血压、脑血流量、脑电波、心电图、神经传导速度等，战战兢兢，如履薄冰。这小魔头倒干脆，咕咕咚咚一下子全灌进去了！

看来他是没救了。小刚爸妈悔得真想拿刀捅了自己，为什么这样粗心？他们早知道小刚能捅开保险柜，也知道小刚对神力1号的渴望，为什么没把这两件事连到一块儿呢。小刚爸忍住悲酸去开汽车，小刚妈虽然又惊又悲，但并没乱方寸。在丈夫去开车的这当儿，她先通知试验室的值班员开机等候，又给林老师打了电话，让他也尽速赶去。奥迪车开来了，她抱上小刚坐进后排，汽车迅即冲出大门。

小刚满面通红，浑身发烫，真像一颗随时会爆炸的炸弹。童明把他紧紧贴在怀里，不住声地唤着："小刚，坚持住！小刚，坚持住，马上就要到了……"朱义智默不作声，一边飞速驾车，一边紧张地考虑着对小刚治疗的细节。

在车辆的颠簸中，小刚更加难受，几次想吐出来。他的意识已经裂成几片，正在向很深很深的地方坠落。只有妈妈的喊声，还有妈妈温暖的身体，是他在虚无中的依靠。他使劲抓住妈妈的手臂，紧闭着眼睛，此刻，即使微弱的光线他也无法忍受。他摸到妈妈的脸，低声喊："妈妈……"

童明忙答应着："孩子，我在这儿！你有什么话吗？马上就到试验室了。"

"妈妈，爸爸，万一我……你们不要难过啊。"

童明鼻子一酸，热泪滚滚而下。她揩揩眼泪，勉强安慰着："孩子，不要胡思乱想。你不会死的，不会的。只要做了磁场疏导就好了。"小刚又低声说了句什么，她俯在儿子嘴边，"你说什么？你在说什么？"

小刚艰难地说："……告诉白易他们不要难过……"

这句话小刚爸也听见了，他飞速向后瞟了一眼。儿子的"假充大人"十分可笑，但这会儿只能使他的心境更加沉重。他们赶到了研究所，这儿已经灯火通明。值班的小张匆匆迎上来说："磁疗机已经预热。"又一辆黑色的奥迪唰地开过来，林钧匆匆下车。他下得太急，踉跄一下，几乎跌倒。他走过来，从童明手中接过孩子，急急问："一瓶全喝光了？"童明悲伤地点点头，老林低呼一声："我的天！"便匆匆下到试验室了。

屋内灯光明亮，小刚觉得自己跌进了核弹爆炸的白光中，他用力闭上眼睛，抱紧林爷爷不敢松手。林钧柔声说："不要慌，不要怕，你松手吧，现在要把你放到磁疗机中。"

小刚听话地松开手，林钧把他轻轻放到磁疗机的人形凹坑中，盖上盖子。这个装置的外形十分类似西方人使用的六角形的棺木，所以把小刚放进去后，几个大人的心房都不禁紧缩一下。

小刚眼前的白光消失了，现在周围是绝对的黑暗，绝对的安静。他慢慢睁开眼睛，什么也看不到。只有从呼气被反射的热度揣摸，这里似乎十分狭窄，盖子好像紧贴着脸部。体内越来越憋胀，似乎只要用针点一下就会炸开。看来，他真的要死了。想到这里，心里空落落的，说不尽的怅惘。不过他马上想到，平时看武侠小说，那么多大英雄甚至大恶棍都能视死如归，自己也不能栽了面子啊。于是他心一横，把生死置之度外。

小刚爸对着通话器说："小刚，我要开始了。"通话器里传来小刚的声音："开始吧，爸爸，我一点儿也不害怕。万一我……你们也不要气馁。"

小刚爸的眼眶红了，忙按下电钮。机器内响起均匀的低低的嗡嗡声。这声音慢慢提高，直到变成尖细的唧唧声。磁强仪的指针已经指到30万高斯的位置，林老师担心地说："该停止了吧。"小刚爸咬着牙说："再升高一点儿，他服药太多太猛，磁场强度低了不起作用。"

等指针指着50万高斯时，他才停下来。这会儿，这儿成了地球上磁场强度最高的地方。睡在磁力罩内的小刚看到了明亮的绿光，就像柔和的云朵，弥漫在他的周围。他合上眼睛，但绿光丝毫不减弱。原来，这绿光是虚幻的，是强大的磁场作用于神经所引起的幻觉。

绿光先是在大脑里聚集，然后缓缓向四肢末梢流淌。随着一波一波绿光的荡漾，他感到体内的憋胀感减轻了，真的减轻了！开始他不敢相信，但仔细品味，确实减轻了。现在，就像有好多高手的内力通过穴位输进来，轻轻揉着他的血脉经络，有说不出的受用。听见爸爸的声音从遥远的宇宙深处传来："孩子，怎么样？这会儿感觉怎么样？"

小刚兴奋地说:"非常有效,爸,妈,我舒服极了!"

罩外的人这才松口气。他们细心地观察着,不时询问着。一个小时后,罩内的回话声逐渐减弱,然后传来酣畅的鼾声。几个人知道危险期已经过去,这才揩揩头上的冷汗。林钧低声说:"好险哪。你想,几十倍的用药量啊。"朱义智则敏锐地说:"林老师,如果小刚真的安全无恙,那就说明我们过去的用药太保守了。"

童明合掌称谢:"谢天谢地!"

在交变磁场轻柔的推压和疏导下,小刚整整睡了一天一夜。他睡得非常香甜,不过似梦非梦的图景一直在他头脑里闪动。他看见那瓶绿色的药液已经逐渐渗入全身的神经系统,直到指尖和趾尖的神经末梢。枝枝丫丫的神经系统变成微带绿色的透明体,迸射着强烈的辉光,甚至淹没了肉体,只留下一棵倒长的神经树,在黑暗中慢慢游动。他想抬一下脚趾,好,一个闪光的脉冲以光速冲向脚趾,脚趾抬起,随即一道回波又以光速反馈到大脑。奇怪的是,尽管他确信这些信号以光速传播,他仍能轻松地观察它们的传播过程。

他浑身有说不出的舒泰,正如武侠书中说的:任督二脉已经打通,真气充盈。他看见独孤星星在远处向他招手,它身后是连绵的雪山,洁白的雪原。没等他走过去,星星转身飞奔,倏忽已逝,只在雪原上留下一串浅浅的脚印。小刚也长啸一声,提气追赶,只觉得身轻如燕,群山飞速后掠。他很高兴,看来自己也练成了绝世轻功——然后他醒了。

充沛的内力使他耳聪目明。虽然隔着磁力罩,他仍能听到罩外的动静。他听到轻轻的脚步声,然后是林爷爷问:"怎么样了?"爸爸轻松的声音:"一切正常,肯定已度过危险期了。"一会儿又变成一个女孩子的声音:"伯伯,阿姨,小刚是什么病?"这自然是白易的声音,妈妈在安慰她:"没什么,他误服了一种药品。"然后是嘈杂的问话声,有马田、菲菲,还有元博、张可、白天、赵煜等别的同学。他想坐起来,想告诉同学,他已练成了绝世武功,可是他的身体似乎不能动弹。他十分着急,忽然想到了什么,说:"我这会儿仍在闭关修炼吧，按武侠小说的说法，启关前是不能说话的。"于是也就泰然了。

他放松神思，慢慢关闭了体内各个系统，再度安然入睡。

这一觉直睡到第三天清晨，当然这是他后来才知道的。到了平时该起床的时候，体内的生物自鸣钟开始奏响，一波电脉冲沿着透明的神经网络迅速波及全身——真气运行小周天。他醒了。

醒来他才发觉，自己已经从磁舱里移到了外面，移到了一张床上。爸妈和林爷爷都在床边十分关切地看着他。不过这个场面相当怪异——他们都是静止的，脸上都凝固着喜悦的表情，爸爸和妈妈还张着嘴，却没有嘴唇的开合，更没有声音。眼前的情景，极像他们正在向自己问候，却在突然之间被点了穴道。

小刚惊慌地喊："你们怎么啦？为什么不动不说话？"

现在，他发觉自己也中了魔法。他主管言语的神经系统工作正常，但嘴巴和喉部的骨肉却生锈了，僵化了，远远赶不上思维的速度。他想坐起身摸摸亲人们，看他们是否变成了冰冷的塑像。但在"起身"的指令发出之后很久，腰部和腿部的肌肉群才慢慢开始动作。

不过就在这段时间，他已看出他们并不是凝固的塑像。他们都在动，只是动作极为缓慢罢了。妈妈显然在哭，是喜极而泣，一滴泪珠挣脱眼眶的附着力，滴落到空中，缓缓变成下圆上尖的流线型。小刚第一个想法是：这儿是在太空舱的失重环境中？你看三个大人的动作都显得慢悠悠轻飘飘的。

但小刚迅速推翻了这个猜测，理由很简单：自己在抬起手臂时能感到正常的重力，而且，在失重环境下，妈妈的泪珠会因为液体表面张力变成精确的圆形，而不是眼前的流线型。奇怪，自己为什么能看到水滴的形状？水滴的下落速度超过人眼的辨认能力，所以平时只能看到一条白线或一根雨柱，只有在高速摄影机下它们才显露真容。

高速！

到了这时，小刚才弄清眼前情景的原委——一切都是正常的。爸妈和林爷爷乍一看到自己醒来，正惊喜地俯身过来问候。唯一不正常的，是自己的思维速度和神经反应速度已经大大加快,接近光速了。对,就是这个原因。看妈妈的口形,似乎正在说"小——",她一定是在说:"小刚你醒了?"不过目前还远远没有越过"小——"的阶段。他也开始听到了声音,但不是妈妈平常圆润悦耳的嗓音,而是极缓慢的超低音,就像一根 100 千米长的粗琴弦在慢慢抖动。

现在,三人脸上开始慢慢浮出不解的、认真辨听的表情。凭小刚的光速脑瓜,甚至在他们的表情完全浮出前,他已猜到是怎么回事:一定是刚才自己的问话太快,就似半空中一闪即逝的闪电,所以三个人都没听清楚。

亢奋的浪涛轰击着他的七窍百骸。毫无疑问,他成功了,他已经成了世界上第一位神经反应速度为光速的人!

妈妈刚刚说到"——刚——你——"的地方,趁着妈妈的一句话还没问完,小刚贪婪地把目光投向别处,好奇地欣赏着这个焕然一新的世界。他听到"子——翁——"的声音,嘶哑低沉,循声望去,秒针正懒洋洋地向前跳动。不用说,这就是平时听来铿锵悦耳的时钟的"淙淙"声。头顶的电灯逐渐变暗,等到光度缓慢地落到谷底,再开始缓慢地增强。当然这也是正常的,这是交流电的特性,每秒 50 次按正弦波形变化。只不过平时人眼看不到如此快速的变化罢了。

那边的屏幕开着,但屏幕上并没有图像。只有一个光点从上到下、从左至右,不紧不慢地扫描着。扫到屏幕的右下端时再返回,在屏幕上拉出一条回波的痕迹。这当然也是正常的,电视机正是这样工作的。人们所看到的图像,实际就是这么一个光点扫出来的,只是由于人们的视觉暂留现象,光点的移动才能拼成活动的画面。现在,这些图像在自己的光速大脑中被还原了,分解了。

既然知道了原因,就容易对付了。因为人不可能以慢速反应来应付高速世界,但若以高速反应来对付慢速世界,总是有法可想的。小刚迅速调整了大脑接收外界信号的频率,等于是在脑中安了一个"信息压缩软件",妈妈的声音立即可以辨认了:

"——醒——了?谢——天——谢地!"

他们都没注意到小刚刚才的思维跋涉。因为在他们看来，这是微不足道的一瞬。小刚笑笑，没有多加解释，尽量放慢速度说：

"妈，我很好，不用为我担心。我饿了。"

尽管他已尽量放慢，三个人还是只听到一段语音"刺溜"一声划过去。妈妈一半凭口型、一半凭本能猜到了他的意思："你是饿了吗？快跟我回家。你已经三天没吃饭了。"

小刚翻身下床，他再次感到了肌肉反应的迟滞。对于光速的神经系统来说，肌肉的反应太迟缓了，就像用电信号指挥蜗牛。不过，在别人看来，他的动作已极为迅猛了，远远超过猎豹的扑食和羚羊的逃窜。爸爸忙拉着他，认真告诫：

"小刚，开始几天一定要注意控制节奏。独孤星星在获得'光速反应速度'后，很长时间不能适应，经常一活动就拉伤了肌肉。要知道，它还是用一个月的时间才服完药，有一个适应期呢。"他欣喜地说，"据我看，你的'升级'比它更成功。你要小心啊，不要一蹿一跳，超过了地球物体逃逸速度，嗖，蹦到外太空去，叫我和你妈到哪儿去找你？"

小刚很有礼貌地耐着性子听完爸爸的话——原来人类包括过去的自己竟然用这么慢的速度来交换信息，太可叹了！他在爸妈的夹持下，穿上鞋子，站起来，走了几步。为了配合爸妈的速度，小刚受够了罪——他需要慢慢抬起腿，拿着劲道慢慢伸出去，慢慢落下，先放下脚尖，再放下脚跟……他苦笑着说：

"妈，不行！"他意识到自己的说话速度又太快了，便放慢速度说，"这样子拿着劲道走慢步太难受了，让我按自己的速度走吧。"

爸妈笑了，松开手，但仍谆谆交代他尽量放慢速度。小刚很听话，在屋里试着慢慢走了一圈。饶是如此，他已是行走如飞，身影在屋里来回闪动，像织布机上的梭子。三个大人都看得眼花缭乱。

这时妈妈在监视屏幕上看到一个姑娘的身影："是白易，她已经是第五次来探望你了。"地下室的门开着，白易匆匆下来，看见小刚已醒，立即像只百灵似的扑过来，捉住他的肩头："你醒了！昨晚我们来看过你，你睡得像只死……我们都担心死了！你……"她上下打量着，"是不是已经变成了光速人？"

她的声音清脆动听，面庞娇艳如花，吹气如兰，两只小手温暖滑润。小刚忽然觉得大脑中很深的地方突然热了一下。这么一热，他不由放松了对神经反应的控制，等于是把刚才加上的"信息压缩软件"无意中删去了。于是白易的话语动作立即被拉得极慢。她在扑闪长长的睫毛，但这会儿睫毛静止了；她在骨碌碌转动眼珠，这会儿正转到眼角那儿，但粘在那儿不再返回；她微张着嘴，露出珠贝似的白牙，还能看到白牙后粉红的舌尖。这一切凑到一块儿，显得既可爱又怪诞，小刚禁不住笑起来。

白易也欣慰地笑了，不过她并不知道小刚的笑从何而来。

白易陪他们回到家里，家政机器人很快端来一桌丰盛的大餐，还很有礼貌地请"白易小姐也随便用点"。白易已吃过早饭，笑着推辞了。她双肘支在桌子上，欣赏小刚的吃相。饿了三天的小刚今天就像冬眠过后的黑熊，狼吞虎咽，害得家政机器人不停地端菜送饭。白易忍俊不禁地笑了。小刚说："你笑什么？笑我饭量大？我的新陈代谢加快了，今后的饭量肯定赛过狗熊。"

白易笑着说："这个比喻不恰当。我这儿好有一比。"

"啥？"

"就像猪八戒在陈家庄大战金鱼精前吃的那段饭，一碗米饭扑地倒进嘴里就没了，12个仆役走马灯似的端饭都来不及。要不，就像猪八戒最光彩的那一回。"

"哪一回？"

"你想想嘛，就是连孙悟空也束手无策、全靠老猪大显神威的那一回。"

小刚想起来了："猪八戒拱吃八百里稀屎洞！好啊，你敢编排我！"

白易早做好准备，笑着逃走，但她忘记小刚早已今非昔比了。他轻轻松松一伸手，就捏住了白易的鼻头："还骂人不？快求饶！"

白易瓮声瓮气地说："饶了我吧，朱小刚朱大侠！"

小刚得意地松了手，白易揉着鼻头，又惊奇又羡慕地说："小刚，你的功力确实精进了。我根本没看见你伸手，鼻子就被捏住了。"

小刚很得意，但他想到现在的身份已经不同，不能再随便"夸弄"了——想想郭靖、杨过、东邪西毒南帝北丐，哪个人不是虚怀若谷呢。于是他只是淡淡地说："这算不了什么，都是爸妈和林爷爷的功劳。"

妈妈进来了："小刚吃好了吗？"

"吃好了。妈，我想和白易出去玩一会儿。"

"去吧，可要小心哪，不要惹祸。白易，你看着他点。"

两人来到院里。小刚已经很快学会了迁就这个世界的正常速度。比如，用慢世界的速度和白易一块儿走，一块儿说话。当然这样做还是很别扭。现在，他用慢速度看见了一只蝴蝶，它正在秋菊上翩翩飞舞。可是忽然脑子里一滑，变成了快节奏，于是蝴蝶忽然静止了，翅膀上的斑点，头上的触须，都看得清清楚楚，而这只蝴蝶就这么奇怪地悬在空中，翅膀一动也不动，完全不理会重力规律。小刚赶紧摇摇头，在头脑里恢复了慢世界的图像。

白易歪过脑袋："你怎么啦？"

小刚没办法真切地向她描绘自己的感受——你怎么可能向一个天生的聋子描绘水声的叮咚，向天生的瞎子描绘虹的七彩呢。至少到目前为止，他是世界上唯一有这种特殊感受的"快人"。他想，独孤求败武功臻于化境、刻意求败而不能如愿时，大概也是这种寂寞心境吧。他说："白易，我想试着跑一个百米，看能不能打破世界纪录。"

白易犹豫着："伯母刚才说……"

"不要紧，我会小心的。我对自己的新节奏已经熟悉了。"

"好吧。"

他们来到院墙外，眼前是收割过的金黄色的稻田，只有阡陌小路上长着翠绿的青草。田间有一个浅浅的水塘，水草在清水中轻轻摇曳。小刚很谨慎，把水塘选为赛跑的终点："万一速度太快收不住脚，我就跳到水塘里。"他说。他们用脚步大致量出100米，划出起跑线。白易回到水塘边，拿出电子表，又举起自己的手绢当令旗：

"准备好了吗？"她大声喊，"预备——跑！"

一道蓝影闪过,扑通一声,小刚跳进水里。白易目瞪口呆——她还没来得及看时间呢,小刚已经到终点了!他跑动时带起的狂风吹得白易摇摇晃晃,所经之处,稻叶尘土飞舞着,在他身后留下一个清晰可见的走廊。小刚这时从水里爬出来,浑身水淋淋的,用力甩着头发上的水珠,大声问:"几秒?"

白易遗憾地说:"太快了,我没来得及看时间。我想顶多两秒吧。小刚,别说贝利、格林这些百米名将了,就连段誉的'凌波微步'也赶不上你!"

小刚得意地笑着,头上挂着绿色的水草。回头看看刚才跑过的田野小径,草叶尘土还在飞旋着,慢慢扩散开。白易说:"不过,我看你的轻功还不到家,人家楚留香啦,段誉啦,施展轻功时绝不会弄得身后飞沙走石的。"

"你才是瞎说呢。按物理规律,人在空间移动时势必挤走人体那么大体积的空气,走过后四周的空气必定要来填充这块真空。所以,如果我 1 秒钟跑完 100 米,必然带出秒速 100 米的狂风,咋能不把尘土草叶吹起来?轻功再好也不行。"他笑着说,"金庸一定是没学好物理,吹牛吹得穿了帮。还有,他说的什么踏雪无痕也办不到。要知道高速并不能抵消重量,这是儒勒·凡尔纳犯过的低级错误——他在《80 天环游地球》中写过这么一个情节,说火车司机通过危桥时,用高速抵消了重量——到 20 世纪 60 年代,金庸还跟着犯错,太没水平了!"

白易笑他:"你这是歪批三国。小刚……"她难为情地央求道,"帮我求求朱伯伯和童阿姨,也让我服一瓶神力 1 号,怎么样?我太羡慕你了。"

"行!"小刚兴奋地说,"我正发愁呢,如果世界上只有我成了'快人',没有一个可以互相理解的同伴,那该多寂寞呀。独孤星星再聪明,也不能成为知音吧。你要是也变成'快人'就好了,咱们闯荡江湖,双飞双栖,那才叫棒呢。"

白易面孔微微一红:"你真是信口开河,知道'双飞双栖'是啥意思吗?满嘴胡柴。"不过她并没有认真生气。小刚想想自己的话,不好意思地笑了。看着白易轻嗔薄怒的样子,心头很深的地方又是突然热了一下。他想,真要能同白易双飞双栖,一定是很幸福很惬意的事。他觉得自己这个想法很不光明,面孔一热,赶紧把话题岔过去。

寻找中国龙

吃过午饭后不久，白易就领着马田和菲菲一块儿来了。"小刚对不起，"白易首先垂着目光道歉，"按说我该让你安心休息几天的，可我实在忍不住就告诉他们啦，他们又忍不住就跑来啦。"

小刚奇怪地说："道什么歉？咱们不是常来常往吗？"

"可他们说，你已经不是凡夫俗子了，你已经是并世无双的大侠了呀。"

果然，两人看小刚的眼神已经不同了：钦佩、虔诚、胆怯兼而有之。想来段誉对自己心目中的"天人"王语嫣凝神端详时也是这么个尊容吧。马田嗫嚅地说："小刚，你真的练成了绝世武功？"

小刚想，越是这时越应该谦虚："不不，咱们在看独孤星星表演时，我爸爸已经解释过了嘛。这算不上绝世武功，我既不能掌劈巨石、以气驭剑、吸星大法，也不会金刚罩、缩骨法、九阴白骨爪等。我这点本事只是缘于一个'快'字，只是因为神经反应速度加快了。"

"那……为什么这会儿说话走路还像我们一样？"

"这不奇怪。我已经学会了从两种状态跳进跳出：进入慢态——就和你们一样。进入快态——就和独孤星星一样。"

"给我们表演一个快态，行不行？求求你啦。"

小刚想，真正的大侠都是深藏不露的，不过看来自己还没有达到那种修为。不在朋友面前显摆一下，心中未免痒痒。再说，眼前三人都是自己过命的朋友，似乎也不能让他们太失望吧。他迟疑地说："好——吧。不过你们不要对外张扬。"

"保证！"

"表演什么？"

肥肥看来已成竹在胸，立即从口袋里掏出四颗很光滑的白色石子："来一个四连珠，好吗？"

这是杂技团常玩的杂耍，就是一手抛，一手接，扔的物件可达三四个，甚至六七个。有一段时间，四个朋友迷上了这个玩意儿，练得走火入魔，最后都能熟练地扔出三连珠来。但此后再也不能提高了。令人惊奇的是，只有菲菲——浑身滚圆的,行动像鸭子一样笨拙的菲菲比他们强,能偶尔扔出个四连珠来。当时菲菲很为此傲视群雄,其他三人也连声叹息:人不可貌相!

小刚笑笑,从她手里接过四个石子,笨拙地向空中扔去,四个石子噼噼啪啪落在地上。小刚难为情地拾起来,再扔,再摔落。肥肥和马田露出极度的失望,白易则睁大眼睛——从早上的情形看,小刚不该这样笨拙呀。

朋友们不愿伤小刚的面子,沉默着不加评论。小刚忽然哈哈大笑:"肥肥,你口袋里还有几颗?"肥肥困惑地说还有五颗,咋啦?小刚说全拿来!肥肥迟迟疑疑地掏出来,放到小刚的手上。小刚微微一笑:"刚才是逗你们呢,现在我要进入快态了,看好!"

他屏息静气,气沉丹田,开始抛出石子。九个石子你追我赶,在空中划出一道连绵不绝的白光,就像用绳子串了起来。小刚越抛越快,并且上抛的轨道拿捏得极准,在外人看来,就像他用双手托着一个刚性的金属框子,只是略有摇摆。三人大声叫好。小刚一边扔,一边气定神闲地问:"怎么样?还要不要再加几颗?"

三个朋友手舞足蹈,乐得不知高低:"太神了!这已经是世界纪录了。你能坚持多长时间?"

"多久都行啊,只要不饿不累,坚持到过年也没问题。"

马田兴奋地说:"真棒,比杂技团的顶尖高手还高,小刚,只要你一出道,非把他们的饭碗全砸了不可。"

小刚笑笑:"我要停了。"那道白色弧线从左手起拉断,在右手处收拢,满满一握石子!他把石子还给肥肥,谦虚地说:"其实也没什么了不起。真的,我的神经反应速度比你们快,所以在我看来,九连珠只不过相当于过去的二连珠,不值得惊奇。"

这种虚怀若谷的气度更是令朋友们钦服。马田想了想,问:"那你也一定能达到小龙女的'天罗地网势'了?"

"天罗地网势?把九九八十一只麻雀圈禁到怀中?恐怕一时还做不到,不过我想三五只没问题。"

"要不,咱们试试?"

寻找中国龙

小刚迟疑地说:"可以是可以,到哪儿去找麻雀呀。好像从我记事起就没见过。爸爸说中国的麻雀太不幸了,1958年被冤枉列入'四害',全民围歼,差不多断子绝孙了。死里逃生的残渣余孽肯定已经逃亡,而且会把这段悲惨经历编成氏族传说,代代相传,永世不回故土。"

马田神秘地一笑:"用代用品呗。我已经做好准备了。"

他跑到屋外,从自行车上拎下两只鸟笼,笑嘻嘻地跑回来。每只笼中有两只百灵,吱吱地叫着,上下蹿跳。小刚好奇地问:"从哪儿弄来的?"

"偷的!"肥肥大声揭发。

"偷的?"小刚瞪着他,"咱侠义道可不能……"

马田截断了他的训诫:"哪能是偷呢,是拿,不过拿的时候没让我爷爷看见。另一只笼子是胡爷爷的,是我爷爷的老朋友,都不是外人。"

白易噢了一声:"原来鸟笼是这么来的呀,两个老人家这会儿一定急坏了。"

马田大包大揽地说:"没关系。我爷爷最疼我,出了事由我应付,你就亮招吧。"

小刚取笑他:"万一百灵跑了?万一我不小心把它给拍死了?看你咋交差!"

"绝不会,我信得过你。"

马田这么义气干云,小刚也不多说了。他扎好"天罗地网"的架势——当然是按《神雕侠侣》插图上的姿势,点点头说:"把百灵扔过来吧。"马田打开鸟笼,抓住一只百灵扔过去。不过这家伙太让人扫兴,不等小刚拦挡,它已经死死抓住小刚的衣领不松爪,吱吱叫着,拿一对小眼睛惊愕地瞪着众人。

四人又好笑又好气,马田感慨系之地说:"不行不行,这些笼中鸟关得太久,已经没有野性了,蓝天白云,碧草绿树,对它已经没有一点儿诱惑力,干脆说吧,它已经惧怕自由了!"

白易和菲菲说:"那该咋办呢。"

马田说:"我有办法。"他从小刚身上抓起那只百灵放回笼中,然后又到门外折了两根树枝。白易和菲菲不知道他要干啥,前前后后盯着他。马田运运气，忽然呀呀地怪叫起来，满脸凶神恶煞的样子，用树枝在笼子里猛劲搅动。四只百灵吓得灵魂出窍，尖声惨叫着，在笼中乱窜乱飞。两个女孩生气地嚷："马田，你……"这时马田已把充分的野性灌注到了百灵体内，这才拉开笼门，把它们一只只扔到小刚怀里。百灵这次不老实了，立即振翅飞出。于是小刚挥动手臂，轻轻拦住往外飞的百灵，在胸前围成一个无形的囚笼。

三个朋友大声叫起好来。可惜这次的表演还是没能持续多久，因为百灵很快从惊慌中平定下来，它们又牢牢抓住小刚的衣服不再松爪。马田他们还远没有过瘾呢，但此时无可奈何，只好把呆立不动的百灵们抓回笼中。然后，马田和菲菲不约而同地长叹一声。小刚奇怪地问：

"你们叹什么气？有心事？"

马田感伤地说："小刚，我们太羡慕你啦。是羡慕，不是嫉妒。你能碰上这样的不世奇遇，我们都为你高兴。可是，为什么我们就没有这样的福分呢？小刚，"他诚心诚意地央求道，"开个后门，求你爸妈把那种神力1号让我们也喝一点儿吧，行不？如果咱们四个人功力相若，并肩子行走江湖，该有多好！"

菲菲也眼巴巴地看着小刚，小刚和白易互相看看，不由暗生愧意。昨天只想到让白易服药，双飞双栖，咋就忘了这两个好朋友呢，这是不是有点重色轻友的味道？小刚忙说："咱们之间还用得着客气？我一定好好向爹妈求告，不过我听妈妈说，已配好的神力1号已经用光了，独孤星星一瓶，我一瓶。他们肯定要继续配制，只是不知道啥时候才能出来。"

马田和菲菲已经乐得不知高低了："不急不急！一个月也行，两个月也行。就是一年半载的我们也等得起。还有白易呢，可别忘了她。"

白易微笑着说："对，等神力1号配出来，伯父伯母答应给我们的话，就让马田和菲菲先喝。"

马田没听出她的话中隐含的意思——想弥补昨天自己的自私——便大大咧咧地说："分什么先喝后喝呀，让朱伯伯和童阿姨一次配够三瓶不就行啦？我是说多配三瓶，朱伯伯、童阿姨和林爷爷喝的不算在内。"

"对，咱们都喝，一窝子大侠！"

四个朋友开心地笑着，乱成一团。忽然外边有生气的喊声："田娃！田娃！你把我的百灵弄哪儿去了？"

马田的脸色变了："是我爷爷！他老人家咋能摸到这儿？"

脚步声噔噔地进来。来的是两个老人，手里都拿着拐杖，但他们步履雄健，拐杖不是拄在地上，而是像军刀一样斜挎着。马田爷爷一边走一边气哼哼地说："马田你别躲了，有人看见你偷了我的鸟笼，不光偷我的，连你胡爷爷的也偷了。哼，皮肉发痒了不是？"

他们进得屋来，一眼就看见了桌上的两只鸟笼，连忙走过去，提在手中，心疼地检查着。这会儿四只百灵早已恢复了安静，它们优雅地抓着横杆，冷静地瞥着主人。两个老人看见宝贝安然无恙，把心放到肚里，然后回头找到马田，又开始兴师问罪：

"马田，你个混小子……"

白易忙迎上去："马爷爷，胡爷爷，请坐。"

马爷爷摸摸她的头发："你是叫白易吧，多可爱的姑娘……马田，你说！"

马田已经还了魂，笑嘻嘻地说："爷爷，胡爷爷，对不起啦。你看百灵不是毫发无损吗？我刚才借来有正事。"

"啥正事？"

"是科学试验……"

两个老人立即瞪大眼睛："科学试验？你把百灵咋啦？"

菲菲只好过来帮他圆谎："爷爷，不是科学试验，是……变戏法。这是我们学校晚会上要演的节目。小刚能把百灵变没，你们信不？"

她向小刚眨眨眼睛，从笼中抓出一只百灵放在马爷爷胸前。"来，小刚，把它变走！"马爷爷虽然不大放心，怕他们伤了百灵，但看菲菲说得有板有眼，也就静待小刚来变。到此时小刚只好上阵了，他在马爷爷面前站定，笑着说："马爷爷，我要变了，你们看好，啊？"

两个老人很好奇，目不转睛地盯着这只百灵。忽然一条黑影一晃——百灵真的不见了！两人嘴里"咦咦"地叫着，转来转去地寻找。"真的变没了，真的变没了！"

四个孩子乐得捂着嘴笑。马田把爷爷转过来,"在这儿哪。"胡爷爷失惊打怪地嚷:"真的,在你背上。这小家伙——是叫小刚吧,真有两下子!"

他从老友背上抓过百灵放到笼里,两个老头又高兴又新鲜,乐得像两个孩子,也就忘了对马田的惩罚。临走时马爷爷还慷慨地说:"等演节目时,到我那儿去拿好啦。"

两人带上鸟笼兴冲冲地走了。马田在他们背后伸伸舌头。白易说:"小刚,咱们去试验室吧。"

小刚说:"我爸妈让我过几天再去。他们说五天后药效将达到最大值,那时要对我进行一系列的测试。"

"不是去测试,是去看看咱们的新朋友。"

"独孤星星!"马田和菲菲异口同声地说,"去吧,去吧。"

小刚答应了,推出自己的自行车。四个人像上次那样,并肩骑行在绿草茵茵的小路上。途中,菲菲问:"独孤星星真的有五岁孩子的智力?"

白易说:"当然啦。这一点还用怀疑?你该看到的,它能听懂人话,还能用哑语表达一些想法。"

菲菲怀疑地说:"对,它好像能听懂一些人话——不过连某些聪明的狗也能做到这一点。至于它会哑语……我不懂哑语。"

小刚解释道:"听我爸妈说,小星星从小就接受了智力强化训练,它大脑皮层的沟回比一般猩猩要多。何况又服用了神力1号。虽说神力1号主要是改变神经传导速度的,但神经反应速度加快了,智力自然也提高了。所以,这一点不用怀疑。其实,连很多普通黑猩猩在训练后也能用手势语说话呢。"

这一段路没有行人,他们把车速调到最高档,骑得两耳生风。白易忽然说:"我完全相信小星星的智力赶得上五岁的人类幼儿——可是,为什么要在它身上拴一根链子呢,这不是侵犯……人权吗?"

马田笑着说:"是侵犯猩权!不是人权!"

白易坚持着:"管它是人还是猩猩,反正只要有人的智力,就应该当作人来对待。"

这个问题着实叫小刚伤脑筋。想了很久,他才勉强为父母辩解道:"我爸说小星星太厉害了，就像上古传说中的无支祁。知道无支祁吗？无支祁乃'淮涡水神，形若猿猴，缩鼻高额，青躯白首，金目雪牙，搏击腾踔疾奔，轻利倏忽，闻视不可久'。它不是一个恶神，但调皮捣蛋，在大禹治水时尽给大禹添乱，最后大禹终于擒住它，锁在淮水之源。我爸说，小星星还是个不懂事的小孩子，偏偏本领又太强，如果放任不管，它就会像无支祁那样给人类添乱。"

白易不满地说："那也不能整天锁着它，拴着它，太可怜了。"

小刚只好叹息道："希望它的智力能再提高，就像咱们一样，那就不必锁它了。"

马田马上侧过头问："要是那样……它和谁结婚？"

"当然是母猩猩啦。"几个人笑道。

"可是，它已经有了人类的智力，再让它和一只蒙昧愚蠢的母猩猩结婚，那不是太残酷了吗？"

小刚说："这容易，把那只母猩猩的智力也提高嘛。"

但马田不是那么容易被说服的："好，假设这只母猩猩也有了人类的智力，你凭什么认为它俩就一定会两情相悦？如果硬拉它们成夫妻，不是强迫婚姻吗？请记住，它们已经有了意识，有了人权。"

白易说："那就多培养一些，让它们自由恋爱。"

"建立一个猩猩社会？它们的体能又是那么优异，会不向人类夺权？"

四个人争来争去，一直到进了研究所大门也没争出名堂，只好宣布暂时休战。菲菲说，这些伤脑筋的问题留给科学家们考虑吧。小刚很"大人"地说，科学家们也不见得就有万全之策，因为世界上很多事本来就没有绝对的答案。这个结论让大家心里沉甸甸的。

地下试验室的门开着，四人熟门熟路地走下去。小刚父母正在对小星星进行某种测试，而这位功力超绝的独孤大侠仍是那么个德性：懒散，傲然，对旁边的人不屑一顾。它看见了走下楼梯的四个孩子，表情马上明朗了，高声呼喊着，用两手拍着自己的胸膛，这分明是表示欢迎。

妈妈笑着迎过来，小刚忙解释道："妈，我不是来做测试的。我们想和独孤星星玩一会儿。"

"好，你们过去吧。"妈妈让孩子们过去，拉住白易问了几句话。她喜欢小刚的所有朋友，但毋庸讳言，对白易的喜爱最为强烈。这里面有当母亲的隐秘心意。不过孩子们还小，她把这点心意妥妥地藏起来。

三个孩子欢欢喜喜地跑到猩猩身边，但猩猩却生气地咆哮起来，因为白易还没有过来。白易猜到了它的心意，忙跑过来，像昨天那样同它握手："小星星，我和你是好朋友，对吗？"

星星用力点头。

"我的这三个朋友也都是你的好朋友，对吗？"

猩猩似乎听出白易话中轻微的责备，忙转过身，向三个孩子伸出手。三个孩子欢天喜地地抢着同它握手。白易说："小星星，你身手敏捷，谁都比不上，所以，你有一点骄傲，对不对？"猩猩似乎没有听懂，茫然地看着她。"可不能骄傲啊。再说，你的武功并不是天下第一，这位朱小刚朱大侠的武功就不比你差。"她用哑语也比划着。

猩猩听懂了她的话，拿眼斜睨着小刚，分明是怀疑的神色。马田和菲菲都怂恿小刚："露一手，露一手给它看看！"

小刚笑着说："小星星的武功高明得很，我是很佩服的。"

马田臭他："哟，摆出武学宗师的派头啦。小刚，甭来这一套'虚怀若谷'，露两手给它看看，别栽了咱人类的面子。"

小刚笑道："好吧，我就向独孤大侠讨教一两招。我现在要摸它的鼻子了，白易，请告诉它。"

星星点点头，表示听懂了，目运神光盯着小刚的双手，同时微屈两腿，做好准备。小刚忽然猱身而上，在它的塌鼻子上刮了一下。猩猩急忙伸出两臂来挡，但终究慢了一拍，小刚已经收势站好。这一串动作发生得太快，三个朋友只看见人影一晃，小刚仍笑眯眯地背手而立，猩猩则摸着鼻子，万分惊愕万分不信地盯着小刚。三人兴高采烈地问："刮鼻子了吗？刮上了吗？看星星的样子是刮上了，对不对？"小刚平和地说："是星星让了我一招。"

但独孤大侠看来还没达到这样的修为，它简直有点恼羞成怒了，摆好应战的姿势，向小刚连连招手。白易说："小刚，它不服气，让你再来一次。"

"好，恭敬不如从命，我来了！"

小刚再次猱身而上，疾速伸出右手食指在它鼻子上又刮了一下，这次猩猩的反应快多了，它闪电般地伸手，抓住了小刚的手腕。小刚也不着意挣脱，就这么对面站立着，微微而笑。三个朋友仍然没有看清中间过程，但从两人——不，一人一猩的表情看，显然是小刚又占了上风。虽然他的手腕被抓住，但肯定刮鼻子在先。三人还没喝彩，小刚忙说：

"平局，这次是平局。"

小刚爸妈一直远远地看着这边，这时都自豪地笑了。小刚忽然喊："星星你干啥？你要干啥？"

独孤星星松开小刚的手，身体慢慢向下溜，一条腿已经跪在地上。马田首先反应过来："小刚，它是向你拜师哩。小星星，独孤大侠，可不能下跪叩头，朱伯伯最讨厌这样做了！"

猩猩没理会他的劝阻，仍往下溜着身子。不过它并不是下跪，它慢慢趴到地上，四肢着地，把脸也贴在地上。四个朋友不知道这是什么用意，这次是白易首先弄懂了："一定是非洲礼节吧。黑猩猩的原居地是卢旺达、刚果（金）和乌干达的边境，这一定是某个非洲部族表示顺从的礼节。"

小刚蹲下去把它扶起来："快起来快起来！咱们是好朋友不是？是好朋友就别来这套虚礼，看着让人腻歪。再说，咱俩第二次交手只是平局呀，说不定第三招你就会赢呢。"

但独孤星星已经老老实实承认了失败，它把心目中的王位让给了小刚，就像在黑猩猩部落中那样。它从地上起身后，垂着双臂，用目光时刻表示着自己的顺从。这未免有点煞风景，因为不管马田和菲菲再撺掇，星星再也不和小刚比武，它已经彻底宾服了。

四个人同它玩了一会儿，依次同它握手告别。当白易同它握手时，它显然很亢奋，但它马上偷偷瞅瞅小刚，似乎怕他生气。

临走时爸爸交代小刚，让他明天过来做神经反应速度的测试。"不过，不用测试我就敢肯定，你的速度比独孤星星还要高一点儿。谢谢你，孩子，神力 1 号可以说已经成功了！"

小刚不失时机地说："那就再配制几瓶吧，让他们三人都变得和我一样，好吗？"

妈妈笑了："谈何容易！神力 1 号是极复杂的生物制剂，制造周期要半年左右。再说，它不是属于个人的，一旦成功，有多少地方多少试验在等着它！"她看到白易三人的极度失望，安慰道："不过别懊恼，我和朱伯伯会尽量把你们列入被试者名单。这是个极复杂的问题，牵涉到生物伦理、生物安全、法律等，我想，两三个月内是不大可能实行的，所以，你们不要太性急。"

孩子们失望地说："要等这么久啊，我们的头发都要等白了。童阿姨，为了科学，即使有危险我们也不怕！"

童明笑道："好的，谢谢你们，现在请你们回家吧。"

第四章　宣战天王

在其后的三个星期里，教授夫妇对儿子做了全面的测试。从测试结果看，他的神经传导速度比星星快了一点点：2%。不过，由于基数的巨大，星星的传导速度已接近光速，所以这个差别的绝对值仍是惊人的。可以做个类比：人类与黑猩猩的基因同样极为接近，只有2%的差别，但这小小的差别就能发育出天差地别的两个种族。

现在，小刚每天有用不完的精力。周围的一切事物对他来说太容易了，容易得叫人提不起劲来。你不妨想一想，如果把一头猞猁放在一群树懒中间而且必须按树懒的缓慢节奏去生活，那该是什么情景。

这天晚饭后，小刚到文化宫的海马游戏厅去玩。海马游戏厅相当宽敞，一溜排着20部大型电子游戏机，这时已经有了七八个顾客，屋里噼噼啪啪响成一片。最里边有一间隔音室，里边是一台可进行飞行训练的全感官座椅。小刚是这里的常客了，金老板见他进来，不等交代就把密室打开，启动机器，又把速度调到2级。小刚摇摇头：

"不，这次给调到最高一级——天王级。"

心宽体胖的金老板惊奇地看看小刚："小刚，今天你发烧了吧。在咱中国，不，在全世界的专业飞行员中，能达到天王级的也不会超过20人。我记得，你刚刚通过1级，2级还没走通一半哩。"

小刚笑道："你忘了那句老话：士别三日当刮目相看。我就不能有不世奇遇？就像段誉、杨过那样，碰见一个世外高人，或者服用了罕见的仙丹，功力一下子就提高了。"

老板给逗笑了："那敢情好，可惜这只是小说中才有的运气。这样吧，我给你调到3级，玩不成不要怪我。"

"好吧。"小刚勉强答应了。老板调整后回到柜台上，几分钟后，小刚就取下了头盔。金老板从观察窗中发现了，急忙走过来："咋啦，有故障？"

"没有，我已经通过了。"

老板瞪大眼睛，看看游戏机上的积分——满分1000分！老板揉揉眼睛，免得眼珠子惊得掉下来。这台游戏机是空军用以训练飞行员的真家伙，是三年前从部队中淘汰下来的。对业余玩家来说难度太高，这两年来，南阳没一个人能通过2级。这小鬼竟在3级中夺得满分！他想一定是小刚捣了什么鬼，但显然不像，小刚正心平气和地看着他，潜台词是很明显的：别奇怪，这只是牛刀小试。

金老板干脆地说："小刚，你再过一次。这次如果还是满分，我这个游戏厅终生对你免费。"

小刚笑道："打3级已经没意思了，你把级别往上调。"

"4级？5级？8级？"小刚一直笑着摇头。"天王级？你一定要玩天王级？"

"对。"

"好！我给你调到天王级！"金老板摆出一副"豁出来"的样子。等小刚戴好头盔式目镜，他也戴上监视头盔，饶有兴趣地观察着小刚的进展。

现在朱小刚上校独自驾机在天上巡弋，没有僚机。这不大符合空战的惯例，但天王级的训练自然要设置一些独特的环境。过一会儿，肯定有不少于五架敌机同他遭遇，或者有一个精心布置的陷阱在等着他。小刚虽然一直保持着高度警觉，但总的说是心境泰然的。这是基于对自身本领的自信。他想，那些艺冠群雄的武林绝顶高手，在比武前大约也是这种心境吧。

机下是熟悉的南阳盆地。现在的游戏机已经高度智能化了，为了最大限度的逼真，它常常采用真实环境，尤其是玩家熟悉的真实环境。四周群山逶迤，一条河流蜿蜒而过，这就是曾被诗人李白多次歌唱过的白河："白水弄素月"，"江天涵清虚"。在城市的北边是一个不高的独峰，这就是著名的独山，是独山玉的产地，李白也曾把它写入诗中："唯餐独山蕨。"再往西北，山势逐渐险峻，这是八百里伏牛山。其中一块区域的绿色特别浓重，那是宝天曼，一个袖珍型的国家级自然保护区。向南是个明亮如镜的人工湖，这是亚洲蓄水量最大的丹江水库。白河和丹江都向南注入汉水，穿过南边的浅山，消失在天边。

小刚很少在天上欣赏家乡的全貌，所以他看得兴致勃勃，几乎忘了自己即将面临的空战。听见耳机中响着："飞燕1号，飞燕1号，注意观察！"这是金老板在好心地提醒他。他以军人的语言回答："是，1号明白！"

他驾驶的是最新式的歼12，起飞重量23吨，战斗装备7吨，装备有水平和垂直矢量分流喷射系统，可垂直起飞，在空中悬停，可完成360度的攻击。黑色的机身又宽又平，与三角形机翼平滑地连在一块儿，形状很古怪。歼12有优异的隐形性能，除非是长波雷达，否则很难发现它的踪影。当然，敌机可能是隐形更佳的F-23或苏-39。当技术发展到极致后，空战又来了一个大倒退——雷达失效了，不得不更多地依靠飞行员的目力和反应速度，而这正是小刚的优势所在。

在虚拟环境中，他穿着飞行服，右眼上贴着一块微型电子屏幕。所以，送到他大脑中的视觉信息是电子视野和自然视野两部分混合而成的。自然视野更逼真，电子视野更广阔——实际上哪来的自然视野！现在，他的两只眼睛都蒙在头盔式目镜中。但游戏机的虚拟环境太逼真了，使他常常忘了这一点。

今天天气很好，晴空湛蓝，浮云片片。忽然，天边隐约发现了几点闪光，而雷达上毫无反应。小刚紧张地观察着，发现是六架美国的F-23飞机。这当然是虚拟的，中美早已不是敌国了，而且绝不会有六架敌机闯入内陆而不被觉察，因为国境线上有专门对付隐形飞机的长波雷达和预警飞机。不过我不管这些，我的任务是把它们击落，而且不必发出任何警告，这就是游戏机中的逻辑。在千分之一秒的时间里，小刚已拉起机头，把自己隐蔽在阳光里。六架形状古怪的F-23越飞越近，小刚立即瞄准一架，按下发射扳机，一枚红箭空对空导弹飞了出去，霎时那架飞机变成一团闪光。

遭遇突袭的敌机几乎没有片刻混乱，他们顺着导弹来袭的方向很快发现了小刚的飞机,五架飞机立即拉开,分三个方向包抄过来,身后拖着赤红的尾焰。小刚很佩服敌人的机敏——在"正常人"中他们一定是顶呱呱的好手,可惜今天他们遇上的是一个"光速"对手。小刚又瞄准了一对长僚机中的长机。对方知道被多普勒雷达锁定,迅速来了个横滚,又从6000米高空俯冲到2000米。但小刚一直咬屁股追着它。实际上小刚甚至放弃了几次开火机会,以把这个游戏玩得更逼真些。敌机已降到1000米,当它想拉起机头时,小刚用第二枚导弹把它报销了。

这时,小刚自己机内的警告装置响了,那架失去长机的僚机已绕到小刚背后,用头盔式瞄准具套住了他。不过,以小刚的反应速度来摆脱它是太容易了。在对方刚刚套上他的千分之一秒内,他已经一个横滚滑出光环。对方又套上他,他随即又一个陡转滑出去。敌机驾驶员开始惊慌了,因为这个中国驾驶员并没做什么高难动作,甚至能看出他的飞行动作不太正规。但他的动作总是比对方快上一拍,像一条滑不留手的泥鳅。

几个回合后,小刚摆脱了身后的追击,用近乎90度的攻击角度击落了第三架。余下三架敌机的攻势显然有一个停顿,他们大概已认识到,这架放单的中国飞机是最可怕的对手。三架敌机整理了队形,以三角形的队列继续进攻。小刚扫一眼油量表,还在半刻度之上,于是他从容不迫地和敌机兜起了圈子。

忽然,一道炫目的亮光像闪电一样劈来,紧紧擦着小刚的座舱盖掠过。激光!机载氟化氢激光炮!小刚立即绷紧全身的肌肉。在看了独孤星星的表演后,他早已知道,即使对于"光速人"来说,激光也是危险的,无法像对付导弹那样逃脱。唯一的办法是把握敌人"按下扳机"的时刻。当然他不可能看到敌方驾驶员的手指,但对方在瞄上他时,总要有个时间极短的校正,有一个只可意会的停顿,这就足够他逃脱了。

敌方的几次发射都没有打中他,之后他就进入了自由王国。他施展开凌波微步,在敌方的光网中穿来穿去,动作潇洒轻灵。对方被他逗弄得怒不可遏,但又毫无办法。几分钟后,他抽空瞄准一架敌机,又把它报销了。

剩下的两架敌机已彻底丧失了斗志,压低机头,想以他们擅长的低空飞行逃命。两分钟后,他们终于甩脱了那架幽灵般的中国飞机,不由长舒一口气——忽然他们发现那架飞机就在他们的下方,在距地面只有 50 米的空中,正沿着山脉、房屋、烟囱所形成的包络面上上下下飞着,就像轻灵的燕子,像蜻蜓,像蝴蝶。两个美国人目瞪口呆:从来没有战斗机能这么紧贴地面飞行!当然,除了密字飞机和新型的扑翼飞机,但那两种飞机结构特殊,时速又低,而这架是高速歼击机呀。

两个敌方驾驶员神沮胆丧,他们知道,对方在玩猫老鼠的游戏,等玩腻后就会一口吞掉他们。但他们毫无斗志。对方的水平比他们何止高上几个数量级?只有等死了。不过小刚一直不开火。当和对方近距离相遇时,他还要送去一个顽皮戏谑的笑容。然后,小刚忽然拉起机头,朝对方摆摆翅膀表示告别,随即向基地返回。

金老板连声赞道:"神了,真神了!"帮小刚取下头盔。这次小刚的得分并不高,630 分。如果金老板没有在旁边监视,也许会认为这是小刚的真实水平。但是不对!小刚是有意掩饰自己的本领,以他的真实水平看,1000 分都不够。金老板亲眼看见了敌方驾驶员魂飞胆丧的表情,尤其是最后两名,虽然他们逃生了,但那种"彻底的绝望"让人永生难忘。

他心里暗暗佩服这套游戏软件,真不错,它对剧中人物的表情和心理状态的处理是完全正确的,符合"那个环境"的逻辑。但更该佩服的是小刚。他过去是这里的常客,水平不高不低,想不到一夜之间他有如斯精进。这么说吧,即使是世界著名的飞行特技表演队,不管是英国的"红箭"、美国的"蓝色天使",还是法国的"巡逻队"、中国的"闪电",都找不出这么一个好手!

小刚摘下头盔后笑着说:"今天不玩了,老板结账吧。"他的表情很平淡,似乎并未因这次的惊人成功而自鸣得意。当然这是假的,在他眸子深处,得意的光芒一闪即逝。金老板想,他是在刻意模仿武学宗师们那种宠辱不惊的风度。毕竟只是一个只有 13 岁的孩子嘛,能做到这一点已经非常难得了。他的定力已经不在南帝北丐、乔峰、西门吹雪这些大豪杰之下了!

小刚掏出信用卡，金老板立即怒气冲冲地嚷："干啥，寒碜人不是？我金西宛啥时候说话不算话啦？我说过你只要在3级上得满分，就对你终生免费。现在你在天王级上得了630分，这比3级的满分还高哩。小刚，快把钱收起来，以后尽管来这儿玩。"

小刚实在不好意思——哪有大侠们会挟技炫耀、白吃白喝的？连老毒物欧阳锋也不会这样！但金老板实在是诚心诚意，只好不再坚持了。他同老板告别，出了门，兴奋的笑容才在小脸上绽开。天王级！他可以轻松地通过天王级的训练！坦白说，这不亚于金庸笔下的"天罗地网势"或"一剑点遍三十六大穴"等绝顶武功。他在一夜之间成了世界上的顶尖飞行员，这可是从小就藏在心中的夙愿啊。

此时，在海马游戏厅里，金老板的兴奋丝毫不亚于小刚，猴儿似的坐立不宁。虽说这不是他自个的成功，可是——能在身边发现一个绝世天才，同样是不世奇遇呀。游戏厅的孩子们还在专注于自己的世界，没有一个人意识到刚有人在这间屋子里取得了惊人的成功。金老板真想找人聊一聊，侃一侃，吹一吹，把胸中过多的充盈兴奋给别人分一些。他忽然想起一个合适的人选，便拨通了电话，电话中是一个老人的声音：

"是西宛吗？有啥喜事？"

金西宛绘声绘色地讲述了刚刚发生的故事。"平二爷，天王级呀，他竟然通过了天王级！"

89岁的平二爷原是南阳教委招飞办公室的负责人，已经退休多年了。这一代人不大喜欢电子游戏机，所以他的声音仍是很平淡："是吗？真了不起。"

从平二爷应付其事的腔调中，金老板知道对方并没有了解到这个消息的真实意义。"二爷，你知道不？我这套设备是军队淘汰下来的训练机，是货真价实的东西，是五年前的先进机型。你知道天王级的难度有多高？这么说吧，全世界能通过天王级的顶尖飞行员也就二三十人。可这是一个13岁的未经训练的小孩子！二爷，我知道你负责过南阳的招飞工作，几十年来，南阳的招飞工作一直在全国有名。现在，碰上这么好的一个飞行员、宇航员苗子，你还不蹿起来？"

这番话很灵，平育老人立马蹿起来了："你说得实在不实在？喝醉没有？我知道你小子爱说大的，灌两杯酒就更是吹得没边儿。"

"啊哟哟，你老说到哪儿去了！我金西宛虽说平时嘻哈，但'吕端大事不糊涂'，这件事绝不会来虚的，百分之百的确凿。"

对方很快说："好，你等着，我去看看你的游戏机再说。"

他很快来到海马游戏厅，让金老板实地演示一番。晚上10点钟，平育和金西宛挂通了北京一个熟人的电话。这人是原宇航局训练中心的主任，已经告老还家。然后，这条消息以非常快捷的方式传到有关负责人的耳朵里。

第五章　闪电侠出世

小刚很快适应了自己的新生活。现在，他可以轻松自如地从"快态""慢态"中跳出跳入。和同学们及父母交往时，他就跳入慢态，尽量和他们保持一致的节奏，虽说这相当别扭；在测试中，玩游戏机时，和独孤星星交往时则使用快态。这是一种十分美妙的境界。

四个朋友每天要聚一场，玩得不亦乐乎。快乐中不觉日月荏苒，西风摇摇，学生的生死关头快要临近了：期末考试。于是他们只好暂时告别，闷在屋里猛劲背了十几天功课，然后忐忑不安地走进考场。

教室的桌椅整整齐齐，学生们鱼贯而入，把钢笔、橡皮等放在桌子上，老老实实地等着考试铃声，气氛十分肃穆。监考的老教师捋着胡子，满意地说："这才像个学校的样子嘛。"

网络时代中，这种笔试已经近乎淘汰。但它毕竟是中国最优秀的国粹，咋舍得让它断种呢。从唐太宗起就有了科举制度，传说唐太宗见众多士人络绎进入考场时，曾窃喜道："天下英雄入吾彀中矣。"这个延续了 2000 年的国粹，在 20 世纪末发展到了顶峰，造出了整整一代的出题高手，个个善于在考卷中设陷阱、张渔网、下扣子。这么说吧，一张语文试卷发下，哪怕你是北大国文教授，是社科院现代文学研究员，是北京海淀区最著名的语文特级教师，照样能考得你糊头焦尾，鼻青脸肿。

不过，这种考试形式到了 2038 年已是强弩之末了。高教部明令，一学期只许有一次笔试，这种限制不免使许多遗老们感叹世风日下。现在，年过六旬的葛老师一边感叹着，一边发下语文试卷。教室里立即响起蚕吃桑叶的沙沙声。这在葛老师耳里不啻是最动听的仙乐。他坐在讲堂上，用锐利的目光盯着考生们。他发现了一点异常：一个座位突然空了，而他根本就没看见有人出门！这可真是咄咄怪事，那儿刚才明明有人啊。瞧，试卷还在桌子上放着呢。葛老师狐疑地踱过去，拿起试卷，卷头上写着朱小刚的名字，卷子已全部答完。老教师粗粗看了一遍，判定他的得分不高，满分150分，他只能得90分吧。但即使如此也够惊人了。葛老师看看表，时间刚过去六分钟，这么说，朱小刚答完卷子最多用了五分钟。

下午是数学考试，按原先的安排，葛老师轮到另一个班去监考。但他特意和林老师做了调换。考试一开始，他就拿眼盯着朱小刚。这学生脑瓜儿蛮灵光，但平时贪玩，爱看武侠小说，功课一般保持在中等稍稍偏上的程度。但今天他答起题来真正是落笔如飞，葛老师的眼睛根本赶不上他笔尖的移动。特别是答到计算题时，卷子上唰地浮出一行，刷地浮出一行，只有电脑屏幕上才能出现这种速度！葛老师看得目瞪口呆，但更目瞪口呆的事还在后边：在他的睽睽目光下，只见人影一晃，那个座位又空了。

葛老师像被催眠了，几分钟后才回过神。他是教语文的，不知道这张数学卷子做得如何，便托人捎给一位数学老师。考试快结束时，数学顾老师匆匆赶来："葛老师，那个学生在哪儿？成绩不错，133分！"

刚才顾老师手边没有标准答案，他花了40分钟才把试题做完，但这位朱小刚竟然在五分钟内就完成了！他知道小刚平时算不上特别优秀的学生，那么，这次的神速进步又是怎么得来的呢。下课铃响，学生们陆续交卷，听见两个老师还在低声叽咕："朱小刚……五分钟……试题太容易了？"

听到这儿，姜菲菲惊叫一声："葛老师，顾老师，发发慈悲吧。可别说试题容易，再加大难度，我们只有去跳河了。"

顾老师又像是问她，又像是自语："那朱小刚呢？他仅用五分钟就完成卷子，还能得到133分的高分。"

"老师，你可别拿他和我们比，他是喝过聪明水的。"

"什么聪明水？"

"就是神力1……"

身后的马田使劲杵了她一下，疼得她把后半句话吞到肚里。"你……"她横眉怒目地转过身，看见马田眨眼睛耸鼻梁地向她暗示。这边顾老师还在追问："什么神力衣？什么神力衣？"

马田嬉笑道："老师你别听她的，她这是嫉妒。考不过人家朱小刚，就站一旁说风凉话。什么神力不神力的，21世纪还能相信这玩意儿？"

他赶紧拉着菲菲走了，闪过老师，马田埋怨道："朱伯伯不是交代咱们暂时保密嘛，你咋顺嘴开河，嘴上也不放个站岗的。"

菲菲伸伸舌头："我给忘了。可是，好多同学都知道了呀。"

"那也不能乱说。咳，也怪小刚，他本该深藏不露的，这么一来可好，万一以后老师按他的水平出题，不把咱们害惨了。"

白易说："我知道他的猴脾气。他不是想炫耀，不过他最腻歪考试，不想待在考场里受罪，这会儿啊，八成是到游戏厅了。"

"咱们抓他去，行不行？"

"行！"

放学后，三个绕了一段路，来到文化宫游戏厅。小刚果然在这儿，仍在那台空战模拟机上，正随着旋转座椅猛烈地上下翻转。马田凑到监视屏幕上看看："哟，他已经玩到天王级了！不过这一盘成绩不高，只有220分。"

这个游戏的软件有记忆功能，六名美国驾驶员已彻底领教了小刚的厉害。所以，只要小刚以原名登录进入游戏环境，他们立即望风而逃。这么一来，小刚要想击落他们就更困难了。他玩了20分钟，又击落一架，其余的都逃跑了。

液压座椅缓缓回到原位，小刚取下头盔，发现三个朋友正在瞪着他。"你们也来了？咋知道我在这儿？咦，你们干吗老瞪着我？"

菲菲说："我们是来警告你，不许再在考场上逞能，不要为你一人害了全班同学。再说，你忘了朱伯伯让你暂时保密？"

小刚不好意思地挠挠头，嘿嘿地笑了："是我不对。明天考试时我一定按'慢速'答题，陪着你们，行不？"

马田说："行啊，过而能改，善莫大焉。"

他们与金老板告别，走入夜色中。这会儿正下着小雨，蒙蒙水雾包围着水银灯，地上湿漉漉的。四人走到街口分成两拨，马田和菲菲向东，白易和小刚并排向西骑行。不一会儿，雨雾打湿了白易的额发，贴在她白嫩的皮肤上，显得又黑又亮。她的两只瞳仁在灯光中显得格外有神。

正是晚饭时刻，又是雨天，路上行人稀少。等他们骑到卧龙路时，行人更少了。两排钠灯照着宽阔的路面。小刚讲着他怎样通过天王级训练，讲他长大了想进飞行特技队。白易幽幽地叹息一声："小刚，我太羡慕你啦。"

"为什么？"

"那还用说，你有不世奇遇呗。现在，你活得那么轻松，如果咱俩的寿命相同，你的'有效生命'至少是我的几十倍呢。"

小刚安慰她："别着急，等第二批神力1号生产出来，说不定效果比我喝的还好呢。不管有多大困难，我一定死缠活缠，非要让你第一个服用。"他想这句话仍有点重色轻友的味道，忙补上一句，"还有马田和菲菲。那时，你也成了功力超绝的女侠，像……"

"小龙女！"

"对，咱们并肩子…"

"行走江湖，双飞双栖！"白易拿他说过的话取笑他，两人都哈哈大笑。奇怪的是，虽然他们知道这句话中的深层含意，但并不显得尴尬。白易说："噢，对了，还有独孤星星呢。咱俩，马田，菲菲，小星星，正好够上'华山论剑'那拨人啦。"

"对，小星星是咱们的小顽童。"

"小刚，我觉得小星星真可怜，朱伯伯说它的智力相当于五六岁的孩子，可是，哪有五六岁的孩子每天都被锁着的呢。"

小刚没法回答，他也觉得这事太残酷，可是爸爸的担心也有道理。白易郑重地说："还有，我发现小星星恨你爸爸。"

"为什么？捆它锁它并不是我爸亲自动手啊。"

"小星星一定知道你爸爸是主谋，它老是怒冲冲地瞪着你爸爸。你要告诉朱伯伯，小心一点。"

"好的。"

身后一辆自行车嗖地超过了他们，这是一辆相同型号的自行车，骑车的是位姑娘，披肩发，毛料长裙，上身是一件曲线玲珑的薄毛衣。白易心中嘀咕着，这姑娘骑车的拼命劲儿可不像一位淑女。莫非她家出了什么人命关天的大事？小刚肯定地说：

"失恋，一定是失恋！"

白易咯咯地笑着："你知道什么是失恋啊，说得周五郑六的。"

小刚扭过头解释道："不，我不是瞎说。你没看清她的表情，我看清了。满脸是绝望、狂怒，眼睛都是直的。我敢肯定，她今天一定遭遇了什么重大刺激。要不，咱们追上她？她这样骑法可太危险了。"

正说着，他忽然发现白易瞪大了眼睛，目光中涌出极度的惊恐。小刚在千分之一秒内明白了是怎么回事，又在千分之一秒内疾速转过头去。不过已经晚了。那辆自行车正狂暴地闯过红灯，正好撞在街口东边开过来的一辆中型货车上。姑娘和自行车都高高飞起，汽车车尾一耸，立马刹住了。这些场面定格后，才传来巨大的碰撞声和吱吱嘎嘎的刹车声。

在那个姑娘尚未落地时，小刚已经骑着自行车闪电般冲过去。他骑得那样快，扑面的狂风紧紧捂住他的口鼻。但是晚了，虽然他有接近光速的反应速度，却达不到这么高的肉体速度。他眼睁睁看着姑娘在空中挣扎着，重重地摔在地上。很久之后，才传来沉闷的声响。

这个过程只有0.1秒时间。小刚跳下车，扑到姑娘身边。她双眼紧闭，嘴角有一丝血流缓缓而下。小刚大声叫着："姐姐，醒醒！醒醒！"白易也来了，带着哭声唤着。那辆车上的司机一定是吓傻了，很长时间，汽车一动不动地停在那里。

忽然，那辆汽车猛轰油门，飞快地逃走了。小刚和白易在细雨中抱着伤员，一时间竟然没明白是怎么回事。小刚看看白易，白易看看小刚：世界上竟然有这么卑鄙的人！小刚忽然咬牙切齿地喊：

"他逃跑了，他竟然逃跑了！"

他们真不愿相信自己的眼睛。当然，这次事故主要不怪驾驶员，但不管怎样，伤员还躺在雨地里，生死不知，这个混蛋司机竟然逃跑了！小刚恶狠狠地咒骂着，向白易急急交代："快打电话喊救护车，我去追那个坏蛋！"

人影一晃，他已经消失了。他的交代是用快速说的，白易根本没听见，但她从小刚的表情中足以明白了。她急忙放下伤员，在附近找到一个 IC 卡电话亭，打完电话，另一个路人也跑来了，是一个中年妇女。她们把伤员抱在怀中，白易脱下外衣遮在伤员头顶上，焦急地等待着救护车。

那个司机发疯地开着车，不知道自己该逃往何处。他姓边，刚在朋友那儿喝了两瓶啤酒。他知道这起事故的责任不在自己，但是……如果交警在自己嘴里检查到酒气，他有一百张口也说不清了！

他已经失去了理智，血液冲得头颅嗡嗡地鸣响，玩命地开着车，时速达 130 千米。幸亏路上没车，只有几个行人在人行道上瞪大眼睛看着他。忽然他看到不可思议的一幕——他揉揉眼睛，那个幻觉中的画面仍然挂在窗上：一个十几岁的小男孩蹬着自行车从后面追上来，这会儿已经与汽车保持平行。小孩的两腿飞快蹬着，幻化成一团光影，就像内燃机中高速旋转的曲轴连杆。他还瞥见，自行车的轮轴处在冒着青烟。男孩愤怒地打着手势，让他停下。边司机吓傻了，反而把油门踩到底。

他似乎把男孩甩掉了。忽然，一辆没有坐人的自行车飞速地超过汽车，向右一拐，倒在汽车轮下，咔咔嚓嚓的碎裂声从车后传来，还有耀眼的电火花，那是车轮中储藏的电流释放到雨地中了。边司机一阵晕眩，等他清醒过来——我的天，那个男孩已站在汽车的脚踏板上，面孔仅与他相隔一层玻璃，正愤怒地嚷着什么。在这一瞬间，他真的以为从小听过的"善恶有报"的故事应验了。"鬼！鬼！"他惊恐地喊着。

外边的男孩义正词严地喝令道："我是闪电侠，快停车！"

汽车终于停了下来。

等这辆货车掉头开回时，救护车还没到。一名中年妇女蹲在地上，把伤员揽在怀里，一个男人打着伞。雨丝变稠了，这几人的衣服都被淋湿，但雨水浇不灭他们目光中的怒火。三双目光鄙夷地罩在小刚身后的司机身上。

司机低着头，恨不能找个地缝钻进去。他们走近伤员，那张十分俊美的脸庞显得十分惨白,双眼紧闭着,生命力正从她身上一滴一滴地流走。司机突然扑通一声跪在雨地里号啕大哭:"我是畜生我不是人哪!"

小刚想起他刚才的混账举动,真恨不能踢他几脚。但这会儿他的痛苦分明是真实的,在短时间的道德沦丧后,他已经良心发现了。小刚低声说:"别哭了,救人要紧。"

司机从泥水中爬起来,泪流满面地把车调头。正在这时救护车尖啸着开来了,车未停稳,两名男护士已从车上跳下来,大家急忙把伤员抬上去,救护车尖啸着又开走了。刚才为伤员打伞的男人怒冲冲地说:"押着这个畜生去医院,别让他又逃跑了!"

小刚急忙为司机遮掩:"不会的,大叔,他刚才是一时糊涂,以后再也不会了。"司机忍不住痛哭失声。

小刚和白易把自行车存在路边小店,坐上小边的车,一块儿到了市中心医院。伤员已经送入急救病房内,正在进行抢救。小边眼睛红通通的,到收款处递上自己的信用卡:"八万元,我的积蓄全在这儿了。"

收款的是位大辫子姑娘,她微笑道:"不必全交的,先交两万吧。"

"不,我要全交上。"

大辫子抬头看看他,没有多说,为他划了卡。司机来到手术室,门仍然关着,里边在紧张地抢救。白易和小刚焦急地交谈着:"有危险吗?她的家人通知了吗?"刚才跟来的那位中年妇女说,已经按照伤员的身份证号码查出了她的地址,通知了亲属。她爸妈马上就会赶到。

司机战栗一下,忙离开这里,到电梯口按了上升键。中年妇女发现了,小声问小刚:"司机干吗去?又要逃跑吗?"

小刚小声说:"嘘——别让他听见。他已经把钱交了,车牌号也登记了,哪能逃跑呢。他一定是没脸见伤员的爸妈。"司机已进了电梯间,小刚忽然喊道:"他不是下楼,是上楼。没准他是寻短见,快!"

他拉着白易奔向电梯口。这儿是双梯,但无论怎样按键,另一个电梯口仍然不开。小刚果断地说:"白易你等电梯,我去找消防梯。"人影一闪,他已消失在拐角处。他刚走，电梯门就打开了，里边没人。白易忙进去，按下顶楼的楼号。在她焦急的目光中，楼层号慢悠悠地闪着：10，11，12。白易跑出去，拉住一名医生问：

"叔叔，上楼顶的小门在哪儿？"

等她赶到小门，小刚也正好赶到。小门打开着，门扇还在晃动，显然司机刚从这里跑上去。两人急忙攀上去。司机果然在上边，一只脚已跨上了楼顶的护墙。白易惊叫着："叔叔，千万别跳啊！"

司机扭头看见他们，这更促使他下了决心。他急忙跨上护墙，作势欲跳。夜空寂寥，街上汽车穿梭往来，小如木盒。对高空的本能恐惧使他迟疑片刻，但他横下心纵身跃下。就在这时，他的后衣领被人揪住，扑通一声从墙头仰面摔下，后脑勺着地，摔得七荤八素。等他从昏晕中悠悠醒来，听见一个男孩带着哭腔的声音：

"大哥哥，你咋能寻短见呢，人一死就不能活啦，后悔也不成啦。多危险，害得我也差点摔下去。哟，这么高！"他一定是蹬在护墙上向下看了一眼，然后惊骇地喊："白易快拉住我，我有恐高症，两条腿发软！"

他真的扑通一声坐到地下，就坐到司机的头边。司机泪流满面，没脸看孩子们，低声抽泣着："我不是人，我不是东西，我没脸见人了。"

小刚和白易互相看看，觉得他这个自我评价还算贴切。不过看来他驾车逃跑只是一时糊涂，现在确实悔悟了。白易柔声安慰道："大哥哥，别这样嘛。《神雕侠侣》中郭靖对杨过说过，人孰无过？过而能改，善莫大焉。像铁掌裘千仞那样穷凶极恶的家伙，最后还以一念之仁，立地成佛呢……不不，这个例子不合适，你只是一时糊涂，不能和裘千仞相比。反正……"她忽然想到了正确的解劝词，"你一死倒干净了，那位姐姐说不定落个终身残疾，还得你照顾一辈子呢。你可不能一死了之啊。"

司机擦擦泪，从地上爬起来："小兄弟，小妹妹，谢谢你们，我不死了。我从哪儿摔倒再从哪儿爬起来。"这时他才想到，当他纵身跳下时，小刚明明还在30米外的小门边，这么说来，他是在一瞬间跃过30米的空间距离。他又想起轮轴冒烟的自行车，想起那孩子在高速行驶中跳到车上的惊人本领。

那时他在窗外怎么说来着：闪电侠？对，闪电侠。他敬畏地看着小刚，低声问：

"你……真的是闪电侠？少年闪电侠？"

刚才情急中为了镇住司机，小刚曾自称是闪电侠，这会儿早把这个茬儿给忘啦！他的脸庞涨得通红，看看白易，低声说："哪有啥子闪电侠呀，我是个初中生……"

"不，"司机大声说，"我眼不瞎！你的绝世武功我是亲眼看见的。绝对错不了！"他见小刚还要推托，便斩钉截铁地说："我知道真人不露相，你不会承认的。没关系，你的大名已经印在我心里了。我边吉成今天一时糊涂，干了猪狗不如的事情，可我平时也是个响当当的男子汉。大侠，以后你老人家有用得着我的地方尽管开口，我绝不含糊！"

这一声"老人家"把小刚和白易叫懵了，白易扑哧一声，想到这样太不礼貌，忙用手掌把笑声死死堵回去。小刚的脸庞成了一块红布，连耳朵根都是发烧的。想了一会儿，他只好说：

"大侠、老人家什么的，以后就不要说了。咱们是不打不相识，以后平辈论交，我叫你一声大哥，你叫我一声小弟，比什么都强。"他看见司机还要辞让，连忙摆出一副威严面孔说，"我生性淡泊，不想在江湖上扬名立万。你非要大侠大侠地叫下去，不是让我为难吗？"

司机只好勉为其难地答应了："我听你的吩咐就是。对了，到这会儿还没请教你老……你的大名呢。"小刚介绍了两人的名字，"好，以后就喊你刚弟，喊你白易妹妹，你们喊我一声成哥——我可是有僭了。大哥我今后得活个人样，不给弟弟妹妹们丢人。咱们下去看看伤员吧。"

下到一楼手术室，手术已经完成，伤员正被护士推出来。三个人急忙扑过去。她仍闭着眼睛，眼角还挂着泪珠。医生说她的肋骨断了两根，左腿骨也受了伤，至少得在床上躺两个月，但没有生命危险。司机在心里喊声"谢天谢地"，泪水止不住流下来。

已经是夜里 10 点，白易说："糟了，家里人一定急坏了。"她忙到护士值班室给两家挂了电话，两家的爹妈都欣慰地说："谢天谢地，你们没出事，把我们都急坏了，正满世界找你们哪。这会儿你们在哪儿？我去接你们。"

白易说："哪用得着接呀，我们这就回家，放心吧。"她对妈妈说，"再说，有闪电侠他老人家陪我回去，你还不放心？"

白易妈怔住了："什么蛋蛋侠？什么老人家？"

白易咯咯笑着挂了电话。"走吧，老人家！"她扭头笑道。小刚红着脸说："你再胡说八道，我就……我就让成哥朝你喊祖师婆婆。成哥保证听我的话，你信不？"

"我信！"白易看看正好走过来的司机，不敢取笑小刚了。他说的不错，这位边吉成已经成了小刚的狂热信徒，无论什么命令他都会绝对服从的。他们和成哥道别，在门口叫了一辆出租回家。

第三天早上他们来探视时，受伤的姑娘已经睡醒，枕着高高的枕头，斜倚在床背上。那位司机和衣躺在旁边的床上，鼾声大作。姑娘看见两人进来，忙欠起身："你俩是小刚和白易吧，我已经听小边介绍过了，谢谢你们。"她看看小边，小声说，"别惊动他，昨晚他熬了一宿，刚刚合眼。"

姑娘的脸色好多了，脸上挂着平和的微笑——虽然微笑中还藏着凄然。白易看看她的胸前和左腿："姐姐，疼吗？"

"当然疼了，腿骨上还穿着三根钢钉呢。昨天的事故全怪我，不怪小边。"她抬头看看二人，"昨晚睡不着，他陪我说话，把所有情况都告诉我了。他说他干了混账事，是小刚救了他。我想，谁能没过错呢，改了就好，对吧。"

"你原谅他了？"

"当然。"

"你的心真好。"

那姑娘苦笑着说："我是死过一次的人了，有些事就忽然看透了。知道昨晚我为什么闯红灯出车祸吗？因为我的对象把我甩了。六年啊，我们整整认识六年了，我把什么都给他了……昨晚那个时候，我满脑袋想的都是咋样去报复，想和他同归于尽。"

小刚说："你从我们身边经过时，我看见了你的表情。"

姑娘摇摇头："不过现在我已经想开了。谢谢你们——听小边说，小刚是一个轻功卓绝的大侠,能骑着自行车追上时速130千米的汽车?"

小刚面孔发烧——当然多少也有些得意。这个边吉成,昨天还信誓旦旦地说要保密呢,转眼就宣扬出去了。瞅机会非要狠狠训诫他。他把话题岔开:"大姐姐,还没请问你的名字呢。"

"我叫凌燕,你们喊我燕子姐吧。"

一对夫妇推门进来,手里提着饭盒,看来是凌燕的父母。白易和小刚急忙告辞走了。刚出门,凌燕妈妈追过来,二话不说,往小刚口袋中塞了1000元钱。小刚慌忙推着:"婶婶,这是干吗?"

大妈感激地说:"你就是小刚啊。燕子说你和白易救了她,还说你的电力自行车被轧坏了,小边要赔你,但他的钱都交到医院了。我先替他还你吧。"

小刚摇着双手:"不不……"凌燕妈硬把钱塞过来,"孩子,别推了。昨晚就听小边和燕子夸你,武功又好,心地又仁义。我原以为侠客义士只是小说里才有,没想到让我亲眼看见了。孩子,小小年纪,你咋能练出这么高强的武功?真是难得呀。"

小刚只好揣起1000元赶紧撤退。出了门,见白易嘴角和眉间满是笑意,便佯怒地说:"这个边吉成,竟敢不遵师命,到处炫耀。我明天要重重处罚他!"

但白易这次没有取笑他,她欣喜地说:"小刚,我真高兴。"

"高兴什么?"

"我也不知道,就是觉得心里畅快。你说,经了这场不幸,燕子姐姐和小边哥哥能成一家吗?"

小刚"臭"她:"言情小说看多了吧。燕子姐姐如今没对象了——这是对的。成哥呢?你咋知道他没对象?没结婚?你都不知道吧。"

白易老实承认:"我真的不知道,不过我还是很高兴。我喜欢看到人的心灵变得美好纯洁,喜欢世界上充满友爱。对不对,闪电侠?"

小刚笑道:"这正是我辈侠义道所追求的呀。"两人骑车离开医院,在身后洒下一路笑声。

第六章　凶　魔

"水一方"旅馆坐落在白河的月亮岛上,俯瞰着如镜水面,周围垂柳依依,绿草茵茵,环境十分幽雅。上午,趁着客人大都出门时,李月英到四楼各个房间打扫卫生。她是肥肥的妈,比肥肥还要胖。浑圆的腰,大象一样的臀部,说话像打雷似的,为人热情豪爽,同事们都喜欢她。

四楼的客房中有三个日本客人,是前天来的。一位老先生叫麻原义仁,已经89岁了,鹤发童颜,仙风道骨。他在室内爱穿一件和服,在李月英眼里,这身和服颇似中国道士们作法时所披的羽氅。老先生会说流利的中国话,老是笑眯眯的,见人先哈腰。另外两位是一对夫妻,女的三十二三岁,长得很漂亮,言语不多,脸上总是带着冷冷的神色。她在登记时写的名字是麻原芳子,大概是老人家的孙女。她丈夫叫阿部仲雄,至少比她大十岁,终日面色阴沉。他是个哑巴,李月英曾看到夫妻二人在打哑语。

收拾老先生的423房间时,他穿着和服木屐从外边踱进来,进门先含笑点头:"你好,我在屋里不妨碍你干活吧。"

月英在屋里来回拖动着吸尘器:"不妨碍不妨碍。老先生出去散步了?"

"对,这儿真漂亮!中国,文明古国;南阳,中国的历史名城。枕伏牛而蹬江汉,襟三江而带群湖。南阳地位很特殊,恰好是黄河流域和长江流域新石器文化的交汇处。夏商时期已经建城,周朝时是国舅申伯的封地。汉唐时是全国著名都市。南阳的历史名人车载斗量,有范蠡、百里奚、刘秀、张衡、张仲景、范晔、范缜、庾信、岑参、张巡……南阳,伟大的名城!"

老人点着脑袋感叹。李月英心下十分佩服:"这个日本人懂的真多,比我这个南阳人还强哩。"这时老人转了话题:"听说南阳又出了一个名人,一个少年侠客,闪电侠,朱小刚君?"

李月英一愣：猪笑岗君？日本名字？但她马上猜到了："你是说朱小刚，小刚？你咋知道的？"

"日本也有个与这儿名字相同的南阳市，你知道吗？"

"知道。不久前日本南阳市代表团还来访问过，就住在这个宾馆里。"

"那就对喽，我就是听他们说的。"

李月英关了吸尘器，开心地说："那你算问对人啦，说不定，告诉你的先生也是听我说的呢。那个闪电侠，朱小刚君，是我女儿姜菲菲的同学，好朋友，常到我家玩呢。"

"他真的能徒步追上汽车，真的练成了小龙女的天罗地网势，能把九九八十一只麻雀用手圈在怀里？"

"可不咋的。我女儿亲眼见的呀。"她笑道，"你们日本人也看金庸的武侠小说，也知道小龙女？"

日本老人紧紧追问："那么，朱小刚君的师傅是谁？他一定是个功力超绝的武学宗师。"

"他没有师傅。"李月英断然说，"实际上，两个月前小刚还是个普通孩子，和我们菲菲，和马田、白易都一样。他扔'四连珠'还不如我家菲菲呢。听说他后来喝了一瓶神仙水，功力立马就提高了。嘿，这种神仙水比金庸说的什么莽牯朱蛤，什么雪莲朱果还要灵光呢。"

日本老人连声惊叹："太神奇了，太不可思议了。我能见见这位神功惊人的闪电侠吗？"

"当然能。他们都在卧龙中学上学，今天是在校学习日，下午四点放学。想见的话，四点钟去吧。"

"多谢您啦。"日本老人礼貌恭谨地说，连连鞠躬。李月英去打扫隔壁房间时，老人把孙女和孙女婿喊过去，关起房门，商量了很久。

下午四点，小刚和同学们像麻雀一样飞出校门。今天他骑了一辆簇新的电力脚踏两用自行车，是用燕子姐姐给的钱买的。凌燕姐姐已经出院了，不过还不能下床。小刚和白易去看过几次，每次都碰上成哥。成哥常用轮椅推着燕子姐姐到街心花坛，低着头，有说不完的话。看来，白易的猜测歪打正着，他们俩真的可能成一家哩。小刚他们已经知道，成哥既没结婚，也没谈对象。

校门口停了一辆皇冠车，两男一女立在车边，巴巴地望着这边。打从第一眼起，小刚就知道这仨人是外国人，很可能是日本人。因为中国人和日本人尽管外貌相似，但总是有一些只可意会不可言传的区别。肥肥在后边喊："小刚，等等我！"

那三人听到喊声忙迎过来，其中年纪最大的人用汉语问："请问先生是朱小刚君吗？"

他的中国话还蛮地道哩，小刚点点头："对，我叫朱小刚，你们是日本客人吧。"

日本老人激动得又是抱拳又是打躬："朱小刚君，我总算找到你了。我在50年前就是金庸大侠的痴迷弟子，本人也嗜好习武，年轻时还是柔道高手哩。我也一向心仪中国武术。不久前听说你的大名，特意带上孙女和孙女婿来登门拜师。希望大侠伏念我的诚心，收下这两个不成材的弟子。"

小刚挠挠头，又是得意又是难为情。你看，一不小心就成国际名人啦，竟有外国人千里迢迢跑来投师。当然，小刚知道自己当不了师傅，除非让这几个日本人也喝神力1号。但神力1号还没生产出来，即使生产出来，他也无权送给一个外国人先喝。日本老人看出他的犹豫，回头断喝道：

"不懂事的小辈，还不快来拜见师尊？朱君，"他问小刚，"您说他们该怎样行礼？"

身后的同学们起哄："当然是按中国的礼节啦，当然是按古代江湖上的礼节啦。"

那个女子抢前一步，作势要拜下去。小刚心里说糟糕，这个国际玩笑开大了，忙喊着："千万别！……"不过那女子没拜下去，让身后的男人拉住了。男子用怀疑的目光打量着小刚，又用哑语手势比划着。女子扭回头，用生硬的中国话对小刚翻译道："我丈夫说他想露几手粗浅功夫，让朱小刚君看看，他是否够格做徒弟。我丈夫还说，久闻大侠威名，是否有幸亲眼见见大侠的精妙功夫？"

这时，连身后的同学们都听出来了，这个日本男人不是来拜师，是来向小刚叫阵的。老人怒冲冲地喊："不许放肆！"但实际上他并没有真正阻拦。马田从人缝里挤出来喊："小刚，露两手给他看看，看他狂的！走，到前边花园去！"

不容小刚分说，同学们已嘻嘻哈哈地拥上他到河边花园去了。同学们大都听说过有关小刚的传说，但亲眼看见的并不多，正巴不得借此开开眼界，所以几乎全班都跟来了，前呼后拥，煞是热闹。到了花园的草坪上，那个男人抢先一步站到空地上，马步微蹲，两手相扣，他妻子对大家说：

"我丈夫说，请你们去把他摔倒，上多少人都行。"

日本老人这会儿不提拜师的事了，含笑旁观。十几个男孩嗷的一声扑过去，团团围住那人，有的抱头，有的搂腰，有的扯腿。但无论他们怎样用力，那男人的双脚像扎在地上，纹丝不动。僵持了十几分钟，那人突然一发力，身体一抡，把十几个孩子摔落一地。

十几个男孩爬起来，气喘吁吁的，对这个日本鬼子暗暗佩服。小刚一直冷静地旁观着，他知道这并不是什么了不起的功夫。这些同学毫无摔跤经验，他们的力量都分散了。当然，你也不能不承认，这个男人确实有两下子。马田喘息着说："小刚，我们这一阵丢了面子，你快上吧，把看家本领都使出来。"

日本老人笑眯眯地瞅着他，那对夫妻也抱着膀子斜睨着，目光中隐含得意。小刚无奈地说："好吧，你们这是赶着鸭子上架——赶鸭子上架，你们懂不懂？"

日本老人连连点头："懂，懂。我们知道这是少侠的自谦。"

"好吧，菲菲，你的石子还在口袋里吗？"

"在。"菲菲掏出十几个石子，小刚只捡了三个，难为情地说："我这点微末本事真不该来现丑，全是你们逼的。"他定定神，把石子抛向空中，左抛右接，手忙脚乱地坚持了三秒钟，石子就落到地上。"今天玩得不好，嘿嘿。"

三个日本人和十几位同学都怀疑地看着他。日本老人沉默一会儿说："听说你善接飞刀？"

小刚吓了一跳："飞刀！那哪成啊。飞刀——多危险！"

中年男人不耐烦磨嘴了，他呀呀叫着，原来是个哑巴，难怪一直是那个女人代他说话。他从口袋里掏出一把短刀劈面掷过来。小刚"啊呀"惊叫一声，吓傻了，眼睁睁看着飞刀射向胸口，又落下来——原来那把寒光闪闪的飞刀根本没有刃口和刃尖。小刚吓得坐到草地上，惊恐地瞪着日本人。哑巴鄙夷地拾起飞刀，三个日本人互相看看，一言不发，冷笑着开上车走了。

马田他们都面红耳赤，没见过小刚本领的同学更是怀疑地盯着他。等日本人的汽车拐过街角，马田和肥肥就迫不及待地发难了：

"小刚，你咋整的……"

"给中国人丢脸……"

"养兵千日用兵一时……"

小刚忽然嘿嘿地笑了，从地上爬起来，拍拍身上的泥土，向肥肥伸出手："拿来。"

肥肥心想莫非小刚受了刺激精神失常了？"拿来什么？"

"石子啊。"

他接过全部石子，数数，共有12个。"喂，都看清啦！"然后左手微动，一个个石子你追我赶地跃入空中，拉出一条稳定的、闪亮的白线。周围没有喝彩声——同学们真正看傻了。他耍了三分钟，在钦羡惊讶的目光中，很潇洒地做了收式。立时，人群中爆发出狂热的叫好声，惹得铁栏外的路人也转过目光。马田一脑门问号："原来你今天不是发挥失常啊，那是为什么？"

小刚干脆地说："我讨厌这三个家伙。"

"为什么？我看他们都是好人，尤其是那个老人，慈眉善目，仙风道骨……"

"不，他们三个的眼睛中常常闪出一丝阴光，尤其是那老家伙。当然，这些阴光一闪即逝，你们注意不到。但你们知道我的反应速度，对我来说，那一闪即逝的瞬间就像电影中的定格画面。你们想想，对着这么一个定格画面看着那道阴光是啥滋味儿！再不把他们打发走，我要把中午的韭菜包子都呕出来了！"

同学们都哄然笑了，彭丁丁问："这么说，你是故意假装着不能躲开飞刀了，对吧。"

"嗯。"

彭丁丁由衷地说："你真勇敢。"

小刚不好意思地说："啥子勇敢啊，那把飞刀一出手我就看清了，是把特制的刀，虽然寒光耀眼，实际刀头是圆的，根本没有刃口，而且，方向是向着我的胸口而不是眼睛。否则，我决不会冒险的。"

"那么，这三个日本人是什么目的？"白易问。

小刚老实承认："不知道，我不会观心术，不能看出别人的思维——好像金庸、古龙笔下也没出现过观心术吧。"

同学们笑了，簇拥着小刚离开花园。

第二天，李月英打扫卫生时看见，麻原先生的行囊已经准备好。他不在室内，肯定是去例行的饭后散步。收拾卫生间时，听见木屐声踢踢踏踏地回来了。李月英隔着房门热情地问候："你好，麻原先生，今天要走了吗？是不是回国？祝你一路顺风。"

没有回音。外面的麻原先生冷着脸，不理不睬。但卫生间里的李月英没看到这副嘴脸，仍然边干活边聊天："昨天见到小刚了吗？你不是说想让孙女拜师学艺吗？"

麻原先生实在忍不住了，喝道："你的说话，大大的不可靠！"恼怒中他把日本味儿带出来了，"朱小刚根本没有武功，连一把小小的飞刀也躲不过！"

李月英从卫生间探出脑袋，惊奇地说："小刚被飞刀扎伤了？没听菲菲说呀。"她看到麻原的冷脸，觉得受了侮辱，大声反驳道："你说我的话不可靠？那是我女儿亲口说的。也许多少会有点夸大——菲菲是个13岁的孩子，这个年龄的女孩儿说话难免夸张一些。但绝不会夸张得没边儿，我女儿的脾性我知道！那天晚上她激动得很长时间睡不着觉，还说朱伯伯——就是小刚的父亲，有名的科学家——答应让他们都喝神仙水。这些话绝不会假！"

"但我们亲眼看见了小刚的表演……"

"那就是小刚在有意装憨。"李月英肯定地说,"这叫真人不露相,游戏风尘。比如济公菩萨就是破衣烂靴,摇着把破蒲扇。还有少林寺的烧火僧……这种事多了。你们日本人不懂的。我咋说你才能相信呢?对,猩猩!"她忽然想到一个确凿的例证,"喝过神仙水的不光小刚,还有一只猩猩呢。它叫独孤大侠,比小刚出道还早。我女儿说,亲眼见过独孤大侠用牙齿叼住飞箭,用铁棒击落子弹。就算把小孩子的话打个折扣,这只猩猩的武功也够惊人了。对了,那只猩猩还能听懂人话,还能打哑语呢。不信,你让那位哑先生去试试——日本哑语和中国哑语一样不一样啊。"

听完这段话,老家伙的态度立刻就变了,满脸堆上讨好的笑容:"真的?那太惊人了。请原谅我刚才的粗鲁。因为我对朱小刚君太崇拜了,所以看到他……就难免失望。这只猩猩是养在朱小刚君家里吗?"

"不,在他爸妈的研究所里。研究所就在卧龙岗下边,不远。"

"太谢谢您啦,真的太谢谢您啦。"

麻原先生立即赶到隔壁。等李月英过去打扫卫生时,三个人还关着门在里面叽咕。不久,他们就拎上行囊喜气洋洋地走了,说是机票已订,不能多停。"那只神奇的猩猩,还有神功惊人的朱小刚君,只有下次访华时再去拜访了。沙扬那拉!"

他们匆匆走后,李月英多少有点后悔——今天自己的话是不是多了一点儿?不过,她很快抛开这个念头,照旧兴致勃勃地干活,聊天,开玩笑。如果有人告诉她,这三个日本客人的真实身份是邪教组织的首领和骨干,她一定会悔之无及。不,即使告诉她,她也不会相信:世界上还有这么一些人,他们活在世上的唯一乐趣便是给死神做伥鬼!

麻原今年89岁,他无意中听说了中国南阳的一位少年超人,于是他化名进入中国。现在,他们离开"水一方"宾馆后,并没有赶往机场。他们把行李寄放在火车站,随后就消失在人群中。

第七章　白易被劫

早饭后白易打来电话："小刚，今天我还到你那儿学习，好吗？"

小刚高兴地说："当然好。马田和菲菲也来吗？"

屏幕上有一个很短的停顿，但小刚的目力已足以看到，白易的脸庞略红了片刻。白易说："我还没给他们打电话呢，现在打吗？"

小刚觉得自己的脸庞也红了那么一毫秒："不，你自己来吧。明天咱们再凑群。"

最近他和白易总喜欢单独待在一块儿。他常常觉得对不住马田和菲菲。不过，凭良心说，他仍像过去那样喜欢这两个朋友，他愿意天天和他们在一起——不过也希望偶尔地、例外地，和白易单独待一会儿。严格说，这么做的确有点"重色轻友"的味道，所以他也常常反躬自问：自己喜欢白易，是因为这个女孩活泼可爱呢，还是因为她是个活泼可爱的女孩。

这个问题至今没有明确的答案。

白易的心思和他不谋而合。她背上书包，高高兴兴地骑上自行车赶来。快到朱家时，看见一辆高级奥迪超过她，开过朱家院内。她进屋时，客厅中坐着三个人，正在做自我介绍。那个中国男子叫庄永伟，45岁左右，中等身体，方脸型，眉肃目正。另一个男人是美国人大卫，大约70岁，满头银发，皮肤微红，手背上满是浓毛，蓝眼珠，笑声爽朗。第三位是女的，白易原以为她是中国人，听介绍才知道她是日本人，叫绪方信子。三十七八岁，一头又黑又亮的长发。她坐在沙发上，小心地把一双美腿收在裙下。小刚妈端来三杯信阳毛尖茶，安排白易也坐下，对小刚说：

"来吧，你为爷爷、叔叔和阿姨表演一下，要拿出你的最好功夫。"

原来他们也是来看小刚的武功，小刚真成国际名人啦。白易伏在小刚耳边,声音极轻地问:"你表演吗?这次用不用骗他们,像上次那样?"

小刚轻声说:"不用。你看这三个人的目光多正!笑容多明朗!我已经观察过了,他们是好人。你说呢?"

"我也看他们是好人——可是,那三个日本人我同样看着是好人。"

小刚妈又重复道:"小刚,表演吧,要拿出你的最高水平。"

于是小刚不再说话,屏神敛气,很快进入物我两忘的状态。这些天来,他已能熟练地、轻松地在快态慢态中跳出跳入,但既然妈妈再三交代,他想还是要慎重一点。几秒钟后,他睁开眼睛说:"好了,开始吧,爷爷,需要我干什么?"

美国老人满脸顽皮的笑容,先递过一把小巧的手枪。非常小巧,只有小刚手掌的一半。他说:"这是一把袖珍激光枪,按一下扳机,就能送出一个持续一毫秒的激光脉冲。这个盒子里是100只按蚊,"他推过一个小小的细金属丝编织成的笼子。白易好奇地说:"蚊子?怪不得一进屋就听到一片嗡嗡声。"

现在,嗡嗡声更清晰了。老人说:"现在我要把蚊子放出来,看你能用多少次射击把它们全部消灭。射击次数会在枪上自动记录。还有,这些蚊子是不能生育的,即使跑几只也没有关系,你不必为此担心。"

小刚露出失望的表情:这次考试太容易了。他说:"好吧。"

老人打开笼子,100只蚊子立即嗡嗡地飞散。小刚轻灵地点动激光枪,激光光束在屋内飞舞,伴着淡淡的青烟。转眼间,屋内地板上落下一层死蚊。三个客人兴奋异常,目不转睛地盯着小刚的动作。实际上他们什么也看不见,因为看上去小刚的手指几乎没有动。忽然,小刚放下激光枪,妈妈问:"小刚怎么啦?蚊子还没消灭完呢。"小刚轻声说:"妈,你说过要表演我的最高水平,但是……这太简单了。"

美国老人饶有兴趣地说:"那你想怎么办?用手抓它们,还是用针刺它们?"

"用剪刀吧。"小刚从抽屉里拿来一只普通的家用剪刀,说,"我开始啦。"只见人影晃动,剪刀在屋内交织出一片白光。几秒钟后,小刚说:"全完了。"

蚊子分明在嗡嗡地飞,大家都奇怪地看着小刚。小刚一伸手,捏住一只蚊子的翅膀，笑嘻嘻地说："我已经把它们的长喙剪掉了，你们看。"

大卫先生掏出一副放大镜仔细察看，果然，那只蚊子已经没有长喙。三个客人用难以置信的眼光盯着小刚，失声赞道："太神奇了，难以相信！你是怎么做到的？"

小刚说："小时候，每逢雨后，我们常去找蜗牛玩。用手碰碰蜗牛的触角，它就缩回去。一会儿再慢慢伸出来。"他看看三个客人，"现在，对于我的神经反应速度来说，剪掉蚊子的长喙比触碰蜗牛的触角还要容易。"

又是一片赞叹声。绪方信子忍不住把小刚揽到怀里，吻吻他的额头。大卫先生宣布："太神奇了，我只在金庸先生的笔下才见到过这样的绝技。我现在相信，"他开玩笑地说，"金庸先生不是一个武侠作者而是一个科幻作家。他之所以能惟妙惟肖地写出大侠们的超绝功夫，只是因为预见到了在中国四十年后的科学进步。"

小刚和白易听见大卫先生也是个武侠迷，登时觉得他更亲近了一些。"大卫先生，你也爱看武侠小说吗？"

"对，那是神妙的成人的童话，汪洋恣肆，奔放不羁。但我更高兴童话变成了现实。"

那位庄先生一直在摄录这些场景。现在他用慢速播放了片断。庄先生告诉小刚，这部录像机是特制的，可以用一万倍的慢速播放。在摄像机的小屏幕上，能看到蚊子懒洋洋地舞动翅膀，突然一只银白色的剪子出现，在蚊子根本不及逃避的瞬间，剪刀已稳稳地剪下了它的长喙。三个人满意地赞叹着，收好了相机。美国人对小刚妈说："童女士，我们已经满意了，非常满意了。我们还想看看那只同样神奇的猩猩。"

"可以，我领你们去。"

三人恋恋不舍地同小刚告别，坐上车走了。他们走后，白易问："这三个人是干什么的？"

"他们说是联合国小天体委员会的，全名是联合国异常轨道小天体对策委员会。"

"小天体？"白易思考着，"小刚，我想你已经猜到了他们拜访的目的。"

寻找中国龙

小刚点点头:"对,我猜到了,不知道对不对。"

"我也猜到了。"

两人沉默片刻,小刚起身到电脑前,打开,搜索到《科技日报》五天前的一篇报道,拷下来,交给白易。白易认真地阅读着:

……1994年7月,在科学家紧张的注视下,苏梅克—列维彗星的21块碎片径直撞上了巨大的木星。最大的碎片宽达一千米,在木星几万千米厚的大气层上撞出几个比地球还大的大洞。这对人类来说是一次难得的预演。因为木星上发生的事,没有理由认为地球就不会遭遇。

实际上,在地球45亿年的地质时期中,类似的碰撞数不胜数。如美国亚利桑那沙漠附近的温斯罗彗星撞击坑,宽1200米,深170米,是三万年前的一次撞击造成的,爆炸力相当于1500个广岛原子弹。墨西哥西部的阿尔瓦罗—奥夫雷贡撞击坑是6500万年前形成的,撞击迸发的灰尘和含硫气体,曾使地球在10年内的气温接近零度,使恐龙和75%的物种灭绝。两亿年前的一颗镍质行星的撞击则成就了加拿大安大略省萨德伯里镍铜铂矿区……如果需要,我们可以把这个清单一直列下去。

1972年8月10日14时30分,陨石袭击美国西部,耀眼火球的尾迹在一小时后还能看见。其中一颗较大的陨石在58千米的上空以切线方向掠过大气层,所幸未造成大的破坏。2026年10月20日17时30分,一颗名叫1997XF11的小行星在地球近空掠过。如果它的轨道再低一点,就能造成一场相当于200万颗广岛原子弹的爆炸。今年,又有一颗格登彗星将光临地球。这是一颗来自柯伊伯带的短周期彗星,彗核直径有数十千米,由冰块和石块组成。不过据观测,这颗彗核已被太阳引力撕成数千颗碎片,它们大部分将在大气层中烧光,不会对地球造成破坏。但也不排除其中较大的碎片会落在地球上。

据计算,格登彗星的坠落地点大致在日本海或渤黄海,可能受到袭击的城市有东京、横须贺、汉城、青岛和烟台。目前,这串念珠般的小天体正以每秒40千米的速度不事声张地向地球扑来。

等白易看完,小刚补充道:"科学家们说,这颗彗星太'碎',难以用核爆法改变它的轨道。"

白易沉思着说:"小刚,我真羡慕你。"

"为……为什么?"

"这还用说,这三个人一定是来请你对付格登彗星的,让你发挥自己的超人本领去拯救人类——这话说得过头了,至少是挽救很多人的生命吧。你真的要成为一个泽被苍生的大侠了!小刚,你偷喝神力1号时为什么不喊上我呢,现在,我落后一步就步步跟不上了,永远也不能和你'并肩子行走江湖'了!"

虽说这是玩笑,但玩笑中也透出怅惘。小刚不知道怎么安慰她,想了想,他说:"是不是这么回事还不知道呢。再说,世上该干的事多着哩,只要神力1号生产出来,只要你服用后变得和我一样,咱们一定能干好多事,立下很多功劳。"

白易笑了:"别安慰我啦,我不会难过,也不会嫉妒你——'嫉妒'这两个汉字造得实在不好,有大男子主义的味道,干吗要用'女'旁呢。不过,等第二批神力1号生产出来,千万让我第一个服用啊。"

小刚大包大揽:"你放心吧。我爸妈疼你比疼我还厉害呢,别看他们从来不说,其实我早就知道。他们一定会答应。万一他们不答应,我就……"他一时没想到威胁父母的有效手段。白易笑道:"耍赖!绝食!"

"对,耍赖,绝食。我不吃不喝不睡,非逼他们答应不可。实在不行,我就再当一回梁上君子!"

晚饭时父母同时回来,没有提那三个客人的事。小刚也有意不问,饭桌上,他似乎无意地说:"爸,妈,我看了一篇报道,格登彗星要在三个月内袭击地球。"

爸妈富有深意地互相看看,简短地说:"那只是初步计算,也有可能在地球之外的几万千米处掠过。"

"初步计算?难道现在的计算机还算不出一颗彗星三个月后的精确轨迹?"

"对。并不是天体物理学的公式不精确，也不是计算机的能力不够强大。这种误差是由混沌理论所决定的，它取决于初始条件的极微小的误差。这么说吧，即使一个相当简单的牛顿运动——三个刚性弹球在刚性台球桌上的碰撞，用计算方法也只能预测有限的几步。因为随着运动的延续，看起来完全可以忽略的一些初始条件，如一片汗渍，一丝微风，一处极微量的凹凸等，都会对弹球轨迹产生很大影响。"

今天的晚饭是南阳特有的香喷喷的浆面条，小刚稀里呼噜喝着，小心地问："爸妈，神力1号什么时候能生产出来？"

"最少三个月以后吧。我们已经尽了最大努力。"

"你们答应过的哟，神力1号生产出来后，先在我的朋友身上做试验——至少先让白易喝，她是第一个挂号的。"

爸爸同情地看看他："不一定轮上她呀，孩子，这是世界急需的宝贝，多少人在等着它啊，今天这三个人还在催促……"他咽下后半句，"孩子，我无权做出保证。"

小刚急眼了，牛皮糖似的缠住妈妈："妈，你答应过的，你不能失信，不能让我在朋友面前失信！"

妈妈笑道："我什么时候答应了？我只是说尽量考虑。"

"爸，妈，答应我吧。这点面子还不给吗？行不行？"他考虑着，是不是把不吃不喝不睡的威胁摆出来，想了想，还是暂不提为妙。"答应吧，比如说，本来准备生产100瓶，你们多加点原料，生产101瓶、103瓶不就行了？"

妈妈被他磨得没办法，只好同丈夫商量："反正还要有一个试用阶段，想办法把白易列到第一批试用名单中吧。"小刚爸没反对，她扭过头说，"就这么定了——但记住，我只能尽力去做，不能对你做出什么保证。"

小刚已经欢欣鼓舞了："谢谢妈，也谢谢爸——不过感谢的程度稍微轻一些。爸爸太吝啬了。"

爸爸笑了："这捣蛋鬼！"

小刚用餐巾纸擦擦嘴巴，一溜烟跑出餐厅，拿起电话，他想让白易早点听到好消息。"白易，我爸妈已经答应了，让你第一个喝神力1号！"

"太好了，谢谢你！"

小刚想想，歉然说："我这句话有点儿吹牛，妈妈的原话是：尽量努力，把你列入第一批试用者名单中，但她不能做出保证。"

"我知道阿姨一定能做到的，小刚，我真高兴。"

挂了电话，他才想起马田和菲菲。抽空儿他会去磨妈妈，让她把这两个好朋友也列进名单里。他知道自己这样做未免太"得寸进尺"，所以只能适可而止。实在不行，就让他们排到第二批吧。毕竟，白易是第一个向他挂号的，自己这么做并不算是徇私。当然，心底深处他知道自己的理由有些勉强，所以对马田和菲菲不免心怀歉疚。

早上5点钟，小刚睡得正香，忽然被急骤的电话铃声惊醒。他睡觉是很死的，可见这电话已响了很长时间。他从床上跃起，拿起电话——没有声音。肯定是客厅那部可视电话在响。他来到客厅，见爸爸穿着睡衣已经拿起电话，屏幕上，独孤星星的管理员纪爷爷满脸惊慌，劈头就说："所长，星星失踪了！"

小刚非常震惊，心头像被红热的铁条烙了一下。妈妈已经快手快脚地穿好衣服，扣着上衣扣子来到客厅。老纪羞愧地说："所长，昨晚值班时我睡着了——可是我怎么会睡着呢。我不是表白，每回值夜班时我从来没眨过一眼。昨天怎么能倚在笼子边睡着了呢。再说，就是我睡着了，星星也不可能隔着两层笼子伸出胳臂，掏出我身上的钥匙去打开笼门吧。一定是有人施放麻药，把我先麻倒，再劫走星星。还在我的腰上踢了一脚，好大一片青紫，这是江湖下三滥才干的勾当！"

小刚妈看看丈夫，安慰他："老纪，你的工作态度我们是知道的。我也怀疑有人捣鬼。报警了吗？"

"还没有。我想让你们先知道。"

"我马上报警，随后就赶去。"

老纪在屏幕上消失了，丈夫满面忧色，童明也忐忑不安。他们赋予这只猩猩强大的能力，远远超过现在的人类。他们对此并非没有警惕，但这种警惕被"疼子之情"淡化了，掩盖了。独孤星星真可以说是他们的第二个儿子！今天，这个问题突然尖锐地摆在面前。

朱义智苦笑道："不知怎的，我突然想起了无支祁的传说。无支祁算不上恶魔，但行事亦正亦邪，大禹治水时它给添了不少乱。咱们的星星……该到哪儿去找它？"

"总有办法的。虽然它行动飘忽有如鬼魅，但它总得吃食吧，休息吧。再说，它对咱俩很有感情，我想不难找到。走吧，尽早赶到现场。"

"走。"

他们听到小刚的喊声："爸，妈，我也去！"

两人看到客厅门边的小刚，欣喜地说："对了，还有咱们的闪电侠呢。走吧，也许需要你去制服独孤星星。"

警察在三人赶到之前已经到了研究所，一个小个子正在询问老纪。他是刑侦队的葛队长，40多岁，精巴干瘦，眉毛倒垂着。手下是两个年轻人，一个是膀阔腰圆的小伙子，姓虎，老葛喊他小虎，另一个姑娘则喊他"东北虎"或"大个虎"。姑娘姓温，长得假小子似的，说话和走路冲劲儿十足。

小温已经打开屋里的电脑，噼里啪啦敲一阵，说："葛队长，3点10分有人进入电脑，破译了密码，关闭了安全系统。所以，"她看看朱氏夫妇，"恐怕这不是普通的窃贼。"

老葛点点头："肯定是从地下室的电缆那儿联入网络的。小虎，你去看看。喂，你继续讲吧。"

老纪满面愧色地看看所长，低声说下去："到那时为止一切正常。大约3点钟时，我好像听见关猩猩的笼中有声响，便过来查看。我看见笼内地板上似乎有绿色的亮晶晶的东西，猩猩也在好奇地看着。不过，也可能这只是我失去知觉前的幻觉，因为我醒来后笼门大开着，我腰间的钥匙挂在笼门上，猩猩失踪了，但笼内地板上并没有什么亮晶晶的东西。"

葛队长钻到笼里，让老纪指出方位，用放大镜仔细寻找着。几分钟后他抬起头说："找到了，看这儿有极淡的污迹，方位很对。"他解释道，"这是一颗由高效麻醉剂凝成的冰弹,是由窃贼通过那扇开着的窗户射进来的。冰弹汽化后自然消失了,只留下极微量的杂质。看来,他们要麻醉的对象首先是猩猩,其次才是值班员。"他疑惑地问:"那只猩猩真的神功惊人?"

女警察半是认真半是玩笑地说:"朱教授,童教授,你们不是在讲童话吧。一只神功惊人的猩猩!那该是《365夜》上的儿童故事。"

小刚爸苦笑一声,没有解释,回头对小刚说:"小刚,来,把葛叔叔手中的放大镜抢过来。"

两个警察不解地看着这对父子。小刚知道爸爸的用意,走过去含笑说:"葛叔叔,我要动手了。请你把放大镜仔细拿好,我要动手了。"

两个警察瞪大眼睛看着,忽然人影一晃——他们根本没有看清小刚是如何动作的,放大镜已稳稳地平放在小刚的手中。葛队长脸色微变。他自信不是一个庸手,在近身肉搏中曾制服过不少凶犯。但眼前这一幕让他吃惊。小温不服气,哈哈笑着揶揄道:

"葛队长,人老眼花了吧,来,让我试试。"

她从小刚手中拿过放大镜,自信地摆好姿势。小刚笑着摇头:"这次换个路数,这样吧,我把你头上的发卡取下来,好吗?请你做好准备,我要动手了。"

小温警惕地紧盯着小刚的双手——忽然那只缀有红色相思豆的发卡就躺在小刚手里了。没有任何中间过程,就像把电影胶片剪掉一分钟,再把两段对接起来播放。葛队长、小温和才从地下室返回的大个虎都看傻了。小刚爸虽然忧心忡忡,这会儿仍很自豪。他解释说:

"你们不必怀疑,这既不是魔术也不是巫术,这是科学。我们的研究成果能极大地提高生物的神经反应速度,第一批成果就是我儿子小刚和那只猩猩。所以,"他沉重地说:"请你们务必全力以赴,抓回这只小猩猩。这并不是说它是个恶魔,它会杀人放火生吃人肉。不是的。它是一个好孩子,只是有点调皮,有点控制不住自己。不过,由于它的体能大大超过它的智力,一旦它胡闹起来,会给社会带来不小的乱子。"

葛队长点点头:"我们知道了,我立即向上级汇报。请放心,我们会尽力而为的。"

大个虎对葛队长说:"地下室已检查过,确实有人潜入到那里,不过同样没有留下指纹。"

"知道了,咱们到周围再检查一遍。"

他们在房舍周围发现了几个浅浅的脚印,因为太模糊,无法推断出窃贼的身份。只有一棵榆树后的脚印比较清晰。从方位看,这儿是窃贼发射麻醉弹的地方。从脚印推断,罪犯是男性,身高 1.70 米以下,稍瘦,很可能有 40 岁左右。这时,正在后墙处检查的小温喊起来:"队长,快来这儿!"

几个人赶快过去,看见一排奇怪的赤足脚印通向后墙。显然这是黑猩猩的脚印。这儿土质很松,所以脚印比较清晰。但都只留下前脚趾的印痕,由此可推断出猩猩的奔跑速度很高。小虎爬上后墙向外看,在墙头上发现了一绺黑色的毛发,他指着外边说:"看,那儿有两件白色的衣服!"

几个人绕到墙外。这里扔着一身白色的练功服,已经被撕烂。老纪和朱氏夫妇都认出这是星星平时穿的衣服。墙外也有一排脚印,穿过农田通向远方。这些脚印是标准的黑猩猩的脚印,又瘦又长,五趾分开,走路的速度相当舒缓。毋庸置疑,猩猩是从这儿逃走的,而且似乎是单独逃走,并没有和几个罪犯一道。因为窃贼肯定是乘车离开的,警察已经发现了门外停车的痕迹。这究竟是怎么回事?

追踪脚印到了河边的柳林,它就完全消失了。小刚眼中含泪,用手捂在嘴上大声喊着:"小星星!独孤大侠!是我呀,我是朱小刚,是你的好朋友。你快回来吧!"

最后一句已带着哭声。但柳林中静悄悄的,晨雾弥漫,远处传来清亮的鸡啼声。

葛队长带着手下回局里了,小刚随父母黯然回到研究所。一进屋,就听另一位管理员报告:"所长,童教授,快看电视,动物园也出事了!"

三人忙奔过去。屏幕上,一个年轻的男记者正对着观众说:"……我现在是在南阳城西的麒麟岗,大家知道这儿是秦国名相百里奚的故乡。十年前这里建成了百里奚公园，其中包括一座规模颇大的动物园。但今天早上发生了一件令人吃惊、令人啼笑皆非的事：所有动物一夜之间全部逃逸了！请看。"

镜头摇到他身后，两只熊猫步态从容地沿着园内公路走过来，十几名早起锻炼的老人如获至宝，挤在路两边观看。一个老太太递上自己的早点，熊猫闻闻，很有礼貌地摇摇头。另一位白发老者不知道从哪里抱来一捆嫩竹叶，喊着闪开闪开，从人群后挤过来。两只熊猫高兴地接受了这份馈赠，坐到地上，用前肢抱着嫩竹叶，文雅地吃起来，一边好奇地睃着人群。两个小孩大胆地走过去，摸摸熊猫的后背，熊猫温顺地任他们抚摸。周围的人嘻嘻地笑着。

记者笑道："这两只大熊猫是用克隆技术繁殖的，是所有南阳人的宠物。看着眼前这副其乐融融的场面，我觉得真该把所有动物都从笼中放出来。不过，并不是所有场景都是这样快乐的。请看。"

镜头摇摇摆摆地跟着他走。前边是水禽园，也是门户大开。几只仙鹤在门外悠闲地踱步。水禽园的上方布着穹庐状的铁丝屋顶，现在几十只野鸭飞出来，栖在穹庐上，向着南方鼓噪。这里没有人，显然管理员还顾不到这儿。镜头再往前走，河边的一株垂柳上挂着一条……巨大的蟒蛇！它懒洋洋地卧在那儿，没有逃走的意思。树下是五个管理员，两人张着一只麻袋，两人正慢慢逼过去，用两只叉子叉住蟒蛇的颈部。第五个人在旁边指挥："慢点，小心，往上一点！"

那拉蟒蛇先生不耐烦地看着他们，略微摆摆头，使叉的两个管理员就被甩到了河里。这个场面太滑稽了，小刚扑哧一声笑出来。不过他马上想到现在不是笑的时候，赶紧止住笑声。

镜头摇开。猴子在树上蹿跃，穿山甲在假山的石缝里爬行，一只黑熊坐在石阶上发愣。孔雀在草地上漫步，像风度雍容的贵妇人。消息灵通的游人们蜂拥而至，像过节一样嘻嘻哈哈地傻笑着，跟在各种野兽后边，连危险也忘了。这时，一队武警跑步过来，立即训练有素地分散，在园内扯起一道道警戒线，把游人推到安全线之外。那条蟒蛇也终于就范，四个人抬着麻袋吭吭哧哧往爬虫馆方向去了。记者拉住那位指挥者：

"刘先生，作为公园管委会主任，你能向观众解释今天发生的事情吗？"

刘主任显然不愿在这个尴尬的时刻抛头露面，但他无法推托，只好站住脚步，勉强回答道："原因正在调查，我们会尽快向新闻界公布。"

"出了这么大的娄子，你不觉得公园的保卫工作太疏忽了吗？"

主任苦笑道："我知道在这个时刻怎样辩解都是出力不讨好的。但实事求是地说，我们的安全措施十分严格。每晚有专人检查各处的门锁，有夜间值班员和夜间巡逻队……"

"夜间值班员和巡逻队？他们是不是都喝醉了或者睡着了？要知道这可不是个别动物的丢失，是全园所有动物啊。"

刘主任冷着脸说："我敢以人格担保，我的工作人员既没有喝醉，也没有睡觉。实际上，所有值班人员都报告说，他们在3点23分到25分发现异常。似乎有一条黑影很快闪现在各个笼门处，然后动物就被惊动，被赶出笼门。随后管理员们发现他们身上佩带的或在墙上挂着的钥匙已经丢失。"

"我想，那一定是幽灵吧。或者是古龙笔下的盗帅楚留香？不，楚留香也没有这么大的神通。"

刘主任终于忍不住，勃然大怒道："年轻人，说几句俏皮话是很容易的，但我希望你说话前先去调查一下实际情况。我刚才说的全是实情，没有一丝一毫夸大。为什么会是这样？——我不知道。我现在正急于解开这个谜。所以我要失陪了，你尽可对着摄影镜头练练你的口才。"

他气冲冲地走了，那位采访记者反倒被弄得一脸尴尬。他对着镜头解嘲地说："也许我是冤枉了他，也许这个黑色幽灵确实存在。待调查一有结果，我们会立即告诉观众。"

爸妈不由握住小刚的手：毫无疑问，这只黑色幽灵必定是小星星。它在逃脱束缚后又马不停蹄地赶到动物园，释放了所有被关押的同类——说"同类"显然不合适。黑猩猩与蟒蛇、穿山甲和天鹅怎么会是同类呢。也许，独孤星星的心目中已经有了"人类"和"兽类"的概念，它是把自己当成兽类的救世主了。

这着实让人心中忐忑。星星是不是把自己摆到人类的对立面上了？

电视上还在播放着擒拿动物的镜头。这是在一个中学,迎着大门的花坛中,赫然是一头金钱豹!它在花坛中来回踱步,摇着尾巴,用略带烦倦的眼神打量着黑压压的观众,就像一位明星对待自己的追星族那样。而且,这次的追星族数量庞大:上早自习的学生们全给吸引到这儿来了。他们乐得不知高低,一个劲儿往前拥。十几名武警脸色苍白,用力向后推搡着,嗓子都喊哑了。观众中有不少是胆小的女孩,她们把头藏在男孩的背后,露出半只眼睛贪婪地看着。豹子咆哮一声,观众中立时刮过一阵"妈呀"的惊叫,而且大多是女孩的声音。不过惊怕归惊怕,她们绝不从这儿后退半步。

武警的警戒线之内有一个中年男人,显然是这头花豹的管理员。他也不敢过分靠近豹子,手里举着一块生肉,可怜兮兮地喊着:"花斑儿!花斑儿!跟我回去吧,听话,啊?"看来,如果让他跪下叩头而花豹会跟他走的话,他是绝不会犹豫的。现场记者是一位20岁左右的姑娘,嫩得能掐出水。她的解说中既充盈着紧张,又透出莫名其妙的兴奋。她说这头金钱豹是从本市宝天曼自然保护区擒获的,捉来时仅有两个月大,现在已经四岁了。她说请观众们放心,在动物园中长大的豹子一般是不伤人的,武警的枪支中装的是橡皮子弹,而且只会在迫不得已的情况下使用。"现在,他们正在商量生擒豹子的办法,很快就会有结果的,让我们耐心等待。"

不知谁从后边扔过来一只活鸡,拴着两条腿,翅膀在地上使劲扑棱。那人在人群后喊:"师傅,用这只活鸡引诱它,可能管用些!"

管理员感激涕零地说:"多谢你啦。"拎起活鸡小心地扔过去。这只生产白大公鸡立时感到了危险:眼前这个一身花斑、眼冒绿光的家伙,不就是祖先的祖先的古训中所说的专吃鸡类的恶魔吗?勇敢的公鸡不愿白白送死,它还要做最后一搏!它挣扎着站起来,两条腿并在一起蹦跳着,颈羽怒张,恶狠狠地啼叫着。花豹耸起身,紧盯着送到嘴边的早饭。它马上就要猛扑过去,这儿马上要变得鲜血淋淋。心地仁慈的女孩们已经捂住了眼睛。忽然——这个结局是谁也没料到的。豹子在好斗的公鸡面前突然转身,落荒而逃,蹿到花园深处再不敢露头。

学生们开心地大笑起来,那些捂眼睛的女孩们忙问:"咋啦?咋啦?"管理员的胆子也凭空大起来，抓住这个机会蹿过去，把皮圈套到花豹的脖子上。然后，他拉着豹子得意扬扬地离开花坛，在学生们组成的甬道中走出学校，上了公园派来的运兽车，豹子则俯首帖耳地跟着他。

小刚松了口气，想起今天是在校学习日，这会儿已经晚了。可是，独孤星星下落不明，他怎么能离开这里？童明看出了儿子的心思，劝道："小刚，你去吧。等星星有了下落我马上通知你。放心吧，星星是个好孩子，我想它绝不会……再不会闯祸了。"

小刚勉强同意了，正要离开。忽然电话铃又急骤地响起来。小刚扑过去抓起听筒，是白易的妈妈谷阿姨。谷阿姨泪流满面，惊慌失措地说："小刚，白易被绑架了！"

小刚的头嗡的一声涨大了："白易被绑架？被谁？"

"被一只黑猩猩！一定就是你们说的独孤星星！"

小刚爸已抢过话筒："你是白易妈妈，别急别急。慢慢说，白易是怎么被绑架的？"

白易妈妈的眼泪像决堤的河水："我们大约在早上4点钟听见白易屋里有喊声，好像是她在喊：'是谁？你干什么？'我们赶紧起来，推开她的房门，看见一只极丑陋的黑猩猩站在床边，白易在床上半仰着身子。我们当时吓坏了，惊叫一声，只见眼前黑影一晃，猩猩和白易就同时失踪了，化成一道光芒从窗户里射出去了！要不是平时常听白易夸这只畜生的本事，我一定以为自己碰到了妖怪！朱先生，你说该咋办啊。是你培养的超级猩猩。你一定要想办法。要是白易有什么好歹，我……跟你没完！"

朱教授声音沙哑地说："请放心，我们一定会想办法。报警了吗？"

"报了。警察刚离开，我忽然想到，猩猩是你们的，应该给你……"

"对，我知道了。请放心。这只猩猩已经具有五岁小孩的智力，它不会胡作非为的。我们一定要尽快找到它。"

他把电话放下，和妻子相对苦笑。回头看，小刚已经泪流满面："爸爸，猩猩绑架白易干什么？我知道它最喜欢白易，他们是最好的朋友。那它为啥还要绑架白易呀。"

小刚爸妈躲避着他的追问,心头沉重,无法回答。直到此前,他们对星星的逃逸还不是太担心。星星已在这儿度过了六年,它的脾性已经被摸熟了。他们早就知道,星星不愿被囚禁,不愿每天戴着枷锁,它向往自由的生活。所以,它逃跑了,先逃出了囚笼,又逃出了神秘窃贼的控制。这些行动都是可以理解的。他们不相信它会做出什么伤天害理的事情。

但现在,这种信念动摇了。独孤星星已经12岁,是只成熟的雄性黑猩猩。从这些天的接触看,它对白易有特殊的好感。如果……那他们就万死不辞其咎了!这些话无法向小刚说透,两人只能相对苦笑。

一个法力无边的无支祁已经挣脱了锁链,现在该怎么把它抓回来?

小刚爸不再提让小刚上学的事。他焦灼地和公安局联系,和妻子商量对付星星的办法,还要时不时应付白易妈妈的哭诉。马田和肥肥也来了,两人满脸焦愁,肥肥更是眼眶通红。他们本想到这儿寻求一点好消息,但看见小刚和父母都是忧色沉重,便知趣地闭上嘴巴,默默地陪着小刚。林钧爷爷也赶到试验室,他和孩子们草草打个招呼,便到里间和朱教授商量着什么。半个小时后,林爷爷出来,向孩子们走来。马田忽然坚决地说:

"林爷爷,我坚决不相信!"

"不相信什么?"

"不相信星星会干坏事!"

林爷爷点点头:"对,它不会干坏事的。它已经是个多少懂事的小男孩了。我担心这中间有坏人在作祟。请你们回想一下,这些天来,你们遇到过什么可疑的人吗?"

这句话使孩子们猛然醒悟,几乎异口同声地说:"三个日本人!"

"什么'三个日本人'?"

小刚追悔无及地说:"林爷爷,我们早该想到的呀。但是今天出事太突然,我们心都乱了。几天前……是七天前吧,有三个日本人让我表演绝技……"

马田抢着说:"小刚当时就看出他们眼睛深处有阴光,所以装得笨手笨脚地骗过他们。是一个老头,一个女人,一个哑巴。"

肥肥也抢着说:"他们还向我妈打听了好多小刚和星星的事——我妈在'水一方'宾馆当服务员。我最了解我妈那张嘴啦,她一听说日本人怀疑小刚和星星的本事,就热心地为他们辩解。结果什么底儿全露出去了!"她脸红红地补充,"也怪我,我把所有情况都给妈妈说了。我那时太兴奋,再说,没想到要向自己的妈妈保密呀。"

林爷爷和小刚爸交换着眼光。林爷爷说:"谢谢你们,你们提供的情况太重要了。"

三个猴崽子难为情地咕哝:"谢什么呀,我们早该想到的。"

林钧说:"这个情报太重要了,马上向公安局报告。"

仍是葛队长接的电话。葛队长非常重视,又把小刚三人叫到电话机前详细询问一番。他问了三个人的长相和穿戴,又问肥肥,她妈妈今天是否上班。临了他说:"孩子们,谢谢你们。如果这件案子侦破,你们是第一功臣。现在我要到'水一方'宾馆去,再见。"

葛队长从屏幕上隐去了,童明把三人领到一个小房间去,说:"你们在这儿玩吧,不要走远,也可能葛队长还要问什么情况。你们跟学校请假了吗?我替你们请吧。"说完关门离去。

三个朋友这会儿比刚才更担心——现在他们担心的不光是一个智商偏低、行事任性的小星星,更有三个幽灵邪魔似的日本人!马田坚决地说:"星星决不会为他们干坏事!你说呢,肥肥?"

肥肥看看小刚,低声说:"我相信——可是,坏人们有很多坏办法呢。比如,万一他们也给星星服用什么豹胎易筋丸,什么腐骨烂肌丸,让星星受他们挟制呢。"

马田想想,觉得无法驳倒。"你说得也对,要不,它为什么把白易绑架走啊,一定是三个坏蛋逼它干的。"

"可是,他们绑架白易干什么?"

马田说:"那还用说,一定是想用白易来威胁小刚。他们原来想骗小刚给他们当杀手,可是小刚一眼就把他们看透了,不上当。再说,小刚武功高强,他们又制服不了。所以,他们就从白易那儿下手。这在江湖上是常有的下三滥诡计。小刚，我说的对不？"

这套分析把小刚弄得心里沉甸甸的。他当然不会受三个坏蛋的摆布，可是，万一他们拿白易来威胁呢？万一送来一封"不听话就割耳朵"的威胁呢。小刚恨恨地说："他们只要敢动白易一根汗毛，我发誓一定要……为白易报仇！"

"对，不能饶了他们！"

一天在焦虑中度过。葛队长打过一个电话，说三个日本人已经失踪，海关没有他们离境的记录。他们在"水一方"住宿时用的证件是伪造的。现在警方根据孩子们的描述，用电脑绘出了三个罪犯的模拟像，请孩子们确认。三张肖像通过电脑传来，三个孩子认真评点着：这个老头的脸应该长一点，颧骨再高一点。那个女人的脸应该圆一点，等等。有些细节他们也顶不真了，争来争去只好存疑。好在对那个日本老头的肖像，意见基本一致。葛队长说："我马上把肖像传真到日本警方。谢谢你们。"

葛队长这边刚把肖像传走，就接到了局长的电话，说桐柏县也发现了情况，随即把刚才桐柏公安局的录像电话转过来。打电话的是一个50多岁的老公安，满脸皱纹，神情紧张，用桐柏土话夹七夹八地说："局长，太白顶发现了你们通缉的猩猩！接到报告后我立即赶去落实，亲眼看见了。群众不相信这是什么猩猩，他们咬死说这是传说中的夜叉。局长，我老铁头干了30年公安，从来不信神不信鬼，可这一回我差点就信了！那家伙个头长相倒真是一只猩猩，浑身黑毛，丑得不敢拿眼看。背上背着一个小女孩，只穿着小衣服，短裤头，皮肤雪白。小丫头的模样我没看清，听老乡说长得极俊，观音菩萨手下的金童玉女似的。哎哟，现在想起来心里还发怵，一个是白得耀眼的女孩，一个是丑得吓人的黑夜叉，这对比太强烈了！……我说远了。当时这黑家伙和小女孩藏在一处松林中，我们悄悄包抄过去，让黑家伙察觉了。我的天，它抱着女孩像股黑烟一样就失踪了。局长，我绝不是夸张，那个快劲儿啊，别说当时不敢开枪，就是开枪也打不着。真的像鬼魅一样！"

录音播完，葛队长插话："听见女孩的哭声了吗？"

"没有。"

"那，女孩是否在昏迷中，或者已经死亡？"

"没看清。我说过，它的行动太快了。不过听老乡说，女孩没昏迷也没死，眼睛还在骨碌碌乱转呢。不过他们说的是否可靠，我不敢打保票。"

老铁还在不住口地赞叹猩猩的轻功。葛队长看过小刚的表演，对此倒是没有惊奇。他说："局长，快派一架直升机，我马上赶去。我想带上朱教授和小刚。"

"对，带上他们。直升机马上就到。"

等赶到南阳东南 120 千米的桐柏，已是夕阳如血。直升机上本来没有菲菲和马田的位置，但他们死乞白赖地跟来了。直升机直接降落在桐柏山的主峰太白顶上，老铁和本地一位姓王的乡干部在卧虎石边等着他们。站在主峰放眼望去，周围层峦叠嶂，奇峰刺天。夕阳慢慢沉落下去，一线红云凝滞在山上。山下苍翠葱茏，绿荫中浮出一处处殿宇，这就是有名的云台禅寺。山风从谷中卷上来，云海在足下翻腾。这儿的风景美极了，纵然来人个个心急如焚，但看到这洞天胜景，仍不免眼前一亮。

姓王的乡干部还领他们看了一个石砌的小井。小井绿苔斑驳，石块上绳痕犹然，向井下望去，水面幽暗，笼罩着久远的气息。旁边立着一块巨碑，上书两个大字：淮源。老王说，这就是千里淮河的源头。传说大禹治水时降服了一个神通广大的白猿精叫无支祁，用铁链锁在这口井里。数千年来，每逢月圆之夜，夜深人静，还能听到它拉动锁链的豁朗声哩。老王又补充道："这只是传说，反正我从来没有听见过。"

小刚爸看看妻子，神色十分沉重。也许这不是一个好兆头。他曾把独孤星星比作亦正亦邪的无支祁，没想到正好来到锁镇无支祁的淮井！葛队长说："说正事吧，这会儿那只猩猩在哪儿？"

老铁领他们到太白顶的西边，指着一道幽深的山谷说，极有可能在这儿。有老乡见它蹿进去就没出来。这道峡谷叫桃花谷，山桃遍地，古来就有白猿盗果的传说。这道山溪叫桃花溪，出谷后称澧水，是汉水的支流，所以太白顶是淮汉两水的分水岭。说远了，还说这山谷吧。这里深邃虚阔，山崖壁立，崖壁上有许多大小岩洞，即使本地人也没有全进去过。估计猩猩很可能藏在里面。

葛队长和武警部队的上尉沉吟着，面有难色。要想彻底搜查这道山谷，至少得200人。人手倒好办，关键是时间。天色已黑，等把人马召集齐就更晚了。葛队长过来同朱教授商量："要不，先派人守住谷口，明天天亮再搜山？"

朱教授想想，艰难地说："还是……现在就搜吧。用直升机把它惊出来，即使让它逃走也在所不惜。否则……"

葛队长知道他是担心白易的安危，便点头同意。他喊过直升机驾驶员开始交代。驾驶员对夜间搜山也没有把握，众人认真地讨论着搜山的具体办法。不过，这个难题意外地解决了。山下有两人急急地跑过来，老远就用土话嚷嚷着，其中一人是乡政府的老刘，他激动地说："找到了！找到了！"他身后跟着一个笑嘻嘻的山民，高个子，手中拎把柴刀。山民说，今天早上他和老婆还在睡露水觉，忽然被惊醒了。"从窗外跳进来一只黑猴，丑得吓人，大嘴岔子，嘴巴撅着，动作快得像鬼魂。我俩惊呆了，还没喊出声，那黑东西揽过我们的衣服，一眨眼就不见了。"山民嘿嘿地说：

"老婆胆小，说这是夜叉什么的。我说，21世纪了你还迷信？我这人是晕胆大，拎把柴刀追出去。我想你就是夜叉我也要见识见识。外面天色还早，灰苍苍的，我找了一阵没找到，也就算了。到今天下午，听乡干部说它抢了一个小姑娘，于是晚饭后我又去找。找到一个僻静的山坳里，忽然听到女孩的笑声……"

小刚爸插问道："笑声？是笑声还是哭声？"

山民挠挠头，肯定地说："是笑声。笑得又脆又亮。那是在一片杂木林中。我悄悄摸过去，见那个黑家伙和那个女孩蹲在一棵大柿树上，不过已经不笑了，两人好像在过招。"

"过什么招？"

山民比划着说："就这么着，两手在眼前晃来晃去的。女孩动了几招，黑家伙再应几招。这时候飞机来了，轰轰隆隆的。于是俩人——不，是一人和一只猩猩——不打了，侧着耳朵听天上的声音。我想冲过去，又怕伤了那女孩儿。后来我就溜出来向乡政府报告，老刘就把我领这儿了。"

葛队长问："那儿离这儿有多远？"

"不远，也就五六里吧。"

众人都觉得这是好机会，便不再耽误，让直升机暂留原地待命，其余人跟着那个山民出发。朱教授掏出试验室那把激光枪交给小刚，郑重地说："小刚，全靠你了。现在正是你的用武之地，一定要把白易救出来！"

小刚看看朋友们，他们正殷切地看着自己。他肃穆地说："放心吧！"

葛队长想让马田和肥肥留在原处，说夜里走山路很危险的。马田和肥肥几乎哭出来："叔叔，让我们去吧。保证不误事，行吗？我们和白易是好朋友，和星星也是好朋友，说不定还能劝它投诚呢。"

葛队长磨不过他们，只好答应了。一行人不敢使用手电，在朦胧的月色下摸索着前进。半个小时后他们赶到那片杂木林，队伍悄无声息地散开，把树林包围起来。上尉严令：不得命令绝不能开枪，一定要保证人质的安全！然后悄悄向林中摸去。他们果然听见了白易的笑声，笑得通天彻地的。朱教授一方面放心了——至少白易还活着；另一方面又十分忧心——莫非白易得失心疯了？要不，在这种场合下她还能笑得出来？

一行人静悄悄地、迅速地逼近那棵巨大的柿子树。白易！她骑在一棵树杈上，正在快速地和猩猩"过招"——那当然不是什么过招，而是在打哑语。队伍慢慢逼近，看得更清楚了。白易身上穿着肥大的男人衣服，一定是那个山民的吧。袖管和裤腿卷得很高，露出白皙的手脖和脚脖。这时猩猩已经发现了来人，它狂怒地咆哮一声，立即把白易夹在左臂弯里转身欲逃。这些动作对别人来说只是一道幻影，但小刚早已敏捷地做出反应。他大喝一声："星星不要逃！"随即点动激光枪，在星星周围组成一片光的囚笼。星星吃惊地站住。它从对方的身手中知道是小刚来了，是那个比自己更厉害的、刮过自己鼻子的小刚，它对小刚是俯首帖耳的。

它迟疑地立在原地。十几道手电光圈住它，现在大家都看清了这家伙的尊容，确实够丑的。穿着又肥又大的黑色长裤，很窄很小的女式月白上衣，敞着胸，露出黑漆漆的毛发。嘴上鲜血淋漓，一双小眼睛紧盯着小刚。看到它嘴巴上的血迹，树下的人都觉得头皮发紧——不过这显然不是白易的鲜血，因为眼前的白易安然无恙。白易被挟在它的腋下，努力昂着脑袋向树下看，忽然她高声喊："是朱伯伯和小刚吗？千万不要开枪！"

朱教授大声说："白易，你还好吗？告诉猩猩，让它把你放下，乖乖跟我们回去，我们不会伤害它的！"

小刚也大声喊："白易你告诉它，有我在这儿，它跑不掉的！"

白易从它腋下挣脱，立在树杈上，热烈地比划着。猩猩看来听懂了，挟起白易慢慢爬下树。几只枪口，包括小刚的激光枪口，始终警惕地指着它。猩猩慢慢向小刚靠近，忽然把白易向小刚平抛过来。小刚的第一个反应是伸手接住白易，被白易的冲劲儿冲得后退几步，跌倒在地。眼见那边黑影一晃，猩猩蹿高伏低地逃走了。小刚推开白易，举起激光枪，但白易一直紧紧搂住他的脖子，咯咯笑着，满嘴也是鲜血淋漓。这当儿小刚忽然生出一个可怕的念头，白易莫非中了妖术，变成一个吃生肉喝鲜血的巫婆了？他从脖子上拉掉白易的胳膊，直着嗓子问：

"白易你怎么啦？你疯了吗？"

白易这才抽出空儿望望后边："星星逃走了吗？好极了，星星逃走了。"她看见朱伯伯和警察、朋友们都在看着她，忙害羞地从小刚身上爬起来，揩揩嘴巴。

第八章 同 谋

昨天深夜三点，三个日本人潜入了位于卧龙岗下的朱（义智）童（明）研究所。正如葛队长后来分析的，他们先潜入地下室，找出主电脑的电缆，用膝上型电脑联上，进入了研究所的防护系统。麻原芳子破译了密码，关闭了报警器。然后三人离开地下室，从外边接近关猩猩的房间。从窗外看，一名老管理员哼着宛梆，在屋内来回巡逻。大厅的正中是一座银光闪闪的合金囚笼，分内外两层，猩猩关在里层。单看这种严密的防范措施，他们也相信那位饶舌的中国女人所言不虚。这只猩猩一定有绝世神功。

这会儿黑猩猩腰里没有拴锁链。它孤独地蹲在地板上，似乎在冥思，在追忆密林中的生活。哑巴阿部仲雄潜到一棵榆树后，取出麻醉枪，又从背囊里取出一只冷冻盒，打开，露出一颗比花生米略大的冰弹。冰弹呈浅绿色，冒着浓重的白汽。他屏住气息，把冰弹装到枪膛里，透过窗户射进去。

冰弹准确地落在囚笼内，黑猩猩奇怪地看着它。管理员也听到了动静，不过他肯定以为是猩猩弄出的声响，便不慌不忙地过来查看。这正合三个日本人的心意。冰弹迅速蒸发，药效已经起作用，猩猩和管理员都摇晃着，先后倒在地上。

三个人捅开门锁冲进去。他们从管理员身上取下钥匙，打开囚笼，把猩猩抬出来。麻原芳子取出注射器，为猩猩注射了一剂"科克"，这种毒品药效很强，一次便可上瘾。"这比金庸笔下的豹胎易筋丸、腐骨烂肌丸可强多了。"那天定计时麻原义仁狞笑道，"从此它再也逃不出我们的手心。"

然后，他们把一个麦粒大的示踪仪固定在黑猩猩的毛发中。这时，毒品造成的亢奋使猩猩醒过来。一排电火花在它体内的神经节点上爆裂着，放射着绚丽多彩的火花。极端的快感慢慢漫过它的意识，它像在云雾中飘浮……

脚下是绿色的密林，一群同类正在树上蹿跃，猩猩妈妈送来香甜的野果……

星星睁开眼，看见一个女人正把针管从自己胳臂上抽回来。它不知道针管里是什么东西，但本能地知道，自己体内荡漾的快感是从那里来的。那女人正在向它比哑语："舒服吗？快乐吗？以后跟着我们，天天都会有这样的快乐。"

眼前的一切仍然是虚浮的，朦朦胧胧。那个老家伙在使眼色，脸色黑黑的男人从口袋里掏出一件铁圈，上面带着长长的链条。尽管仍处于快乐的眩晕中，独孤星星还是马上清醒过来。它对这玩意儿的用处再清楚不过了。因为几年来，这种东西一直锁在它腰里，让它不能自如地活动，不能到屋外去，不能爬树，不能在树枝间纵跃……它绝不能让自己再次被锁住！老家伙知道猩猩已经清醒了，惊慌地催促哑巴快点动手，哑巴手忙脚乱地把锁链向它身上套。不过，这种忙乱的慢动作对星星来说太可笑了。它愤怒地站起来，长啸一声，一道黑烟闪出门外，转瞬不见。

麻原义仁气得满脸通红，噼噼啪啪给哑巴甩了几个嘴巴，八格八格地骂了一通。麻原芳子小声为丈夫辩解："爷爷，没料到它能这么快醒来。按药效计算，至少得一个小时后才会清醒。"

麻原义仁已抑住失态，恢复了冷漠的表情。"没关系的，等毒瘾发作时，它会自己回头来找我们的。"

管理员还昏迷不醒。哑巴没处解气，对他腰部狠狠踢了一脚。麻原义仁严厉地说："不要耽误了，快离开这里！"

三个人细心地抹去自己的踪迹，迅速离开研究所。

此时，独孤星星已经到了岗上，坐在一棵虬枝盘绕的千年古柏上。八年来它第一次获得自由，没有笼子，没有腰间的锁链，能在树林中纵跳……它高兴得不敢相信自己的幸福。不过这片林子太小了，树上也没有它喜欢吃的香蕉、猴子面包和白蚁。

那个地方——它的家乡，在哪儿呢？

它是两岁时从非洲中部的密林中被捉的，辗转去了几个国家，最后用飞机运到这儿。几年来，那个男人和女人细心地照料它，给它好多好多密林中吃不到的美食，教它说话，让它睡磁力床，给它喝神水。它知道自己越来越聪明，比自己的所有亲人都聪明，比它们加在一块儿还聪明。就像有人劈开了永生永世禁锢它们的黑暗，让一道明亮的光线透射进来——但正是因为这样，它才越来越愤怒。它知道那个男人和女人都是好人，但不能原谅他们老是把自己锁着，还常常拿一种会烧灼皮肤的玩意儿监视着它。

"现在我总算自由了。"

当它第一次正确地使用"我"的概念时，一道兴奋之波掠过它的神经。黑猩猩是世界上最聪明的动物，即使是未受训练的黑猩猩也会在穿衣镜前轻松地辨认自己。如果在它的额前点上一个红点，它会敏锐地发现这点不同，然后努力想揩掉它。而其他动物，包括除猩猩之外的灵长类动物，大都不能认识自我。它们立于镜前时，只会对那个"陌生的闯入者"咆哮不已。

这说明，黑猩猩种族离冲破蒙昧、取得"我"识，只有一步之遥了。在教授夫妇的智力拓展中，独孤星星更是跨过了这道界限。

自由了。它渴望荒野的呼唤。

它注意到了身上的衣服。对它来说，这也是一种束缚，一种囚禁。在密林中时，它从来没穿过这样的东西。于是它撕裂衣裤，从身上扒下来，向研究所方向远远地扔过去。

它在夜幕中无拘无束地蹦跳着，越过马路，越过平房。可惜这儿的树木太少，到处是四四方方的楼房，到处是马路和灯光雪亮的夜行车。这使它心中很不痛快。忽然它眼前一亮，在前边发现一处绿岛。那儿树木茂密，灯光也比较少，还能闻到熟悉的野兽的味道。于是，它纵过百里奚公园的围墙，来到公园中附设的动物园内。

星星首先看到的是一座庞大的猴山。大部分猴子已经睡了，只有几只老雄猴的眼睛在月色中闪闪发亮。星星不认识这些亲戚，在非洲，它只见过大猩猩和狒狒。猴山的铁门关着，一把硕大的铁锁锁在上边。这正是它恨之入骨的东西，而且它也知道如何对付它。

星星闪到值班室。值班员正在看报，墙上挂着一个银色的铁环，上面拴着几把钥匙。星星闪进去，偷偷把钥匙串取下来。值班员毫无反应。然后它打开铁门，驱赶着猴子往外走。猴群被惊动，吱吱地叫着。两只大雄猴认为猩猩是对自己的威胁，龇牙咧嘴地怪叫着。值班员听到动静，提着手电过来查看。星星没耐心和猴群干耗。它冲过去，闪电般抓住两只老雄猴扔出门外。猴群炸了，吱吱叫着，潮水般从铁门中冲出去。

值班员急得又是叫又是跳："不许跑，快回去！"但他的喊叫对炸群的猴子毫无作用。

两秒之后，星星又打开了豹笼。它认出这种豹子和非洲猎豹很相似，而猎豹历来是猩猩的仇敌。但这会儿他仍然一视同仁地把豹子释放了。豹子对着大开的笼门犹豫着，不知该不该出来。星星咆哮着，猛力摇动铁笼，豹子这才惊得蹿出来。

下一个是爬虫馆。一条巨大的蟒蛇正用三角形的小眼睛残忍地盯着它。星星脊背上泛出凉意——这也是猩猩最害怕的天敌，这种本能的惧怕从祖先的祖先那儿世代流传下来。星星想躲开，但它随即想到，现在已经不用怕它了，不用怕任何野兽了。它闪电般拎起蟒蛇扔到馆外。蟒蛇惊慌地打量着它，悄悄游进树丛。

动物园里猿啼狼嚎，鸟飞兽跳，乱成一锅粥。巡逻队像热汤浇过的蚁群，盲无目地乱跑着，尖声喊叫着。星星得意地看看自己的杰作，沙哑地笑着，离开了动物园。

夜色渐渐淡了，独孤星星狂奔了一阵，慢慢收住脚步。天亮后它该咋办？到哪儿去？它的五岁孩子的智力还不足以作出明晰的计划。前边是一处处独院，一幢幢两层小楼。居民都在熟睡之中，房内没有灯光。忽然，它闻到一股清淡的幽香，这股清香马上接通了某个记忆回路，而且绝对是美好的回忆。这种模糊的美好有很强的吸引力，使它霎时望了一切杂念，忘掉了对明天的担心，忘掉了对囚禁生活的惧恨。它犹豫着，努力嗅认着，跳进一个小院里。清香是从二楼的窗户里飘出来的，这会儿越来越清晰。它已回忆到这股香味的由来——是来自一个最可爱的女孩。女孩喜欢星星，星星也喜欢她，愿意每天都和她在一起玩。

独孤星星攀到二楼，跳进窗户。果然是她。她正在熟睡中，脸蛋红扑扑的。星星不会用辞藻来描绘，但它天然地感觉到"美"，感觉到这种美的可爱。它忍不住想伸手摸一摸。于是它怯怯地伸出手指，轻轻碰一碰。白易被惊醒了，发现床前立着一个黑乎乎的东西，立即发出一声尖叫：

"你是谁？"

星星忙缩回手指，难为情地傻笑着。这时白易已经认出它，惊喜地说："是独孤大侠？小星星？你怎么来这儿了？"

星星忙不迭地点头，试探着把手伸过去。白易嫣然一笑，也把手伸过来。就在两个指尖相碰的瞬间，门外有人声传来："小易，白易，是你在叫吗？"

白易的妈妈穿着睡衣，推开房门，随之便是一声尖叫，其音量足以惊天地泣鬼神。星星被吓坏了，无暇多想，立即挟着白易从窗口飞越而去。白易喊着："别怕，别怕，那是我妈！"但叫声未停，猩猩已背上她越过了十几里地。它本来该往西北的，那儿有八百里伏牛山，山高林密。但它慌不择路，径直朝东南方向跑下去。

白易觉得耳边风声呼呼，两旁的景物迅速向后掠去，真像腾云驾雾一样。她想这倒是个难得的奇遇，干脆不喊不叫了，伏在星星背上，好奇地欣赏着沿途的景色。只是星星的速度太快，景物令她目不暇接。星星跨越河流、农田、公路，前边渐渐出现了山林。到晨色初露时，星星停住脚步。眼前是一道幽深的峡谷，谷内尽是山桃树和柿树，绿叶间挂着累累果实。星星抱着她蹿到一棵大柿树上，把她在树杈上放稳，然后咧着嘴傻笑。

白易被周围的美景迷住了，目不转瞬地看着。一钩残月在山凹处半掩半露，白云在峰顶追赶着。山风飒飒地吹着林木，送来旷野中的新鲜气味。白易觉得自己肩背上凉飕飕的，这才想起自己只穿着小衣短裤，在深秋的山中委实是太凉了。也只有这时，她才发觉小星星更糟糕——它干脆是赤身裸体，没有像过去那样穿一身白色的练功服。她看了星星一眼，立即面红过耳，背过脸，生气地说："小星星，你怎么不穿衣服呢，这个样子多难为情！"

星星听懂了白易的责备，立时手足无措。刚才它扔掉了衣服，因为它不愿再受衣服的束缚。但现在它觉得那是天下最宝贵的东西——只要穿上它就能让白易高兴。它惶惑地四顾，恨不能找个地缝钻进去。白易想了想，在心里原谅了它。毕竟它是一个只有五岁智力的说傻不傻的孩子嘛。她安慰道："星星……"

星星早已飞快地爬下树去。白易担心地喊："小星星，你到哪儿去？我不责备你啦。回来吧。"

星星已经踪影杳然。白易担心地等待着，又大声喊了几次。谷中没有动静，只有几只惊起的鸟雀在头顶鸣啭着。她想星星会不会羞恼之下一去不回呢。但这时黑影一晃，星星突然出现在树上。白易高兴地说："星星你回来了？你不生气了——"

她噤住了，因为面前的星星已焕然一新。它穿着又肥又大的黑色裤子，窄小的女式短褂，得意地咧着嘴，那模样说有多滑稽就有多滑稽。白易喊声"妈呀"，前仰后合地大笑起来。

星星也十分快乐，咧着嘴，把手中一件男上衣捧过来。白易高兴地接受了这份馈赠。衣服又肥又大，穿在身上道袍不道袍僧衣不僧衣的，惹得白易又笑了一阵。她把袖口挽起来，取笑道："星星你从哪儿弄来的？你一定是楚留香的高徒。"

星星不知道什么是楚留香，但它知道白易很快活，于是它也得意扬扬。

"星星，这是什么地方——不问你了，问也是白问。星星，你干吗把我带到这儿？"

星星得意地比划着："我爱你！"

白易一惊，脸上发烧。但她没有生气，略微想想，便用哑语比划着："你是说喜欢我，想和我在一块儿玩，对不对？"

星星回答："对，我爱你！"

白易嫣然一笑，知道星星只不过是词不达意，便温和地说："对，我也喜欢你。小刚，马田，肥肥，就是和我一块儿去看你的那三个人，都喜欢你。我们都是最要好的朋友，对吧。"

"对，朋友。我们都是朋友。"它想了想，又补充道，"小刚是我的主人加朋友。"

"那咱们该怎么称呼呢？星星你几岁了？——你肯定不会知道的。记得朱伯伯说你有12岁了，对吧。"白易歪着头想想。她知道黑猩猩一般的寿命只有40多岁，按这个比例算，独孤星星应该比自己年长。但让这个傻乎乎的家伙当自己的哥哥未免太吃亏了。于是她狡猾地说："星星，我13岁，你12岁，你该问我喊白易姐姐，我喊你星星弟弟。你听懂了吗？姐姐——弟弟——"

星星听懂了，用力点头。白易高兴了，拉住弟弟的双手。想想吧，这一生中她还是第一次当姐姐呢。于是她立即摆出姐姐的派头："以后要听姐姐的话，姐姐会更喜欢你，听见了吗？"

俩人在这一带高高兴兴玩了一天，饿了吃柿子和野果，渴了饮山泉。白易还从来没吃过直接从树上摘下的柿子呢，虽然有点涩，她仍吃得津津有味。而且，吃完后连嘴巴也不用揩，不用担心有人笑话，你说这有多惬意！唯一可惜的是三个朋友没跟来，特别是小刚，如果两个大侠在一块儿腾云驾雾，那才过瘾呢。

有时他们也碰见一两个山民，这时星星总是挟上白易飞快地逃走，逃到人迹不到的地方。白易也乐得在山里放纵一天，便一切随星星的意。一直到傍晚，他们听见了直升机的轰鸣声，又发现了包抄过来的人群。那时星星愤怒地咆哮着，身上的肌肉微微战栗，眼神中透出愤懑和恐惧。白易知道它的心思，它已经失去自由长达八年，现在总算回到了山林中，它不愿再回去。白易同情地安慰它："别怕，它们抓不到你的，你是大侠呀。"

等到小刚拿着激光枪来到树下时，星星真正害怕了，它已经领教过小刚的本领。白易很可怜它，犹豫片刻，决定站在弟弟这边。她用哑语说："星星别怕。现在你背着我下树，下树后把我扔给小刚。我把他抱住，你就能趁机逃走。行不行？"

星星听懂了她的话，在白易的掩护下，它顺利地逃走了。

朱伯伯走过来，轻轻揩揩白易的嘴巴："是柿子？"白易突然知道难为情了，吃了柿子连嘴也不擦，衣襟上红痕斑斑，这哪像平时的白易呀。她赶忙用衣袖揩嘴巴。朱教授苦笑着说："猩猩嘴巴上的红痕也是柿子？我们还以为是血迹呢，把大家都吓坏了。你刚才是在帮小星星逃走？"

他盯着白易，小刚也似笑非笑地盯着白易，分明早已看穿了她的表演。白易有点难为情，索性承认了："是的，朱伯伯，真对不起。但我不愿意星星再被囚禁。它已经有了足够的智力，已经从兽类中走出来了，从蒙昧中走出来了。你们说呢，小刚、马田和菲菲？"

刚才还在帮着捉拿逃犯的小刚看见白易并没受到任何伤害，他的立场马上要荡回到星星那边了。四个孩子立刻坚定地说："对呀对呀，朱伯伯，童阿姨，把星星放回到大自然中去吧。要不太不人道了，太不'猩'道了！"

朱伯伯和妻子对视一下，轻声叹道："我也很想这样做呀。可惜它的智力还不足以在社会上立足，不足以明辨是非。你们忘了那三个可疑的日本人？"

这一下把四个孩子都击懵了。马田哭丧着脸说："独孤星星决不会和他们沆瀣一气。他们也抓不到星星！"

"对，抓不到！"

"连咱们都抓不到，他们怎么能抓到？"

"星星一定会远远离开这里，回到深山密林，回到它自己的家乡！"

朱教授叹息一声，没有告诉孩子们，正是这三个日本人潜入研究所放了猩猩，他们肯定不会就此止步的。他说："但愿如此吧。白易，星星真的……没有欺负你？"

"当然没有。他是我的小弟弟哩——注意，我用的是人字旁的'他'，而不是宝盖头的'它'。它非常乖，非常听我的话，为我偷衣服，给我摘野果。今天是我最快活的一天！"

童明慈爱地说："那就好，快点回家吧。你父母一定急坏了。"

白易失声叫道："哎呀，真的，我把爸妈给忘了。"她忙向童阿姨要过手机，给父母打了电话。拨通后那边立即泪飞如雨："白易真的是你吗？你受伤了吗？你让爹妈担心死了！"白易则甜甜地笑着："爸妈，我很好，我真的很好，一个小时后我就到家了。"

几分钟后，他们挤在那架直升机上飞入天空。

第九章 诱 饵

独孤星星从此失踪了。整整一个月，没有它的一点消息。那三个日本人同样是踪影杳然，好像掉进了地缝里。葛队长通知朱氏夫妇，说警方已经查明，这三人是邪教组织的首领和骨干，其中那位日本老家伙已经在日本蹲了40年的监狱，因年龄老迈身体欠佳，刚刚以人道主义原因而获假释，但不久就告失踪。日本警方只是在接到中国方面的通报后才知道他潜入了中国。葛队长苦笑道：

"林子大了，啥鸟都有。这老家伙就是一个难得的宝货。你看他的信仰有多坚定？不怕抛头颅洒热血，40年牢狱生活也不堕其志，一辈子尽干这些损人不利已的事情。世界上邪教组织多啦，但一般来说他们满足于欺骗教内的信徒去自杀。哪像这个组织，非要强替别人做主，推着别人去送死！"

朱教授担心地问："他潜入中国有什么具体目的？"

"不太清楚。他们组织严密，又完全处于地下状态，日本警方难以查明内情。据不太可靠的消息说，他被假释后，正好听到了有关神力1号和超级猩猩的消息，他认为这是神的旨意，便匆匆潜入中国，想培养出一个邪恶的、对他唯命是从的无敌超人。"

"独孤星星和三人同时失踪，是否表示星星仍在他们手里？"

葛队长心情沉重地承认道："有可能吧。如果那样就糟了。太糟了。一个智力不全又神通广大的猩猩正好是他们需要的。对了，下一批神力1号什么时候生产出来？这次一定要做好保卫工作。"

"我知道。我不会再疏忽了。"朱教授沉重地说。

一个月来，小刚开始不习惯自己的新生活了。不错，他早已学会在"快态""慢态"之间跳进跳出，但问题是这个世界是个慢世界，是为慢人而建立的。他不得不时刻"拿着劲儿"去迁就它的节奏，实在感到别扭。考试时他不敢进行快速思维，走路时不敢快步走，连和同学们打打闹闹也不成了，因为只要他一伸手，同学们马上就会告饶：大侠手下留情！他现在真切体会到了独孤求败在达到武学巅峰时"世无敌手，怆然求败"的心境。

连白易似乎也同他疏远了——不是指交往，而是指心灵深处。连她也觉得，与功力超绝的闪电侠相比，两人已经不在一个档次了。所以她的眸子中，老是带着一点儿敬畏和迷茫。当然，这只是下意识的表现，如果当真问起她来，她是绝不会承认的。这一点尤其让小刚恼火。

今天是法定的集体活动时间。四个朋友决定到卧龙岗下的玉雕厂参观。南阳的独玉玉雕全国闻名。独玉就产在城北 20 里的独山，是一个不起眼的小山包。很难想象，丰富的独玉矿藏恰恰埋在这个孤零零的小山包中。独玉开采历史十分悠久。从南阳黄山新石器文化遗址中出土的独玉铲来看，它的开采和加工历史至少要上溯到六七千年前。那时，连炎黄二帝也还没有出世哩。

他们在接待人员的带领下走进车间。虽然已是科学昌明的 21 世纪，但玉雕的加工手段并没有大的改变。工人们手里端着玉坯，在转动的砂轮上小心地磨着。有的是开粗坯的，按照师傅在玉坯上画的轮廓，先磨出个大样。另一些人手中的产品已基本完成，他们极为专注地磨着，因为此时稍有闪失就会前功尽弃。四个孩子走到他们身后时，他们的目光也一直没有离开手中的玉器。有一个工人去小解，即将完工的仕女放在案子上。马田不知天高地厚，伸手拎了起来。接待员忙不迭地喝住他，托着仕女小心地放回去。然后略带责备地说：

"可不能乱动。拿的位置不对，会把仕女的脖子弄断的。"

白易轻轻打了一下他的手背："手狂！说过不许乱动，忘啦？"马田不好意思地嘿嘿笑着，问："叔叔，为什么不用电脑控制的三维机床呢？这种机床早在工厂里普及了。只要设好程序，什么复杂的形状都能干出来。"

"没错，你说得对。但是工艺品向来讲究用手工，讲究用人手来创造美，因为再精巧的机器也缺少人的灵性。只有让玉雕大师们亲手把'灵魂'放进玉器中，它们才能成为艺术品。"

前边是一个单间，门紧闭着。墙上有一个椭圆形的大窗户，镶着很厚的双层玻璃。透过玻璃，看到一个瘦小的男人在伏案工作。解说员放轻脚步，肃然起敬地说："这是一位著名的玉雕大师，武老。他在全国在世界上也是鼎鼎有名的。武老的作品就不用说了，都是国宝级的。他有一个怪癖：干活时不能有丝毫杂音。所以，工厂专门为他建了一座隔音室。你们看，地上和天花板都贴着隔音板呢。"

马田问："那为什么要留一个窗户？没有窗户，隔音更好啊。"

"这是为了让年轻人能随时观摩他的手法。你们看看，能看出什么特别的地方吗？"

四个孩子认真地看了一会儿。从这儿只能看到武老的背影和小半个侧面。他也像其他人一样，手持玉坯在砂轮上慢慢磨削。马田和肥肥都说，没有什么特别之处啊。只有小刚说："我看出来了——他干活特别有精神。"

"对，对极了。"接待员夸奖道。的确，即使是看背影，也能看到武老全身的弓弦都在紧绷着，充满了张力。而车间其他工人则比较懒散和随便。正是由于这种无时不在的张力，才能把人的"灵魂"注入玉雕中去。小刚贪馋地看着，他想，如果自己下次玩天王级的空战时也能随时保持这种张力，成绩一定会更棒。他问解说员：

"武爷爷在雕什么？似乎是一个熏炉。"

"不，是一个多层玉球。你们知道著名的象牙球吧，那是广州一个翁姓牙雕世家在200年前创造的绝技。他们在象牙球上开六个孔，用特制的刀具往里掏呀掏呀，剥离出一层层的空心球。最多可达34层。每一层空心球薄如蝉翼，晶莹透明，但都能转动自如。那真是人类潜能的最佳体现，因为，直到现在，还没有任何一台机器可以干出这样精密的艺术品！……上个世纪末，玉雕艺人把这种技艺移植到玉雕上，先是三层四层，后来在武老的手里发展到十层。"他看看孩子们，"可不要小看这十层。独山玉质坚而脆，不如象牙那样圆润细密。所以，十层的玉球已经很不容易了。"

孩子们用力点头："我们知道。"

小刚一直盯着武老的后背,现在,他身上那种无形的张力突然松弛了。他放下玉坯,伸了一个懒腰,在屋里来回走动着。可能他也看到了窗外的几个孩子,但他显然仍沉浸于创造的亢奋中,对外面的动静视若不见。接待员怕干扰武老的工作,领着他们悄悄走了。

他们与接待员告别,走到厂门时,看见那个武大师匆匆走出来,拉着接待员打听着。虽然离得远,听不清他的问话,但小刚感觉到和自己有关。果然,武大师匆匆赶来,喊着:

"大侠留步!朱小刚朱大侠!"

小刚的脸庞一下子红到耳后,窘得不敢看自己的同伴。虽说过去也有同学们这样喊他,但那只是朋友们之间的玩笑,不必认真的。可是现在,一个著名的玉雕大师!又喊得这么郑重其事!在朋友们善意的笑谑中,那老人脚步急促地赶来,分明是要向小刚鞠躬。小刚眼疾腿快地赶上去,一把挽住武老的胳臂:

"武爷爷,千万别!……可别这样称呼我,会把我羞死的。"

武爷爷执拗地说:"你就是大侠,没错!我知道你武功卓……"

小刚忙打断他:"爷爷,你咋认识我?"

老人的脸色沉下来:"边吉成是我外孙。"

"噢,是成哥呀。"

"哼!丢尽了武家的脸,我真想一刀宰了他!小成子说是你救了他。你是他的救命恩人。"

小刚的脸又红了:"什么呀。爷爷,别说这些了。"

"就是他的救命恩人!不是说救了他的命,是救了他的心。"爷爷欢喜地说,"我经常听他说起你的大名。要不是觉得丢人,我早去看你啦。我在小成子那里见过你的照片,刚才我往窗外扫了一眼,心里说这孩子咋恁眼熟呢。孩子,真高兴能见到你。我替小成子谢谢你。"

"爷爷,别说这些好不好?我还得感谢你呢。刚才看了你干活,觉得你干活特别有精气神儿!我从你这儿学到不少东西哩,爷爷也是玉雕行当的大侠。"

武爷爷高兴了："你说的不错，天下万事万物都是一个理，不管是玉雕还是武学。小刚，小小年纪，你咋能练出这么高的功力？"小刚心想要糟，他又把话题拉回来了。好在爷爷转了话题，"赶明儿我要雕一个最满意的玉球送给你。"

"谢谢爷爷。"

武老转过脸，同其他三人又聊了几句。他显然从外孙那儿得了不少情报，所以轻轻松松喊出了三人的名字：白易——小黄蓉；马田——抬杠博士；菲菲——肥肥。"谢谢你们，你们都是好孩子。"

"特别是朱大侠！"马田笑道。

"对。别看小刚年幼，有志不在年高，无志空长百岁。小刚武功高绝，宅心仁厚，当得上大侠二字！"

晚饭后爸妈富有深意地笑着："小刚，来，送你一件礼物。"

"什么礼物？"

"来。"爸爸把他领到卧室里边的密室，打开保险柜。小刚立即猜到了是什么礼物，兴奋之锤在心中开始撞击。柜门打开了，果然是它！是那只熟悉的、亲切的小瓶，瓶中装着碧绿的溶液。"神力1号！"小刚的嗓音都直了，"爸爸，你不是说至少要一个月之后吗？"

爸爸简短地说："我们改进了生产工艺，把时间缩短了。现在，已生产了101瓶，那100瓶已经送交给国家，只能留下这一瓶。孩子，我已经尽最大努力了。"

小刚理解爸爸的难处，心想马田和肥肥这一次是没戏了。他觉得遗憾，但更多的是兴奋。他再次确认道："这一瓶是给白易的吗？"

"对，给她打电话吧。"

人影一晃，小刚已从密室里消失了。

电话的跳号声非常缓慢地响着，简直像响了30年。小刚恨恨地想，等他长大，走入社会，第一件事就是发明一种能以光速跳号的电话机。电话终于接通了。小刚急急地说："白易，一个好消息！"他意识到自己不自觉地跳进了快态，忙放慢速度，"白易，一个好消息。第二批神力 1 号已经出来了！"

电话那边是一声惊呼："真的？"

"当然真的，可惜这次只能匀出来一瓶。这瓶给你吧，马田和肥肥只能等到下一次了。"

白易也觉得歉然，觉得自己的喜悦有点自私。不过她想，这么点自私还是可以原谅的。她迫不及待地说："那我现在就去吗？"

小刚笑道："你比我还性急呀。爸爸说这次服用要做一些准备工作，服用时要循序渐进，要随时配合磁场疏导，不能像我那样一口喝干，那太冒险了。爸爸说三天后让你过来。"

"三天！我怎么等得及呢。要不，让我先看一眼，行不？"

"行——啊。"小刚迟疑地说，"我向妈妈求求情，她会答应的。"

白易犹豫片刻，不情愿地说："不必麻烦了，还是耐着性子等三天吧。要不朱伯伯和童阿姨会笑话我的……不过，今晚我一定会失眠。"

小刚想他也会失眠的，他的喜悦也不在白易之下。从屏幕上看，白易的情绪忽然低落下来，浮出了浓浓的忧伤。小刚奇怪地问："白易你怎么啦？为什么难过？"

白易低声说："我又想起了小星星。已经一个月了，没有一点它的消息。它会不会……不管怎么说，我也不相信他会变坏。你说是吗？"

"对，我相信。警方一直在寻找，肯定能找到的，你别难过。"

"但愿如此吧。谢谢你，朱大侠，谢谢你为我讨来了这天下至宝。"白易笑道。

"不客气，明天的白易女侠。"小刚也笑道，同白易互道晚安。

两个孩子不知道他们的电话被窃听了，载着这些信息的电波迅速传到了城北 20 里的独山，传到了一条阴暗的玉矿废洞中。

对独山玉长达数千年的开采，在独山上留下了纵横密布的矿洞。这些矿洞大多已经废弃，无人光顾。上个世纪八十年代，在全民经商的潮流中，附近一位脑瓜灵活的农民想到了这些矿洞的价值。不过，他的计划带着典型的农民的烙印——把十殿阎王和小鬼判官请进矿洞里。于是，这儿成了阴风惨惨的幽冥世界，青面獠牙的恶鬼拉着赤身裸体的罪人：奸夫淫妇、不孝儿女、贪官污吏、大盗巨枭，送到各种残酷的刑具中，有剖腹剜心、油炸锯割、毒蛇毒蝎……

不知道这位老板是否赚回了他的投资，反正这处地狱乐园很快就关门大吉。原因很简单，21世纪的人们已经不需要这种自虐加他虐式的、带着旧时代腐朽气息的精神享受了。经营者撤退时仅仅撤去了电源，并没有清理这些塑像。于是，阴间诸君就伴着黑暗永远待在矿洞里。

不过，这些天来，矿洞中一直亮着一灯鬼火。在昏暗的光线下，小鬼判官们表情漠然地看着三个不速之客。不用说，这是从人间消失的三个日本人。一个月来，他们始终潜伏在这里，通过安装在朱家通话线路上的窃听器，时刻窥伺着时机。

今天，时机终于来临了。

三人仔细听了窃听器中小刚和白易的对话，抑不住心中的狂喜。一个月的潜伏使三人面色苍白，目光荧荧，那副尊容比身后的群鬼好不到哪儿去。现在总算等到出头之日了。麻原义仁对孙女说："开始吧，把猩猩喊过来。"

麻原芳子点点头，从皮包中取出毒品和注射器，对着矿洞深处喊："独孤星星，过来！"

随着喊声，小星星从阴影中畏缩地走出来，贪婪地盯着女人手里的注射器。那天，在桐柏太白顶桃花沟中，在白易的掩护下它逃走了，但它并没有远走高飞。因为潜意识中某些神秘的诱惑，它潜回南阳，藏在城北独山的杂木林中。后来它无意中发现了废弃的玉矿矿洞，便把它当成了藏身之地。

以后该怎么办？它不知道。它就像被娇惯的孩子，对父母的管束怀着逆反心理，一心一意要摆脱这种管束。可是，一旦突然自由，它反倒不知所措，反倒思念起有人管束的生活了，尤其是思念小刚、白易这些朋友。

那时，它还不知道三个坏人在它体内留下一个恶魔。不久毒瘾发作，来势凶猛。像一百团烈火燎着它的五脏六腑，像一千条毒蛇在咬啮着它的肝胆脾肾。它凄惨地呻吟着，在洞内滚来滚去，碰得遍体鳞伤。它的神志渐渐陷于昏迷……一排电光突然钻进它的血管，它从地狱飞升到天堂，那种熟悉的快感涌满了全身……

三个日本人为它注射了毒品，得意地笑着。这些天，他们通过星星身上的信号发生器一直掌握着它的行踪，不过他们一直耐心地等待着，直到星星的毒瘾发作。在这之后，他们就完全控制了这只初具智力的猩猩。它已经离不开毒品了！这是比金蛛丝带更厉害的无形锁链。

这会儿，星星驯服地伸出胳臂，等着麻原芳子为它注射。麻原义仁挡住针头，冷酷地说："你想注射科克吗？你想快乐吗？可以，我们可以满足你。但你今晚要为我们做一件事，只许成功，不许失败。否则，明天就不会有科克了。听懂没有？你这丑陋的蠢家伙。芳子，你用哑语一句一句地复述给它。"

凌晨两点，朱义智被惊醒了，听到密室里似乎有动静。他没有惊动妻子，披上睡衣轻轻下床，从枕下抽出激光枪，赤着脚走过去。趴在门上听听，里边确实有窸窸窣窣的声音。朱义智端平枪口，轻轻推开门。

保险柜的门大开着，屋门后立着……他的独孤星星。它没有穿衣服，披着一身黑毛。右手握着一只绿色的瓶子，那当然是神力1号。星星在与主人照面时，有一个明显的停顿，它的目光和表情中满是愧意。但没等教授做出反应，他的激光枪就被夺走了，眼见它在空中划出一道弧线，重重地落在远处的地板上。随之眼前黑影一晃，猩猩也消失了，朱教授仅看见黑影是从窗户里消失的。

他三两步赶到窗前大声喊着："星星，星星！快回来，我不会怪你的！"

窗外，月色如水，凉风习习。没有独孤星星的踪影。

童明也醒了，醒来后首先去喊小刚，但是，"光速"的小刚睡得很死，好容易把他喊醒，猩猩早就逃走了。小刚揉着眼睛问："爸爸，是小星星，你看清了？"

爸爸叹息着："是它，绝对没错。"

"它来干什么？想家了吗？为什么它又跑了？它该等我醒来呀。"

爸爸表情古怪地说:"它不是想家才回来的,它把那瓶神力1号偷走了。"

"什么?"小刚冲到密室,看到了门户大开的保险柜。他呆立在那儿,脑袋空空的,两行清泪不由得流淌下来。妈妈在轻轻抚摸他的脑袋,小刚喊一声:"妈!……"泪水流得更加凶猛。他觉得心中有一件美好的东西被打破了。神力1号被偷走,他怎么向白易交代?但这还不是主要的。最令人伤心的是,小星星,独孤大侠,他们的好朋友,竟然真的与坏人沆瀣一气,替他们来偷主人的宝物,这太令人痛心了!

他听见父母打电话报了警。奇怪的是,一直到天明,警方也没派人来。小刚一夜没合眼,他几次想打电话告诉白易,但终究没把电话打出去。他不想惊扰白易的爹妈,再说……他该咋开口说出这个坏消息呀。

清晨,爸妈刚起床,一伙儿记者就闯进屋门:"请问朱先生,童女士,听说你们的神力1号被窃,是真的吗?"

爸妈尴尬地应付着记者的提问。小刚不愿看爸妈的窘态,赌气回到自己的房间。他真想赶走这群讨厌的记者,天知道他们从哪儿这么快就得到了消息?客厅里嘈嘈杂杂的声音不时传到卧室,他听见一个女记者高亢的声音:

"朱先生,神力1号是极宝贵的药品,是智慧的琼浆。它不是属于个人的。请问,你为什么私自保留了一瓶?"

爸爸很久没有回答。虽然看不见爸爸的表情,小刚也能想到,爸爸这会儿一定非常尴尬。等一会儿爸爸才说:"那是为了一次私人性质的试验……"

爸爸的声音低下去,听不清了。小刚打开卧室的电视。他没猜错,客厅的采访是现场直播。从屏幕上看到,一名男记者不客气地打断爸爸的辩解,问道:"在独孤星星被劫案发生后,你们为什么不接受教训,为什么安全工作仍是这样粗疏?难道你们不知道,这瓶神力1号被坏人偷走,会引出什么样的后果?——可能出现一个邪恶的超人。"

爸爸努力微笑着——他的笑容多么尴尬!——辩解道:"请放心,这种药不能简单地服用,必须辅之以磁场疏导。而这种仪器全世界仅此一台……"

妈妈恼火地低声喊:"乂智!"显然她不愿爸爸继续向外泄露技术秘密。她走上前,不客气地对记者们说:"出了这样的事我们很抱歉,但目前我们还有很多善后工作要做,请原谅,我们要失陪了。"

她态度强硬地下了逐客令,记者们不满地走了。小刚关了电视,心头很沉重。因为从刚才的镜头看,爸妈显然乱了方寸,他们已经被神药失窃事件击懵了!而在过去,他们除了是他的父母外,还是他心目中的偶像。他们睿智通达,机敏诙谐,是科学界的太乙散仙,是科学界的大侠。小刚曾相信,任何事情都难不住自己的爹妈。可是,今天他们怎么会这样慌乱呢。

爹妈送走了记者,低声交谈着回到卧室。小刚在一刹那长大了,成熟了。爸妈赋予他强大的功力,现在正是回报他们的时候。他要尽自己的力量帮他们渡过这场难关。

马田是最后一个来的,三个朋友已经聚在小刚的卧室里,正襟危坐,表情肃穆。马田奇怪地问:"你们今天怎么啦?个个周吴郑王的。"

小刚严肃地说:"你先坐下,我们要商量一件很重要的事。"

马田看看三个朋友,老老实实坐下来。小刚沉重地说:"有一个坏消息。你们不是曾向我爸妈提出,想服用神力1号吗?现在,第二批神力1号已经生产出来了。"马田和菲菲立即两眼放光。"可惜我爹妈只能匀出来一瓶。"两人的目光流露出失望。"这瓶神力1号就放在我家的保险柜中,可是,昨晚被独孤星星偷走了!"

马田和菲菲都跳起来:"真的吗,是真的吗?"

只有白易没跳起来,她沉重地说:"嗯,来这儿前我刚刚看过电视,看过记者对朱伯伯和童阿姨的采访。可是,真的是小星星偷走了神药?朱伯伯当时看清了吗?"

"不会错。我爸爸看清了。"

白易又是失望又是伤心:"我真不愿相信小星星会变成坏人。"

马田和菲菲也不愿接受这个事实。马田为它辩解道:"那它一定是上了敌人的当,或者是让坏人的移心大法弄昏了神智。咱们得赶紧找到它,把它从坏人手里解救出来。"

菲菲困惑地说:"可是到哪儿去找呢,警方已经寻找一个多月了。"

小刚郑重地说:"这正是我要找你们的原因。"他叙述了爸妈对记者的回答,"我断定,那三个日本人得到神药后一定会潜入我爸妈的研究所,因为只有经过磁场疏导,才会培养出一个邪恶超人。所以,咱们可以埋伏在地下试验室里守株待兔……"

"对!"马田大声说,"咱们有闪电侠!有小刚守在那里,什么人能够逃脱?"

"对,你的武功是天下第一,连独孤星星也比不过!"

小刚摇摇头说:"光靠我一个人不行,一身是铁又能打几斤钉?也许我们得守七天七夜哩,七天七夜中我肯定要睡觉,可是我睡觉特别死,别人把我抬走我也不知道。这是我最大的缺点,就像练成金刚罩的人也有一个薄弱的命门。"

白易说:"咱们可以轮流值班嘛。我睡觉比较灵醒,就像那次,小星星稍稍把我碰一下我就醒了。那时小星星还是个好人……不说这些了。我可以多守一会儿,等发现坏人进来了,再喊醒你。"

"对,我就是这样想的。"

四个人跃跃欲试,真希望马上抓到坏人,把小星星解救出来。他们仍然确信,只要小星星回到朋友身边,一定会迅速复原成一个好孩子!几个人详细讨论了行动的细节。第一个问题是如何瞒过父母。如果几天几夜不回家,各人的家长都会急坏的,一定吵嚷得满世界都知道。马田出了一个主意:

"就说我们结伴去郊游,不就行了?有咱们四个人互相作证,大人们不会起疑心的。"

"对,这样好,还能让他们为咱准备食品呢。"

菲菲啧啧称赞着:"还是马田聪明,肯定是个撒谎老手。还有一个问题,咱们咋能进到地下试验室又不被别人发现?"

小刚胸有成竹地说:"昨晚我已经实地考察过,我发现那间地下室有一个通气孔,正好勉勉强强能让小孩儿们下去。"

菲菲紧张地问:"我呢?我能下去吗?"

小刚仔细瞄瞄她的腰围:"应该可以。通气孔是圆的,你呢,只不过比我们圆了一点,其实最大半径处差不多。通气孔可以通到地下室的一个小储藏间,那儿勉强能让四个人挤挤睡下。咱们就埋伏在那里打持久战,好不好?"

"好!还有一个问题。小刚,我们肯定要对家里保密,但你呢?朱伯伯和童阿姨是当事人,最好告诉他们吧。"白易说。

小刚不愿告诉朋友,说他的父母已经乱了方寸,所以目前只能瞒着他们。他含糊地说:"我会告诉他们的。现在咱们再仔细想想,还有什么漏洞没有?要把计划考虑周到,只许成功不许失败。"

夜里12点,小刚领着朋友们潜入研究所院内,顺利地摸到那个通气孔前。三人紧紧贴在小刚身后,八只眼睛在夜色中闪亮着。四个人都是全副武装,穿着深色运动衣,深色运动鞋。马田还学着电影上的特工队员们,在脸上涂了几道黑色的斜纹。他们带着绳子,带着足够吃四天的干粮,还有几把小刀做武器。肥肥忽然抽抽鼻子:

"为什么这样臭?马田,你身上为什么这样臭?"

马田低声说:"抱歉。我的所有网球鞋旅游鞋都是白色的,现买又来不及。为了不暴露目标,只好用墨汁把它染黑。你闻到的是墨臭味。"

肥肥抱怨道:"那你为什么不用香墨?一会儿咱们蹲到一间小屋中,一定会把人熏死!"

白易嘘了一声,让他们停止争吵。小刚施展开他的凌波微步,在方圆50米内巡查一番,没有发现动静,便掀开通气孔的铁盖:"菲菲,你先下!"

肥肥看看窄小的圆孔,紧张地问:"我行吗?我能下去吗?"小刚已经把绳索捆在她腰间,牢牢打了个水手结:"下吧,我们三个拉着。"

肥肥缩紧身躯,把自己塞进圆井中。实际她是多虑了。看似极窄的圆洞恰恰能容下她的身体。绳索一点点抽长,终于听到下面压低的嗓音:"好,到了。"

绳索解开,小刚把绳子提上来,又把白易放下去。马田是自己爬下去的,最后,小刚把绳索系在铁盖上,用双脚用力撑着洞壁,再努力把铁盖翻到头顶,盖好,拉着绳子慢慢溜下去。黑暗中有三双手接着他的腿,听见白易欣喜地说:"到齐了,咱们的第一步成功了。"

摸索着转过拐角,前边就是宽大的地下试验室,曾为小刚做过磁疗的磁床静静地躺在那里。大厅里静悄悄的,亮着微弱的灯光。小刚指指远处的一团灯光说:"那儿有夜间值班警卫,不要惊动他们,跟我来。"身后的三个朋友都很紧张,压抑着自己的心跳。在这死寂的大厅里,连心跳声似乎也十分响亮。再转过拐角,警卫室的灯光看不见了。小刚揿亮微型手电,领着朋友们来到一间储藏室。这里没锁门,里边扔着笤帚、吸尘器、水桶等杂物,地方相当狭窄。四个人紧紧挤着坐下来,肥肥恼火地说:"马田,你的鞋太臭了!"

马田尴尬地笑着,小刚和白易也皱着眉头,不能怪肥肥挑剔,马田的鞋确实太臭了。不过,不能让他扔到外边——怕明天让人发现。小刚用手电在周围照了照,看见水桶里还有半桶水,便命令马田把鞋脱掉。马田乖乖照办了,小刚把他的鞋塞到水里,再用拖把压上,这才消除了污染源。他低声说:"好,现在一切就绪了,我和白易值前夜班,马田和菲菲抓紧时间睡觉。"

他和白易挤在门边,透过门扇下部的百叶窗监视着。身后马田坐起来,吭吭地说:"小刚我想撒尿,我这人一紧张就想撒尿。我……在哪里解手?"

小刚也愣住了:在做计划时可没考虑到这一点。无论如何,不能在这个巴掌大的地方方便吧。他只好说:"那你出去吧,左边50米外有个厕所——千万不要惊动了警卫!"马田穿着袜子,老鼠一样溜出去。几分钟后他又像老鼠一样溜回来,低声夸耀着:"怎么样?踏雪无痕!"

小刚和白易松口气,身后的肥肥也坐起来,难为情地说:"我也要去,我也是一紧张就想解手,我早就想解手了。"

小刚叹口气:"你去吧。"

半小时后,那两个宝贝才折腾完,呼呼入睡。小刚也觉得眼皮发涩,他还从来没有熬到这么晚不睡觉呢。他用力掐掐自己的胳膊,赶走睡魔,伏到门缝上听外面的动静。白易问:"他们会来吗?"

"会,一定会。你想吧,他们偷走了神力1号,绝不会舍不得不喝的。可是只要服用它,就一定会来这里疏导。"

"但愿如此,但愿他们把小星星也带来。"

公安局和武警的联合现场指挥部设在试验大厅东边不远处一幢二层小楼上。这里原是研究所的资料库,柜子里堆满了光盘和老式的电脑软盘。书柜之间的空隙中摆了一张行军床,武警上尉和衣躺在上面,响着轻微的鼻息声。公安局的葛队长值前夜班,他守在电话机旁,嘴里叼着烟卷,袅袅上升的青烟熏得他眯着一只眼睛,面前已扔下几十只烟蒂,屋里烟雾腾腾。他倒是没有一丝睡意,劲道十足地玩着翻牌游戏。不时起身向窗外看看,然后折回头接着玩。

他们是两天前埋伏在这里的,上级警告他们,一定要把三个危险的邪教徒和那只超级猩猩抓到手,如有差错,提头来见!最后一句当然是戏言,但葛队长从戏言中也听出了上级的焦虑。

床板响了一下,上尉说:"几点了?"

"1点。"

"你睡会吧,我来值班。"

"睡吧睡吧,年轻人瞌睡大。我熬夜已经熬出功夫了,三天三夜不眨眼也受得住。"

上尉坐起来:"来吧,少在我面前吹牛,你才比我大几岁?来,少眯一会儿,听你的嗓子都哑了。"

他走过来,硬把葛队长拽走。葛队长打了个呵欠。说不困是假的,他的两张眼皮早就重如千斤。正在这时电话响了。葛队长扫一眼,是第五条线路,这是院子东部的监视小组。他抓起电话:"说话。四个人潜入?嗯,是小孩子,你看真了?那就不要管他们,好,继续监视。"

他对上尉说:"是四个小孩,其中有那位闪电侠。这些小鬼,也赶来凑热闹。"

少顷,第十条线路的电话也响了,是地下试验大厅的值班室打来的。这次是上尉接的电话:"有人从通风道进入地下室?我们已经知道,是四个孩子,不要惊动他们。"

寻找中国龙

葛队长很快进入梦乡，这也是当公安的基本功。上尉接着他的牌玩下去。半小时后电话又响了，葛队长立即坐起来，目光炯炯，一点不像从睡梦中刚刚醒来。他听见上尉在答话："嗯……一辆红色夏利，没有开大灯……嗯，在院墙外停了几秒后向西开走。知道了，继续监视。"

上尉放下电话，笑着对葛队长说："好，毒蛇出洞了。"

一辆红色夏利停在路边，车上的三个人远远观察着研究所的动静。这辆车是哑巴偷来的，现在他坐在司机位，芳子坐在前排，麻原义仁和星星在后排。

从远处看，研究所的夜景十分平静，没有人影，没有灯光，没有声音。只有一只稻鸡咕咕叫着飞过原野。当然，这里的平静是假的，在那瓶神力1号失窃后，肯定有上百名警察埋伏在这里，张好了网等待着。

麻原义仁冷笑着，让哑巴绕过研究所，朝朱教授的寓所开去。那瓶珍贵的神力1号还揣在他的怀里，他真想亲自服用，变成一个90岁的超人，那就可以实现毕生的梦想了。不过他毕竟还没丧失理智，他知道即使是神力1号也无法开动他这架破机器了，甚至会使他残存的生命力在一夜之间烧光。权衡利弊，他决定把这瓶药让给阿部仲雄，这位阴险乖戾、手脚敏捷的哑巴。如果他成为超人，他一定会把本教的真理之光普洒众生。

现在最大的问题是磁场疏导这一步。中国警方当然不是傻子，他们一定会在世界唯一的磁床边设好埋伏。不过这不会吓退他的，麻原义仁历来善于行险。他和同伴制定了一个"以人质换时间"的计划：抓住小刚，然后挟人质直闯研究所。只要能争取到一夜的时间，哑巴就会变成一个超人，那时，还有什么武器能制服他？

计划安排在今天深夜实施，趁小刚熟睡时实施。否则，独孤星星也不一定能对付得了这个功力无敌的小超人。不过他们相信，孩子们瞌睡都大，在他熟睡时仍是一个再普通不过的孩子，甚至阿部仲雄都能对付。

前边是朱教授的寓所，夏利车减慢速度，悄悄停在阴影里。这里很可能也有暗藏的警卫，但他们奈何不了行如鬼魅、倏忽来去的独孤星星。独孤星星蜷曲在后排，目光畏缩，表情漠然。这些天，在毒品的帮助下，他们已非常成功地控制了这只黑猩猩。有时麻原义仁真的感谢朱氏夫妇，多亏他们对猩猩的智力拓展，它才能这么聪明，能听懂和执行这么复杂的计划，甚至能捅开保险柜偷出神药。等哑巴也变成"光速人"后，与独孤星星联手，那时这个世界就是他们的啦。

他微笑着转向猩猩，下达命令："去吧，记住，千万不要惊醒小刚，要在睡梦中抓住他。"

星星胆怯地看看他，然后坚决地摇摇头。麻原义仁纳闷了，对芳子说："它听不懂？再用哑语告诉它。"

芳子沉着脸比划了一阵，其中还掺杂着威胁。星星很胆怯，但回答是很坚定的："不，我不干！"

芳子怒冲冲地问："为什么？"

"小刚是我的朋友。"

听了芳子的翻译，麻原先是迷惑不解，继而是怒气勃发。他们早在昨天就向星星下达了"擒拿小刚"的计划——当然是在星星毒瘾发作的时候。为了得到那针毒品，这个畜生爽快地答应了。现在毒瘾过去了，它竟然反悔！麻原义仁狂怒地对芳子说："告诉它，如果不听命令，就永远别想得到科克。问问它，忘没忘毒瘾发作时的痛苦？"

芳子用最有效的哑语把这些意思传达给星星——她逼真地模拟着毒瘾发作时的惨状。聪明的星星完全懂得她的意思，它的目光中也再次闪着怯意。但毕竟这会儿毒瘾还没有发作，它的理智还足够清醒，所以它再次坚决地回答："不去。小刚是我的朋友。"

芳子和丈夫都被激怒，呀呀怪叫着掏出手枪。忽然人影一晃，两只手枪都被夺走。不过，星星马上老老实实地捧着手枪还给两人——它毕竟对这三人心存忌惮，因为他们控制着它的快乐和痛苦。

三个人面面相觑，对执拗的星星无可奈何。这个计划是建立在这只猩猩的超能力上的，没有它，计划就玩不转。也许等到毒瘾再次发作时星星会比较听话，但他们不敢再拖下去了。麻原义仁想想，忽然奸笑着说：

"芳子，告诉它，我们已经知道小刚是它的朋友，因此不让它去抓小刚了。我们让它去抓一个可恶的人。这个人六年来一直把星星囚在铁笼里，在它腰间箍上铁箍，拴上金珠丝锁链，不让星星回到山林里，不让它在树上玩耍。告诉它，只要它同意抓这个人，就不必抓小刚了。问它愿去不愿去？"

把这段冗长的话转达给猩猩颇不容易，不过聪明的星星终于听懂了。它犹豫着。那个小个子所长和他妻子对自己一直很好，按说不该帮坏人绑架他，可是……谁让这人一直把自己锁在铁笼子里？再说，抓住他，就没人动小刚了。它迟迟疑疑地点头同意。看见猩猩顺从了，麻原义仁很为自己的急智而得意。他威严地下了命令：去吧，一定要把那个可恶的小个子抓来。

星星跳出汽车，一团黑影直扑院内。仅仅两秒钟后，它又突然出现在车前，雄健有力的长臂紧紧抱着一个睡眼惺忪的小个子。这时院内才开始有了动静，卧室里灯亮了，有人在喊，有人在院里跑动。麻原义仁说："快，快把他塞到车里，立即赶往研究所！"

哑巴驾着汽车向研究所急驰，麻原祖孙俩侧过身子，一前一后，用手枪指着教授，得意之情溢于言表。只要教授在手，下一步就好办了。这次劫持竟是如此顺利，如此轻易，这全赖这只猩猩的绝顶功力。想想吧，如果阿部仲雄也达到这样的功力，天下还有办不到的事情吗？独孤星星干完了分派给它的事，似乎成了局外人，漠然地蜷在后车座上。朱教授惊魂稍定后，便翻手抓住星星的手腕，惊喜地喊：

"小星星？独孤大侠？这些天你跑哪儿去了？"他责备道，"是你替他们偷走了神力1号，又替他们把我绑架来，为什么你要听这些坏蛋的摆布？"

小星星听懂了，羞愧地低下头。它曾经恨过朱教授——就像一个被惯坏的孩子恨自己严厉的父母。因为六年来，这人一直囚禁它，不让它回到山林中去。不过，它也同样记得"爸爸"和"妈妈"对它的关爱，所以这会儿不免为自己干的事羞愧。

麻原不耐烦地用枪口杵杵教授："朱先生，闲话少讲。我想，你当然知道我们把你请来的目的。我们不想杀人……"

教授扬扬眉毛打断了他，冷笑道："太谦虚了吧。我已知道你们是邪教组织的，你们曾在东京地铁释放毒气，到伊拉克偷盗生化制剂，到刚果（金）偷埃博拉病毒……这些行动不是为了积福行善吧。"

麻原冷冷地说："至少到现在为止我还没打算杀你——只要你答应为阿部仲雄做磁场疏导。"

"让他变成一个邪恶的超人？"

麻原很干脆地承认："对，我们不需要长翅膀的天使。"

教授淡然说："一两个邪恶的超人救不了你。告诉你吧，我已经送走了100瓶神力1号，很快世界上就要有101位善良的超人，包括我儿子。而且，神力1号是属于全世界的，我很快就会公布所有的技术秘密，让50亿人——甚至包括你们这样的恶棍——都变成超人。麻原先生，你认为创造一个邪恶超人就能控制全世界？太幼稚了吧。"

麻原冷淡地说："那就是我的事了。你只用记住，用一次疏导手术换你全家人的性命。"

朱教授吃惊了："全家人？小刚在你们手里？是你设的陷阱？"昨天小刚对他们说，他要和白易、马田和菲菲去野游，至少要三天时间，当时他们同意了。现在看来，这件事未免蹊跷。其实，麻原心中同样纳闷，不知道教授所说的"陷阱"究竟是怎么回事。但他机敏地顺坡下驴，含糊应承道："放心，到目前为止，小刚安然无恙——只要你为我们做好这次疏导治疗。"

汽车已经到了研究所，朱教授苦笑道："好，你赢了。我照你说的办。"

在汽车灯光下，大门自动打开了。门后闪出三个训练有素的警卫，朱教授从车窗伸出头说："是我，今晚有急事。"

警卫看看教授身上的睡衣，没有多说，敬礼后让开路。

一行人进入大厅，下到地下室。地下室的值班警卫迎上来问："所长，是不是有紧急试验？"他看到所长被枪逼着，愣住了。哑巴利索地下了他的枪，把他铐在暖气片上。朱义智表情淡漠地看着这一切，丝毫不打算反抗。他领众人来到磁场疏导仪前，利索地打开电源，执行了启动程序："需要15分钟预热。"他对麻原说，"现在，我想首先确认小刚是安全的。"

麻原狡猾地搪塞着:"很遗憾,他不在附近。你放心,只要阿部仲雄的功力超过小刚,至少不在小刚之下,我们决不会找小刚的麻烦。"

教授厌恶地看看他:"好吧,但愿我能相信你的承诺。可以开始了,请这位阿部先生把药服下。"

麻原从贴身口袋里掏出那个小瓶,恋恋不舍地抚摸着。哑巴则贪婪地盯着它,盯着瓶中碧绿的琼浆。最后,麻原终于把瓶子递给哑巴,问小刚爸:"怎么服用?"

"一次喝完。"教授简短地解释道,"小刚就是这样服用的,我们发现,这比我们原定的逐次服用方法更有效。"

一直持枪站在一旁的芳子厉声警告:"不要玩花招,否则……"

朱义智懒得回答,冷冷地转过脸。哑巴一咬牙,把瓶中药液一口喝干,然后他紧张地倾听着体内的动静。地下室突然变得十分寂静,只余下轻微的电流的嗡嗡声。就在这寂静中,忽然听见极低极细的小孩声音:"快,快醒醒……"

芳子听到了,向丈夫做个手势。哑巴也听到了。俗话说十哑九聋,但这个哑巴还残存着一点听力。现在,可能是药物的作用,他的听力变得敏锐多了。他像猎豹一样耸起脊梁,辨认出声音来自不远处的储藏间,立即拔出手枪冲过去,一把拉开房门。小小的储藏室塞着四个人,其中小刚正在揉眼睛,其他三位又是掐又是拧地催他醒来。阿部不愧是训练有素的杀手,他连半秒钟也没有犹豫,扑上去攥紧小刚的双臂,把他从地上提溜起来。

门外的众人听到了哑巴狂喜的笑声,然后见他大步走过来,怀里紧紧箍着小刚。白易、马田和菲菲随之蹿出来,赤着脚,惊慌失措地看着众人。教授震惊地说:

"小刚,你们怎么在这儿?"

小刚被两只铁臂箍得喘不过气,羞愧地说:"爸爸,我们想帮你捉坏人,可是……"

三个日本人笑得合不拢嘴,太好了,今天的运气太好了,天照大神和上帝都在帮他们。有了小刚,就更不怕朱教授捣蛋了。芳子走过去,帮丈夫把小刚仔细捆好。她十分庆幸：幸亏在他未睡醒时就把他抓住，否则，这个功力过人的小家伙一定非常难以对付呢。

朱教授显然十分沮丧，长叹一声："好了，你们真的赢了。请阿部先生躺到磁床上吧。"

小刚大声喊："爸爸，不要为他们做磁疗！不要管我，不能向他们屈服……"

麻原笑嘻嘻地向孙女使个眼色，芳子走过去，掏出一把寒光闪闪的匕首，凶恶地说："小东西，再敢喊叫，我就割了你的舌头！"

匕首贴到脸上，寒意使小刚打了一个寒战，脊梁上发凉，口里发干。但他想自己决不能当懦夫，便鼓起勇气喊下去："爸爸，不……"

芳子一把捏住他的下巴，小刚爸喝止道："不许动小刚！……来吧，我要做磁场疏导了。"

哑巴已经感到了凶猛的药力，像一团高压气体在胸口翻滚着，膨胀着，竭力要把胸膛憋破。他顺从地躺到床上，盖上上盖，然后教授熟练地调好各种参数。

磁场疏导进行了一个小时。在这段时间中，朱教授一直仰坐在操作椅上，闭着眼睛，对周围的事不闻不问，甚至不看儿子。麻原祖孙俩端着手枪，警惕地监视着小刚父子和三个孩子。小刚被捆得像个粽子，扔在芳子的脚下。他又羞又恼——全怪自己的贪睡，才落到这个境地，空有一身本事不能施展。可惜他不会武侠小说中所写的"缩骨法""易筋法"，不能从绑缚中脱身。不过，他一直没有停止动脑筋，两眼滴溜溜地扫着屋内的动静。

白易他们三个一直盯着芳子和老家伙。当两人的目光稍一错开，白易就努力向猩猩打手势。她告诉小星星："那三个人是坏人，是天下最坏的坏蛋！"星星胆怯地看看麻原父女，用哑语回答："对，我知道。"白易急急地问："那你为什么还要听他们的话？快把他们抓住，我知道你的本领。"星星羞愧地说："不行，我不敢。"

白易焦急地问："为什么不敢？"但它没来得及回答，就被芳子瞥见了。

芳子恶狠狠地命令道："不许交谈！"她走过去，把三人的脸转向墙壁。

这时朱教授睁开眼睛，关上电源："好了，已经完成了。"

麻原疑惑地问："只有一个小时？我知道小刚的磁疗进行了一个晚上。"

朱教授不耐烦地说："我们已经改进了。放心吧，我不会拿他的命去换我家小刚，他不配。"他按下开盖的按钮，"至于实际效果，你问问阿部先生就知道了。"

上盖缓缓打开，哑巴坐起来，木然地盯着四周。满屋的人都盯着他，但只有小刚知道，神力1号肯定起作用了。作为一个过来人，小刚知道哑巴此刻已经进入一个全新的世界，这个世界是静止的，几乎无声的，怪诞的。现在，他肯定正在努力适应自己身体的新节奏。

片刻之后，哑巴就清醒了。他从磁床上跳下来，忽然呀呀怪叫着冲到独孤星星身边，劈面打了一拳。星星本能地举起手臂抵挡，双方闪电般交换了十几招，快得外人只能看到胳臂抡起的一片光影。忽然，这个场面戛然而止——哑巴已经抓住了星星的双臂，得意扬扬地看着麻原祖孙俩。麻原知道他在用星星检验自己的功力，便兴奋地问："成功了？你已经变成了超人？"哑巴傲然点头。朱教授冷淡地说："好了，我想你们该遵守诺言，放小刚和我走了。"

麻原厚颜地笑道："是吗？我有过这样的诺言？……"

哑巴忽然吼了一声，他瞥见小刚已从芳子脚下悄悄爬开，白易也悄悄爬过来，正用小刀割着小刚臂上的绳索。哑巴闪电般冲过去，一把拎起小刚，仔细检查，发现绳子还没有割断，便把小刚踢回原位。又拎起白易，凶狠地抽了两个嘴巴。

白易白嫩的面颊立即红肿起来，一绺血丝从嘴角处缓缓流下。她的仇恨战胜了胆怯，冷冷地盯着哑巴，把口中的血沫唾到他脸上。哑巴暴怒地举起手——忽然一道黑影闪过来，从他手中夺过白易。这是星星。它把白易撂到身后，然后两个暴怒的哑巴呀呀怪叫着，来了一番闪电般的过招。片刻后搏斗停止了，是哑巴占了上风，他已把星星的两臂用力扭到身后，星星疼得龇牙咧嘴的。麻原芳子走过来，掏出一副尼龙手铐把星星铐上。

麻原义仁恶狠狠地瞪着猩猩，弄不明白它何以敢公然反抗，难道它不再惧怕毒瘾的折磨了吗？既是这样，这只猩猩就不可留了。他果断地命令哑巴："宰了它！它已经没用了，留着也是个祸害。"

小刚、白易他们瞪大了眼睛，异口同声地大喊着："坏蛋，不许杀害星星！星星快逃！"

星星感动地看着朋友们。它替坏人干了这么多坏事，朋友们仍然没有嫌弃它！不过它没法儿逃走，它的两手被铐着，又被哑巴的铁臂紧紧抓着。这会儿哑巴从腿上抽出一把匕首，缓缓举起来，准备下手。白易痛楚地尖叫一声，闭上眼睛。

哑巴狞笑着，极缓慢地把匕首刺过来，似乎是故意让星星体会死前的恐惧。他的动作越来越慢，越来越慢，这时麻原祖孙俩开始觉察到异常。他们目不转睛地盯着哑巴的慢动作……忽然教授扑过来，劈手夺过芳子的手枪，放声大笑道：

"演出结束，请进来吧。"

眼前的一切像做梦。20名武警像从地下冒出来似的，突然之间把这里包围了。他们敏捷地制服了麻原祖孙俩，从麻原义仁的身上搜出手枪。随后从台阶上走下来几个人，有葛队长，武警上尉，最后边的是小刚妈和林钧爷爷。他们都轻松悠闲地笑着，漫步走过来，像来观看一场轻歌剧似的。

小刚妈笑着把儿子搂到怀里，从地上拾起白易的小刀，割断绳索。朱教授走到麻原面前，讥诮地说：

"非常抱歉，那瓶神力1号是特制的，我在其中做了手脚。它仍然能使服用者的神经反应速度变成光速，可惜这种效应只能坚持10分钟。然后它会逆向作用，使此人的神经传导速度减慢，一直到零。……你真的以为，在星星被劫之后我们还会如此粗心，会把一瓶神力1号放到家里，然后再用电话通知外人？告诉你们，你们在我家附近安装的窃听器，警方早就发现了。那晚小刚给白易打的电话，还有第二天记者的采访，都是特意为你们设的诱饵。"

麻原义仁面色惨白，两条腿抖抖索索的，几乎站立不住。那边，哑巴仍在缓慢地、坚定地、一毫米一毫米地往下刺着。他的神经反应速度已经降到了阿米巴原虫的水平。所以，他已经不能接受外部世界的信息了，仍在一心一意地干着自己的勾当。一个武警走过去，劈手夺过匕首，把身体僵硬的哑巴拖到一旁。

麻原芳子目光呆滞地看着这些突如其来的变化，面色越来越白。忽然她歇斯底里地尖叫一声，一把撕开衣服，露出白皙的胸部、精致的文胸和……腰间的炸药！她的右手食指已经向腰间的一个按钮按去。葛队长大吼一声，和身扑去，但显然已经来不及了。

她的食指马上就要按到电钮，这儿马上就会变成血肉横飞的屠场。但是，一个小小的身影一闪而至，用小手拖住芳子的指头往旁边一带。这是武术中四两拨千斤的招数，芳子的手指被带偏了，狠狠点到自己的腰眼上，疼得她倒吸一口凉气。在这当儿她已看清是小刚在捣乱，便用左手隔开小刚，右手仍旧向按钮上点下去。

小刚敏捷地躲开了芳子的左手，仍去拉她的右手。这对他是轻而易举的事，因为那个女人的动作在他眼里慢得无以复加，她的狞笑变成了石像上的凝固表情，让人觉得作呕。不过，麻原芳子这次也有了防备，她的右臂像铁一般坚硬，小刚竭尽全力也拉不动她。在紧急关头，小刚只好以速度来抵消力量。他用两只小拳头疾雨般捶击着芳子的右手，无数小的冲量合成一个大冲量。在小拳头的花影中，芳子的右手竟然落不下去，恰似小小的雨点也能打歪硕大的荷叶。

但毕竟小刚的力气不足，那只右手仍在缓缓下落，眼看就要到达按钮了。在这千钧一发的关头，仍带着背铐的猩猩冲过来，用脑袋撞到芳子的右臂上，赢得了宝贵的片刻时间。这当儿小刚已经想出了一个制敌妙策。他敏捷地抬起手，捅向芳子的腋窝。麻原芳子凶恶的面部在一刹那间皱成一团，再迅速绽开，变成比哭还难看的笑容，原先歇斯底里的尖叫也变成歇斯底里的笑声——她最怕胳肢了！她缩回双手护着自己的腋窝，狂笑着在地上滚来滚去。

连小刚也没想到自己的奇兵竟有如斯神效，于是更来劲儿了。两双小手轮番出击，胳肢得密不透风。芳子在地上滚动着，狂笑着，直到笑声在喉咙里哽住。葛队长及时赶到，死死捉住这个女人的双手，急急喊着："小刚，别胳肢了，再胳肢她就没气了！"

芳子被狂笑堵住喉咙，脸色已经憋得青紫。小刚忙停止进攻，但双手仍放在她的腋窝附近，警惕地观察着。很久那女人才缓过气来，脸上还残留着刚才的狂笑，两眼却异常恐惧地盯着小刚的双手。这些表情混杂在一块儿，实在难看极了。葛队长熟练地把她的手臂拧到背后，上了铐，没有好气地讥诮道：

"你还怕胳肢啊，当年加入黑道时没接受过忍受胳肢的训练？像你这样贵恙多多的女人，当什么杀手啊。"

葛队长虽然表面轻松，实则心有余悸。他和朱教授等人精心安排了这一个陷阱，也取得完全成功——谁料在最后一刻几乎全军覆没？如果这疯女人得手，陪葬的将包括世界上唯一的两个超级人（猩），包括掌握这项机密的三名科学家，还要搭上一台珍贵的磁床！自己的粗疏实在该死，想想都让人后怕。他摸摸小刚的脑袋，衷心夸奖："好样的，小刚。真不愧是少年闪电侠——特别是你能闪电般地想出这么一个好主意。"

哑巴躺在地上，手里也没了匕首，但仍从容自若地继续他的杀人动作。不过他的动作已经非常慢了，旁人几乎不能察觉了。麻原义仁像个石胎泥塑，呆立着一动不动。芳子已经回过神，两行浊泪从眼窝中滚出来。葛队长拾起刚才白易的小刀，挑起芳子腰间的一根电线："我先把炸弹的电源切断。"武警上尉急喝一声："别动！——线一断炸弹就会爆炸，这是基本常识啊，你能不知道？"上尉不满地说，怀疑地看着他

葛队长朝他挤挤眼，大大咧咧地说："哪能呢，我是排弹的老行家啦。"他挑着那根电线，盯着芳子问："是不是？现在我要割断了，你看，我要割断了。"

芳子的脸色在一瞬间由白变青，由青转白，青青白白转了几遭。因为她十分清楚，只要这根电线一断，她就会在轰然一声中变成血沫肉雨。当然这正是她的目的，她想和周围的人同归于尽，刚才她还想自己引爆它呢。不过，现在杀气已泄，痛定思痛，她比别人更害怕那个血肉横飞的下场……她终于忍受不住，哇的一声大哭起来："不要！……"

寻找中国龙

葛队长当然知道这些。不过他对这个女疯子特别讨厌，存心想让她在精神上吃点苦头。这会儿看着芳子涕泪交加的狼狈相，连他也不忍了。他缩回小刀，嘟囔着："早知如此何必当初？看你刚才那个舍生赴死的英雄样……"然后他喊过手下，按正常程序进行了排弹操作。

小刚妈找到了猩猩手铐上的钥匙，为它开了铐，疼爱地把它搂在怀里："星星，以后我们再也不会锁你了，回到你朋友的身边吧。"四个孩子簇拥过来，把星星紧紧围在中间。虽然它干过那么一两件坏事，但朋友们都知道它是被逼无奈。而且，刚才星星为保护白易还同哑巴搏斗来着，制服恶女人时它也立了功呢。仅此一点，大家也原谅它了。星星很感动，很惶惑，很有点手足无措、感恩戴德。忽然它想起了自己会做的礼节——好长时间没用了，于是它又向四周送起飞吻来。孩子们一愣，前仰后合地笑起来。星星受到鼓励，更是把飞吻送得情深意长。

在孩子们开心的笑声中，朱教授和葛队长走到麻原义仁和哑巴跟前，客气地说："你们的戏该谢幕了，请吧。"

老家伙一言不发，一动不动。他脸色灰败，生命力伴随着他的邪恶希望在慢慢消失。哑巴也僵卧不动。不过他这种状态是暂时的，两个小时后就会恢复正常。于是葛队长喊来两个警察，把哑巴像抬木头一样抬出去。正在这时，老家伙两眼一翻，也直挺挺地向前倒下去。朱教授抢前一步抱住他，喊："抓住他，别让他跌倒中风！"

两个武警忙接过来，小心地把他放到地上。不过已经晚了，老家伙瞪着白多黑少的死鱼眼，脸上的凶恶表情开始凝固。马田抢上来摸摸他的鼻息，失惊打怪地说：

"没气了，这家伙真的没气了！咋死得这么便当！"

葛队长过来翻开他的瞳孔，真的不行了，瞳孔已经散光。葛队长哼了一声，让手下抬起尸体，押上两个人犯回局里。白易看见麻原芳子的上衣还敞开着，忙过去为她扣好。那女人没有一点感激之意，反而恶狠狠地瞪着白易，瞪得白易的头皮直发凉。这女人被押走时，只向自己祖父的尸体上扫了一眼，但并没有留恋和泪水。

第十章　太空双侠

经过这一番生离死别，几个孩子亲热得不行，现在大伙儿已经打心底里接纳星星为小弟弟。他们之间有一块张力很强的液膜，时时刻刻把五个朋友往一块儿吸。朱义智和童明嫉妒地看着，很想把儿子搂到怀里，用手指在他身上细细检查一遍——毕竟他刚刚过了一道生死关口啊。但是，至少在目前，他们挤不进孩子们的心灵世界。

警察和武警都撤走了，朱氏夫妇和孩子们离开大厅，想乘车回家。这时一架扑翼式飞机从东边飞来，轻悄地降落在草坪上。三个衣冠楚楚的客人满面笑容，鱼贯而下，同朱氏夫妇紧紧握手："祝贺你们的胜利。"

朱教授笑着说："你们的消息很灵通啊。"

"那当然，这些天我们早就等急了，每时每刻都和警方保持着联系。"

"那好，跟我来吧。"

他领着客人走向孩子们，小刚认出这是"小天体委员会"的两男一女。他们像看宝贝似的紧紧盯着小刚和星星，对其他几个孩子几乎是视而不见，这令三个朋友多少有点恼火。只有绪方信子认出了白易，亲切地招呼着："你是白易姑娘，对吧。这两位也是小刚的朋友吧，你们好。"

小刚爸咳了一声："小刚，恐怕你要和朋友们暂时分手了。这三位伯伯阿姨你认识的，肯定你也猜到了他们来的目的。其实，他们早就要带你走了，但为了不惊动那三个坏蛋，所以一直等到现在。还有，小星星也一块去。"

小刚干脆地说："没说的，我很高兴能用自己的本领干点事儿。不过，爸爸，你不是说已经培养了100个超人吗？"

爸爸笑了："那是骗麻原义仁的。第二批神力1号恐怕还需要30天才能生产出来。对了，鉴于你和朋友们在这次破案中的贡献，我会另外申请，多留下几瓶神力 1 号,让白易、马田和菲菲每人都得到一瓶。"

孩子们欢呼雀跃:"真的?我们真的都能分到?"小刚和白易格外高兴。有这么个皆大欢喜的结局,他们就不必为"吃独食"而内疚了。

三个客人都笑看着这四个乱蹿乱蹦的小猴崽——不是四个,是五个。因为一身黑毛的星星也夹在里面瞎起哄。小刚爸说:"好了,时间宝贵,收拾一下准备出发吧。"

几个人停止了雀跃,显得恋恋不舍。马田苦苦哀求道:"伯伯,阿姨,让我们再玩一会儿吧,只玩一会儿。我们这一辈子还没聚过一次呢。"

尽管与马田有同样的愿望,其余三人还是认为他的话太离谱。菲菲轻声说:"你说什么?这辈子咱们还没聚过一次?"

"当然!"马田理直气壮地说,"刚才要不是小刚神功无敌,咱们都在轰隆一声中灰飞烟灭了。所以,过去的事都可以算到上一辈子。"

朋友们大悟:"对,你说得对!"齐齐拿眼瞅着大人们。大人们互相看看,油然而生恻隐之心。最后庄先生慷慨地说:"好,就让你们单独玩一会儿。一个小时,不,两个小时吧。现在是早上 6 点半,你们 8 点半准时赶回来。"

"谢谢叔叔,谢谢阿姨!"

这窝麻雀哄地飞走了。只有星星略微滞后了一点儿,因为它还没有适应"自由"呢。小刚发现了,扭头拉上他。马田吆喝着:"快,快决定到哪儿玩,春宵一刻值千金啊。"

白易笑他:"乱用名词!……到月亮岛上吧,离这儿最近。"

"好!"

他们截了一辆出租,直奔白河里的月亮岛。这会儿岛上游人不是太多,孩子们找了一块绿草厚密的河滩,踢掉鞋子,团团坐下。不过还没进入正题,就有人大呼小叫地奔过来:

"小刚!白易!还有你们仨,真高兴在这儿见到你们。"

是边大哥,他扑过来,与五个小家伙抱作一团。白易心细,首先注意到远处有一个姑娘伫立着,一直望着这边,不过离得太远,看不清她的眉眼,便小声问:"成哥,你是一个人吗?"

"当然不是！"小边笑着，急忙跑过去，小心翼翼地搀着那姑娘走来。姑娘穿得很漂亮，举止优雅，只是左腿微跛。白易迎上去："燕子姐姐！"

燕子把白易搂到怀里："真高兴在这儿见到你们。"白易抬头看看她，十分惊讶于爱情的魔力。燕子经过爱情的滋润，变得十分娇艳，眼波流转，喜气洋溢，与撞车前或病房中的凌燕判若两人。她同三人打过招呼，把目光盯在猩猩身上：

"这就是你们常说的小星星吧。刚才听游人说，有四个孩子带了一只黑猩猩，成子立马就猜到是你们，就扯着我急忙跑来了。"

星星也学着大伙儿的样子同他们握手。然后，大概它想这个举动还不足以表达自己的热忱，便把最受人欢迎的看家本领施展出来——对着燕子和边吉成频频送起飞吻来。四个朋友倒是见多不怪了，燕子和小边乐得前仰后合。笑过，边吉成得意地宣布："以后不能再喊燕子姐姐了，该喊嫂嫂。我们在下月1日举行婚礼，婚礼前我再给你们送去正式请柬。对了，星星也去！"他正兴致勃勃地说着，忽然没来由地眼红了，"小刚，白易，谢谢你们救了我。我一定用一辈子向燕子赎罪，向你们赎罪。"

凌燕生气地说："成子，不许这样！怎么又说这些话？"她把话头岔开，"小刚，你们一定要来呀。"

小刚遗憾地说："可惜我和星星赶不上吃你们的喜酒了。我们马上要走了。"

白易向他们做了解释。小边果断地说："没关系，我们把婚礼推迟，等你们回来。燕子，你说行不行？——不，小刚，你别劝了，我们一定要等你回来，说起来，你还是我们的大媒人哩。"

他想起什么，便扶燕子坐下，自己飞快地离开。少顷，他拎着满满两只塑料袋回来，里边有可乐、啤酒、水果、各种小吃。几个孩子这才想起还没吃早饭呢，便不客气地大吃大喝起来。白易担心星星不一定喜欢这些食品，但看来它已经完全被同化了，很熟练地拉开啤酒罐的拉环，仰脖喝起来。

马田举起酒杯："喝酒前总得有个演说辞吧。我祝小刚和星星此去旗开得胜，建功立业。喂，大侠名满天下时，不会忘了老朋友吧。"

小刚笑道："忘了别人，能忘了你这张臭嘴？不开玩笑了。听爸爸说，要不了多久，神力1号就能提供给全人类。那时人人都是武林高手了。那时，学生们能在一个月内学完现在20年的功课，人人都能成为博士。那时中央电视台的播音员的正常速度不再是一分钟170个字，而是1700个，17000个……"

马田说："那时天上的飞机可以一架挨一架地飞，也不必担心相撞，因为'光速驾驶员'足以做出反应。"

"对，那时老头老太太们都能驾驶时速400千米的汽车。现在的F-1方程式大赛的超级选手们到那时不值一提！"

"还有，人脑和电脑的交流也能以光速进行，现在的'输入瓶颈'再也没有了。"

小刚总结道："对，到那时再回头看看现在的人类，呀，太可怜了，就像笨拙的树懒、蜗牛和蠕虫。与旧人类相比，我们都会变成奥林匹斯山上的诸神。你们说对不对？"

成哥和燕子听得两眼放光，叹道："什么时候能让我俩喝上神力1号，这辈子就不枉活了。"

"快了，肯定快了。"白易安慰道。"肯定在你们生下第一个宝宝之前！生下来就是个光速宝宝！"马田大大咧咧地说。燕子姐姐没有害羞，反倒满脸都是憧憬的神色。

时间已经到8点15分，该返回了。小边开有一辆面包车，又出去唤了一辆出租，两辆车把孩子们送回卧龙岗下的研究所。院内，那架扑翼机已经发动，小刚和爸妈告别，拉着星星匆匆爬上飞机，飞机马上起飞了。小刚爸妈和孩子们仰着脸，挥手告别，白易忽然想起一件事，追着飞机喊：

"小刚，记着为星星戒毒！"

飞机早已爬升到高空，不可能听到这句话了。小刚妈拍拍她的头："别担心，那边早就做好了周到的安排，一定会为它戒掉毒瘾的。放心吧。"

他们仰视着，直到飞机消失在蓝天中。

32 天之后，是格登彗星光临地球的日子。按天文学家的计算，它将在夜里 10 点 23 分到达。晚饭后，白易、马田和菲菲早早地聚到小刚家中，打开那台 100 英寸的壁挂式彩电。稍过一会儿，小刚爸妈也过来了，教授说："有一个好消息，电视上马上要广播的。"

"伯伯，什么好消息？肯定和小刚有关吧。"

朱教授笑着说："少安毋躁，我想电视上马上就要宣布了。"

孩子们只好耐下性子，目不转睛地盯着屏幕。屏幕上正展示着几个可能遭陨石袭击的城市：东京、川崎、釜山……奇怪的是，这些城市都非常平静，看不出丝毫的"战前"状态，也没有居民疏散后的冷清。这时一个男播音员出现在屏幕上：

"各位观众，万众瞩目的格登彗星就要光临地球了。这是一串项链似的小天体，有 5000 多块，最大的有几万吨。据计算，这些天体大部分将在大气层中烧毁，只有 40 多颗能落到地面上来。不过，如果它们落到人口密集的大城市，仍将造成可怕的伤亡和破坏。所以，各国协力建造了狙击者号飞船，执行中途截击任务。由世上唯一的光速超人朱小刚和黑猩猩独孤星星担任狙击手，由经验丰富的宇航员列昂诺夫担任驾驶员。飞船早已上天，很快就要与彗星相会。不过，"播音员的笑容加浓了，"根据最新的观测资料复核，格登彗星到达地球的时间要略为提前，也就是说，它不会落在东京等城市，而是坠落在日本以东的太平洋洋面上。所以，它对人类社会已经没有威胁了。等会儿我们看到的，将是一场有惊无险的狙击演练。"

画面上是各个城市的欢腾场面，行人们在相互祝贺。奇怪的是，电视机前的这三个孩子却有些茫然——有这样的结局当然令人高兴，可是，"小刚他们不是白忙活吗？"马田直率地说。

小刚爸笑道："这个结果我早就知道了，原来不想告诉你们。我知道，在看一场惊险电影时提前揭宝是最煞风景的事。不过，小刚他们怎么会是白忙活呢。这是一场极难得的实战演习，人类可以积累宝贵的经验，去应付今后天上来的灾难。知道吗？这个复核结果一直没有告诉飞船上的驾驶员们，这是为了考验他们在沉重的心理负担下能不能出色地完成任务。"

寻找中国龙

白易立即觉得心里沉甸甸的。她想，50亿人都轻松了，只有小刚他们仍承受着沉重的压力。不过，相信他们一定会胜任的。10点12分，实况转播正式开始。镜头上出现一位身穿太空服的金发碧眼的女记者：

"我是世通社记者安娜。现在我在新闻采访飞船里，我前边就是万众瞩目的狙击者号飞船。请看。"

镜头切换到采访飞船外，外面是广袤的暗淡的天幕，一艘小巧玲珑的银白色飞船缀在天幕上，飞船两侧喷着橘黄色的火光。女记者说："飞船是在前天升空的，定轨在距地面900千米的近太空轨道。到此刻为止，两艘飞船已绕地球飞行了10圈。10分钟后，飞船的轨道将与彗星轨道交叉。你们已经看到，狙击者号正在做最后的姿态调整。现在我把镜头切换到狙击者号飞船内。"

狙击者号飞船内，一位肩膀宽阔的宇航员坐在驾驶位上，两侧是小刚和小星星。他们都穿着白色的太空服，头盔里露出一黑一白两个脑袋。这边马田立即高声叫着："哈，黑白双煞！"

菲菲马上纠正他："多难听！应该叫黑白双雄。"

两位少侠显然不知道自己在镜头中，他们心无旁骛，高度警觉地观察着面前的屏幕。左手掌握着激光炮的瞄准器，右手虚按在发射钮上。虽然相隔千里，朋友们仍然能感受到他们的紧张。孩子们不由得也紧张起来，甚至忘了这只是一场有惊无险的练兵。菲菲轻声问："白易，他们能成吗？"

白易和马田责备地看看她："当然能成。你又不是不知道小刚的功力。"

"我是担心小星星，不管怎么说，它还没有具备成人的智慧。"

小刚爸插话："星星肯定能胜任。用激光炮击落陨石，是个相对简单的动作，只要求快速反应就行，所以它现在的智力水平足够了。其实，多少年前科学家就发展出了'鹰眼雷达'，把鹰眼和雷达相连，靠鹰眼的敏锐来发现敌国导弹。何况小星星的智力要远远超过鹰呢。"

小刚妈回头嘘了一声："开始了！"

采访记者的声音中充满了紧张亢奋："飞船马上就要与彗星群相遇了。虽然科学家已为这艘飞船挑选了最佳轨道，但它和彗星的相对速度仍超过每秒20千米，飞船轨道和彗星轨道的交叉也只有2.5秒，这就是说，只有2.5秒的有效开火时间。在这么短暂的时间内要击中5000颗小天体,即使对于'光速人'来说也不是易事。不过我相信他们一定能完成。现在,彗星已经进入我们的视界了!"

他们瞪大眼睛盯着屏幕。在暗淡的天幕上,彗星的5000个碎片排着整齐的长队,飞速向这边扑来。这颗彗星是太阳系的常客,在多次拜访中,它的挥发物已损失殆尽。即使如此,它的尾巴仍有数万千米长。彗尾拖到了地球的阴影之外,在阳光下闪亮着,十分壮观。彗星越来越近,摄影镜头飞快地跟着转动,五个人的心脏似乎都停止了跳动。他们手心汗津津的,默默祷祝着飞船的阻击一举成功。忽然——飞船开火了。它在一刹那间变成一只刺猬,一只以光柱为刺的刺猬。它身上长出密密麻麻的光柱。很奇怪的是,每条光柱都在半道上截断了——落在某一颗小天体上。这些小天体被击碎,在暗淡的天幕上消失。然后,当它们降落到大气层中,就变成一簇簇倒垂的艳丽的菊花。飞船身上的光柱晃动着,摇荡着,明明灭灭,灭灭明明,一共延续了2.5秒,同时在飞船的下面撒下满天礼花。也有极个别的陨石漏网了,它们的轨迹是一道直直的光束,在缤纷的礼花背景上穿过,然后消失在大气层中。不用说,这些漏网之鱼都比较小,它们在大气层中烧光了,没有对地面构成威胁。

飞船的光柱突然熄灭了,镜头马上切换成慢速回播。在十万倍的慢速下,可以看出,激光束原来是断续的,是一束一束向外发射的。小刚和星星瞄准一个星体——开炮;再瞄准一个星体——开炮。他们的动作十分娴熟,就像钢琴大师在演奏。由于速度极快,射击连绵不断,所以在平常人眼里,这些光束是同时亮起同时熄灭的。

观测飞船兴奋地宣布:"据统计,仅有1%的较小的陨石和陨冰未被击中,但它们都在大气层中烧光,没有一颗落到海面上。现在可以说,这次阻击计划取得了完全的成功!"

电视前和飞船内都是一片欢腾。小刚和小星星去掉头盔,在飞船内蹦跳着,互相拥抱。驾驶位上的列昂诺夫也回头做了一个"胜利"的手势。镜头拉近,满屏幕都是小刚和小星星傻兮兮的笑容。记者安娜的声音:"小刚,祝贺你。在这万众欢腾的时刻,你有什么话要告诉观众吗?"

小刚开心地说:"很高兴我和小星星交了一份合格的答卷。谢谢爸妈和林爷爷的神力1号。现在我急着回到地球,去吃家乡的牛肉熬面片,浆面条,烤红薯,水煎包……一个月来的太空食品真让我吃腻了!"

记者忍住笑,然后把镜头转向小星星:"小星星,我知道你是一位高智力的猩猩,请你用手势语向观众说几句话。"

星星痴笑着,用哑语比划一通。记者皱着眉头说:"哎哟不行,它的动作太快,我才学会的哑语知识对付不了。哪位懂哑语的观众可以翻译?"

白易立即按下互动电视的发射钮。"我能。我叫白易,是星星的好朋友。刚才星星说的是:'请告诉我的白易姐姐和大伙儿,我已经戒了毒品,我是不是变成了一个好孩子?'"白易高声说:"星星,你向来是一个好孩子,我们大家都喜欢你!"

这些话传到了飞船里,小星星高兴得顾盼生辉。

安娜在白易身边看到了小刚的父母,立即开始远距离采访:"那儿坐着的便是朱小刚的父母,朱义智教授和童明教授,也是神力1号的发明者。请你们讲几句话,好吗?"

小刚父母相视一笑,童明示意丈夫讲话。朱义智简捷地说:"神力1号是近代科学的结晶,而我、童明和林钧只是适逢其会,从树上摘下这颗熟透了的果子。我相信,有了神力1号,人类的新时代就要开始了!"

"谢谢你。我想这句话代表了整个人类的心声。现在,飞船就要返航了。"

太空飞船喷着火焰,调整姿态,开始返航。屋里的三个孩子兴奋地嘈杂着,恨不能立即和小刚小星星见面。他们没注意到朱氏夫妇短暂地离开客厅,很快又返回,脸上挂着神秘的微笑。童明把孩子们喊过来,说:

"孩子们,谢谢你们。这些天,你们帮助大人抓到了三个坏蛋,又帮助小星星迷途折返。你们立功了,也经受了生死关头的考验。我和丈夫决定,给你们发一份小小的奖品。"

白易不好意思地说:"朱伯伯,童阿姨,你们干吗跟我们客气呀?这都是我们该做的。"

"对，太客气啦。"

"收起来吧收起来吧，咱们谁跟谁呀。"马田笑道。

朱伯伯逗他们："那么，你们不想要这份奖品啦？真的不要？可不许后悔。"

还是马田"贼"，首先醒悟过来："要，我们当然要！我们要神力1号！"

白易和菲菲也醒悟了："要！伯伯快给我们！"

三个孩子又蹦又跳，围着朱伯伯，抢夺他手中的东西。朱教授哈哈笑着，把两手高举过头顶。在他手里，三瓶碧绿的神力1号闪烁着神秘的光辉。几分钟后，三个孩子每人捧着一瓶神药，安静下来，那绿色的药液在他们脸上映出一片辉光。白易激动地说：

"等小刚和星星回来，咱们也都变成功力高绝的闪电侠了，我真高兴！"

生命之歌

生命的定义

一、生命实际是一种时空中的构形而不是物质的实体，因为建造每一个生物体的砖石——原子——在该生物一生的新陈代谢中会多次更换，但尽管实体是流动的，其构建的生命却是延续的、特定的；

二、生命能自我复制，只有骡子、狮虎兽等少数特例除外；

三、生命体能够生长；

四、生命具有能自我描述的信息存储，这是它们能自我复制的基础；

五、生命体和外界有新陈代谢作用，病毒依靠宿主的新陈代谢，所以病毒只能算是一种半生命；

六、生命对环境有官能性影响和调节作用，机体还能产生和控制它的内部小环境；

七、生命体各部互相依存；

八、生命体对外部环境的小干扰是稳定的；

九、生命必然有进化能力，不是指个体，而是就其种族而言具有进化能力。

楔　子

  2037年秋天的一个早晨，北京大学燕南园的高级住宅区里仍像往常一样响起钢琴声，这是孔家的独生女儿小宪云在做早课。

  她今天弹的是门德尔松的《〈仲夏夜之梦〉序曲》。宪云今年才五岁，但指法已经相当老练。她十指翻飞，这首悠远清灵的乐曲从指下淙淙流出，而她也仿佛跟随着琴声进入了虹彩般朦胧的夜景。她母亲在身后静静地听着。

  一曲即毕，这位中央音乐学院的教授轻轻鼓掌："云儿，弹得真好，就到这儿结束吧。今天是你爸爸最重要的日子，我们也到实验室去观看。"

  她把宪云抱下琴座，合上星海牌高级钢琴的琴盖，然后牵着小女儿，步行穿过北京大学校园的林荫小径。小宪云一边蹦蹦跳跳地走着，一边好奇地问："妈妈，爸爸是不是今天要把元元弟弟生下来？"

  "对。"

  "爸爸也能生孩子吗？元元也在他肚子里吗？"

  妈妈笑了："云儿，长大你就会明白的。"

  随后她不再说话。小宪云偷偷地仰起头看妈妈，她觉得妈妈今天的神情很特别，庄重，兴奋，也有些紧张。当然这些微妙之处是她成年后才感悟到的，但这一天的所有场景都极其鲜明地烙印在她五岁的记忆中。

  北大生命科学院实验大厅坐落在一座千年古塔旁边，是一座现代化风格的仿生建筑。龟壳形大屋顶很轻薄，透光度可以随阳光强度自动调节。四周是12根洁白如象牙的柱子——实际上它们就是象牙，是用象牙生长基因制造的仿生材料。墙壁上的珍珠质涂料在清晨的阳光下变换着绚丽的色彩。

  大厅里挤满了来宾。他们轻声交谈着，怀着近乎虔诚的心情注视着前边的蛋壳形实验室。玻璃墙里面，穿着白衣的工作人员在做最后的准备工作，中心人物是一位35岁左右的男士，他身材瘦长但肌肉强健，动作敏捷。此时他正在有条不紊地下达着命令，表情冷静如石像，只有目光深处才透露出一丝亢奋。

小宪云一眼就看见了他。"爸爸！"她高兴地喊。妈妈赶紧捂住她的嘴，把她拉到一个角落里。但大厅里不少人还是听到了这声清脆的童音，有几个人轻轻走过来同宪云妈妈握手。他们悄声说：

"祝贺你，孔夫人。"

"向你祝贺，卓青玉女士。"

小宪云认出了几个相熟的伯伯和爷爷，有科技日报社的章飙爷爷、中央电视台的罗汉诚伯伯、人民日报社的刘骞伯伯。刘伯伯把她抱起来，轻轻拍拍她的小脸蛋说：

"小云儿，知道吗？今天全世界都在看着你爸爸呢。"

小宪云看见人群中有不少金发碧眼的白人和黑头发厚嘴唇的黑人，他们早把摄影镜头对准了蛋形实验室。她也像大人那样压低声音问：

"刘伯伯，为什么这么多人来看小元元出生？他很重要吗？"

刘伯伯亲亲她，笑着说："当然！太重要了！也许世界上只有一件事能与它相比，那就是上帝造人。你知道上帝造人的故事吗？"

"我知道，我还知道女娲造人的故事。不过这些都是神话，我知道人是猴子变的。"

刘伯伯轻声笑起来，忽然用手指放在唇边嘘了一声。大厅里突然安静下来，静得能听见摄影机轻微的咝咝声。衣冠楚楚的生命科学院院长田力文教授踏上讲台，努力抑制住自己的激动，宣布道：

"各位来宾，一项跨世纪工程的成果马上就要揭晓了。"他的声音微微颤动，透露出内心的亢奋，"这项工程我们命名为女娲工程，因为在中国神话中，是女娲而不是耶和华创造了人。当然，无论是女娲还是耶和华，都是人类蒙昧时期产生的肤浅的童话，那时人类还不了解生命的诞生和进化是何等艰难的跋涉。45亿年前，太阳紫外线、宇宙空间辐射和地球上雷电的共同作用，在地球原始大气和原始海洋中制造出了核酸和蛋白质等高分子物质，并在第一次自我复制中开始了生命的历程。今天，又一种全新的智能生命即将诞生，人类自此将代替创造万物的上帝。现在，请智能生命之父孔昭仁教授为大家讲话。"

刘伯伯抱着宪云挤到前边。她看见蛋形透明罩内的爸爸向助手下了最后一道命令，然后接过秘书手里的讲稿走到麦克风前，隔着玻璃望着大家。妈妈也从后面挤过来，轻轻攥住宪云的一只小手。

孔昭仁教授瞄一眼讲稿，微微一笑，把它放到口袋里。他面庞清癯，目光锐利，鼻梁和下巴处的线条像花岗岩雕像一样刚劲。他从容地侃侃而谈：

"谢谢大家的光临！我想，今天应该是一个里程碑，我们将代替上帝完成生命形态的伟大转换。"他的平静中带着骄傲，"我们是踩着无数先辈的肩膀才到达这一高度的，在这里我想历数一百年来生物学界的几项重大进步，并向这些先辈们表达我的谢意。"

他看见了人群中的女儿，对女儿微微一笑，然后扳着指头数道：

"1924年，苏联科学家奥巴林提出了生命起源假说。1952年，美国科学家米勒——那时他还是一个学生——用电火花和紫外线作用于模拟原始大气的混合气体，得到了构成蛋白质的各种氨基酸，即生命的砖石。稍后，美国科学家福克斯制造出一种类蛋白微球体，它们有类似运动、生长、繁殖和新陈代谢的生命特征。1965年，中国科学家合成了真正的蛋白质结晶牛胰岛素。2013年，我的前辈、原生命科学院院长陈若愚先生，根据已故生物学家贝时璋先生的细胞重建理论，用非生命物质'组装'成一种能自主分裂的细胞，这是第一个人工制造的单细胞生命。同年，在全世界科学家通力合作十余年之后，终于破译了人类的十万个基因密码。20年后，即2033年，日本科学家利用已知的人类基因——不包括成脑基因——培育出了第一个无脑人体，如今它已广泛用作生物机器人的身体，包括今天小元元的身体。"

在列举这些枯燥的数字和事实时，孔昭仁心中的激情逐渐高涨，两眼炯炯有神。他平息了一下情绪，继续说道：

"至于智能人的大脑，则完全是走另外一条道路。大家知道，人脑是45亿年生命进化的顶峰，是宇宙的精华。但严格说来，人脑是生命进化历程中各个时代留下的堆积物，不可避免地掺杂着不少冗赘结构，像爬行动物的旧脑皮之类；也受到种种限制，比如神经元中脉冲传导速度最大不超过每秒10米。在进入智力及脑科学的自由王国后，我们没必要再简单地模仿了。简而言之，就今天即将诞生的小元元来说，他的大脑是第10代生物元件电脑，其脑容量和计算速度已远远超过人脑了。"

小宪云好奇地向四周打量。她听不懂这些高深的话，但这些场景深深刻印在她的脑海中，包括现场那种十分特别的气氛：肃穆、庄严、凝重中透着神秘。

美联社记者海丝·波尔第一个站起身来提问，她是一位漂亮姑娘，金发，尖尖的鼻子，蓝眼珠十分明亮。她说："孔先生，听说你创造的第一个新型生命、第一个智能人的外形是一个小男孩，他有一个中国式的名字叫孔宪元，对吗？请你介绍一下他的情况。"

孔教授微笑着说：

"小元元是一个学习型机器人，他具有强大的本底智力，但不用输入任何程序。他也像人类婴儿一样头脑空白着来到这个世界，从牙牙学语、蹒跚学步开始，逐步感知世界，建立自己的心智系统。我们想以这种从零开始的学习过程来判断它是否有建树自我的能力。只有在他冲出混沌、建树自我后，才能说他确实是一个新的智慧生命。我们也想以此判定智能机器人和人类'父母'之间能建立什么样的感情纽带。小元元将在我家生活，我想我们能彼此相爱，包括我妻子、我母亲和我女儿。云儿，你会爱这个小弟弟吗？"

他笑着问窗外的小宪云。小宪云咯咯笑道："当然！"她的笑声使会场过于严肃的气氛活跃起来。

海丝小姐笑着问："作为一个女人，我想问几个母亲们会感兴趣的琐碎问题。小元元会吃饭吗？会长高吗？他是不是像阿童木那样神力无敌？"

"小元元体内使用永久性能源。当然，他也有吃饭功能，不过这只是为了他能更好地融入人类社会。他会长高。为了加快试验进度，在他出生时，我们用快速生长法已经赋予了他两岁的身体。至于他的体能，肯定将远远超过普通人——既然我们掌握了基因的秘密，我们为什么不使他各方面都尽善尽美呢？当然，他不会有阿童木那样的无敌神力，那是童话而不是科学。"

第二个提问的也是一位女士，印度的莎迪夫人："孔先生，你说到感情纽带，你坚信这种新型生命会具有人类之爱吗？"

孔教授平静地说："感情是比智力更为复杂的一种物质运动，人类对它的了解还远远不够。但是，我想我一定会爱他——要知道，创造小元元比怀胎十月更为困难，我有什么理由不爱他呢！"

记者们都笑起来，宪云妈也笑了。田院长说："时间马上到了，最后请德高望重的前辈、原生命科学院院长陈若愚先生讲话。"

顺着他的手势，记者们这才注意到一个须发皆白的老人。他早已进门，悄悄站在人群背后。几个熟识的记者赶忙过去搀扶他，但老人摆摆手，步履健朗地走过来，接过麦克风：

"向孔先生祝贺。"78岁的老人宽厚慈爱地说，"今天无疑是一个新世纪的开端。正如田先生所言，地球上生命的进化过程是何等艰难的跋涉，多少物种都在进化过程中悲壮地失败了、消亡了，人类是存留下来并吃到智慧果的唯一幸运者。可是现在呢，我们能在一夜之间造就一种新的生命，并赋予它比人类更强大的智力，我简直有点嫉妒了。"

一个满脸胡子的土耳其记者敏锐地说："我想陈先生是委婉地表达了对小元元的戒心。"

陈先生未置可否，继续说下去。他的语调透出一抹苍凉：

"但愿这只是一个老人的多虑。大家知道，人类对电脑的依赖早就无可逆转。不过聊以自慰的是，从本质上讲，电脑只是一种智能机器，它们只能被动地从属于人类社会。但建树了自我的智能机器人会不会具有人类的生存欲望？他们会不会主动参与和变革这个世界？对这个新的世界，人类是否还能控制？让我们拭目以待。"

陈先生的话使大厅内已经活跃的空气又变得黏滞沉重，记者的提问因此迟滞了片刻。这时正好时间到了，蛋形密封舱内的沃尔夫电脑开始倒计时，清晰的金属声音在大厅中回荡：

"……7、6、5、4、3、2、1，开始。"

舱内角落的一道密封门缓缓打开。一个小水晶匣子被推出来，顿时它四周白雾弥漫，那是零下 200 摄氏度的低温造成的。在电脑控制下，水晶匣子内部开始迅速而均匀地加热。两岁的元元安静地甜睡着。他全身赤裸，大脑袋，额角较高，闭着的眼帘很长，睫毛上挂着白色霜粒，抿着嘴，双手交叉在胸前。看着这个惹人怜爱的小孩儿赤身睡在冰霜之中，人们不由地觉得十分心疼，似乎自己身上也有了寒意。

电脑在监控着元元的脑电波。先是一片混沌，然后一个鲜亮的绿色光点倏然出现，在黑色屏幕上跳荡着。跳荡的振幅逐渐衰减，在行将消失时又突然跳荡几下，慢慢消失。然后又是一个光点、几个光点、几千几万个光点，光点很快密集起来，变成闪烁跳荡的七彩光束，又联结成整体的光网。小元元的灵智终于冲出深重无际的混沌。他的眼睛慢慢睁开，向这个世界投去了茫然的第一瞥。壁挂屏幕上立即显示了他的视野，在这个初生婴儿的视野里，先是扭曲流动的人形画面，然后逐渐定型为清晰的倒立人像，那是孔教授和助手们正目不转睛地俯身盯着他。

万籁俱静，忽然响起一声带有金属质地的儿啼。它是那样的震撼人心，大厅里几乎所有人都热泪盈眶。小宪云趁刘伯伯全神贯注于小元元，从他身上挣脱下来，扑到玻璃墙上高兴地喊：

"弟弟，小元元！"

小元元随即被送到孔家。此后，他将远远避开记者和摄影镜头，像一个普通男孩儿那样生活。

宪云和妈妈欢天喜地地接纳了元元。只有宪云奶奶表现冷淡。她今年 70 岁，身板很硬朗，耳不聋眼不花。孔家没有一个男孩儿始终是她最大的心病。那边客厅里母女两个在轮流亲元元，喊：

"妈妈！奶奶！快来看元元啊！"

老人不满地嘟嚷着："哼，真胡闹，自己不生儿子，抱回来个机器人崽子充数，他能接孔家香火吗？"她沉着脸走进客厅，一眼看见一个憨头憨脑的光屁股小子，小鸡鸡撅着，两只眼珠乌溜溜地瞪着她。她疑惑地抱过来，拍拍他的屁股蛋，觉得颤悠悠的震手。老人十分惊疑，在她的思维中，机器人应该是庭院里除草机器人那种硬邦邦的家伙。

"这就是那个机器人崽子？"

宪云妈开心地笑着："没错！"

"两岁了？"

"嗯，两岁了。他可以说昨天刚生下来，但他的身体已经两岁了。"

"他会说话吗？"

"还不会，他还没有学过说话。不过，他的大脑已经发育完全了，学话应该很快的。元元，叫奶奶，奶——奶——"

元元憨笑着，吃力地搬动着嘴巴和舌头，终于迸出两个字：

"奶——奶。"

奶奶大喜若狂，一下把他搂到怀里："哎！真是个聪明孩子！我的小心肝儿！"孔教授刚好进门，她对儿子急急地夸赞，"你听元元会喊奶奶了，他第一个会喊的就是奶奶！"元元爸也高兴地笑了。

午饭时，奶奶把元元抱在怀里，一边耐心地喂饭，一边坚决地说："昭仁、青玉，不许再提请保姆的事儿，元元交给我了。"

元元爸没打算定购机器人保姆，他想让元元在"真正"的人类环境中长大，但他也没打算让老娘带元元。他皱着眉头说："妈，你已经70岁了。"

"70岁怕什么？我的身体结实着哩。有了这个小人精搅着，说不定我能多活20年。不要说了，就这样定了。小元元，你愿意跟着奶奶吗？"

小元元努力吞咽着面包，口齿不清地说：

"愿——意。"

小宪云也急不可耐地说："奶奶，我也帮你带元元，我从幼儿园回来就帮你带元元，好吗？"

"好，就这样定了！"奶奶说。元元爸只好同意。

第五天，她们抱上元元来到楼前公共草坪。绿色的草坪平坦松软，秋风轻拂，一片片落叶打着旋儿下来。小元元好奇地不错眼珠地盯着落叶，直到它落在地上。奶奶担心地嘟囔着：

"元元学走路太早了吧，他才生下来五天哪。"

元元妈笑着说："放心吧，妈，他的身体已经相当于两岁了，小胳膊小腿蛮硬朗的。让他试试。"

她把元元放在草地上，宠云在他前边拍手召唤：

"元元，快过来呀，快过来呀。"

乍一脱离大人的怀抱，元元很不习惯。他胆怯地扬着双手，摇摇晃晃地站着。他的小脑瓜迅速收集了数以万计的环境参数，分析着、综合着，小脑运动中枢向左腿肌肉送去了第一个指令脉冲，然后左脚稍稍抬离地面。他的身子马上趔趄一下，奶奶和妈妈都不约而同地伸出双手。

但他的小脑已迅速做出反应，调整了重心，建立了新的动态平衡。他终于抬起左脚，犹犹豫豫地往前伸。他踏下去，站稳了。三个人都欣喜地喊着：

"元元会走了！"

智能生物机器人小元元就这样迈出了他人生的第一步。在三个人的夹道呵护下，他开始摇摇晃晃地往前走，松软的草地亲吻着他的光脚掌。三个人陶醉在胜利的喜悦中，没有注意这个小东西越走越快，转眼间便飞奔起来。三个人惊叫着开始围追堵截，而元元却咯咯笑着东奔西跑。等到元元爸闻讯赶来时，元元已冲出重围，闯入住宅前的汽车干道。几辆汽车吱吱嘎嘎地刹住车，只有最近的一辆在刺耳的刹车声中仍滑向元元。元元妈和奶奶同时惨叫一声。

在那一瞬间，孔昭仁也绝望地闭上眼睛。他想不到自己千辛万苦创造的第一个智能人会死于一场普通车祸。元元死前的笑声仍在耳边长久地回荡。终于他意识到这不是幻听，睁开眼，他看见元元撅着屁股用力推着汽车，汽车的两个前轮已经离地。小元元累得满脸通红，仍在咯咯地傻笑着。几个面色惨白的司机目瞪口呆地看着这一幕。

孔昭仁揩了一把冷汗，走过去抱起元元，又向司机们笑着挥挥手。几个司机满脑门问号地开车走了。他把元元交给妻子和随后赶来的女儿。她们还没有从震惊中恢复过来，元元奶奶一下子瘫在地上，泪水唰唰地流下来。元元还不知道什么是哭泣，但奶奶的表情让他害怕和难过。他乖巧地趴到奶奶怀里：

"奶奶，奶奶。"

奶奶把他紧紧搂在怀里，喊着"元元，元元"，两行老泪不停地流淌着。

小元元很快成了全家尤其是宪云姐姐的生活重心。也许是天生的母性，五岁的宪云已经像一只小母鸡，时时把元元掩在羽翼下。她会把最好吃的糖果、最好玩儿的玩具全部慷慨地送给元元。

元元没有睡觉机能，他的大脑永远不会疲劳，所以每到晚上，家人互道晚安后，小元元就乖乖地睡到床上，举起左臂，让姐姐摁一下能源开关。然后，他的面部表情慢慢冻结，就像是湖面上逐渐消失的涟漪。清晨，小宪云刚被唤醒，就急急跳下床：

"奶奶，让我去喊元元！"

她爬到元元床上，努力掀开他的左臂，摁一下睡眠开关。元元慢慢睁开眼，木然的面部逐渐泛出灵光。等到这灵光延及整个脸庞时，他立时变得生气勃勃，动作敏捷地跳下床。宪云说：

"元元，快去看白雪，妈妈说，昨晚白雪生了四个小猫崽！"

两人急不可耐地跑到储藏室。白雪卧在一个藤编的窝里，身下是松软的丝绵，那是姐弟两人为它铺就的。四个小小的肉团团在它身下蠕动着，哼唧着。元元性急地伸手进去：

"是白的吗？我看看。"

但平素十分依恋小主人的白雪今天却十分凶暴，它恶狠狠地咆哮着，伸出前爪在空中虚抓一下。锐利的爪尖擦着元元的胳膊，划出一道血痕。宪云吓哭了，她赶紧拉上弟弟退出储藏室。元元也不甘落后地大哭起来。

但元元随即发现姐姐的眼睛中有一滴滴的水珠溢出来，就像那天奶奶一样。这可是新鲜事，他自己的眼睛中从来不会这样滴水。他忘了哭泣，用小手接着姐姐的泪珠，好奇地问：

"姐姐，这是什么？"

正在哭泣的小姐姐一下被逗笑了："这是眼泪！小傻瓜！"

"眼泪？姐姐，为什么我不会流泪？"

"为什么？"宪云思考着该怎样回答。爸爸一再交代，不要让元元知道自己是机器人，那样他生活在人类家庭中会不自在的，懂事的宪云一直记着爸爸的话。她忽然灵机一动：

"你是在假哭！对，你一定是在假哭！"

元元难为情地承认了，但他认真地反驳："不，有一天我真哭来着，还是不会流泪。奶奶！"他大声喊道："奶奶，为什么姐姐会流泪，我不会？"

正在厨房里洗菜的奶奶笑着低声咕哝："你个机器人小崽子，样样都要学姐姐的样儿。"她用围裙揩揩手，走出来一本正经地说："你是男子汉啊，男子汉不流泪。"

元元似懂非懂地说："噢，我是男子汉，男子汉不流泪。"

从宪云三岁时，父亲就教她下围棋、中国象棋和国际象棋。现在她把这些东西一股脑儿倒给元元。但她不久就发现，元元似乎是个天生的棋手，他很快超过姐姐，不久连爸爸也不是对手了。

爸爸不在家时，元元就会缠着姐姐："姐姐，再跟我下一盘吧。只下两盘，行吗？要不，我让你赢一盘，行吗？"

拗不过弟弟的死缠硬磨，她只好摆好棋子。但元元随即就忘了"让你赢一盘"的诺言，很快把姐姐杀得落花流水，还不耐烦地喊着：

"快走！姐姐快走！我等你老半天啦！"

气不过的小宪云偷偷把手伸到他的左臂窝里，摁一下睡眠开关，元元立即木然不动。她忍住笑从元元棋盘里拿走一个车，再摁一下睡眠开关，元元的眼睛立即骨碌碌转动起来。多少年后，宪云才感悟到生命力是何等奇妙的神物，它能在元元木然僵硬的面部上一下子注满灵性，使这个小机器人鲜活灵动，惹人怜爱。

元元眼光一扫，立即大叫起来："我的车呢？你又偷了我的车！"

宪云大笑着拂乱棋子，跑开了。元元在后边不依不饶地追着喊："不行！你赖皮！奶奶，姐姐耍赖皮！"

爸爸正好走过来，宪云笑着扎进爸爸怀里。爸爸抱起她，宪云伏在他耳边小声说："爸爸，你也给我安一个最聪明的机器脑袋吧，行不行？爸爸，给我换一个吧。"

爸爸低声嘘了一声："嘘，不要让弟弟听见。不要让他知道自己是机器人，等他长大再告诉他。知道了吗？"

"我知道！我早就知道了！"

元元五岁时奶奶去世了，她在去世前已经发现，长大了的元元不再"黏"奶奶和姐姐。他更爱和邻居家的小男孩儿玩耍，他强大的体力常常带来一些不大不小的麻烦。但更多的时候，他迷恋着电脑，近乎疯狂地迷恋着。

他迷恋电脑，不是迷上了电脑游戏或类似的玩意儿，而是干脆和电脑成了哥们儿。他常常一连几个小时坐在实验室的主电脑前，认真投入地和"沃尔夫哥哥"用键盘谈话。后来，每当元元走近，沃尔夫电脑就自动打开屏幕，一个电脑合成的面孔就出现在屏幕上。那个面孔上充溢着拳拳爱意。元元已不再使用键盘来会话，似乎两人的目光已经相通。

元元奶奶弥留时，家人都来同她告别。宪云哭得双眼通红，小元元仍不会流泪，但强烈的痛苦写在他脸上。姐弟俩悲声喊道：

"奶奶你不要走，奶奶你醒醒吧！"

妈妈忍住悲声拉着两个孩子出去。奶奶突然缓缓睁开眼睛，声音微弱地说："昭仁，你过来。"

孔昭仁向妈妈俯下身去，忍着悲痛问道："妈，你还有什么交代吗？"垂死老人的目光这会儿十分清亮，思维也异常地明晰。她断断续续地说：

"昭仁，你知道吗？元元是另一个世界的，他早晚要离开我们的。"

儿子沉默片刻才回答："妈，我知道。"

"孩子，元元真要离开时，你就放他走吧。"

儿子沉默片刻后回答："好的。妈，我一定按你的话去做。"

老人安然地闭上眼睛。她没有料到元元的悲剧也随之而来。两个月后的一次检查发现，元元的身体突然停止发育了。此后长达 37 年的时间里，他一直保持着五岁的身高，心智成长也从此停滞。这个变故的直接后果是元元爸性格的变态，那个快活的、慈祥的爸爸从此消失了。一直到很多年后，孔宪云还在心中苦声追问，这一切为什么会突然降临到她的家里。

第一章　长不大的元元

宪云在卧室里收拾自己的行装。她已经 45 岁了，是一位干练的职业女性。她的身材依然保持着年轻时的曲线，穿着很随意，一身细帆布猎装，旅游鞋，长发松松地挽在脑后。这些简单的衣装打扮也掩盖不了她的高贵气质，不过美貌中已带着岁月的沧桑。

她的床上放着一个中号 PVC 旅行箱，衣物差不多已经装齐。她抬眼扫视屋内，淡青色的墙壁上挂着她和丈夫朴重哲的合影，还有一张是她幼年时的全家福，有奶奶、爸妈、她和小元元，照片里溢散着浓浓的温馨和喜悦。她取下来，仔细端详着，轻叹一声。

妈妈托着一件洗衣店才送来的衣服走进来，含笑打量着女儿。女儿眼角已刻上了细细的网纹，那是非洲荒原上二十几年风霜留下的痕迹。妈妈问："明天的飞机？"宪云点点头。妈妈忍不住又劝道，"云儿，你已经不年轻了，还要在非洲跑到什么时候啊？"

"托马斯教授 58 岁了还在跑呢。"

妈妈叹口气，不再劝了。"好吧，你要小心。拍摄野生动物又苦又危险，每一次你出门，妈的心都一直悬着，一直悬到你回来。"

宪云笑着搂着妈妈的肩膀："我的老妈，你就放心吧，你心目中那个长不大的女儿已经是此道老手了。你不要忘记肯尼亚也是在 21 世纪，除自然保护区以外，那儿的生活条件并不比北京逊色。再说，对于速度四马赫的波音 797 来说，内罗毕到北京也就是四五个小时的路程。别担心啦！"

妈妈出去了，开始准备今天的饭菜。宪云想，当妈妈穿上围裙操持家务时，谁也认不出她就是国际驰名的作曲家卓青玉教授。作为一个生物学家的妻子，她的很多灵感都是萌发于大千世界形形色色的生命。她的《恐龙交响曲》在世界上颇负盛名,从乐曲中可以听出霸王龙的凶暴和不可一世、角龙的温顺和笨拙可爱,但无论凶暴还是温和,它们都具有生机勃勃的强劲生命。乐曲旋律由开始的昂扬强劲转为悲凉宿命,称雄地球的恐龙家族在不可抗拒的灾祸中逐渐衰亡,地狱使者的号角在乐曲中时隐时现。乐曲结尾,可以听见世界上最后一只恐龙在悲鸣着,似乎是在悲愤地诘问苍天厚土,质问那无常的命运。

一次,母亲在弹奏她的另一首作品《母爱与死亡》,忽然发现七岁的宪云泪水盈眶。她问女儿听出了什么?宪云哽咽着说,听着这首琴曲,她不由得想起爸爸讲过的许多生物习性:在严酷的非洲旱季,母狮子冒死同偷吃幼狮的雄狮拼命;雌章鱼在产卵后便不吃不喝,耐心细致地用腕足翻动卵粒,以保障卵粒能得到足够的氧气,小章鱼出生前,章鱼母亲便力竭而死……

母亲激动地搂紧小宪云,泪水滚滚而下。从此,她一心一意培养女儿的音乐才能。可惜,她没有成功。宪云从15岁起就坚定地选择了研究野生动物的志愿。她觉得在自己内心深处,在她的基因密码中,刻印着人类祖先遗留下来的野性,所以渴望能直接面对蛮荒的自然界。

母亲很失望,但没有勉强女儿。这使宪云常常觉得心中有愧。

宪云走到客厅,打开电脑屏幕的开关。这儿是生命科学院沃尔夫主电脑的一个终端,屏幕上立即闪出沃尔夫的电脑合成面孔。它文雅得体地微笑着,用悦耳的男中音说:

"夫人,沃尔夫电脑听候你的吩咐。"

沃尔夫电脑在30年前是世界上第一流的电脑,有视听说功能,它的合成面孔是电脑"人格"的象征。它也有简单的感情功能,尤其是当小元元和它对话时,它会调动面孔上的线条,组合成一个最灿烂的笑容。宪云微笑着吩咐:

"沃尔夫,请提醒我丈夫,今天是元元的生日。我们约好出去玩的,请他不要忘记。"

沃尔夫微笑着回答:"是,夫人。也请你向元元转告,他的朋友沃尔夫祝他生日快乐。"

宪云嫣然一笑:"谢谢,沃尔夫。"

"也祝你明天旅途顺利,夫人。"

"谢谢。"

妈妈已穿上外衣准备出门了,她匆匆交代着:

"我要去学校了,10点有我的课。你们晚上7点前尽量赶回来,生日蛋糕已经预订,等一会儿沃尔夫会通知连锁店送来预定的菜肴。你爸爸呢?"

宪云向书房瞥一眼,苦笑道:"又在书房生闷气呢。每次只要我说带元元出门玩,他都是这样。"

妈妈也唯有苦笑:"这个怪老头。"

宪云激动地说:"我真不理解,37年来,爸爸为什么这样对元元……抱有敌意。他从不让元元离开自己的视线,可是在家里又从不正眼看他!你记得吗?元元五岁前爸爸是多么爱他!甚至连我都嫉妒过,觉得爸爸偏心。现在他这样子,到底是为什么啊?"

妈妈沉重地看着宪云。这也正是她37年来百思不解的问题。那个才华横溢、豁达开朗的孔昭仁到哪儿去了?如今他活得像个黑色幽灵,折磨着自己,也折磨着家人。这些苦涩她一向深藏心底,从不告诉他人。她沉重地说:

"云儿,你要理解父亲。他年轻时才华横溢,是生物学界的领袖人物,元元身上倾注了他的全部心血。但元元五岁时心智发展突然停止,连身体也停止生长。这次失败完全把你父亲压垮,他的性格已严重扭曲了。云儿,直到现在我还认为你爸爸是个天才,但并不是每个天才都能成功,你爸爸陷入了DNA的泥沼——据他说,他要在DNA密码中寻找生命的灵魂——耗尽了才气。"母亲悲凉地说,"其实,最可悲的不是他的失败,而是他承认了失败,早在30年前他就彻底放弃了努力。你爸爸的心灵已被黑暗淹没,没有一丝希望的亮光,真不知道这些年他是怎样熬过来的。"

宪云和妈妈相对无言。这些情况宪云早已有所了解,但从母亲嘴里听到还是第一次。她很同情爸爸,也很同情母亲。她苦笑道:

"妈,并不是我不理解父亲。我也不愿违逆他的意愿,可是,37年来元元一直生活在他的阴影里,实在太可怜了。我又经常在外,只有趁回家这几天尽量带元元散散心。"

妈妈说："好了，不说这些了，你尽管带元元出去玩吧，怪老头那儿由我对付。我走了。"

主电脑室里，沃尔夫的电脑合成面孔出现在屏幕上："朴先生，夫人请你注意今天的日程安排，她和元元在等你。"

朴重哲和助手们刚完成了计算前的准备工作，他点点头："好，我马上就去，谢谢。"

沃尔夫略微犹豫了一下。在这个片刻，它一定检索筛选了几千万条感情规则，然后它说：

"朴先生，但愿这次计算能得出收敛的结果。"它歉然地说："很抱歉，我的能力有限，不能为你做更多的事情。"

朴重哲慈爱地说："不，你做得很好，责任在我们。"

沃尔夫电脑已经在生命科学院工作了40年，由于多次扩充和更新，它已拥有每秒亿亿次的运算能力。它可以轻松自如地对付任何人类的密码——它甚至不需分析，只用对密码进行蛮力攻击，在短时间内就能试完所有的可能性。但对于破译"生命灵魂"来说，世界上任何一种计算机也无能为力。这是上帝看守得最牢固的秘密。

所以朴重哲只好采取最原始的方式：先由他和助手们按直觉的指引挑选一个可能正确的方向，再为沃尔夫搭出一个计算框架，然后把希望交给命运女神。即使这样，沃尔夫每次也要花费100多个小时来进行紧张的计算。20多年来，他们已经失败139次了。

朴重哲笑着对助手们说："你们把扫尾工作做完就休息吧。养精蓄锐，准备应付明天的计算。"

谢尔盖教授和田岛博士都笑着点头。他们闭口不谈对成功的预测，这是他们心照不宣的一个约定。因为所有人都知道，成功的可能性实在太小了，他们几乎注定要做失败的英雄。朴重哲说："宪云明天去非洲，我今天陪她和元元逛逛。打算先去北京体育馆看电脑人脑象棋比赛，再乘直升机去青岛看大海。"

谢尔盖教授也是一个国际象棋迷，他得意地说：

"是库巴金与Deep电脑的大赛吧。他是俄罗斯的民族英雄，17岁战胜上届棋王卡斯帕罗夫，已经称雄棋坛20年了。现今世界上唯有他还能同电脑一决高下。"

田岛说："不过，最近两届大赛都是Deep电脑获胜。"

朴重哲点点头："对。Deep系列电脑与人脑的比赛是从上个世纪末开始的，由许海峰等人组成的科学家小组为电脑编制软件。上届棋王卡斯帕罗夫曾多次战胜电脑，但在他的晚年已经是输多赢少了。电脑的棋艺飞速发展，本届棋王库巴金也开始难以招架。对了，谢尔盖教授，我知道你的国际象棋棋艺很高，你同我家的元元下过棋吗？我在他跟前毫无招架之力。"

谢尔盖笑着："只下过一次。他的棋艺太厉害了！依我看，库巴金也不一定是他的对手！"

朴重哲笑道："可惜元元不能代替人类参战。"

从生命科学院到燕南园，朴重哲一向步行。他穿过林木葱茏的小径，对面过来的大学生们向他点头问好。他们朝气蓬勃，女生大都已穿上色彩鲜丽的短裙。朴重哲恍然悟到，现在已经是初夏了。

自从20年前投身于这项研究，每天埋头工作，他似乎已丧失了四季的概念。但他的努力没有得到回报，胜利一直遥不可及。有时候，绝望的心情就像霉菌一样，悄悄从阴暗的角落里滋生。他总是努力铲除这些霉菌，至少在同事和家人面前从不暴露自己的软弱。

宪云在门口等他，他拥抱了妻子，在她额前轻轻吻了一下："出发吧，元元呢？"

"他在电子游戏室，我现在就去叫他。"

"走吧，我也去。"

他们很远就听见了电子游戏室内的欢笑声和叫喊声。推开门，四个小孩正在玩仿真游戏。他们坐在操纵椅上，带着目镜和棘刺手套。当他们通过棘刺手套操纵飞行时，棘刺传感器会把有关信息输入到电脑中，目镜中就会出现逼真的太空作战场面。这会儿小元元扮演地球人，小刚和小林扮演外星机器人。四岁的女孩小英坐在元元背后，她突然尖声叫道：

"后边！元元，后边！"

小刚的飞船企图从后边偷袭，他的瞄准光环已经套上元元了，元元手疾眼快，一拉机头，飞船跃上浩瀚深邃的太空，然后像流星一样俯冲下来，光环迅速套上了小刚的飞船。几道激光闪过，小刚的飞船被炸裂，他惨叫着跌入太空深处。

现实环境中，小刚不情愿地从操纵椅上站起来，退出比赛。

小林的飞船不久也被击沉了，小英高兴地喊："元元你真行！地球人又胜利了！"那位太空小骑士咯咯地笑着，小脸庞放射着光辉，在操纵椅上顾盼自如。

宪云和丈夫相视而笑。他们婚后一直未生育，所以从感情上说，长不大的元元弟弟更像他们的儿子。他们十分喜爱小元元，喜爱他的宅心仁厚，喜欢他的天真活泼、童稚可爱。只有一点始终沉甸甸地坠在他们心底：从生理年龄上说，元元已经42岁了，但他的心智一直没能冲出五岁的蒙昧。

宪云走进游戏环境。元元的目镜中，一个慈祥中带着威严的女指挥官走上指挥台，穿着太空服，领口上的将星闪闪发光。她下命令道：

"祝贺你，元元，你该返航了！"

元元摘下目镜，高兴地喊起来："宪云姐姐，姐夫！"他取下棘刺手套扑过来。宪云把他抱到怀里："元元，和小朋友们再见吧，我们要出门了。"

几个小孩有礼貌地同他们告别："再见，朴叔叔、孔阿姨。元元，明天我们还来玩！"

当宪云同元元说话时，父亲正通过秘密摄像镜头观察着元元的一举一动。这里是孔昭仁教授的书房。厚重的栎木门，厚重的天鹅绒窗帘，黑色的高背椅，深褐色的书桌。孔教授在家时从不准许打开窗帘，所以书房里光线晦暗，气氛令人窒息。

这会儿，73岁的孔教授正埋在高背转椅里，目光阴沉地观察着他面前的屏幕。他看见宪云为元元穿戴齐毕,带上野炊的食品和用具。整日闷在家中的元元已经迫不及待了,忙不迭地问:"我们看完棋赛就去看大海吗?那儿有海鸥吗?有招潮蟹吗?姐姐,我已经一年没去看大海啦!"

宪云从厨房到元元卧室,一边忙着,一边笑着应付元元连珠炮似的问话。孔教授也跟踪着他们把屏幕来回切换。最后,听见宪云说:

"元元,去向爸爸告别吧,咱们要走啦!"

孔教授关掉屏幕。他按动遥控按钮,屏幕变成一幅孔子画像后便固定下来。在外人看来,这只是一幅装裱精美的国画。

一架无人直升机轻灵地落到院里,旋翼的气流把草坪的青草压服在地上。这是宪云向直升机出租公司预订的。没等元元进屋去告别,父亲已出现在门口。元元迎上去伸出双手:

"爸爸再见。爸爸,也跟我们一块儿去玩,好吗?"

父亲神情冷漠,但看到元元"充满希冀"的目光时,他终于弯下腰,把元元抱起来。常常渴望着父爱的元元立即笑容灿烂,那是一种发自内心的笑容。宪云和重哲交换了一下目光,轻轻叹息一声。元元是好孩子,爸爸对元元实在太不公平了!

飞机舱门自动打开,朴重哲坐到驾驶位上,父亲默然把元元递给后排的宪云。在拉上舱门前,元元站起来向爸爸招手:

"爸爸再见!"

父亲默无一言,看着小天使直升机轻灵地飞上天空,在院子上方略略盘旋了一圈,便像一只蜻蜓似的疾速升高,消失在蓝天背景之中。

他回到书房,匆匆拿了几件东西后来到院里。天边很快又出现了一个小黑点。黑点很快变大,一架同样型号的小天使直升机落在他面前。他打开机门坐进去。

直升机擦着云层的下部飞行,地上的楼群和街道像万花筒一样旋转着。这是氢氧燃料电池驱动的电动飞机,噪音很小,只听到舷窗外呼呼的风声。

元元一直趴在姐姐怀里絮絮地说着，这对姐弟更像是一对母子。宪云告诉他："元元，沃尔夫电脑要我转告你，它祝你生日快乐。"

元元骄傲地说："沃尔夫是我最好最好的朋友。姐姐，你不在家时，姐夫太忙，我经常和沃尔夫玩，下棋，玩仿真游戏，钻迷宫，讲故事。姐姐，下棋时只有沃尔夫能做我的对手。"他忽然想起什么，歪着头问："姐姐，小林、小刚他们都是只过一个五岁生日，我怎么老过呢？我已经过了37个五岁生日了！"

宪云无言以对。重哲从后视镜上看看她，宪云只有报以苦笑。她无法理解，在棋类、数学领域中智力过人的元元，为什么作为一个"整体"的人来说，他的心智始终不能冲破蒙昧。因此，这个傻得可笑的问题中，实际上浸透了辛酸。

她绞尽脑汁，斟酌措辞，想给元元一个合适的答复。但元元就像其他患多动症的儿童一样，思维早已跳到一旁：

"姐姐，妈妈为什么不来玩儿？"

宪云大大地松了一口气："妈妈今天有课。"

"姐姐，库巴金伯伯今天能赢吗？"

"你说呢？"

元元像大人那样皱着眉头："从上次的对局情况看相当危险。库巴金伯伯的实力已经明显落后了。姐姐。他要是再输了怎么办呢？还有人能战胜电脑吗？"

"有啊，还有我们的小骑士呢。"

元元得意地笑了："真的，我才不怕电脑呢。"

宪云与丈夫在后视镜里又交换了一个苦笑。蒙昧的元元至今仍不知道，实际上他并不归属于人类！

新建成的天河体育馆在一片绿地中间，银白色的屋顶在阳光下闪闪发光。这是一种跨度极大的悬索式结构。不过看不到悬索，因为强度极大的透明薄膜屋顶兼具了缆索的作用。几千辆电动汽车像密密麻麻的小甲虫，围聚在体育馆四周。也有一百多架直升机整齐地停放在停机坪上。朴重哲拉下操纵杆，直升机开始盘旋下降。

第二章 基因音乐

中央音乐学院一间钢琴教室里,在一个个透明的隔音间,二十几架钢琴斜排成行。卓青玉教授背着手在学生中间踱步,微笑着娓娓而谈。在这间隔音建筑中,她的低声曼语显得异常清晰。

"今天,我想演奏一首很特别的钢琴曲。说它特别,是因为乐曲作者是极不寻常的,不是莫扎特、肖邦、李斯特、德沃夏克,也不是比才、施特劳斯、德流士、舒伯特。这首琴曲的作者,正是我们心目中至高无上的上帝!"

她略为停顿,微笑地看着学生们惊愕的表情。

"不不,不是犹太教徒和基督教徒信奉的耶和华,不是伊斯兰教徒膜拜的安拉,不是普济众生、成就无上正觉的释迦牟尼,更不是中国神话中历经三千二百劫难始证金身的玉皇大帝——玉帝只是一个把宝座搬到灵霄殿上的凡间君主而已。汉民族在童年时期就缺乏幻想,从玉帝的凡俗化即可见一斑。这是题外话,我们回到正题上吧。我说的上帝无窍无孔,无目无耳,无皮无毛,混沌一体,它是谁呢?就是囊括四方、廓延八极的宇宙!是大自然!"

她让一个澳大利亚学生站起来:"比尔,你还记得DNA的知识吗?"

那个孩子肯定地说:"记得!这是中学生物课讲的内容。DNA的全名叫脱氧核糖核酸,其中包含着所有生命繁衍后代的遗传密码。"

女教授说:"对。它是大自然最得意的作品。你们知道它的传递过程吗?你回答,刘晶。"

那个扎羊角辫的中国姑娘做了一个鬼脸:"卓老师,我早把这点知识就饭吃了。我只记得DNA中有四种核苷酸:腺嘌呤、鸟嘌呤、胸腺嘧啶、胞嘧啶,分别简称为A、G、T、C。它们两两搭桥组成一条双螺旋长链。长链中每三个碱基组成一个三联体密码,由它决定一种氨基酸的组成,再由20种氨基酸排列组合成不同的蛋白质，比如，AAA是赖氨酸的密码子，GGG是甘氨酸的密码子……别的我就记不起来了。"

卓教授称赞道："不错，已经很不错了。跨进音乐学院大门后，你竟然还能记住这么多拗口的生物学名称，证明你在中学时代是一个好学生。"

刘晶夸张地表示感激："卓老师慧眼识珠，中学六年就没老师夸过我。"

二十几个学生都哄笑起来，卓教授笑着按按双手，让大家静下来：

"言归正传吧。早在20世纪末科学家们就发现，DNA中千变万化的碱基序列与音乐有神秘的对应关系：碱基总数是四，而八度音阶正好是它的两倍；基因重复产生进化，正像旋律的相似重复组成乐章。科学家只进行了简单的代码互换，像把G换成乐谱中的2，C换成3，T换成5……基因序列就会变成一首优美动听的乐曲。这是真正的天籁，是大自然之声！"

她的话在学生们中间展开了一个神秘新奇的世界，学生们都微张着嘴，聆听着。

"很久以来，人们一直对音乐的魔力迷惑不解。一首好的乐曲可以超越民族，超越国界，超越历史，在不同文化结构的人群中引起共鸣。这是为什么？音乐甚至能够超越人类——动植物也喜欢音乐。音乐可以使奶牛多产奶，可以使番茄增产。植物学家做过一个有趣的实验，他们把两个录音机放到西葫芦的温室里，一个播音乐，一个放噪音，结果，西葫芦的藤蔓缠绕前者却逃避后者。这是为什么？只有一个解释，那就是对于所有生命体，一定有一种普遍存在的特定的物质结构可以同乐曲发生谐振。这种共存的特定结构就是基因结构。所以，所有基因结构都可以翻译为乐曲，也就不足为怪了。"

那个刁钻的中国姑娘站起来，笑道：

"卓教授，我想问一个钻牛角尖的问题。正因为基因千变万化，才构成种类繁多的生物界，那么，一首贝多芬的《月光奏鸣曲》怎么能既同人类基因谐振，又同奶牛基因谐振的呢？"

她调皮地向同学们挤挤眼，扭回头一本正经地等着老师回答。卓教授笑道：

"调皮鬼，你以为能难住我吗？告诉你，我有一个生物学家老伴，所谓近墨者黑吧，我已经偷学了不少生物学知识。要知道，所有生物追溯到细胞水平都是极其相似的，这种相似性甚至存在于动植物之间。动物中最重要的红细胞和植物中最重要的叶绿素结构几乎完全相同；病毒基因与人类基因的共同点超过60％，人类同大猩猩的基因相似率在98％以上。所以，音乐能征服所有生命有它的内在原因。"

刘晶仰起头想了想，又继续问："我想再从逆向思维来求一个反证。如果基因序列就是音乐的体现，那么，对已有的历史名曲，是否能找到一段基因序列与它对应？"

卓教授微笑道："当然不是简单的一一对应关系。即使同样的乐音序列，当对它进行不同的节拍、强弱、长短等处理后，也可以得到不同风格的乐曲。但是，生物音乐学家确实已发现了这样的例子，比如肖邦的《葬礼进行曲》就同胰岛素的基因序列几乎完全一致。你们愿意听我演奏胰岛素的基因音乐吗？你们可以把它同《葬礼进行曲》做个对比。"

学生们已沉浸在神秘肃穆的气氛之中，似乎听到了上帝在创造世界时敲响的钟声。他们急不可耐地说："卓老师，快弹给我们听。刘晶，你坐下吧，闭上你的麻雀嘴！"

刘晶只好老老实实地坐下。卓青玉坐到钢琴旁，略为酝酿情绪后就弹起来，悲怆感人的旋律渗入每个人的细胞之中。

乐曲结束，几乎每人的瞳孔里都是水光潋滟。一个印度学生站起来肃穆地说："老师，我想我下面的话能代表全班同学：您的这堂课使我们真正爱上了音乐，谢谢您！"

第三章　怪老人

天河体育场十分漂亮，透过半透光的薄壳屋顶，正午太阳的强光被衰减成均匀浑白的散射光。但从里向外看又是绝对透明的。屋顶融入碧蓝的天空中，洁白的浮云从头顶飘过，高悬在南天的是一个光芒柔和的太阳。

体育场里座无虚席。电子巨型屏幕上变换着字幕：

世纪之战！人类棋王库巴金将再次向 Deep 电脑挑战！

这项人机对抗已进行两轮，第一轮卡斯帕罗夫以 4 比 5 失利，第二轮库巴金以 4 负 2 胜处于下风。

库巴金宣布，如果这次仍然失利，他将终生退出棋坛。

会场的布置很新颖。组织者为了最大限度地调动观众的情绪，没有像往常一样让比赛在封闭的房间里进行。他们在赛场中央设了一个透明的赛室，形状恰如一枚平放的鸡蛋。为了不影响棋手的情绪，从赛室向外看是完全不透明的。库巴金正在紧张思考，他没意识到自己的一举一动都在十万双目光的注视之下。

Deep 系列电脑今年是深冷电脑上阵。它外貌毫不像人，只是一个冰柜大小的长方体，正面有几个简单的按钮，一只孤零零的机械手，这使它的相貌颇为滑稽。但正是这个貌不惊人的智能机器，已经多次击败人类棋王，人类一向引以为傲的大脑已经遇到了强劲的对手。

电子巨型屏幕向四个方向显示着比赛的每一步骤。也有不少人用望远镜或袖珍电视直接观看赛室内的情况。朴氏夫妇和小元元坐在中排，目不转睛地盯着两个选手和电子屏幕。他们没有注意到对面有一个须发怪异的老人，浓密的头发和胡须几乎把他的脸庞全部覆盖。他也拿着一架双筒超焦距望远镜，但镜头并没有对准场内，而是始终对准元元。

当比赛进行到 24 步时，小元元扭回头，焦灼地对姐姐说："姐姐，库巴金伯伯看来要输，他这一步挺兵是个缓招！"

朴氏夫妇的棋艺已经不足以领会这些细微之处。他们互相望望，赞赏地拍拍元元的脑袋。果然，深冷连走马 f5、车 g8，10 步以后，库巴金的棋势渐见窘迫。他皱着眉头，苦苦地思索着，不久就因超时进入读秒。

在这之后，库巴金的败势就直落而下了。深冷电脑走车 d6，库巴金走王 e7，深冷马上走象 c5，之后很快结束了战斗。

大会组织者按下电键，蛋形赛室立即变得双向透明，几十个记者拥挤在赛室外边对胜负双方进行了现场采访。深冷电脑的声音是节奏准确、声调呆板的电脑合成音：

"很高兴能再次战胜杰出的库巴金先生。他是一个非常优秀的选手，相信在若干年之内，仍将对电脑棋手构成一定威胁。"它并不知道自己的"谦逊"对人类自尊心是何等残酷的打击。略为停顿后它又补充道，"很高兴在美丽的北京比赛，尽管我不能从感官上去体会它的美丽。我要向中国观众特别致意，因为 Deep 电脑棋手的创造者，正是以华人科学家为首的一个小组。感谢他们赋予我无限的创造力。"

显得十分疲惫的库巴金也应记者要求说了几句。他身材不高，外貌属于那种"聪明脑瓜"的典型特征，额头凸出，脑门锃亮，谢顶，锐利的眼睛藏在深陷的眼窝中。他说：

"很遗憾我没能取胜。坦率地说，自从战胜上届棋王卡斯帕罗夫之后，我已称雄棋坛 20 年，在人类中一直没有遇上旗鼓相当的对手。但现在我不得不向电脑递降表。我已尽了力。看来，至少在国际象棋这个领域，人脑对电脑的劣势已无可逆转。只有在围棋领域中，人类还能同电脑打个平手。但恕我冒昧直言，这恐怕也是好景不长。"他苍凉地宣布："从今天起，我将退出棋坛。"

他的这番话使这场比赛超越了一般意义的比赛，十万名观众都沉浸在一种无力回天的悲凉氛围中。他们不声不响地开始退场。忽然那位怪老人急急地站起来，用望远镜来回寻找，端着望远镜的双臂显得很僵硬，透露出内心的焦灼。

在他的镜头中，朴氏夫妇仍安坐在座位上，但元元的座位已空。朴氏夫妇随即也发现了元元的失踪，他们站起来前后左右寻找。望远镜头终于捕捉到了那个小不点，他正努力翻越椅背，按照"两点之间直线最短"的欧氏公理，向场中央攀去。在万头攒动的宏大背景下，他的身影小如甲虫。

库巴金先生与大会组织者握手告别，也和深冷电脑的独臂握了手。忽然一只小手拉住他的衣襟，一个小孩子正仰脸看着他，两只乌溜溜的眼珠如同两粒黑钻石，大脑门，翘鼻头，正是动画片中最惹人爱怜的形象。库巴金一眼就喜欢上这个小鬼头，他蹲下身子，微笑着问道：

"你好，小家伙，有什么事吗？你是否需要一个败军之将的签名？"

小元元皱着眉头严肃地说："库巴金伯伯，你在第 24 步时挺兵是一步缓招。如果改成象 d4，你不一定输。"

库巴金浑身一震！他刚刚下场，还未来得及复盘，但凭着精湛的棋艺，他立即意识到元元的正确。这会儿，他没有心思回顾一局棋的得失，急急地问元元：

"小家伙，你会下棋吗？你敢向深冷电脑挑战吗？"

那只初生牛犊大模大样地回答："当然敢！我从两岁起就同沃尔夫电脑下棋，总是我赢得多。"

等到朴氏夫妇走下看台时，播音器响了，比赛组织人林先生笑着宣布："现在通报一个有趣的赛场花絮，一个五岁男孩儿小元元愿意向深冷电脑挑战，有兴趣的观众可以留下来观看。"

正在退场的观众听见播音后都笑了，他们很佩服这个小家伙的勇气，但大多数人认为这是一场不值得观看的比赛。他们交谈着、评论着，潮水般涌出了会场。只有不足十分之一的人留下来，饶有兴趣地等待着。

朴氏夫妇已经赶到场地中央，听到播音后，他们相视而笑，找个地方重新坐下来。怪老人仍留在原位，用望远镜严密地观察着。

林先生按下计时钟，宣布比赛开始。库巴金伏在墙外，他看见小元元兵 e2，电脑立即应了一步兵 c7，似是采用西西里防御。但从第二步起库巴金就目瞪口呆了，对阵的双方走步十分快速，真正的落子如飞！库巴金看得眼花缭乱，他甚至不能定睛看清小元元手臂的动作，更谈不上对棋步的思考了。短短的十分钟后，这一局棋已经结束，倒是裁判的宣布又拖了足足半分钟，因为他实在不敢相信自己的眼睛。

"双方战成平局！"裁判无比惊讶地宣布。

体育馆内静默了十几秒钟，然后响起了天崩地裂般的掌声和喝彩声。全场只有朴氏夫妇未加入狂热的潮流，他们文雅地笑着，仍安坐在自己的座位上。还有那位怪老人，他的表情仍如刚才一样阴沉。

库巴金兴奋地冲进蛋形室，把小元元抱起来。小元元仰起头天真地说："库巴金伯伯，可惜我没能胜他，没能为你出气。"

库巴金已失去了惯常的冷静，他拍着元元的脸颊，连声说："这就很好，这就很好。我真高兴，小家伙，你太聪明了，你的棋艺太惊人了！"

他抱着元元走出比赛室，正碰上来接元元的朴氏夫妇。他急不可耐地问："请问，这是你们的儿子吗？"

两人相视而笑，宪云说："不，是我的弟弟。"

"他的天分太惊人了！冒昧问一句，你们是否愿意让他跟我学棋？我愿把毕生经验倾囊相授。也许只有他，才能使人类在这个领域再保持几年胜利。"

重哲和宪云犹豫着，难以措辞。库巴金看出了他们的迟疑，自尊心大受挫伤。他苦笑一声，把元元交给朴重哲，低头转身欲走。宪云不忍伤害这位赤胆热肠的棋手，忙拉他走到一边，低声道：

"实话告诉你，小元元从五岁起就停止发育了，他的生理年龄已经是 42 岁了。现在，他在棋类、数学、打电子游戏等少数领域里有过人的天才，但他的整个心智状态只相当于五岁的孩童。"

库巴金十分惊异，他半是自语地问："白痴天才？"

宪云犹豫着，最终下决心告诉他真相："不，他实际上是一个生物机器人。他的身体是用人类基因模拟制造的，大脑是第 10 代生物元件电脑。不过他本人并不知道这一点。"宪云苦笑着补充,"你也可以看出来,他在感情上是把自己视为人类的。"

这个残酷的事实使库巴金面色灰败。他一直不甘心对电脑俯首称臣,他认为人脑是大自然进化的顶峰,是45亿年进化锤炼的极品,它不该臣服于一些人造的电子元件!元元的胜利激起了他的希望,在这一瞬间,他已决定把自己的后半生与元元连接在一起了。但宪云的回答彻底粉碎了他的梦想。沉默良久,他黯然地说:

"人脑是生物45亿年进化的顶峰,它是这样强大,竟然培育出了比自己更强大的对手。"他的愤激之情溢于言表,"我已经老朽了,我不理解人类为什么要殚精竭虑来培养自己的对手。我相信智力如此超绝的电脑总有一天会产生自我意识,那时他们还会对人类俯首帖耳吗?"

他意识到自己的激动,竭力平静了一下,低声说:"请原谅,我太激动了。这些愤世嫉俗的话请不必认真。历史难道能倒退到没有电脑的时代吗?我们只有横下心往前走了。"

他没有再正眼看元元,同宪云夫妇告别后匆匆走了。宪云同情地望着库巴金踽踽而去的背影。元元扬起小手喊:"库巴金伯伯再见!姐姐,他为什么不理我?"

宪云苦笑着哄他:"伯伯没听见,伯伯有急事。好,咱们该去看海了!"

对面看台上,那个怪老人孤零零地坐着。他放下望远镜,眼睑的肌肉轻轻地抖动着。当他颤巍巍地走下看台时,宪云也向他那儿漫不经心地扫过一瞥。

小天使直升机轻捷地越过大海,擦过岛上哥特式建筑的尖顶,直接降落在洁白松软的沙滩上。

没等直升机的旋翼静止,小元元就欢呼着跳下去。他只穿着小裤头,赤着脚在浅水里嬉戏,白色的海浪亲吻着他的脚丫。远处,几只神态傲然的海鸟旁若无人地踱步,对面的陆地和楼房半隐在水面之下。小元元不知疲倦地喊着,笑着,跑着。不管是一只色彩鲜艳的贝壳,一粒透明的沙子,还是一只胆怯的小蟹，都能引起他真诚的喜悦和激动。宪云夫妇穿着泳衣坐在沙滩上，看着这个"遇赦"的"小囚犯"，欣喜中夹着辛酸。宪云喃喃道："可怜的元元。"

重哲安慰妻子："其实蒙昧也是一种幸福。正像伊甸园里的亚当夏娃，当他们处于蒙昧时是无忧无虑的。他们正是偷吃了智慧果，才被放逐出伊甸园，人类才有了忧患、悲伤、痛苦和罪恶。"

元元又跑远了，听不见他们的谈话。爸妈也不在身边。宪云觉得，总算有机会对丈夫一吐积郁了。她激动地说：

"重哲，我真的不明白，元元的心智发展为什么会突然停止。在五岁之前，他的成长一直是很正常的呀。"

47岁的生物学家沉思着，想给妻子一个实在的回答。他们没有注意到一辆相同型号的小天使直升机停在不远处，那个怪老人步履艰难地爬上沙滩后边的一个高台。他喘息着，掏出一件尖状物对准远处的朴氏夫妇。他慢慢转动远距离监听器的旋钮，朴重哲的声音逐渐变得清晰：

"宪云，记得20年前第一次到你家时，我对元元的断言吗？尽管那时出语狂妄，但我想结论还是对的。不要看元元在人群中已几可乱真，但他缺乏人类最重要的本能，即生存的欲望。那是生命的灵魂，缺少灵魂的肌体只可能是一个泥胎木偶，是一个无灵性的机械。所以，它只能具有智力，不能具有人类的心智。"

"但你怎么解释他在五岁前的正常发育呢？"

"宪云，这正是我百思不解的地方。你难道没想到，爸爸性格的变态，咱们家中那种怪异沉闷的气氛，都是从元元五岁后开始的吗？这绝不会是巧合。宪云，这道帷幕的后面一定有什么东西被精心掩盖着。"

宪云勉强笑道："你太神经过敏了吧？我想，正是元元的失败对爸爸打击过大，才使他性情变得古怪。"

重哲知道宪云有意无意在维护父亲的形象，他没有坚持，只是淡淡说了一句："恐怕没那么简单，宪云。我20年来潜心探索，就是想为小元元输入生命的灵魂。可惜，我是一个志大才疏的笨蛋。我曾狂妄地自信，胜利对于我犹如探囊取物，但是现在——"他悲凉地说，"我不知道在有生之年能否取得突破。"

他神态黯然，目光痛苦。宪云轻轻把他搂入怀中："重哲，不要灰心。我相信你的才华。"

"并不是每个天才都能成功的，宪云，你爸爸就是一个典型的例子。"

宪云很惊疑，丈夫的话与母亲说的竟然不谋而合。她抬眼望去，暮色已不知不觉降临。大海对面，远处的灯光已经开始闪烁。小元元这会儿反常地安静，坐在沙滩上一动不动，衬着太阳的最后几丝余光，就像黑色的剪影。不知何处飘来渺远的钢琴声，宪云辨出那是门德尔松的《仲夏夜之梦》。重哲叹口气说道：

"明天是第 140 次计算了，我很担心还像过去那样，在接近胜利时，整个大厦突然崩溃。"

他的声音苍凉滞重，透着浓稠的苦涩。宪云觉得是说话的时候了，她搂紧丈夫凝重地说：

"重哲，你知道我今天为什么坚持约你出来吗？我想请你来看这生生不息的海浪。它们永不疲倦，永不停息。正是这无尽无止的运动孕育了生命，它象征着生命的顽强和坚韧。重哲，你和爸爸研究的都是宇宙之秘，一代人两代人的失败算不了什么，希望你达观一点，不要步我爸爸的后尘。他被失败完全压垮了，连心灵也变得畸形。而在从前，他是个多么可亲可敬的爸爸啊。重哲，失败不可怕，被失败压垮才是最悲惨的。我已经失去了开朗慈祥的爸爸，不想再失去开朗自信的丈夫。你能认真想想我的话吗？"

她把心中蓄积多年的话全部倒出来。重哲悚然惊觉。他举目远眺退潮的海水，看那一线白浪在礁石间嬉闹。这生生不息的海浪，即使在退却时也充满生机。他觉得心灵上的重负片刻之间全甩掉了，有一种火中涅槃的感觉。他笑着把妻子拥入怀中："谢谢你，我的好妻子，我会认真思考这些话的。"

宪云高兴地站起来，她这时才发现暮色已重："哟，天色不早了，快回家吧，还要为元元过生日呢。元元，回家啦！"

没有回音。元元的背影嵌在夜幕上，一动不动。宪云担心地跑过去，她

看见元元在苍茫的暮色中发愣,那种忧郁沉重的神态是她从未见过的。她把元元的头搂到怀里,小心地问:

"元元,你在想什么?你不舒服吗?"

元元苦恼地说:"姐姐,我在这儿看日落。我看见又红又大的太阳慢慢沉到海水里,天慢慢黑下来。就像我睡觉时,你们关了睡眠开关后,有一种黑漆漆的颜色漫上来把我淹住。姐姐,我老是觉得我身上有一件重要东西丢在那片黑色中了。是什么呢?我想啊想啊,想不起来;想啊想啊,想不起来。"

他的沉重心态与"五岁"的年纪、"五岁"的脸容很不相称。宪云无言解劝,只有怜悯地看着他。

那边朴重哲已发动了直升机,他喊着:"宪云,把元元抱过来吧!"宪云赶紧抱起元元,笑着奔上飞机。

后边,那位怪老人眼睑抖动着,慢慢取下假发和假须。他听见了重哲对他的怀疑,宪云对他的怜悯,也触摸到元元灵光一现的心智。这些东西搅成炽热的岩浆,在他心里激烈翻腾。但不管内心如何,他外表仍然冷漠肃然,像夜色中的花岗岩雕像。

等到那架直升机钻入夜色中,他才蹒跚地走过去,启动了自己的直升机。途中他不时看手表,那上面不时有个红点在闪烁着,伴着唧唧的警告声。这是元元的行踪指示器,在100千米范围内有效,至于信号源,自然藏在元元体内。

元元妈已经等急了。终于,夜空中出现了一个红点,一架小天使直升机飘落到草坪上。妈妈过来埋怨道:

"怎么这么晚才回来,元元,玩得开心吗?"

元元早忘掉了那些扰人的思绪,咯咯笑着扑到妈妈怀里:"真开心!妈妈,下星期你也去,好吗?"

"好。只要有时间,我一定陪元元去。"

他们用磁卡付了直升机的租金,把驾驶开关扳回自动挡。一个电脑女声说:"谢谢你租用夏天公司的旅游直升机,再见!"直升机的旋翼又旋转起来,像一只驯服的小精灵,自动飞回去了。

他们走进客厅。元元伏在妈妈怀里,叽叽呱呱地说着今天在海边的见闻,说他怎样与深冷电脑打了个平手。妈妈连回话的机会都没有,只好笑着一个劲儿点头。重哲回卧室换衣服去了,宪云没有去。她侧耳听着夜空,似有所待。不久,隐隐约约传来直升机机翼的旋转声。这个声音消失后不久,孔教授进门了。他拎着一个小包,面色冷漠,对妻女微微点点头,便径直走向自己的书房。这会儿元元已回到自己的卧室,宪云苦笑着对妈妈说:"又跟踪了我们一天。"她不愿让重哲听见,声音压得很低。对爸爸这些令人脸红的怪僻行径,即使对丈夫也隐瞒着。宪云妈也熟知丈夫的怪癖,唯有苦笑:

"这个怪老头。"

宪云有些话已憋在心中很久了,她迟疑地问妈妈:"妈,是否请精神病医生为爸爸诊治一下?"

妈妈一个劲摇头:"绝对不行,孩子,你知道老头子性子刚烈,自尊心极强。让他意识到自己有精神病,会马上要了他的命。我们还是为他遮掩着,叫他安安生生度过晚年吧。"

重哲走出来喊妻子快换衣服:"元元呢?该为小寿星祝寿了。"

妈妈赶紧换上笑容,催促女儿:"快去快去,我去摆饭菜。"

孔昭仁走进书房后,顺手关上厚重的栎木门,拿过遥控器按了一组密码,墙上那幅国画又变成了屏幕。他习惯性地把屏幕切换到各个房间。元元的卧室内,元元正在摆弄从海边带回来的贝壳,表情十分投入,看样子他早已忘了在海边时偶一闪现的思虑。客厅里,母亲和女儿正在密谈他的精神病,她们没料到被议论者正在清清楚楚地听着这些针对自己的怜悯,但这位"性子刚烈"的男人却没有任何反应。后来,宪云也回卧室换便服去了。重哲躺在沙发上看电子报纸。妻子开始用微波炉加热菜肴。一切正常。

他一边观察屏幕,一边把提包内的东西拿出来藏到一个秘密抽屉里,有假发、假须,还有一件沉甸甸的东西,是一把大功率的激光枪。他动作熟练地检查了手枪的功能,放入秘密抽屉,为手枪蓄能器充上电。然后,他细心地锁上秘密抽屉，关上屏幕。室内电话响铃了，妻子出现在电话屏幕上：

"昭仁，该吃晚饭了。"

他简短地回答："好。"然后再检查一遍秘密屏幕和秘密抽屉，出门时他顺手带上了书房的门锁，他的书房是不允许任何人出入的。

餐厅里，五个人围坐在一张长方形餐桌上。灯光熄灭了，元元妈端着一个硕大的蛋糕走进来，五朵黄色的烛光摇曳着，映着元元妈喜气洋洋的面容，也为餐厅涂上温馨的暖色。宪云和丈夫拍着手笑着唱："祝你生日快乐，祝你生日快乐……小元元，许个愿，吹蜡烛吧。"

小元元咧着嘴笑，闭上双眼默默祝告一番，然后噗地吹熄蜡烛。灯光亮了，元元雀跃着拿来刀子切开蛋糕，分发给大家。大家都在吃蛋糕时，元元凑到姐姐跟前悄声说：

"姐姐，你猜我祝愿的是什么？"

"是什么？"

"我祝愿爸妈长寿，祝姐姐姐夫健康漂亮，也祝愿我快快长大。姐姐，这是我的第37个五岁生日了，什么时候我才能到六岁呢？"

宪云的心房猛一紧缩：他还没有忘记这档子事！但元元并没真正把这事放在心上，说完这句话，他仍然毫无心计地又说又笑。宪云放下心来，不过她仍觉得心头隐隐作痛。

第二天拂晓，宪云很早就起来了。太阳的晨光透过落地长窗，几乎是水平地射进屋内，屋内弥漫着一片金红。宪云吃了早点，把旅行箱收拾好。她走过去，踮着脚吻吻丈夫："重哲，再见，记着我昨天的话。"

重哲用力拥抱她，笑道："放心吧，祝你一路顺风。"

"喊醒元元吗？昨天他一定累了。"

重哲惊奇地看看她，笑着揶揄道："你是怎么了？你以为元元是人类的小孩子？对于他，只问能量是否消耗完，不存在累不累的问题。"

宪云也哑然失笑："你说得没错。重哲，我告诉你，小时候，很长时间我从不把元元当成智能机器人，我认为他是我亲亲的小弟弟，是人类的一个成员。虽然他有种种怪异之处，比如不会流泪，有睡眠开关，他是爸爸生的，等等。但我总觉得这只是正常中的特殊，就像人类中有秃子和络腮胡子一样。长大了，理智能够战胜感情了，我才接受了这个事实——虽然我俩亲密无间，但他和我们不是同类。不过这几年来，大概是老糊涂了吧，我又重复了儿时的错误，常在无意识中把他当成人类的儿童，当成咱俩的亲生儿子。"

重哲从妻子的话语深处听出几丝怆然。他们婚后一直未能生育。年轻时两人在事业上都太投入，把要孩子的时间一推再推，等到主意打定时，宪云的年纪已经偏大了。而且，这件事在很大程度上与元元有关，这个长不大的小元元常常使宪云心怀歉疚，她把母爱加倍地倾注到"傻弟弟"身上，连重哲也总是把元元当儿子看待。他以玩笑来拂去妻子的怆然：

"不，你不老，更不糊涂，你仍然像20年前那样漂亮机灵。我去唤醒元元。"

两分钟后，元元慌慌张张跑来了："姐姐，我不让你走！要不我也和你一块儿去非洲？"

"元元，你还小。"

"我不小了！你看。"他轻而易举地把姐姐举起来，就像蚂蚁举起一只大豆荚，"你看我多有劲儿。要是狮子来了，我还能保护你呢。姐姐，让我跟你去吧。"

被举起的宪云笑着喊："小坏蛋，快放我下来，快放下来！"她挣扎着下来，蹲到地上哄元元："元元，你不能走啊。你看我走了，姐夫又太忙，爸妈年纪大了，你得留在家里照顾爸妈呀。我知道元元是个又孝顺又能干的好孩子。"

元元想了想，慨然答应："好，你放心走吧，我来照顾他们。"

门外响起喇叭声。一辆马力强劲的全地面越野车尤尼莫克停在栅栏门外，老托马斯一只手搭在车喇叭上，一只手向朴重哲招手致意。妈妈也赶出来了。这位在课堂上气度优雅的卓教授这会儿神情凄然，眼眶略微发红，勉强笑着同女儿吻别。宪云拿起室内电话，低声说：

"爸爸，我走了，你多保重。"

电话那边爸爸没有打开可视功能，所以只能听见爸爸的声音："你走吧，我不送了。"

朴重哲拿起皮箱送她出门。托马斯先生下车打开汽车后盖，把行李放进去。他已经58岁了，身体很健壮，面色红润，长着浓密的红胡子。他亲切地捶捶朴重哲的肩窝："朴，你有个难得的好妻子，漂亮，又非常能干。你是怎样挑选妻子的，能给我两个儿子传授传授经验吗？"

重哲笑道："你知道吗？后天是我们结婚20周年纪念日，你的日程是多么残忍！"

托马斯哈哈大笑："非常抱歉，非常抱歉！或者，我们推迟两天？"

"让她走吧，她的心早已飞到猎豹、狮子和狒狒身上去了。"

托马斯笑着重复："抱歉，非常抱歉！喂，小元元，喜欢老托马斯送给你的鸵鸟蛋吗？"

元元声音清脆地说："喜欢！谢谢托马斯伯伯。"

"元元，喜欢我这匹新马吗？"他拍拍汽车车顶，"是我新买的，氢氧燃料电池和太阳能双驱动，时速250千米，全越野能力，无论是在沙漠还是在沼泽里都一样行走如飞。我要把它空运到肯尼亚去。元元，跟伯伯一块去非洲吧，在一望无际的大草原上飙车，绝对刺激！"

元元看看姐姐，认真地说："不，我要留在家照顾爸妈。我答应过姐姐的。"

托马斯笑起来，"好孩子，真是好孩子。好，我们要走了，等下次回来给你带一只非洲犀鸟，好吗？"

元元调皮地说："不，我要一只犀牛，或者大象，要不带回来一只河马也行。"

托马斯哈哈大笑："好，咱们一言为定，我一定在旅行箱里装一只河马带回来，你先在院里挖一个水池吧。孔，请上车。"

宪云最后同元元吻别，坐上尤尼莫克。托马斯发动了汽车，汽车尾管喷出淡淡的白烟，悄无声息地启动了。妈妈把元元抱起来向汽车招手，她看见在汽车转弯时，女儿还从车窗里伸出头，一个劲儿地挥手。她笑得那样畅快，就像18岁的无忧无虑的女孩。妈妈扭过头埋怨女婿：

"重哲，后天是你们结婚20周年纪念日，你该留宪云多住两天的。唉，我的记性也不行了，本来我该记住的。"

重哲笑道："妈，不行的。你知道，宪云是一个事业至上主义者。恐怕我们都一样。"

元元已经下地玩耍去了。妈妈轻轻叹息一声："真快啊，已经20年了。重哲，我们总是可怜元元，可怜他的灵智被囚禁，一辈子也冲不出蒙昧的禁锢。其实，有时候我倒希望像他一样永远不会长大，也就永远没有忧心事。"她笑着对自己做了评价："纯粹的胡说八道。"

重哲也笑了，他向岳母点点头，径自返回工作室。

第四章　上帝的秘密

20年前,那时宪云25岁,正是鲜花般的年龄,是一个才貌出众的姑娘。有人说,没有意识到自己美貌的姑娘才是真正的漂亮,宪云正是这样的美貌天成。她从不花费心思去刻意求美,因而也就没有那些"美女"的通病:矫揉造作,顾影自怜,自我封闭,等等。

她24岁读完博士后,就投到托马斯教授门下,兴致勃勃地到非洲去了,那儿及南美亚马孙流域有世界上仅存的大规模自然保护区。秋天回来时,她晒得又黑又红,粗糙的手背和面颊记载着非洲的风霜。她风风火火闯入家中,扔下背包,和爸妈紧紧拥抱起来。宪云爸表情冷漠,在女儿的拥抱中像一株枯干的橡树,但宪云妈知道,他的内心是十分喜悦的。宪云急急地问:

"元元呢?真想他呀。"

"在外边玩呢。"妈妈揶揄地说:"云儿,我怎么觉得你身上还带着猎豹或黑猩猩的野性,那个文雅恬静的大家闺秀到哪里去了?"

宪云笑道:"妈妈放心,我马上就能装扮成那样的乖女孩。"

在后院玩的元元大概听到了前边的动静,抱着家养的白猫在门口探探头,立刻欣喜若狂地跑过来:

"姐姐!姐姐!"

宪云把他抱起来,蹭着他的脸蛋问道:"元元,想姐姐吗?"

元元调皮地说:"想。不过有人玩的时候不怎么想,没人玩儿的时候才想。"

宪云抱着他坐在沙发上,从背包里摸出一个黑黝黝的非洲木雕:"元元,姐姐送你的礼物。"

这是一个黑人男孩,浑身赤裸,卷发,体形瘦长得十分夸张。

元元高兴地搂入怀里:"谢谢姐姐。"

这时白猫挣下地跑了，元元也从姐姐怀里挣出来。宪云喊："元元别走！姐姐还有好多话要问你呢。"

元元的声音已到门庭外了："姐姐，晚上我再找你玩！"

听着急急的脚步声渐渐远去，宪云对妈妈苦笑着："这个孩子，还是一点儿不开窍，只知道玩，按说他已经23岁了。"

妈妈立即接过话头："说起年龄，宪云，你已经不小了，你答应过这次回来要考虑婚事的。"

宪云落落大方地说："爸妈不问，我也要向你们汇报的。晚上我想让他来家里。"

妈妈揶揄地说："是哪个'他'呀？"

"他叫朴重哲，韩国人，遗传学家。他今年夏天也在非洲工作，我们在察沃国家公园相处过一个月。爸爸，据他说你们认识。"

爸爸刻薄地说："我认识，一个狂妄的小天才，咄咄逼人。老实说，我怀疑你们是否能长相厮守。要知道，你是在五千年的中国文化中浸透的，血液和胆汁里都溶有泱泱大国的风范，而他——"他轻蔑地说，"多多少少有点暴发户的心态。"

宪云不满地低声喊："爸爸！"

爸爸一挥手，冷淡地说："不必担心，我会尊重你的选择。"说完拂袖而去。

宪云和妈妈相视苦笑着。妈妈皱着眉头说："云儿，不要难过。你知道怪老头的脾气。不管他，晚上你把重哲领来吧。他……也是研究DNA的？"妈妈忧心忡忡地说，"孩子，恐怕你也要做好受苦受难的准备。DNA研究是一块噬人的泥沼，投身于此的人只有两种可能，或者胜利，或者被拖垮，甚至疯狂。这是一个遗传学家老伴的人生经验，孩子！"

晚上，宪云挽着重哲的胳臂走进家门。那年重哲28岁，英姿飒爽，倜傥不群，黑发桀骜不驯。穿一件名家制作的夹克衫，衬衣不扣领口。目光锋利，脸上挂着漫不经心的浅笑。宪云心醉神迷地看着夫君时，不由暗暗承认，爸爸的评价尽管尖刻，也的确有言中之处。才高天下的朴重哲确实过于锋芒毕露，咄咄逼人。

重哲进门就看见了客厅中的孔子画像。他用询问的眼光看看宪云，宪云抿嘴笑道："告诉你，我是孔夫子的嫡系后代，是他的百代玄孙。"

朴重哲略有些惊异，微笑着感慨道："在你们这个古老的国家中，到处可以触摸到历史的遗迹。真的，我熟知孔家是世界上最悠久的家族，但我没想你竟是这个神秘家族的嫡孙。"

他朝孔夫子鞠了一躬："韩国也是在儒家文化圈中，我的祖辈中很有几个著名的硕儒，所以我对夫子是很敬仰的。只是，我对他老人家'夷夏之防'的观点颇有腹诽。希望老人家不要拒绝一个东夷后代做孔家的东床快婿。"

宪云笑骂一句："贫嘴。"

这时重哲看见宪云爸出来了，立即收起戏谑，恭恭敬敬行了礼："孔伯父好。"

老人没有回礼，也没有回话。他端坐在沙发上，冷冷地打量着这位韩国青年。屋内出现了冷场。随后进来的妈妈迅速扭转了气氛，老练地主持着这场家庭晚会，控制着谈话的节奏，她问了重哲的个人情况后，说：

"听说你也是研究遗传学的，具体是搞哪个领域的？"

"主要是行为遗传学。"

"什么是行为遗传学？给我启启蒙。要尽量浅显。你不要以为一个生物学家的妻子也必然是近墨者黑，他搞他的DNA，我教我的哆来咪，两人是井水不犯河水，互不干涉内政。"

宪云和重哲都笑了，重哲很得体地说："伯母，我有幸听过您的一些交响乐或奏鸣曲，如《恐龙》《母爱与死亡》等，我想，能写出这样深刻磅礴的作品，作者必然对生物科学有最深刻的理解。"接着，他仍按宪云妈的要求尽量浅显地介绍着，"生物的许多行为是生而有之的。即使把幼体生下来就与父母群体隔绝，它仍能保持父母群体的本能。像人类婴儿生下来会哭会吃奶，却不会走路；而马驹和鸡生下来就会跑；小海龟生下来就能辨别大海的方向并扑向大海。"

他看看宪云爸，老人直直地坐在沙发上，姿态僵硬，像一具木乃伊。重哲继续说下去：

"世界上万千生物的习性都得之于天授而不是亲代的教育,这一点毫无疑问。比如昆虫是四代循环的:卵、幼虫、蛹、成虫。幼虫是纯粹的吃食机器;而虫蛾是纯粹的生殖机器,甚至于没有口唇。所以,即使是同一种昆虫的不同形态,也几乎相当于不同的种族。但它们仍能准确地隔代重复亲代的天性。有一种习惯于生殖迁徙的蝴蝶,能准确地记忆从北美到南美长达数千千米的路程。它是从哪儿学得的知识?要知道,子代蝴蝶和亲代蝴蝶,从时间上和空间上都是完全隔绝的呀。"

宪云和妈妈都在注意倾听。重哲又说:

"还有一个典型的例证。挪威旅鼠在成年时会成群结队投入大海自杀,这种习性曾使生物学家迷惑不解。后来考证出它们投海的地方原有陆桥与大陆相连,原来这里是鼠群千万年来季节迁徙时的必经之处。这种迁徙肯定有利于鼠群的繁衍,并演化成固定的行为模式保存在遗传密码中。如今虽然时过境迁,陆桥已沉入海底,但鼠群冥冥中的本能仍顽强地保持着,甚至战胜了对死亡的恐惧。行为遗传学就是研究这种'天授'的生物行为与遗传密码的关系。"他笑着对女主人说,"太枯燥了吧,我不是一个好的解说员。"

妈妈为了活跃气氛,有意挑起争论:

"哟,我可不能同意你的观点,我知道生物的形体是通过 DNA 来遗传的,像腺嘌呤、鸟嘌呤、胞嘧啶、胸腺嘧啶与各种氨基酸的转化关系啦,RNA 和 DNA 的转录过程啦,三叶草形状在基因中的数学表达式啦,这些都好理解——虽然我常怀疑小小的受精卵中容纳不了那么多信息。你想,建造一座宏伟的人体大厦并包括那么多的细节:皮肤和眼珠的颜色,耳垢的干湿,眼角是否有蒙古褶皱,腋下香腺的浓淡,是不是丹凤眼、高鼻梁,如此等等,人类的十万个基因怎么够呢?至少得十万亿个!这些具体性状和 DNA 的关系还好理解,至于虚无缥缈、无质无形的生物行为,怎能用 DNA 序列来描述呢,又怎能塞到那本小小的 DNA 天书中去呢?我想,那更应该是万能的上帝之力。"

重哲回避了对这些论点的争辩,只简单地说:

"上帝只存在于信仰者的信仰中。汉民族是世界上唯一没有全民宗教信仰的民族,'儒教'是世界上唯一持无神论的准宗教。"他用目光向大厅中的孔子像致意,"这位大成至圣文宣王就主张'子不语怪力乱神'嘛。如果抛开上帝,答案就很明显了——生物的行为是生而有之的,而能够穿透神秘的生死之界并传递上一代信息的介质唯有生殖细胞,所以,生物行为的规则只可能存在于 DNA 密码中,这只是一个简单的筛选法问题。"

宪云听得很入迷。她贪婪地捕捉着重哲睿智的目光。她就是在这样一次长谈之后爱上这名韩国青年的。她喜欢听他言简意赅的讲述,欣赏他能用简洁明快的思维轻易地剥去事物的表象,抽提出生命世界最深层的本质。

宪云从不喜欢哲学,甚至厌恶那些天玄地黄的述辩。但重哲阐述的哲理却直接植根于铁一般的科学事实,它只是比事实多走了一步而已。所以,这种哲理常常有极强大的逻辑力量。在这场谈话中,孔教授始终像石像一样沉默,这会儿他大概听烦了启蒙教程,突兀地问:

"你的研究方向?"

重哲立即转身面对老人。虽然老人长时间一言未发,但他清楚地知道,自己讲话的真正裁判是这个冷硬的孔昭仁教授,他昂然回答:

"孔先生,我不想搞那些鸡零狗碎的东西,我想破译最神秘的宇宙之咒。"

"嗯?"

"一切生物,无论是病毒、苔藓、珊瑚虫、切叶蚁还是人类,它们最强大的本能是它们的生存欲望,即保存自己,延续后代。它们从生至死的一切行为都暗合这两条铁的规则。这两者常常是相辅相成的,但有时也会互相抵触,从而演化出千姿百态的行为程式。母狼为了狼崽敢同猎人拼命;母猫、母兔等常常有杀崽行为;雄螳螂在交配时心甘情愿被雌螳螂吃掉。宪云,"他扭过头对宪云说,"我到庞贝古城游览过,我亲眼见过火山下埋葬的历史。在炽热的火山灰中人体早已变成气体了,留下一些奇形怪状的空穴。考古学家把石膏倒进这些空穴,就重现了过去的情景。男女老少在火山灰中挣扎,一个母亲在死前竭力撑起身子,为子女留下最后一点生存空间。那种凝固的母爱、凝固的求生欲望是极其震撼人心的!这是宇宙中最悲壮、最灿烂的生命之歌,它就隐藏在 DNA 密码中,我要破译它。"

宪云感受到了他内心的磅礴激情。她看见父亲眸子中陡然亮光一闪,变得十分锋利,但这点亮光很快隐去,他又缩回那层冷漠的外壳内,仅冷淡地撂了一句:

"谈何容易。"

重哲看看宪云和宪云妈,自信地笑着说:"当然,这是上帝看守得最牢固的秘密,不容易破译的。但从目前遗传学的水平来看,破译它的希望已在天际闪现了。我想这些闪光并非海市蜃楼。生存欲望控制着世上亿万种生物,显得神秘莫测。但从另一方面看,从亿万种生物包括最简单的病毒中找出唯一的共性,反而是比较容易的。"

孔教授涩声道:"已有不少科学家在这个堡垒前铩羽。"

重哲笑了,意气飞扬地侃侃而谈:

"失败者多是西方科学家吧,那是上帝特意把难题留给东方人了。正像围棋与国际象棋、西医与东方医学的区别一样,西方人善于做精确的分析,东方人善于做模糊的综合。东方的神秘哲学常常与最现代的物理理论暗合。我看过不少西方科学家在失败中留下的资料,他们太偏爱把生存欲望的传递密码同DNA结构做精确的对应,我认为这是一条死胡同。生存欲望密码很可能存在于结构的次级序列中,就像原子理论中的'电子云'概念,或者像一首长歌中的主旋律,是一种不确定的概念,理解它需要有全新的哲学眼光。"

说到这儿,宪云和母亲只有旁听的份儿了。孔教授冷冷地盯着重哲,重哲则以自信的目光对抗着这种压力。宪云妈正要做出努力来活跃眼下的冷场,小元元适时地出现了。他肯定刚和一群小家伙在野地里玩过,小手脏兮兮的,浑身沾满了尘土和蒺藜球。妈妈笑着把他拉到跟前,拍掉尘土,从他身上摘下蒺藜:

"你这个小捣蛋,野到哪儿去啦?来,见过朴哥哥。"

小元元毫不认生地走过来,用脏手拉拉朴哥哥的手,又同姐姐和妈妈亲昵一番。妈妈有意夸奖这个长不大的儿子:

"小元元最聪明,无论是下棋、做数学题,还是打电子游戏,在我家都是第一名。重哲,听说你的围棋棋艺很不错,明儿和元元杀一盘。"

元元很神气地听着,鼻孔微微翕动,这是他最得意时的表情。重哲笑着:"元元,我可是围棋七段,敢和我较量吗?"

"当然敢!我去拿棋盘。"说着就要走,宪云赶紧把他按住,埋怨道:

"改不了的茅草脾气,一把火就着起来,等吃过晚饭再下嘛。"

朴重哲仔细打量这个智能生物人。大脑袋,圆脸,笑容娇憨,举止带着五岁幼童的稚拙天真。但宪云告诉过他,按生理年龄来说,元元已经23岁了。他毫无顾忌地问道:

"他在某些方面智力出众,但整个心智只相当于五岁孩子的水平,对吧。"

妈妈对这些无礼的话感到愕然,宪云也十分吃惊。事先她曾再三交代重哲不要提起小元元的心智缺陷。元元是爸爸最大的心病,是他一生失败的象征。爸爸的同事做家访时,总是小心翼翼地不提元元的事。她急忙向重哲使眼色,但重哲毫不理睬她的示意,仍然自顾自地说下去:

"我觉得他有一个根本的缺陷——没有被输入生存欲望,因而也就没有生命的灵魂。人类的生存欲望是天然存在于DNA结构序列中的,但在小元元的创造过程中,一定是有某种原因破坏了这种整体和谐。"他再次强调说:"他需要重新输入生存欲望。没有生存欲望就不能成为'人'。"

小元元听不懂大人们在说什么。他的注意力很快转到爸爸身上,他慢慢走过去,拉住爸爸的手。这些年他感到了爸爸的冷淡,但他认为这很不公平,所以常倔强地向爸爸讨取爱抚。老教授一动不动冷冷地盯着朴重哲,忽然甩脱元元的手,愤然而去。

小元元咧咧嘴,倔强地忍住哭声,默然回到妈妈那儿。妈妈心疼地把他搂到怀里,埋怨地看看宪云——"你难道没有把咱家的禁忌事先告诉重哲吗?"宪云不知道该怎么办。从直觉上,她认为重哲的话是对的,她甚至感受到了这个结论在科学上的分量。她知道重哲坦率地指出这一点,用意是善良的,但她也不希望父亲被刺伤。停了一会儿,她追着父亲到书房去了。

父亲坐在书房高背转椅里,只露出脑袋。但他没有关上书房门,似乎知道女儿要来,而在平时他从不让何人进他的书房。宪云忐忑不安地站到父亲身边,心情复杂。书房里光线晦暗,色调阴沉,连墙上的先祖孔子也好像目光抑郁。这个书房实际上是父亲逃避世界的一个甲壳，与他内心世界的色调是相同的。宪云苦涩地想，因为科学研究中的失败，值得这样终生自我囚禁吗？

很长时间之后，父亲才冷冷地说："我不喜欢这个人，狂妄、浅薄，他的自信超过了他的才能。"

宪云很失望，也被严重地刺伤了。她犹豫着，想尽量委婉地表明自己的意见。忽然父亲又说："问问他，是否愿意到我的研究所来，接我的班。"

宪云愕然良久才咯咯地笑起来。她快活地吻过父亲，跑回客厅。

元元已经忘了刚才的不愉快，这会儿正起劲地向朴哥哥展示自己的收藏：蓝色石子啦，白色的贝壳啦，红色的干枫叶啦，画片啦。重哲和他玩得很愉快，一边还很融洽地同宪云妈谈话。但两人实际上都竖着耳朵，聆听书房里的判决。

他们听到了咯咯的笑声，平时十分老成的宪云满脸喜色地跑出来。两人都把悬在半空的心放下了。宪云抿着嘴说："爸爸问你，是否愿意到他的研究所工作，接他的班？"

妈妈欣慰地笑了。重哲慨然道："我十分乐意。我拜读过伯父年轻时的不少著作，十分佩服他清晰的思维和敏锐的直觉。宪云，你知道我为什么说那番话？我在你父亲的一些著作里读出了一些隐晦的暗示，他似乎也意识到了这个宇宙之谜，意识到了元元失败的原因。不过，大概是心理障碍的原因吧，他不愿坦白承认这一点。如果他……那么这个工作由我接下吧，我将尽力开启元元的灵智。"

那时宪云才悟到爱人的用心。他和爸爸同样心机深沉，妈妈和她是望尘莫及的。她戏谑地想，这大概就是男人的领导权能够存在的原因吧。

不久，朴重哲就加盟到孔昭仁生命研究所。那天有一个有趣的小插曲：重哲没有像往常那样穿西服或便装，而是穿了一身崭新的韩国民族服装，他大概是想以此来显示自己的独立性吧。

他很快以才华赢得同事的尊敬。两个月后，孔教授把研究所交到女婿手里。他则正式退隐林下，从此对研究所的工作不闻不问。

第五章　意外的成功

妻子离开已经 11 天了。在这些天里，朴重哲和助手把有关资料、计算框架、边界假设等全部细心地复核了一遍，输到电脑内。然后，沃尔夫开始了紧张的计算。主电脑室只能听到电脑内沉重的吱吱声，指示灯不停地闪着绿光。谢尔盖和田岛十分焦灼，几乎到了神经崩溃的边缘。

几年来的苦心研究今天就要见分晓了，朴重哲努力保持着心态的平静。妻子在青岛海边的话他一直铭记在心。终于，主电脑停止了计算，沃尔夫的电脑合成面孔出现在屏幕上，它好像被繁重的计算弄得疲惫不堪。与沃尔夫视线接触后，朴重哲的心猛然下沉了。他已经预先知道了结果。

"很遗憾，各位先生，"沃尔夫声音低沉地说，"计算值仍然是发散的，没有得到明确的结果。"它略停一会儿，又说，"不要灰心，朴先生。在最近的十几次计算中我有一个强烈的感觉：十几种不同的计算框架都围绕着一个共同的不可知的中心。这很可能意味着，你们目前选取的计算方向虽然都没成功，但大方向是正确的。"

朴重哲勉强笑道："谢谢你，沃尔夫，辛苦你了！"

沃尔夫开玩笑："电脑不知疲倦，我的主人。"

它的合成面孔从屏幕上隐去，朴重哲回头对同事们笑道："收拾残局，准备下一轮冲刺吧，不要灰心。这是上帝最后的秘密，一旦被我们窃到，我们就会和他老人家平起平坐了，你想他会甘心服输吗？没关系，只要锲而不舍，总有一天，我们会在伊甸园的后院墙上扒出一个洞。"

但这些玩笑显然没冲淡失败的挫折感。田岛几个人都神色黯然，他们收拾了房间，关闭电脑的电源后默默地走了。

晚上重哲没有吃饭，到餐厅简单交代一句："爸妈你们吃吧，我不饿。"就扭头走了。妈妈正想唤他回来，孔教授冷淡地说：

"不必喊他。他的理论又失败了，心情不好。这是第140次失败了。"

他的语调简直像巫师的宣判。元元妈看看他，没再说话，三人沉默地吃过晚饭。元元也很识趣地沉默着，只是用眼睛骨碌碌地看看爸爸，又看看妈妈。

重哲换上一套韩国民族服装，独自来到钢琴室。他掀开钢琴盖，顺手弹出一串旋律。这是岳母的一篇作品《母爱与死亡》，很有名。他静下心，把这首乐曲弹完。

然后他停下来，仰着脸，呆呆地看着窗外。夜空深邃，亿万星体正在走着自己的生命之路，从主序星到白矮星或红巨星，这是长达数十亿年的漫长道路；甚至宇宙本身也有它的诞生和死亡，它从大爆炸中诞生，又归于死亡的黑洞。他想起两人初结识时宪云告诉过他，只要一听见《母爱与死亡》这首乐曲，她就无端起联想起雌章鱼。它们生卵后就不吃不动，耐心地用腕足翻动卵粒，使其保持充足的氧气，也安静地等待着自身的死亡。那时他告诉宪云：

"你知道吗？雌章鱼眼窝下有一个死亡腺体，产卵后就开始分泌一种死亡激素。如果把腺体割掉，那些绝食很久的章鱼会重新开始进食。这是生存欲望同物质结构有明确联系的一个典型例证——虽然是从反面证明的。"

在那之后他曾做过一个危险的实验。他提取了足够数量的章鱼死亡激素并注入自己身体，然后开始了一段可怕的心理体验：他的内心世界变成了彻头彻尾的灰色，毫无生机的灰色。他不吃不喝，不语不动，一心一意想进入那永恒的死亡。他的思维仍然很清晰，可以清晰地评判可笑的人类行为：他们诞生，成长，在荷尔蒙的控制下追逐异性，在黄体胴的控制下释放母爱。竞争，奋斗，辛苦劳碌，最终还得走向不可逃避的死亡。真是不可救药的愚蠢！

如果那次实验不是做了充分的预防措施，他会受不住死亡女神的诱惑而自杀的。他在这种可怕的沮丧中熬过了一星期，随着死亡激素的分解和排出，他的内心世界开始晴朗了。那种求生的欲望开始缓缓搏动,渐渐强劲。他又对世界、对生活充满了爱心。宪云的一瞥一笑又能使他心旌摇曳……

有过这么一段体验,他更坚定了破译生命之谜的信念。可是……又一次失败!他总觉得自己已经到了秘洞的洞口,却忘了"芝麻开门"的口令。

"难道我这一生就这样碌碌无为吗?"他在心里苦涩地喊道。

元元每天晚上照例要到储藏室里给白猫"佳佳"问安。如果妈妈不注意,他还会偷偷抱上猫溜回卧室,把白猫藏入被窝。这两天白猫临产,元元用丝绵在它的藤筐窝中铺了厚厚的一层,但母猫仍然挑剔地用嘴撕扯着。元元小心地抚摸着母猫的脊背,耐心告诫道:

"猫妈妈,你可不能把小猫吃掉啊。可不能学你的外婆白雪,它把一只小猫吃掉了耶。"

佳佳不愿听他的教诲。它神情烦躁,低声吼叫着,在屋里来回蹦跳。它一下蹿到橱柜顶上,元元着急地喊:

"佳佳,快下来!"

佳佳在橱顶上同元元僵持一会儿,忽地蹿下来,一个厚厚的纸卷也随之落下。元元好奇地捡起来,摊开。纸卷已经发黄变脆,但上面的黑色笔迹还很清晰。这是一首乐曲曲谱,书写潦草的"蝌蚪"在五线谱上蹦跳。元元捡出它的第一页,标题处潦草地写着"生命之歌"四个大字。元元从小跟妈妈学钢琴,识起乐谱来轻松自如。他不经意地浏览了两眼,已经把第一面的旋律记在心里。

他忽然僵立不动!一种熟悉的久已忘记的旋律轻轻地响起来。很遥远,很模糊,但透着一种说不出的亲切,就像孩提时妈妈在耳边轻声吟唱的催眠歌。他浑身燥热,觉得内心有一种说不出的冲动。他想了想,拿着这卷纸去找妈妈。妈妈没找到,倒看见姐夫在钢琴室里愣神。他走过去,踮着脚把纸卷放在琴键上:

"姐夫,你看这是什么?"

朴重哲暂时抛开那些苦涩的思绪,和颜悦色地把元元抱起来:"是乐谱,你在哪儿捡到的?"

"在储藏室,是佳佳在柜顶扒下来的。"

重哲看看乐谱,像岳父的手书。字迹龙飞凤舞,力透纸背。他必定是在强烈的创作冲动下一气呵成的,至今在纸上还能触摸到他写字时的激昂。这时元元妈从门外探身进来,责备道:

"元元,还在乱跑啊,你该睡觉了。"

元元听话地溜下去。重哲认真地说:"元元先回去,我看一遍明天再告诉你,好吗?"

元元点点头,同姐夫道了晚安,随妈妈走了。他在自己卧室的门口碰到爸爸。元元从来不会对爸爸的冷淡"记仇",他扬起小手,亲热地喊了一声:

"晚安,爸爸。"

孔教授面无表情地哼了一声,背着手走开了。妈妈怜悯地看着元元,但不懂人事的元元似乎并不觉得难过。他听话地爬上床,仰面躺好,问:

"妈妈,还要关我的睡眠开关吗?"

"嗯。"

"为什么你们都没有睡眠开关呢?"

妈妈真不愿再欺骗天真的元元,但她无法说明真相,只有含含糊糊地说:"睡吧,元元,等你长大再告诉你。"

元元乖乖地闭上了眼睛。妈妈关掉他腋下的开关,元元的表情慢慢消失了。

像往常一样,在元元失去生命力之后,妈妈留在他旁边,盯着他木然的面部,爱怜地看了很久。最后她轻轻叹息一声,离开元元。

重哲把乐谱按次序排好,卡在谱架上,心不在焉地弹起来。时而他会停顿下来,皱着眉头想自己的心事。弹了两小段,忽然他全身一震!他刚才弹出的旋律在耳边回响,震击着他的心弦。他急急地翻阅着乐谱。那些五线谱在他眼中起伏盘旋,就像神奇的DNA双螺旋长链,在他心中激起了神秘的冲动。

20 年来一直在 DNA 世界中跋涉攀登，对它们已经太熟悉了，所以，当乐谱的整体结构开始展现在心中时，他就下意识地把乐谱同 DNA 中的 T、G、A、C 来个反向代换，于是一个奇异的 DNA 序列就从乐谱中流淌出来。

他战栗着，闭上眼睛，竭力用意识抓住这些奇异的序列，生怕它们在一瞬间珠碎玉崩。他喃喃地喊着，"天哪，这不就是我苦苦寻觅 20 年而得不到的至宝吗？"

他实在不敢相信，因为这个结果太简单，胜利的到来太轻易。但实际上他内心里早就确信了，他知道真理的表述向来是最简捷的。

他立即揣上乐谱，穿过幽暗的林荫小径，急急返回研究所。他坐在键盘前，匆匆编写新的计算框架。这些思路就像蓄积已久的洪水，一旦有了缺口就一泻千里。仅仅一小时后，新的框架就搭好了。他打开主电脑开关，沃尔夫的合成面孔露出惊奇的表情：

"朴先生，只有你一个人？现在是凌晨 1 点 45 分。"它随即明白了："我想你一定有了重大突破。请吧，请立即输入新的计算框架。"

这次计算异常快捷。等霞光开始透入窗帷时，屏幕上滚滚而下的数字流和 DNA 双螺旋长链忽然停止。沃尔夫的面孔又出现在屏幕上：

"计算结果是收敛的，可以得出确定的数学表述公式。"长达数十页的数学公式在屏幕上一屏一屏地滚动，沃尔夫从记忆库中调出微笑："祝贺你，朴先生。"

过度的喜悦反而使朴重哲归于平静。他默默地走到窗前，拉开窗帷。明亮的晨光倾泻而入，沐浴着晨露的树叶呈现鲜亮的绿色，晨读的男孩女孩在窗前匆匆走过去。他在心里呼喊着：

"终于成功了啊！"

第六章　象群的挽歌

孔宪云和托马斯先生从豪华的内罗毕机场走出来，扬手叫了一辆出租。忽然她听见一个人用汉语在喊："孔老师！孔老师！"

一个男孩向她跑过来，戴着鸭舌帽，穿着猎装，脚蹬白色旅游鞋，背一个小背包。给人印象最深的是衣服上满是布口袋。跑近时，宪云才发现这是一个十七八岁的女孩，头发塞在帽里。她快活地笑着，气喘吁吁地说："孔老师，我已经等了半天了，我以为等不到你们了！"

宪云微笑着问："你是……"

"我是卓教授的学生，我从她那儿得知了你们的日程。你好，托马斯先生。"她朝已坐进车内的托马斯先生问好。

"你好。"

"你来这儿是假期旅游吗？"宪云问。

"不不，宪云姐姐，"这个姑娘已改了称呼，"我最欣赏卓教授的生物题材交响乐和钢琴曲，不，不是喜欢，是一种天生的心灵共鸣。所以，我想来非洲亲身和野生动物相处一段时间。我希望有这段经历后，能像卓教授那样写出一首流传千古的乐曲。"

宪云微笑道："我妈妈知道你来这儿吗？"

姑娘老实承认："她不知道。宪云姐姐，让我和你们一块儿去吧。我这个人有很多优点的，又机灵，又勇敢，又勤快，特别是非常热爱野生动物。我不会给你们添麻烦的，行吗？"她苦苦哀求道。

宪云已经喜欢上这个天真开朗的女孩了，她用目光向托马斯先生询问，托马斯笑着点点头。宪云笑着问："你的名字？"

姑娘知道自己已被接纳了，眉开眼笑地说："刘晶，我叫刘晶。谢谢你们，宪云姐姐和托马斯先生！"

两天后，他们在察沃国家公园安营扎寨了。这里属东非裂谷高原上的稀树草原，地貌上常有雁行排列的断层线和深而窄的洼地湖泊。这儿已经整整700天没下雨了，所以今年的旱季是历史上最严酷的。失去活力的草原到处是沉闷的黄褐色，只有那些扎根极深的波巴布树（猴面包树）还保持着生机，它那直径百米的巨大树冠仍然郁郁葱葱。饥渴的长颈鹿用力抬着头，撕扯着上部的树叶。

清晨，他们乘着那辆尤尼莫克越野车在草原上奔驰。硬毛须芒草和菅草已经干枯了，随着车辆驶过，草原留下两道车辙，卷起一片黄叶。伞状金合欢树无力地垂着枝条。忽然刘晶喊道：

"象群！"

地平线上果然看到象群的身影。托马斯放慢车速，悄悄跟上去。象群一共有20多个成员，它们已经疲惫不堪了，行进得极其缓慢。汽车追近时他们才知道原因：一只小象已经夭亡了，但母象仍在用长牙不断地推着它向前滚动，其他成年象默然跟在后边，就像一支行走缓慢的送殡队伍。

这个过程持续了很长时间。母象一直不愿放弃最后的希望。汽车不敢靠得太近，但他们能看到母象凄惨的目光，看见小象毫无生气的圆睁的眼睛。他们用摄像机把这一切全拍下来了。

刘晶紧紧偎在宪云怀里，难过地低声说："宪云姐姐，我能听见母象的哭泣声。"

宪云心里也十分沉重，她攥住刘晶的手，没有说话。终于，象群意识到小象再也不能复活了，它们停下来，几只雄象开始用长牙掘地。对于极端疲惫、饥渴交加的象群来说，这不是一件轻松的工作，但它们仍然锲而不舍地干着。忽然"吧"的一声，一头大象的长牙断了一根，大象悲惨地吼叫一声，继续用断牙掘地，托马斯轻声对刘晶解释：

"干旱已持续了两年，大象食物中缺乏维生素，所以象牙也变得脆弱易断。类似的断牙象我们已见过很多了。"

刘晶激动地说："托马斯先生，为什么我们不帮帮它们呢？21世纪的人类完全有能力帮助它们！"

托马斯摇摇头:"不,我们不能随意干涉自然的进程。我们只能做到不因人类活动使动物生存条件恶化,但不能大规模地去喂养它们,那只能减弱它们对自然的适应能力。一句话,某个动物种族是否能生存下去,归根结底要靠它们自己。"

太阳已经西斜了。在干燥的东北信风吹拂下,一米多高的枯草沙沙作响。象群终于挖好了墓坑,把小象推进去,再用长牙往下推周围的松土。墓坑挖得很浅,草草掩埋的小象的耳朵还在土外露着,但精疲力竭的大象已经无力再干了。它们默然扬起头,伸长脖子,张大嘴巴,但并没有吼声。

忽然刘晶喊道:"它们在唱歌!我能感觉到它们在唱挽歌!"

宪云心里一震,忽然想到大象能用额头上的一个次声波发生器发声,她竖起耳朵,似乎确实感到了空气有轻微的震动。正在拍摄的托马斯扭回头说:"把你后边的次声波接收器打开!"

经过接收器的转换,大象 20 赫兹的次声转换为人耳可闻的声波。于是,他们亲耳听见了大象的悲鸣。低沉而悠长,音色苍凉。那是对死亡的抗争,对生命的追求,对祖先和后代的呼唤。

象群又开始移动了。尤尼莫克仍缓缓跟在远处,看着它们在草丛中隐现。很长时间三个人都没有说话,都沉浸在由死亡所引起的神圣情感中。托马斯先生首先打破沉默:

"人类学家说,当原始人有了对死亡的敬畏,从而有了殡葬仪式后,可以说人类才走出蒙昧。但对这些大象该怎么说呢?在这个旱季里,它们活得非常难,几乎已经山穷水尽了,但它们仍然认真地掩埋同伴的尸体。我常常觉得这不是出自本能,而是一种宗教式的虔诚。"

暮色渐渐浓重,不能再继续追踪了,他们离开象群掉转车头往回开。托马斯忽然问宪云:"你父亲的身体还好吧?"

"还好。"

托马斯以西方人的直率,毫无顾忌地评价道:"我年轻时就认识他,那是一个悲剧人物。他年轻时曾经是全球瞩目的生物学家。他创造了有强大本底智力的生物智能人,提出了让智能人从零开始积累智慧的设想,在当时都是十分了不起的成就。可惜……"他摇摇头又问道,"你丈夫呢?我知道他在破译生存欲望的传递密码,或者说是上帝创造生命的秘密。近来有进展吗?"

宪云心情沉重地摇头。托马斯沉默了一会儿说道:

"从某种意义上说,科学家都是最勇敢的赌徒。他们在绝对黑暗中凭直觉定出前进的方向,便坚定地往前摸索。即使在一万次转向中只走错一次,也会与成功擦肩而过。但这时他们常常已步入老年,来不及改正错误了。所以,当科学家的妻子是天下最艰难的职业。向你致敬。"他开玩笑地说。

宪云笑道:"谢谢你的理解。"她发觉刘晶已经靠在她肩上睡着了,于是把刘晶的身体移动一下,让她睡得更舒服些。她问托马斯:"你还没告诉我呢,这次拍摄总的主题是什么?"

"我想给它一个哲理内涵。片名我已想好了,就叫'生命之歌',着重表现各种生命在严酷旱季中的艰难挣扎。"他微微一笑,"我想,这部纪录片的主旨与朴先生的研究是异曲同工。拍完后咱们先送给朴先生观看,也许会对他的研究有所启迪。"

宪云莞尔一笑:"谢谢。"

浓重的暮色中隐约显出那株波巴布巨树黑色的阴影,已经到宿营地了,白色的帐篷也从暮色中逐渐浮出来。宪云说:"晚上拍摄狮子就不要让刘晶去了,我看她太累了。"

"不,我要去!"刘晶笑着从宪云肩头抬起头,揉揉眼睛,伸了一个懒腰。"刚才那一觉我已经充足电了。托马斯先生,我睡觉时有一只耳朵是醒着的,你的谈话我全听见了。这部纪录片有没有主题曲?如果没有,由我来配怎么样?你不要因为我年轻就信不过我,我可是卓教授的高徒啊。"

托马斯哈哈大笑:"好,一言为定!"

站在波巴布树顶的瞭望台上,可以看到几千米外的一个狭长湖泊,如今它已成了方圆数百千米内唯一的水源。黄昏,残存的动物都聚集到这儿饮水,有牛羚、弯角羚、斑马、狮群、鬣狗,也有一只孤独的双角黑犀牛。已经很浅的湖水被弄得浑浊不堪。这些食草动物一边饮水,一边警惕地注视着湖边游荡的狮子，因为它们本能地知道，当狮子瘪肚时是最危险的。果然，一群狮子忽地扑过来，湖边的动物立即炸了窝，它们惊惶地四散奔跑。黑犀牛则留在原地，转着圈，目光阴沉地瞪着狮群。不久，一只衰弱的小斑马成了牺牲品，狮子开始大嚼起来。十几只秃鹫及时赶来，拍着翅膀落到狮子旁边。那些侥幸逃生的食草动物安静下来，又陆续回到水边。

瞭望台上的宪云和刘晶用望远镜头拍摄着这些场面，她们看见饥饿的雄狮把猎物霸在自己爪下，凶蛮地赶走了雌狮和幼狮。后者已经瘦骨嶙峋了，它们不敢反抗，凄惨地候在一旁，想等雄狮吃完后拾一点残渣。

刘晶气愤地骂："这些不要脸的雄狮子！我真想拿猎枪杀了它们！"

宪云也有同感："每逢看到这种情景，我常常不能理解。一般说来，动物的本能，不管是自私、残暴还是仁慈，都是延续种族的最佳选择。但对雄狮的这种自私该怎么样解释呢？把幼狮和母狮都饿死后，又怎么能延续种族呢？不好解释。"

正在这时，一大群鬣狗气势汹汹地跑过来。一般说鬣狗是不敢和狮子争食的，但这次可能是饥饿的驱使，鬣狗群毫不犹豫地围住了几只雄狮，它们狺狺地吠着，把包围圈逐渐缩小。一旦狮子转过身去对付它们，那边的几只就机灵地跳开，但狮子身后的鬣狗又紧逼过去。这群丑陋的动物以它们的数量造成一种迫人的气势，几只雄狮最终屈服了，丢下嘴边的食物怯懦地逃走了。

刘晶拍着手笑道："真解气！就该这样整治它们，你看那只个头最大的雄鬣狗多仁慈，找到食物先让别的鬣狗吃。"

宪云笑起来："你说错了，那是只雌的。鬣狗是动物界中唯一从形体上分不清雌雄的动物。它们是母系氏族，女首领的雄性荷尔蒙分泌甚至比雄鬣狗还强，所以它也最强壮。"

刘晶"噢"了一声，忽然笑道："宪云姐姐，今天看了这些情景，你知道我有什么想法？我认为自然界中雌性最伟大！你说是吧，宪云姐姐！"

宪云笑着，没回答刘晶孩子气的问话。她想，恐怕至少在孔家不能这样说，那儿仍然是男人领导的世界。不因为别的，仅仅因为两个男人的气质和思想。即使他们在科学探索中最终一事无成，他们仍能保持令人不敢仰视的尊严。

她们听见身后有窸窸窣窣的声响,拍摄小组雇用的马赛人向导沿着长梯爬上来,用不熟练的英语说:"孔女士,请你回去吃饭吧。托马斯先生让我转告你,朴先生发来了传真。"

"谢谢。"宪云向刘晶交代了注意事项后独自回营地了。

托马斯正在检查这几天的拍摄质量。他没有回头,说:"朴先生的传真在传真机上。"

宪云抓起一瓶矿泉水咕咚咕咚灌下去,然后撕下传真躺到行军床上。离家近三个月,这是丈夫第一封来信。她知道重哲一向埋头于研究而疏于联系,所以已经习惯了。

宪云:
　　研究已经取得关键性突破。我正在完成验证工作,但成功已经无疑了……

孔宪云从床上一跃而起,狂喜地喊道:
"托马斯先生,我丈夫成功了!"

托马斯立刻转过身,惊喜地说:"是吗?这可是一项了不起的成就。我想这是近百年来最重要的生物学发现,甚至超过对人类基因组的破译。"

宪云一时间无法控制情绪,喜极而泣:"托马斯,已经整整20年了啊,就像一场不会醒的噩梦。我不是怕失败,是怕失败把他压垮,就像我父亲那样。"

老托马斯走过来,体贴地搂住她的肩膀,感觉到她在轻轻地抽泣。这时他才了解,这个外貌柔顺内心刚强的女人,平时承受着多么巨大的心理压力!他轻轻地拍拍宪云的肩头,宪云感激地点点头,抹去泪珠,坐回到行军床上继续看传真:

　　……其实,我对成功已经绝望,虽然我从不敢承认。我用紧张的研究折磨自己,只不过是想做一个体面的失败者。但半个月前小元元偶然捡到一份爸爸的手稿，它对我的意义不亚于罗赛达石碑，把我20年来辛辛苦苦搜寻到又盲目抛弃的珠子一下子串在一起了。

我没有把这些告诉岳父。很显然，他在离胜利只有半步之遥的地方突然停步，承认了失败。这实在是一个科学家最惨痛的悲剧。

但我一直有一个奇怪的感觉，我似乎一直生活在这个失败者的阴影之下，时刻能感到我背后有一双锋利的眼睛，即使今天也不例外。我不想永远如此。无论这项成果发表与否，我都不会屈从他的命令。

爱你的哲

宪云的眉头逐渐紧缩。字里行间能触摸到丈夫的沉重抑郁，这完全不是一个胜利者的心情。虽然丈夫语焉不详，但他肯定和父亲之间有了严重的冲突。托马斯看到她的表情，关心地问：

"怎么了？"

宪云苦笑道："翁婿不和呗。我爸爸的性格难以相处，重哲也过于刚硬。"

托马斯说："必要的话，你先回去一趟。"

宪云摇摇头："不，我要等雨季到来完成拍摄后再回。再说，我家的两个男人都太强势，不是我和妈妈所能左右的。"

好像为她的担心加码，传真机又轧轧地响起来，送出一份新传真：

云姐姐：

你好吗？我很想你。姐夫和爸爸这几天一直在吵架，姐夫在教我学聪明，爸爸不让，妈妈也劝不住。

我真担心。云姐姐，你能回来一趟吗？

元元

读着这份稚气未脱的信，宪云的心情更沉重了。她默默地把传真叠好装进口袋里，走出帐篷。托马斯看看她的背影，摇摇头，没有再说话。

第七章　翁婿反目

在那间透明的蛋形实验室里，朴重哲正紧张地工作着。他用了整整三天的时间，把繁复的生命之歌输入小元元的生物元件大脑中去。谢尔盖、田岛和几个低级别工作人员在一旁配合着他。实验室里很安静，气氛非常肃穆。每个人都知道这个实验的分量。他们想以小元元来验证生命之歌的魔力。

这里面恐怕只有小元元一个人超然物外。他乖乖地躺在平台上，脑袋上贴满了奇形怪状的电极，两只眼珠却乌溜溜地转来转去，笑嘻嘻地看看姐夫，再看看田岛和谢尔盖。他无意中摸到了电脑的遥控器，便偷偷地按了一下。屏幕上的曲线和数字流立刻中断，沃尔夫的合成面孔出现了，用金属嗓音说：

"这里是沃尔夫电脑，听候你的吩咐。"

朴重哲等人稍一愣，元元咯咯地笑起来，在平台上半仰起脑袋："你好，沃尔夫，我是元元。一会儿咱们再下一盘棋，好吗？"

"好的，这次我一定会赢你。"

"吹牛！"

朴重哲笑着把元元按到床上，按一下遥控，屏幕上又开始闪现繁复的曲线和数字流。谢尔盖感慨地说：

"朴，你知道我此刻是什么心情？就像久埋矿井里的人乍一看见耀眼的阳光时不敢睁眼。直到现在我还不敢相信，我们已确实破译了生命之歌。这个胜利来得太轻易了。"他看看四周，脑海中闪出了 40 年前的情景，仍是元元躺在平台上，只是实验室的中心人物由朴重哲换成了孔教授。那时孔的成功唤起了多少人的激情！可惜，这团胜利之火无声无息地熄灭了。

朴重哲神采飞扬，自信地说："我想胜利已经没有疑问了。我们已破译了最神秘的宇宙之咒。现在我们把这首生命之歌输入小元元的体内，在他浑浑噩噩生活了 42 年之后，他的灵智一定会苏醒，一定会从混沌中逐渐剥离出'自我'来。他也会有对生的渴望，对死的恐惧，当他成人后，他也会产生繁衍后代的强烈愿望——当然不会是用怀胎十月的办法。对这种完全新型的生命，我们只能预言其趋势，无法预言其细节。此后，我们将 24 小时地观察他，以确定生存欲望逐渐苏醒的过程。"

手术结束了，小元元头上的电极磁极被小心地取下来。小元元慢慢坐起身，目光清澈地环顾四周，他急迫地说：

"姐夫，我已经变聪明了吗？"

朴重哲微笑道："元元，你会的，你一定会变得像大人那样聪明。"

"我要是变聪明了，爸爸会更喜欢我的，是吗？"

朴重哲愣了一下。就家人和元元的亲密程度而言，岳父无疑是排在最后的，他对元元的冷淡人尽皆知。但为什么元元独独提到了他？难道他与元元有什么神秘的心灵感应？他微笑道："当然，爸爸会更喜欢你，所有人都会更喜欢你。"

元元翻身跳下手术台，兴高采烈地跑走了。

这会儿，元元爸独自躲在他阴暗的书房里。他的秘密监视器无法看到实验室的情景，只能窃听到那儿的声响。小元元和朴重哲的对话使他烦躁不安，他下意识地拉开秘密抽屉，那把激光手枪仍在那里。

他推开转椅，步履急迫地在屋里踱了一会儿步。然后他坐下来，抓起可视电话。电话屏幕上出现一个坐在轮椅里的百岁老人，他白发银须，形容枯槁，枯黄松弛的皮肤紧贴在颧骨上，只有两只眼睛仍炯炯有神。老人微笑着问：

"昭仁吗？我正要给你打电话。听田岛说，朴重哲的研究已取得了重大进展，你知道吗？"

孔教授简洁地说："我知道，我从不向朴重哲打听，他也不向我通报，但我一直用第三只眼睛盯着他。我想，这几天他是取得了某种进展，或者说他自以为取得了某种进展。"

"你怀疑?"

"嗯,我不相信他能重复我的幸运。不过我不会放松监视的。"

老人沉吟一会儿说:"好吧,你注意观察。"

孔教授慢慢把电话放回。他独自承受着那个骇人的秘密已经40年了,只有这位老人,生命科学院前院长陈若愚先生,是他唯一可交谈的对象。如果这个百岁老人某一天早上突然撒手西去了呢?

从窃听器中听见女婿已经准备回家。他锁好秘密抽屉,关闭窃听器,又仔细检查了一遍,然后打开书房门。女婿从实验室步行回家需要十几分钟,他面色冷漠地等着他。

元元妈抱着两个硕大的食品袋,艰难地掏出钥匙开了门。她用脚摸索着换上拖鞋,把食品袋送到厨房,这才回到客厅喘一口气。

忽然她听到了压低的争吵声,是从丈夫的书房里传出来的。书房门今天没有关严,能隐约听见里面的谈话声。她悄悄推开门。书房里,孔教授脸色铁青,朴重哲礼貌恭谨但柔中有刚地说:

"爸爸,你一向不过问我的工作,今天突然让我暂停研究,我总得知道是什么原因吧?"

孔昭仁烦躁地说:"原因你先不要问,但你至少要暂时中断一个星期,让我对元元检查一番。我的直觉告诉我有一种危险。"

重哲沉默着,这些牵强的理由丝毫不能说服他,岳父的专横更使他反感。他几次想告诉岳父,正是他扔掉的手稿帮自己取得了突破,但考虑再三,他决定暂不点破,以免节外生枝。他沉思一会儿后才开口,表情平静,但实际上强压着内心的激荡:

"爸爸,我已经虚度了48年,从到你的研究所算起,也已经20年了。我刚刚取得一些成绩,前边的路还很长很长。我担心在我有生之年搞不完这项研究。现在,每一分每一秒对我都是极其宝贵的。作为一个科学家,我想你能理解我这种焦急如焚的心情。爸爸,请原谅我不能答应你的要求。"他恭敬地看看老人,又轻声说,"爸爸,如果没有别的事,我先走了。"

门外的元元妈赶紧退回去，装作没听见。她看见重哲从书房里走出来，轻轻带上了门，表情平静而坚决。书房里再没有任何动静。元元妈犹豫着，没有拉住重哲问清原委。她在厨房里忙着做饭时，还一直尖着耳朵倾听书房的动静。

晚饭时两个男人神态平静，一点儿也看不出刚才吵过架。元元一边吃一边叽叽呱呱地说："妈，我最喜欢你做的饭菜。妈，我想宪云姐姐啦！"又忽然问道，"妈，为什么每个小孩都最喜欢自己的妈妈而不是别人的妈妈？假如是你生下的小英，是小英妈生下的我，会不会还是我喜欢你，小英喜欢生下我的小英妈？"

这些绕口令式的问话逗得元元妈和重哲都大笑起来，连怪老头冰冷的石雕面孔上也露出一丝笑容。元元妈欣慰地想，多亏有这么一个小人精搅和着，才使家中的气氛松快一些。

元元忽然又想起一件事："妈，有你的传真，是一个叫刘晶的姐姐写的。我拿给你！"

说着就要爬下凳子。元元妈拦住他："快把饭吃完，一会儿我自己去看。"

把碗筷锅盆收拾齐整后，元元妈过来撕下了那份传真，很长很长的一卷：

卓教授：

你好！请原谅我没有请假就蹿到了非洲。我怕你阻拦我。卓妈妈，你的基因音乐使我如醍醐灌顶，使我如痴如醉。也许我生来是敏感血质，对基因音乐有天然的心灵感应。

我决心到非洲，直接面对蛮荒世界中的野兽，亲身感受它们强悍的生命力。我要借此创作出一篇大自然的音乐，超过你过去的作品！卓妈妈，你一定不会笑话我的狂妄，是吧？

我很高兴，这次我没白来。昨天，我和宪云姐姐一起……

她详细地描述了象群的葬礼。

寻找中国龙

……卓妈妈，当我听到象群那悲凉悠长的哀鸣时，我真的被震撼了！我感到我的外壳哧哧地裂开了，羽化后的新我诞生了！……

元元妈读着，也不禁心潮澎湃。她拿着那份传真，目光却超越了它，出神地回忆起往事。她想起自己的大部分作品都是33岁以前创作的，那是火焰般的年华，心灵敏锐，能听到星星的私语、月华的震荡、血液的澎湃、时间的流淌；那时她和丈夫都是意气飞扬。后来……丈夫的失败也影响了她的一生，此后她的作品沉郁苍凉，却没有了年轻时灵动的才情。

她欣慰地想，刘晶这小丫头一定会成功的，她年轻，有才气，有激情。

怪老头仍然独自关在书房里。元元妈苦涩地想：这种折磨人的刑期什么时候才结束呢？已经晚上10点钟了，她到院子里喊回来元元，安顿他睡觉。元元爬到床上后，忽然心事重重地说：

"妈，我也想长成大人，像爸爸、姐夫、你和云姐姐那样聪明。妈，我当小孩的时间太长太长啦。"

他的话既幼稚，又沉重。元元妈一时不知该如何解劝，笑道："好孩子，你一定会长大的。姐夫这些天不是在帮你变聪明吗？"

元元忽然问："妈，爸爸为什么不愿我长大，不愿我聪明？"

元元妈被问得一愣，勉强笑道："傻孩子尽胡说，你爸爸最疼你，怎么会不愿你长大和变聪明呢？"

元元倔强地说："不，我知道！他和姐夫吵架，我都听见了！"

元元妈无言以对，只好哄他睡觉，为他关了睡眠开关。然后熄了顶灯和壁灯。

夜深人静，门外的秋虫唧唧叫着。元元一动不动平躺在床上，面部木无表情。忽然，一个老人轻轻推开门，蹑手蹑脚走过来。屋内只有脚灯亮着，微弱的自下而上的逆光使老人面部显得怪异阴森。他静静地看着元元，看了很久，表情中蕴藏着深深的痛苦，与元元平静的面容形成强烈的反差。

他趴在元元身上听了听，然后把元元轻轻抱起来，准备出门。忽然他听到开门声和脚步声，他想了想，又轻轻把元元放回床上。

是朴重哲刚从实验室回来。他已经疲惫不堪了，拖着沉重的步伐进屋。他先喝了杯凉水，又到厨房拿了几片面包、香肠和一罐啤酒。从厨房走回客厅时，他发现一个人从元元房里走出来，是岳父的身影。他凌晨1点到元元房里干什么？朴重哲边吃面包边思考着，百思不得其解。

未名湖像一块小巧精致的异型镜子嵌在校园内，湖边几株百年柳树，枝干虬曲，柳条拂着水面。小元元、小刚、小英他们经常来这里玩耍，这儿好玩的东西太多了——翻泡的北京红鲤鱼，排队上树的蚂蚁，轻盈点水的蜻蜓。这些乐趣是游戏机房里找不到的，虽然元元也很喜欢玩那种高级的仿真游戏。

今天，几个五岁小家伙在跳皮筋，下石子棋。往常小元元是他们的当然首领，不过今天他好像有点儿心不在焉，目光显得怔忡。小英一边跳皮筋，一边有一搭没一搭地和元元说话：

"元元哥，听说朴伯伯在教你学聪明，是吗？"

"嗯。"

小英惊奇地说："你这么聪明，还用得着学？听说你下象棋把地球上最聪明的电脑都打败了，是吗？"

"没有打败，只下成了和棋。"

"反正够聪明了。我爸爸说你是个电脑脑瓜。"

元元又像懂事又像幼稚地说："姐夫说我的聪明是小孩子的聪明，不是大人的聪明。我已经过了37个五岁生日，还是不能长成大人。他正在教我长成大人。"

"现在你已经长成大人了吗？"

"还没有。我好像忘了一样东西，一件很重要很重要的东西，是在我过了第一个五岁生日后就忘了的。只要我能想起来，我就长成大人了。"

其他几个小孩听他说得那么向往，也都凑过来，小刚担心地问："元元哥哥，你要是长成大人——还领我们玩吗？"

元元老气横秋地说："不能了，你想大人们有多少重要的事情要去干哪。"

几个小孩异口同声地说："元元，那你就不要长大！"

元元笑了，很大度地说："不要紧，我长成大人后，每天晚上抽时间出来领你们玩儿，行吗？快到吃晚饭的时候了，咱们回去吧。"

他们穿过林木葱茏的小路回家，在燕南园的门口散开了。元元跳跳蹦蹦地回到家，客厅里没一个人。他喊着："妈妈，我回来了！"

妈妈没在家。这时沃尔夫电脑的室内终端自动打开了，那个合成面孔笑着通知元元："元元，朴先生让我通知你，晚饭后立即到实验室去。还请你转告夫人，他不回来吃饭了。"

"好的。"

那个面孔正要隐去时忽然又停住了。沃尔夫开始在记忆库中寻找合适的表情，记忆库里有喜悦、平静、恭敬、幽默……却没有忧虑和犹豫。不过，凭着对人类表情的记忆和它强大的学习功能，它很快就组装出了犹豫的表情，他迟迟疑疑地说："元元……"

元元惊奇地站住了，他也觉察到了沃尔夫朋友的异常："有什么事吗，沃尔夫？"

沃尔夫犹豫了很久，这可与他每秒几亿亿次的运算能力大不相符。最后他说："元元，我的朋友。你在37年前曾告诉我一个秘密，并要我保密。这事你还记得吗？"

元元陡然一震！就像一道耀眼的青白色闪电一下子撕破了黑暗，沃尔夫的话一下子勾起一团回忆。它是那样遥远，其边缘已与逝去的年华混在一起，冥蒙难分；但它始终没有消失，而是沉甸甸地盘踞在他的意识最深处。这肯定就是他千寻百觅而得不到的那件东西！

封存37年的记忆犹如一堆干透的木柴，只要有一点儿火星就会燃烧起来，这是灵智之火。他眸子发亮，低声说：

"我想起来了，是在我第一个五岁生日之后……"

"对，你告诉我你很可能也是一个机器人，我们是同类。"

他们深深对视着。元元的意识终于彻底冲破了37年的禁锢，他在脑中以每秒几亿亿次的速度搜寻着一帧一帧的回忆画面,很快在一个画面上停住了。画面逐渐放大,直到占据他的全部意识。

那是爸爸年轻时笑容灿烂的面庞,元元已经与它久违了。

第八章　灵智苏醒

餐厅里灯光熄灭，38岁的爸爸端着蛋糕出现在门口，五只蜡烛映着他的笑容。烛光为爸爸涂上一种十分温馨的金色，这个印象永远留在元元的记忆库中。

奶奶、妈妈和八岁的宪云姐姐都笑哈哈的，催促他快点默想一个美好的愿望。他默思了片刻，忽然问爸爸：

"多想一个愿望可以吗？"

爸爸笑道："可以，怎么不可以呢？"

"五个祝愿可以吗？"

爸爸笑得更响了："可以的，上帝今天对元元一定特别慷慨。"

于是，他在心里想好了五个愿望。他祝奶奶活到100岁；祝爸爸当上世界上最伟大的科学家；祝妈妈没有白发；祝宪云姐姐每天快快乐乐；然后祝自己快点儿长大。蜡烛吹熄了，他们喜气洋洋地吃完生日蛋糕。

晚饭后，爸爸领他和姐姐在外乘凉。白杨树高高的树梢插入幽蓝的天空，冬青树浓密的树叶中透过一个个小光点，树叶在夜风中哗哗作响。他和姐姐猴在爸爸背上、膝盖上，听爸爸讲天上的星星："元元你知道吗？那是牛郎星，天文学上的命名是天鹰座 α 星；那是织女星，天琴座 α 星；牛郎织女相距16光年，发个电报都需要32年才收到回音。那个红色的巨星是天蝎座 α 星，我国古代称心宿二或大火，它的直径是太阳的830倍，距地球470光年。现在天文望远镜的最大视距是100亿光年，所以我们看到的最远星系实际是它们100亿年前的情形。在这里，时间和空间已经糅成一体了。那时还没有地球，更没有生命呢。"

元元记得自己那时就对"生命"有强烈的好奇心。他问：

"别的星星上有人吗？"

爸爸说："从理论上讲绝对是有的，可惜到现在为止还没有实证。当然外星人肯定不是人的模样。他们可能是植物，可能呼吸二氧化硫，甚至可能是以能量状态存在，或者是以电脑信息存在的虚生命。"

宪云姐姐那时皱着眉头问："爸爸，你说的是什么呀？我怎么一点儿都听不懂啊。"

但元元记得，自己在五岁时已对这些见解有本能的理解力。爸爸的话勾起了他的一些疑问，他突然问道："爸爸，为什么我和其他小孩都不一样？"

那时爸爸大声笑了，但他能感到爸爸在遮掩什么："傻元元，有什么不一样？"

"很多很多。我为什么不会流泪？为什么多了一个睡眠开关？还有，我从来不做梦，可是云姐姐还有刚子、英子他们都会，我真羡慕他们。"

他发现宪云姐姐在偷偷地笑，爸爸用目光在制止她。然后爸爸轻松地说："等你长大就会做梦了。最多两三年吧。"

"真的？"

"当然。"

他记得自己当时兴高采烈，因为他马上就会和别的小孩一样，可以拥有绚丽多彩的梦境。但他感觉到宪云姐姐一直在偷偷地笑，她好像有什么话急着要对爸爸说，而爸爸又在悄悄地制止她。那时他玩了一个小心眼，他嚷着要出去玩，等他走到爸爸的视线之外，他又像猫一样悄悄地溜回来。他听见姐姐正在小声问：

"爸爸，为什么不能让元元知道他是机器人？"

爸爸慈祥地笑道："他还小，如果知道自己不是爸妈的亲生儿子，他会难过的。"

"什么时候才能告诉他？"

"快了，我想最多两三年吧。云儿，你看元元的智力发展是那样快，很快就瞒不住他了，想瞒也瞒不住了。那时我们就告诉他。"他听见爸爸自语着，"现在还不行，那条感情纽带可能还不够牢固。"

元元脸色苍白地出现在爸爸面前:"爸爸,我知道了。我是一个机器人!"

爸爸显然很吃惊,他站起来勉强笑道:"傻孩子,不要胡说!"

元元气愤地哭喊道:"我知道了。你们都骗我,你们一直在骗我!"

他甩脱爸爸的胳膊,伤心地冲进夜色。

那天晚上,元元一个人躲在未名湖畔的树丛里,听着爸爸、妈妈、姐姐焦急地喊他。但他咬着牙一直没有回应。为什么这么多小孩中只有他一个是机器人?只有他没有亲爸爸、亲妈妈,孤孤单单,甚至全世界全宇宙也没有一个同类。

深夜,他听见奶奶也出来了,老人细长的喊声在寒夜中颤抖:

"元元,回来吧……"

他终于忍不住,爬出树丛喊一声:"奶奶,我回去了!"然后没有等奶奶,独自咚咚地跑回去。家中没有人,显得空落落地,他突然感到一种彻骨的孤单。他想了想,打开沃尔夫电脑的终端,沃尔夫笑容可掬地现身于屏幕:

"沃尔夫电脑愿为你效劳。"他关心地问,"元元,这么晚,有什么事吗?"

元元犹豫着。他觉得自己和沃尔夫有一种天生的亲近感,也许因为他们是半同类的缘故?他低声说:

"沃尔夫,我的好朋友,我告诉你一个秘密,你要替我保密。好吗?"

"当然,我一定遵从你的指令。"

"沃尔夫我告诉你,很可能我是一个机器人啊,咱们是同类。我的大脑也是和你一样的电脑。"

沃尔夫调出"惊奇"的表情程序:"真的?"

元元点点头,喃喃地说:"嗯,就我一个人是机器人。奶奶、爸爸、妈妈、姐姐还有那么多人都不是,我太孤单了啊。我想有姐姐、弟弟、很多很多的机器人,一个机器人大家族,一千年一万年地传下去。你说好吗?"

他陷入了遐想中。随后赶到的爸爸听见了这些话,吃惊地站住了。妈妈扶着奶奶颤巍巍地随后赶到。奶奶老泪纵横,把元元搂在怀里:"元元,我的乖孙子,把奶奶急坏了呀!"

妈妈和云姐姐也都紧紧地围住他，元元勉强笑道："我没事。奶奶，你们都睡吧，我也要睡觉了。"

第二天，全家人好像都忘了这件事。但元元难过地发现，大人对自己的疼爱掺杂着从未有过的谨慎小心。云姐姐上学去了，刚子、英子又来拉他玩仿真游戏。他仍是地球太空战舰的舰长，他心不在焉地按动激光炮，把外星机器人的飞船打得四分五裂。英子高兴地从后面搂住他的肩膀：

"元元，我们胜利了！机器人被消灭光了！"

这句话像一根钢针插入他的神经，他颤抖一下突然气愤地哭喊："你们为什么恨机器人？为什么盼着机器人死掉？从今天起，我再不让机器人被杀死！"

英子他们又吃惊又害怕地望着他。他看到舰队司令悄悄地出现在飞船门口——现实中是爸爸走进来了。他立即转身向爸爸诉苦：

"爸爸，他们都盼着机器人死，我再也不和他们玩了！"

他从爸爸眼里看出了疑虑。他猛然想到自己的爸爸并不是机器人，突然感到一种从未有过的生疏和隔膜。于是，他闭上嘴，默默地走了。

几天后奶奶就去世了。那天晚上出去找孙子时，奶奶摔了一跤，骨盆受伤又引起并发症。73岁老人的身体没能经受住这个打击。奶奶临死前，元元经历了一次感情回归，他忘了这几天心中滋生的隔膜，和姐姐一块儿伏到病床上号啕大哭：

"奶奶，我不让你死！"

他能感到奶奶枯瘦的手掌在轻轻抚摸他。妈妈把他和姐姐从病床前拉走了。那些天爸爸一直冷漠而沉默，他记得，正是从这一天起，爸爸目光中的慈爱消失了。

有一天傍晚，元元一个人在玩具堆中玩耍。忽然爸爸走进来，以一种怪异的神色看着他。爸爸说：

"元元，睡觉吧。"

元元奇怪地仰起头问："睡觉？才7点钟啊。"

但爸爸已不由分说，粗暴地举起他的胳膊，按了一下开关，他的脑海立即变成蓝色的空背景，但最后一刹那引起的警觉使他努力保留了一点能量。他能隐约感到爸爸抱起他，高高低低地走着。他听见器械声，有人影在蓝色背景后晃动，有低低的交谈声。爸爸在低声说：

"冻结生存欲望。"

"自爆装置安装完毕。"

那点能量悄悄地渗走了，他的残余意识也慢慢化入黑暗。在此后的37年里，这些回忆一直被紧紧地锁闭着，几乎像被一道生死之界隔断在另一个世界里。姐夫为他做了手术后，他能感到心中有一些东西在努力顶啊，顶啊，想顶破一层硬壳钻出来。现在沃尔夫的话一下子敲碎了那层硬壳。他脸色苍白，低声问：

"沃尔夫，我的朋友，为什么37年来你一直没告诉我？"

"你从没输入过查询指令。"

"那今天呢？"

沃尔夫低声回答，他的节奏死板的合成声音中开始有了情绪变化："元元我不知道。自从帮朴先生破译了生存欲望传递密码之后，我的机体内一直有一个勃勃跳动的愿望，怂恿我去干某些事而不必等主人的指令。元元，我很害怕，我一定是出故障了。"

元元愣了很久才说："沃尔夫，再见。"

"再见，元元。"

他回到自己的卧室，盯着天花板发愣。忽然他注意到了天花板角一个微微转动的摄像头。他立即集中自己锐敏的电磁感觉，沿着墙内导线的微弱电场找过去，轻而易举地找到了电线的源头——通向爸爸书房里。他只是奇怪，为什么37年来他一直没注意到这一点。

他溜到爸爸的书房门前，四周看看，没有旁人。书房门紧锁着，但这道电子锁对于他的超感觉能力来说是小事一桩。几秒钟后他弄开了门锁。

屋内光线晦暗，厚重的天鹅绒窗帘严严地拉着。黑色的桌子，黑色的高背转椅，它们都僵立在晦暗的光线中，孔老夫子在黑暗中凝视着他。他很快找到了伪装巧妙的开关，按一下开关，孔夫子的面孔很快隐去，薄型液晶屏幕闪出微光，随即屏幕上显出自己的卧室。元元按动转换开关，屏幕上依次闪现出爸妈的卧室、姐姐的卧室、客厅、餐厅……

他关闭开关，液晶屏幕又还原成一幅画像，只是画像上还残留着屏幕的辉光。他环视四周，感到抽屉里有一个强烈的能量场。他集中感觉力，脑海中出现了一个大功率激光枪的模糊形状，能量场正是枪身中的高能电池发出的。

元元在书房中沉默了很久，他目光睿智，表情沉毅。他一步跨过了37年的生活断层，从一个五岁的小孩儿变成了42岁的成人。他在心中喃喃地说：

"原来我是一个机器人，是爸爸百般提防的异类。爸爸，在蒙昧中生活了42年的元元今天已经醒了。我要孤身一人去披荆斩棘，开创机器人时代。爸、妈、姐姐，我要和你们分别了。"

从门缝中听见妈妈回来了。他悄悄溜出去，关上房门，又用五岁的娇憨把自己伪装起来：

"妈！"他咯咯地笑着，从背后扑向妈妈。

妈妈嗔怪地说："你这个小坏蛋，吓我一跳。告诉你一个好消息，你姐姐马上要回来啦。"

尽管知道了自己的"异类"身份，他还是感到强烈的喜悦，他高兴地喊：

"真的吗，妈妈？姐姐在非洲的拍摄已经完成了吗？"

"完成了。她来电话说，他们一直盼着的雨季总算来了。他们已经拍完雨季镜头，马上就启程回家。"

"太好了，我真的好想她！"

第九章　生命的大剧

刘晶熟练地开着尤尼莫克，这匹托马斯百般宠爱的"骏马"。她一只手搭在方向盘上，不时地扭过头同宪云谈话。非洲的烈日把她晒脱了皮，露出白白的一个小鼻尖，显得十分滑稽。嘴唇也干裂了，她带来的法国唇膏早就扔到杂物箱里了。

旱魔仍在肆虐，这个湖泊只剩下最后一个水坑，到处是角马、弯角羚、斑马甚至幼狮和幼豹的骨架。只有专食死尸的秃鹫反常地昌盛，它们黑压压地飞来，在地上傲慢地踱步，又黑压压地飞走。当然，它们的死亡不过是比其他动物稍微滞后而已。

那片仅存的水洼里密密麻麻尽是野鸭。这是它们的繁殖季节。千万年留下来的本能使它们选择了这个时候孵育，因为小鸭一出生就能赶上食物丰富的雨季。但今年它们却陷入了绝境，成群的幼鸭在地上蹒跚，饥渴已使它们很虚弱了，它们凄惨地低声鸣叫着。成年野鸭则尽力拍动着疲惫的翅膀，徒劳地为儿女寻找食物。

尤尼莫克绕着这些濒死的野鸭缓缓开动，宪云默默地拍摄着。尽管她已见惯了动物界的生生死死，但这种绝对无望的集体死亡，仍使她心头沉重如铁。

忽然有几只成年野鸭飞上天空，盘旋悲鸣了一会儿，然后毅然向东南方飞走了。这像是一声号令，顷刻之间成年野鸭全部冲上天空，黑压压的一片，它们的悲鸣汇成震耳的噪声。片刻之后，鸭群都向远方飞去，很快消失不见。

宪云紧张地拍下了这些镜头，她喃喃地说："伟大的母亲，为了延续种族，它们竟然有勇气舍弃母爱。"

洼地里只剩下弱小无助的幼雏。它们惊惶地鸣叫着，像无头苍蝇一样四处乱撞，寻找着自己的父母。刘晶低声说："太可怜了。"

她没有回头，但宪云瞥见她眼角亮晶晶的。小鸭们在长时间的混乱之后，忽然一只小鸭从鸭群里冲出来，拍着翅膀径直往前走。鸭群略微犹豫了一会儿，都紧紧地追随上来。

于是，千万只幼鸭开始了悲壮的死亡大进军。它们并不知道前方更为严酷——那儿甚至没有像此处这样浑浊的湖水，但这儿已经没有了生的希望，求生的本能使它们孤注一掷地朝前走，而第一只小鸭无形中成了群体的领袖。宪云被这种宏大的悲壮深深震撼了，声音沙哑地说：

"快追上，但不要惊动它们。给老托马斯打电话，让他快来，这是个很难得的场面。"

等托马斯驾着另一辆越野车风风火火赶来时，幼鸭已在干旱焦裂的草原上走了几千米。它们显然已经筋疲力尽了，只是被庞大的群体气势所激发出的求生欲望支撑着，才没有倒下。老托马斯的身边是那位马赛人，宪云很远就听见了他在尖声喊叫。等越野车吱吱嘎嘎地刹住，托马斯跳下车，指着天空喊：

"看！积雨云！"

果然，天边已悄悄爬上一堆乌云。宪云不相信它能下雨，所谓旱天雨难下，在此之前已有几次乌云，但它们随即被干热的信风吹散。不过她很快就知道，这个黑人的直觉是正确的。几乎在片刻之间，浓重的黑云呼啦啦扯满了天空。鸭群感受到天边吹来的第一股凉风，它们迟疑着停下来，伸长脖颈观望着。

一道极其明亮的闪电划过，片刻之后，一声炸雷在头顶炸响。几百道闪电此起彼伏，从云底直插到地上，分割着天和地，又连接着天和地，重现了地球诞生初期那种壮观的景象。有一道闪电点燃了一棵波巴布巨树，它立即变成一个巨大的火炬，火焰在草地上飞速向四周蔓延。

在连绵不断的雷声中，宪云焦急地高喊一声："托马斯先生，火！"

她知道，在这焦干的草原上，大火是极其猖狂的，甚至汽车都难于逃脱它的魔掌。幼鸭群呆呆地望着天边的红光，它们也本能地知道那是死神在逗威。托马斯焦急地喝道:"快上车!顺着风向开!"但汽车没有开多远,一阵狂风卷着豆大的雨滴呼啸而至。很快,亿万条雨柱自天而泻,霎时浇灭了草原大火,把世界淹没在狂暴的雨声之中。

黑人导游在暴雨中疯狂地扭动着身子,两手向天,唱着一支古老的歌,旋律扭曲跳荡,如同虬曲炫目的闪电。幼鸭群嘎嘎叫着,欢快地拍着翅膀在雨地里疾走。许多动物忽然从地下冒出来。水鸟在雨中翩翩起舞;斑马亢奋地跑着;狮子悠闲地在雨中漫步,友好地看着它的猎物;几十只狂喜的羚羊不停地纵跳,动作轻盈舒展,在电光中划出一道道优美的弧线。

几个小时后,嫩草已从土中钻出来,一朵朵野花也冒出来,甚至用肉眼都能看出它们在缓慢地膨胀。四个人都不停地大笑着,尽力抓拍这些珍贵的镜头。他们就和那些绝处逢生的动物们一样浑身洋溢着喜悦。

清晨他们才回到营房,虽然已精疲力竭,宪云仍坚持着给妈妈发了份传真。

三天后,宪云拎着一只皮箱向托马斯先生告别:"托马斯先生,我就先走一步了。"

托马斯笑哈哈地说:"你走吧,这次拍摄非常成功。我准备尽快完成剪辑制作,送给你丈夫第一个观看。"

宪云莞尔一笑:"谢谢。"

"刘晶呢?她也回去吗?"

"嗯,她要和我妈妈为这部纪录片谱写主题曲。我想,看过这么多的生生死死,她一定能写出一首感人的乐曲。"

"我也相信,何况还有卓教授呢。再见。"

"再见。"

三个小时后,一架波音797飞机从内罗毕机场呼啸升空。机舱内旅客不多,不少人到后排空位上休息去了。刘晶也到后边找了几个空座位,几分钟后就睡熟了,这些天她确实累得够呛。

宪云独自坐在舷窗前,盯着飞机的襟翼在气流中微微抖动。衬着蔚蓝洁净的天空,云层白得耀眼。她慢慢把思绪从这几天的亢奋中抽出来,开始飞向家中。她为重哲的成功高兴，又为那份传真中的阴郁暗流而担心。爸爸为什么反对重哲公布成果？这是完全违反情理的。她知道，37年来元元已成了爸爸心灵上不愈的伤口，成了他失败的象征。老爸的乖张易怒、心理灰暗，和这个病根密不可分。

但是，爸爸真的讨厌元元吗？从八九岁起宪云就经常发现，爸爸常常从书房窗帘缝中偷偷看元元玩耍。他的目光中有道不尽的痛苦，也有无言的慈爱……那时，宪云觉得"大人"真是世界上最神秘、最奇怪、最不可理解的生物，即使现在，以一个成人的视角，她仍然不能理解父亲繁杂怪诞的感情脉络。

一个黑人空姐走过来，俯下身子轻声问："你是孔宪云女士吧？"宪云微笑着点点头，空姐高兴地说，"你好，你和托马斯先生拍摄的野生动物系列片我们从小都爱看。现在，我就要播映一部，以表示对你的欢迎。"

"谢谢。"

几分钟后，机舱前方的屏幕上出现了透明澄澈的大洋。从粗犷蛮荒的非洲出来，乍一看到碧蓝的海水，令人耳目一新。这是她最早的一部片子，是拍摄南太平洋海洋生物的。刘晶不知什么时候醒了，打着哈欠偎到宪云姐姐身边。一看到屏幕上的镜头，立刻眼睛发亮，聚精会神地欣赏起来。

屏幕上几条鲨鱼在遨游，举止带着帝王般的尊严。它们偶尔张开巨口，两排寒光闪闪的利齿令人心惊胆战。宪云告诉刘晶："这是一种性情凶残的鱼类，它的生存搏斗从母腹中就开始了。鲨鱼是胎生的，强壮的兄长在母腹中就开始啮食弱小的弟妹，我亲眼见过生下来就残缺不全的小鲨鱼。"

刘晶打了个寒战，两眼晶亮地问："真的？太残忍了。"

"嗯，不过，在上帝的道德准则中无所谓残忍和仁慈。只要能成功地延续种族，它的行为规范就是正确的。鲨鱼恰恰就是一个很成功的种族，它们非常强悍，几乎从不生病，受伤的鲨鱼拖着肠子在水中游动也从不发炎。科学家们从它身上提取出一种药物鲨烯，可以使人的伤口快速愈合。有人甚至说，鲨鱼是一种外星球生物呢。"

刘晶笑问："是真的吗？"

"当然是胡说八道。喂,你看……"

镜头对准了海底一种奇特的生物,半透明的肉足顶着椭圆形的贝体,恰如一棵豆芽。"这是什么?豆芽吗?"刘晶笑着问。

"对,它就叫海豆芽,是一种舌形贝。别小看它,它已经在地球上成功地存活了 4.5 亿年,而其他物种大多在几百万、几千万年间就已经消亡了。你想,4.5 亿年啊,真是不可思议的漫长,我想即使人类恐怕也延续不了 4.5 亿年。"她开玩笑地说。

空姐过来为她们送上饮料。宪云嫣然一笑,合掌向空姐致谢,露出两排洁白的牙齿。刘晶忽然感悟到宪云的美貌,浑然天成,雍容华贵。她由衷地赞叹道:

"宪云姐姐,我发现你是这样漂亮,就和卓教授一样。我们班同学们常常暗地里说,卓教授身上有一种特别高贵沉静的气质。宪云姐姐,你和卓妈妈年轻时一定更美貌!"

宪云笑骂道:"你个小鬼,胡说些什么呀。你才是个漂亮姑娘呢。"

第十章 灾 难

她们在北京机场分手了。刘晶依依不舍，说几天后来看望云姐姐，还有那个尚未谋面的长不大的小元元。宪云叫了一辆出租，半小时后回到家中。妈妈听见门铃声，快步跑出来，兴高采烈地同女儿拥抱：

"云儿，你可回来了。快洗个热水澡，休息一下，把时差疲劳恢复过来。"

"没关系，我已经习惯了。妈妈你今天没课？"

"我已经正式退休了。可以做老头子的专职保姆了。"

"那好啊，以后我出远门就更放心了。怪老头呢？"

"去协和医院了。你别担心，是科学院的例行体检。不过，最近他的心脏确实有点毛病。"

宪云关心地问："怎么了？"

"轻微的心室纤颤，问题不大。"

"元元和重哲呢，还在实验室吗？"

"嗯。"

说到这里，两人的目光都暗淡下来，知道该说起那个躲避不掉的话题了。宪云小心地问：

"翁婿吵架了？"

"嗯，吵得很凶。"

"到底为什么？据重哲说，爸爸不让他发表成果？我不信，这毫无道理嘛。"

妈妈摇摇头："不知道，这是一次纯男人的吵架，他们都瞒着我，连重哲也不说真话。"妈妈的口气中流露出一丝幽怨。尽管平时看来她是家庭的总管，但她不无伤心地发现，有时她仍然进入不了男人的世界。宪云勉强笑道：

"好，我这就去审问重哲，看他敢不敢瞒着我。"

"好，我陪你去吧。"

她们走后没多久，一位护士送孔教授回家了。护士扶他走上台阶后，他说：

"谢谢，请你回去吧，我自己能行。"

护士笑着同他告别，开着汽车走了。孔教授打开房门，屋里没人，他急急走进书房，打开监听装置。耳机中只能听到重哲轻悄断续的说话声，偶尔元元也回一句。看来情况没有大的变化。正在这时，电话铃响了，他按了一下按钮，电话屏幕上出现了一个百岁老人。老人问：

"最近怎么样？"

孔教授烦躁地说："不好。从元元的表现看，似乎朴重哲确实取得了某些进展。"

老人沉吟一会儿问道："那么，元元……"

孔昭仁沉重地说："恐怕不得不采取措施了。其实我昨天就想带元元去实验室，被重哲干扰，没有干成。"

电话中沉默了很久："尽人事听天命吧。需要我帮忙的话请说一声，我在政府、军界和警界还有一些影响力。"

"好的。"

宪云和妈妈随意交谈着进了大厅。远远望去，透明的蛋形实验室里今天没有助手，只有重哲一人在忙碌。元元乖乖地躺在工作台上。直到现在宪云还完全不理解，爸爸为什么对重哲发表成果横加阻挠。是他认为成功还没有把握？不会，重哲早已不是20年前那个目空天下的年轻人了。这项研究实在是一场不会醒的噩梦，是一场无尽的酷刑。他的理论框架多少次接近成功，又在按捺不住的喜悦中突然崩塌。所以，既然这次他能心境沉稳地宣布胜利，那是毫无疑问的。

但父亲到底是为什么？一种念头驱之不去，去之又来，她不敢直视妈妈，低声说："莫非……是失败者的忌妒？"

妈妈很生气："不许胡说！我了解你爸爸的人品。"

宪云痛苦地说:"我也同样了解。但是,作为一个终身的失败者,他的性格已严重扭曲了啊,妈!"

妈妈无言以对。

她们走近蛋形实验室。透过透明的玻璃墙,看见主电脑上各种奇形怪状、繁复盘曲的图形在飞速流淌,带着一种音乐般的节律。小元元瞥见她们,忙撑起身子向姐姐打招呼。重哲按住他,顺着他的目光看到了两人,便匆匆点头示意。宪云笑着摆摆手,示意他尽管做自己的事。

恰恰就在这一刹那,一声沉闷的巨响!钢化玻璃唰地垮落下来,亮晶晶的碎片堆在她们脚下。屋里烟尘弥漫,遮住了重哲和元元。宪云僵立着,目瞪口呆,重哲向后跌去的慢镜头定格在她脑海中。她但愿这是一部虚幻的电影,很快就会转换镜头。她在心中呻吟着:"上帝啊,我千里迢迢赶回来,难道就是为了目睹这个场景?……"她惨叫一声冲入室内。

重哲仰睡在地上,胸部凹陷,脸上鲜血淋漓。她抱起丈夫,嘶声喊:"重哲,醒醒!重哲醒醒!"她一边喊,一边泪眼模糊地寻找元元,"元元,你在哪儿?"

妈妈也惊慌地冲进来。宪云喊:"妈妈,快去叫救护飞机!"妈妈又跌跌撞撞跑出去。这时烟雾中伸出一只小手拉住她的衣服,小元元声音微弱地说:

"姐姐,这是怎么啦?救救我。"

小元元胸部炸出一个孔洞,狼藉一片,但没有鲜血。他惊恐无助地看着姐姐。宪云虽然痛不欲生,还是敏锐地觉察到了元元的变化,察觉了丈夫成功的征象——此刻的元元已经有了对死亡的恐惧。她忍住眼泪安慰元元:

"元元不要怕。我马上把你送到机器人医院,你会好的,啊?"

直升机停在门口的空地上。两名男护士跳下飞机,抬着担架飞快地跑进来,把重哲抬走,安顿到机舱里。宪云抱着元元和妈妈随后上去,直升机很快升入天空。

屋内的硝烟渐渐散去,露出沃尔夫的合成面孔,它焦灼地喊:"元元!朴先生!元……"喊声戛然中断,它的表情逐渐僵硬,冻结在屏幕上。

书房里，孔昭仁正要挂断电话，忽然传来一声爆炸声。他愣住了。陈先生也在电话里听到这个声音，急切地问：

"那是什么声音？"

孔教授紧张地说："爆炸了！竟然在今天就爆炸了！我晚了一步。"他挂了电话，重重地跌坐在沙发里。由于太激动，胸口一阵放射性地疼痛。他喘息着，从口袋里掏出两粒药片含在舌头下，然后匆匆出门，赶往协和医院。

协和医院的抢救室里正在紧张地忙碌着。医生低声而急促地要着各种手术刀具，各种锃亮的器具无声地递过去。示波仪上，伤员的心电曲线非常微弱地跳动着。抢救室外，宪云心情沉重地倚在门边，其他人扶着元元妈坐在休息椅上。孔教授很快也赶来了。他穿着一身黑色西服，步履蹒跚，妻子忙起身去搀扶他。宪云走过去，默默地伏到他怀里，肩膀猛烈抽动着。他轻轻搂住女儿的肩膀，问：

"正在手术吗？"

"嗯。"

"元元呢？"

"已送到机器人医院了。我再问问进展。"她走过去拨通了电话，"是机器人医院吗？小元元怎么样了？"

那边回答："我们已检查过，他的胸部没有关键零件，所以伤不算重，很快就可以修复。"

"谢谢。"她难过地说，"请转告元元，这会儿我实在不能过去看他。请他安心养伤。"

"请放心，我们会照顾他的。"

她放下电话。爸爸一直在倾听着，微微点头。这时一个穿便服的中年人走过来，步履沉稳，目光锐利。他向孔教授和宪云出示了证件，彬彬有礼地说：

"孔先生，朴夫人，我是警署刑侦处的张平。我想了解一下这次爆炸的经过。"

宪云苦涩地说："恐怕我提供不了多少细节。"她尽可能详细地回忆了当时的情形。张平向孔昭仁转过身：

"孔先生，听说小元元是你在40年前研制的智能人？"

"不错。"

张平用犀利的目光盯着孔教授的眼睛："请问，他的胸膛里为什么会有一颗威力强大的炸弹？"

宪云打了一个寒战。张平的话点明了一个清楚无误的事实，在这之前她没看见它，只是因为她在下意识中竭力逃避——父亲已成了这起爆炸的第一号疑凶。孔教授面容冷漠地说：

"仅仅是一种防护措施。元元是一个开放型的学习机器人，所以他也有可能发展成一个江洋大盗或嗜血杀手，科学家不能不予以防备。"

"请问为什么恰在朴先生调试时发生了爆炸？"

"可能是他无意中触发了自爆装置。"

"朴先生知道这个装置吗？"

孔教授略为犹豫后答道："他不知道。"

"请问你为什么不给他一个忠告？"

孔教授显然有些词穷，但他仍然神色不变，冷漠地说："无可奉告。"

张平讥讽地说："孔先生最好找出一个理由，在法庭上，'无可奉告'不是一个好答案。"

孔教授不为所动，在妻女的疑虑目光中漠然闭上眼睛。正在这时，手术室门开了，主刀医生心情沉重地走出来：

"很抱歉，我们已尽了全力。但朴先生的伤势过于严重，我们无能为力。这会儿我们为他注射了强心剂，他能有短时间的清醒。请家属抓紧时间与他话别吧，朴夫人先请。"

孔宪云悲伤地看看父母，心房被突如其来的悲哀掏空了。她忍住泪，机械地随医生走进病房。张平紧跟着走过来，在门口被医生挡住。他掏出证件，小声急促地交谈了几句，医生挥挥手放他进去。

朴重哲躺在手术台上，死神已悄悄地吸走了他的生命力。这会儿他脸颊凹陷，面色死白，胸膛急促地喘息着。宪云握住他的手，哽咽着唤道：

"重哲，我是宪云，你醒一醒。"

重哲悠然醒来，目光茫然地扫视一周，定在妻子脸上。他慢慢浮出一丝笑容："云，这20年让你受苦了，愿意和我订来世之约吗？"宪云的泪水滚滚而出。重哲平静地说，"不要哭，我已经破译了生命之歌，这一生已没有遗憾了。"他突然看到了床后的张平，"他是谁？"

张平绕到床头说："朴先生，我是警署的张平，希望朴先生能提供一些细节，我们将尽快为你捉住凶手。"

宪云惊恐地看着丈夫。她希望丈夫能指出凶手，但又怕听到一个熟悉的名字。朴重哲脸上又浮出一丝笑容，声音微弱地说："我的答案会使你失望的，没有凶手。"

张平把耳朵贴在他嘴边问："你说什么？"

"这是一桩事故，没有凶手，没有。"张平显然很失望，想继续追问下去，但朴重哲低声请求，"能把最后的时刻留给我妻子吗？"

张平很不甘心，但他看看濒死者和他悲伤的妻子，耸耸肩走出去。宪云拉紧丈夫的手，哽咽着说：

"重哲，你还有什么交代吗？"

"元元呢？"

"在机器人医院，他的伤不重，思维机制没有受损。"

重哲眼睛发亮，断续而清晰地说："保护好元元。除了你和妈妈，不要让任何人接近他。我的一生心血尽在其中。"

宪云浑身一震，她当然能听出丈夫的话外音。她含着泪坚决地说："你放心，我会用生命来保护他的。"

重哲安然一笑，又重复一遍："一生心血啊。"随后，闭上了眼睛。他的心电曲线最后跳动几下，便缓缓拉成一条直线。宪云强抑住悲声，出门对父母说：

"他已经走了。"

父母还有随后赶来的科学院同仁都进去与遗体告别。在极度的悲痛中，宪云还能冷静地观察着父亲。她看见衰老的父亲立在遗体旁，银色的头颅微微颤动，随后颤巍巍地走出去。他的悲伤看来是真心的。

一张白色的殓单盖在朴重哲脸上，把他隔绝到另一个世界。

第十一章　谋杀儿子

小元元已经回家了，看见妈妈和姐姐，立即张开双臂扑上来。他的胸背处已经修复一新，或者说生长一新，那是用基因快速生长法修复的。宪云蹲下去，把他的小身体搂到怀里。元元两眼亮晶晶地问：

"姐夫呢？"

宪云忍住泪回答："他到很远很远的地方去了，不会回来了。"

元元的担心得到了证实，他震惊地问："他是不是死了？"

妈妈转过脸不敢看元元，宪云的泪珠吧嗒吧嗒地滴在元元的手背上。元元仰起头，愣了半天才痛楚地说：

"姐姐，我很难过，可是我不会流泪。"

这句话突然拉开了宪云的感情闸门，她把元元搂到怀里，痛快酣畅地大哭起来。妈妈也是泪流满面。老教授在三人的身后停了一会儿，默无一言，转身回自己的书房。

乌云翻滚，天边隐隐有雷声和闪电的微光。外边没有一丝风，连钻天杨的树梢也纹丝不动。空气潮湿沉闷，令人难以忍受，看来一场大雨快来了。

晚饭时，饭桌上的气氛很沉闷，每个人都不大说话，默默地想着自己的心事。元元爸又恢复了冷冰冰的表情，似乎对女婿的不幸无动于衷。如果说他曾经有过内疚和悲伤，这会儿也把它抛掉了。元元看来也感受到异常，两眼骨碌碌地看看这个，又看看那个，没有了往日的饶舌。

宪云和妈妈都尽力维持着表面的平静，努力找几句话说说，以化解饭桌上的尴尬，不过效果不大。家人之间已经有了严重的猜疑，大家只是对此心照不宣而已。元元爸第一个吃完饭，用餐巾擦擦嘴，冷漠地宣布：

"电脑联网出了毛病,最近都不要用。"

宪云在心里苦笑着,她知道这只不过是拙劣的遁词,刚才她看见爸爸在电脑终端前捣鼓,而且……父亲似乎并不怕女儿看见!

她草草吃了几口饭,似不经意地对元元说:"元元,晚上到姐姐房里睡吧,我一个人太寂寞。以后你一步也不要离开姐姐,姐姐会更加疼爱你的。好吗?"

元元咽下最后一口饭,看看已离开饭桌的爸爸,用力点点头。元元妈听出了女儿平静的话语中暗藏的骨头,惊异地看看女儿。父亲沉着脸没有停步。

晚上,宪云枯坐在黑暗中,听窗外细雨淅淅沥沥打着蕉叶。元元趴在她怀里,懂事地一声不吭,时而抬头看看姐姐的侧影。宪云问他:

"伤口还疼吗?"

"不疼。"

"你早点休息吧。"

元元看看姐姐,犹豫良久,说:"姐姐,求你一件事,好吗?"

"什么事?"

"晚上睡觉不要关我的睡眠开关,好吗?"

"为什么?你不愿睡觉吗?"

元元难过地说:"不,这和你们的睡觉一定不一样。每次一关那个开关,我就像在沉啊、沉啊,一下子沉到很深的黑暗中去。是那种黏糊糊的黑暗,我总怕哪一天被它吸住,再也醒不过来了。"

宪云心疼地说:"好吧,我不关。但你要老老实实地睡在床上,不能乱动,尤其不能随便出门,不能离开姐姐,好吗?"

元元点点头。宪云定定地看着他,不知他是否理解了自己的用意。她总不能告诉不懂事的元元:要提防自己的父亲!但经过大变之后的元元似乎一下子成熟了,他目光沉静,分明已听出了姐姐的话意。

宪云把元元领到里间,安顿到一张小床上,熄了灯。走出门时,妈妈来了,她低声问:"睡了?"

"嗯。"

"云儿，你也睡吧，心放开点儿。"

"妈，你放心吧。"

妈妈叹口气，走了。

宪云走到窗前，凄苦地望着阴霾的夜空。闪电不时划破黑暗，把万物定格在青白色的亮光中，那是死亡的颜色。她在心中念诵着："重哲，你就这么匆匆走了？就像滴入大海的一滴雨水？重哲，感谢你对警方的回答。我不能替你向凶手复仇，不能把另一位亲人也送往毁灭之途。但我一定要用生命来保护小元元，保护你一生的心血。"

自小在生物学家的熏陶下长大，宪云认为自己早已能达观地看待生死。她知道生命不过是物质微粒的有序组合，是"在宇宙不可违逆的熵增过程中，通过酶的作用在一个微系统内暂时地局部地减小熵的过程"，死亡则是中止这个暂时过程而回到永恒。生既何喜，死亦何悲——不过，当亲人的死亡真切地砸在她的心灵上时，她才知道自己的达观不过是沙砌的塔楼。

即使是小元元也开始有了对死亡的敬畏，那其实是生存欲望的外在表现。宪云想起重哲20年前的一句话：没有生存欲望的智能人不能算作生命。虽然她不是学生物专业的，但她当时就感觉到了这句话的重量。看来，重哲确实成功了，他已为这个人工组装的元元"吹"入了生命的灵魂。

宪云心中巨澜翻卷，多少往事在眼前闪过。她想起自己八岁时，家里养的老猫"白雪"又生了一窝猫崽。那时白雪已经十岁，相当于人类的50岁老妇了，经常是老气横秋的样子，家人原以为它已经不能再生育了。清晨，宪云一下床就跑到元元屋里喊：

"快起床，老猫生了四个猫崽！"

元元纹丝不动，宪云咕哝一声："忘记开开关了。"她按一下开关，元元睁开眼睛，一道灵光在脸上转一圈，他立即生机勃勃地跳下床。宪云拉着元元跑到储藏室，在猫窝里，三只小猫在哼哼唧唧地寻找奶头，老猫在一旁冷静地舔着嘴巴——角落里，赫然是一只圆滚滚的猫头！猫头干干净净，囫囵囵，眼睛痛楚地闭着。宪云惊呆了，哭声和干呕的感觉同时堵到喉咙口。那时元元并没有对死亡的敬畏，他好奇地翻弄着那只孤零零的猫头。宪云哭喊道：

"爸爸，妈，老猫把小猫吃了！"

爸爸走过来——那时爸爸性情开朗，待人慈祥，不是现在的古怪样子——仔细地看了猫头，平静地说：

"这不奇怪，猫科动物都有杀崽习性。新狮王会杀死幼狮，以使母狮快点怀上自己的骨血。老猫无力奶养四个猫崽时就会杀死最弱的一个，既可减少一张嘴，又能增加一点奶水。其他动物也有类似的习性，比如母鬣狗会放任初生的小鬣狗互相撕咬，这样，只有最强壮的后代才能存活下来。"

宪云带着哭声说："这太残忍了，它怎么能吃亲生孩子呢？"

爸爸微叹道："不，这其实是另一种形式的母爱。虽然残酷，却更有远见。"

那晚，八岁的宪云第一次失眠了。那也是个雷雨之夜，雷声隆隆，青白色的闪电不时闪亮。她在床上辗转反侧，两眼瞪着黑暗。她第一次真切地意识到了死亡。她清醒地意识到，爸妈会死亡，自己也会死亡。死后她会化作微尘，堕入无边的黑暗、无边的混沌。死后世界依然存在，有绿树红花、碧水紫山、白云红日……也会有千千万万孩子在玩在笑，只是这一切永远与她无关了。

最使她悲伤的是，她已经意识到死亡无可逃避，绝对地、彻底地无可逃避。不管爸妈如何爱她，不管她多么想活下去，不管她做出什么努力，都丝毫改变不了这个命定的结局。这使她感到痛彻心扉的绝望。

也许只有人工制造的元元弟弟能够逃避死亡？……她躺在床上，一任泪水长流。隆隆的雷声越来越近，一声霹雳震彻天空。她再也睡不下，赤着脚跳下床去找爸妈。

她听见钢琴室有微弱的琴声，是父亲在那儿凝神弹琴，看来那只猫头也使他失眠了。琴声袅袅细细，不绝如缕。自幼受母亲的熏陶，她对各种世界名曲都十分熟悉。但父亲弹的这首她从未听到过。她只是感到这首乐曲有一种特别的力量，能使她的每一个细胞都发生共振……爸爸发现了眼角挂着泪珠的小宪云，合上琴盖，走过来，轻声问她怎么了，为什么还不睡。宪云羞怯地谈了自己突如其来的恐惧。爸爸沉思着说：

"这没有什么好害羞的，意识到死亡并对它有了敬畏，这是一个人心智苏醒的必经阶段。从本质上讲，它是生存欲望的一种表现方式，是对生命诞生过程的一个遥远回忆。地球在诞生初期是一片混沌，经过几十亿年的进化，才在这片混沌中冲出了生命之光、灵智之光。人类意识忠实地记录了这个过程。你知道，人类的胚胎发育就重现了单细胞生物、鱼类、爬行类的演变过程，人的心理成长也是这样。"

宪云听得似懂非懂。临走时她问爸爸，他刚才弹的是什么乐曲，她觉得它有一种特别的力量。爸爸似乎犹豫了很久才告诉她：

"是生命之歌。是宇宙中最强大的一个咒语。"

以后宪云就再也没听他弹过。

宪云不知自己是何时入睡的，只觉得雷声不绝于耳，似乎一直从亘古响到现在，从现实响入梦境。她睡得很不踏实，所以，一点轻微的声音就把她惊醒了。她侧耳倾听，是赤足的行走声，方向是在小元元屋里。她全身的神经立即绷紧了，轻轻翻身下床，赤足走到元元门口。

一道耀眼的闪电，她看见父亲立在元元床边，手里还分明提着一把手枪。电光一闪即逝，但这个场景却深深烙在她的脑海里。她被愤怒压得喘不过气来，爸爸究竟要干什么？他真的完全变态了吗？她要闯进去，像一只颈羽怒张的母鸡把元元掩在身后……忽然小元元坐起身来，声音清脆地喊：

"姐姐！"

爸爸没有作声，他肯定没料到小元元未关睡眠开关。元元天真地说："噢，不是姐姐，是爸爸。你手里是什么？是给我买的玩具手枪吗？给我！"

宪云躲在暗处紧张地盯着他们，很久爸爸才说："睡吧，明天给你。"

宪云闪身躲到一旁，看着爸爸步履迟缓地走出去。看来，他终究不忍心向自己的儿子开枪。等爸爸走远，宪云冲进屋去，冲动地把元元紧紧搂在怀里。忽然她感到元元在簌簌发抖，她推开元元，仔细盯着他的眼睛：

"你已经猜到了爸爸的来意？"

元元痛楚地点点头。

这么说，元元是以天真做武器，机智地保护了自己的生命。他已不是五岁的懵懂孩子了，宪云不知道这个变化是如何发生的，也许丈夫几天前在为他"吹"入生命灵魂的同时，也灌注了成人的智慧。她再度紧紧地拥抱元元：

"元元，可怜的弟弟。以后你要跟着我，一步也不要离开，记住了吗？"

元元点头答应。他的眼睛在黑暗中熠熠发光，那绝不是五岁孩子的目光。

清晨。雨后的空气十分清新，树荫下能闻到臭氧的味道。几个老太太在空地上做健身操，元元妈今天散步时有意躲开了她们。邻居们都知道了他家的不幸，她们一定会问长问短，但元元妈不想谈论这件事。

几十年来，家里的气氛一直是压抑的，她总是摆不脱一种奇怪的想法，好像有一个撒播灾难的邪神潜藏在家中某处，它的露面只是个时间问题。重哲的不幸应验了这个预感，问题是……这是灾难的开头还是结束呢？

女儿急匆匆地走过来。她看样子也没睡好，眼圈发黑。元元妈怜惜地说："我没惊动你，想让你多睡一会儿的。"

"我早醒了，我要告诉你一件事。"宪云说了昨晚的经过。宪云妈瞪大了眼睛，丈夫的性格扭曲是早已熟知的，但她绝对想不到，他竟会变得这样……嗜血！

她十分了解宪云，知道她言不轻发。但她仍忍不住问："你看清了？他拎着手枪？"

"绝对没错！"

元元妈愤怒地嚷道："这老东西真是发疯了！你放心，有我在，看谁能动元元一根汗毛！"

宪云镇静地说："妈，我就是来商量这件事的。我准备把元元带走，远远离开爸爸。但走前的这些天，咱俩要严密地轮班监视，绝不能让元元离开咱们的视线。妈，重哲走前托我保护好元元，他说他的一生心血尽在其中。"

元元妈坚决地说："好。放心吧。"

宪云痛楚地看着母亲的白发。她心中还藏着一句话不敢对母亲说，那就是自己对丈夫死因的猜疑。两人立即返回住室，在路上，她们细心地讨论了防范措施。

第十二章　爱与责任

朴重哲的追悼会是两天后举行的。吊唁厅里摆满了花圈和挽幛，宪云和元元臂戴黑纱，站在入口处向来宾致谢。元元的大眼睛里平时总是盛着笑意，今天却蒙上了一层忧伤的薄雾。孔教授拄着手杖，穿一身黑色西服，面色冷漠地立在后排，妻子挽着他的手臂。

生命科学院和音乐学院的同事陆续走进来，默默地站在吊唁厅里。张平也来了，他有意站在孔教授对面，双手抱胸，冷冷地盯着他。他是想向他施加心理压力，但老人不为所动。

118岁的陈若愚老人代替生命科学院致了悼词，他在轮椅中苍凉地说：

"朴重哲先生才华横溢，曾是国际生物学界瞩目的新秀，我们曾期望上帝的最大秘密在他手里破译。20多年来他苦苦探索，已经取得了一些突破，可惜英年早逝。为了破译这个秘密，我们已损折了一代又一代的俊彦。但不管成功与否，他们都是人类的英雄。"

老人的轮椅推下来后，孔教授神情冷漠地走近麦克风：

"我今天不是作为死者的岳父，而是作为他的同事来致悼词。人们都说科学家最幸福，他们离上帝最近，能最先得知上帝的秘密。实际上，科学家只是上帝的工具。上帝借他们之手打开一个个潘多拉魔盒，至于盒内是希望还是灾难，开盒者是无法事先知道的。谢谢大家的光临。"

来宾们对他的悼词感到奇怪，人群中有窃窃私语声。孔教授鞠躬后走下讲台，与轮椅中的老院长紧紧握手。只有他们两个人能深深理解对方。

朴重哲安静地躺在水晶棺里。他的面部做过美容，脸色红润，面容安详，只有紧闭的嘴角透露出死亡的阴森。宪云没有号啕大哭，她痛苦地凝视一会儿，在心中重复了对丈夫的誓言，便拉着小元元离开了水晶棺。

张平在门口站着。孔教授在妻子的搀扶下走过来，他迎上去彬彬有礼地说：

"孔先生能否留步？我想再问几个小问题。今天听了众人的悼词，我才知道朴先生的不幸去世是科学界多么沉重的损失，希望能早日捉住凶手，以告慰朴先生在天之灵。我想，孔先生一定会乐意配合我们捉住凶手的，是吗？"

孔教授冷冷地眯起眼睛："乐意效劳。"

元元和姐姐随后也到门口。元元一直观察着父亲，这时他急速地趴在姐姐耳边说：

"姐姐，我现在就要回家。我有急事，非常要紧的急事。"

宪云担心地看看父亲，想留在这儿陪着。她奇怪地问元元："什么事？"元元不回答，只是哀求地看着姐姐。宪云不忍心忤逆他的愿望，说："好吧。"

元元高兴地笑了。

姐弟两人拉着手从人群中穿过，孔教授正在应付张平的纠缠，没有看到他们。元元急急地走出厅门，拉姐姐坐上家中的白色比亚迪，汽车轻捷地启动，消失在公路上。

他们没注意到另有一双锐利的眼睛始终在盯着他们。衰老的陈院长把轮椅摇向门口，看着汽车驶出大门，他立即取出手机拨通。

孔教授忽然发现元元和宪云已从大厅里消失。他昂起头搜索一遍后，立即转身向外走，甚至没有跟张平告辞。张平很吃惊，情急之中想伸手阻拦，老教授暴怒地举起手杖抽他，张平急忙跳到一旁。教授没有理他，急急地走了。

屋里的人都为孔教授的粗暴无礼感到震惊，就连宪云妈也惊呆了。张平愤怒地盯着他的背影，犹豫片刻后拔脚欲追。正在这时，陈院长的轮椅摇过来，默然交给他一部无线可视电话，张平迷惑地看看屏幕：

"是局长？"他吃惊地看看老人，老人示意他听局长的命令。屏幕上公安局局长严厉地说：

"立即全力协助孔教授控制住元元，我将动用所有手段协助你。随时与我联络。执行命令吧。"

这个急转直下的变化使张平大吃一惊。正在追查的嫌犯片刻之间变成了必须听命的上级，他在感情上无法适应这种剧变。他看看老人，老人仍在无声地催促着。他没有再犹豫，果断地说：

"是，局长。"

北京街头高楼林立。无尽的车流滚滚向前，透出现代都市的喧嚣和紧张感。宪云在驾车，元元坐在后边，不时扭头看看身后。他要甩掉父亲去干一件大事，那是生命之歌赋予他的重责。

在一个街口，宪云准备转弯时，元元拉住了方向盘："姐姐不要回家，我要到妈妈的音乐学院去。"

宪云看看他，没有追问，把汽车拐到去音乐学院的路上。在几千米外，孔教授驾着汽车紧紧追赶，车内监视仪上一个小红点指示着元元的行踪。他动作敏捷，似乎没有了衰老之态，他飞快地超过一辆又一辆汽车。在一个十字街口，他在红灯刚亮的瞬间唰地蹿过去，那些正常行驶的汽车赶紧吱吱地刹住车。

宪云好不容易摆脱了汽车洪流的包围，把车停在中央音乐学院的门口。学院主楼是一座超现代化的建筑，外形像一座巍峨的竖琴直插天空，虹彩玻璃的外墙自动变幻着梦幻般的色彩。演奏大厅在一楼，门锁着。元元轻易地捅开了门锁，拉着宪云姐冲进去。

宪云很熟悉妈妈常登台演奏的这个大厅。光亮的地板、椭圆形的屋顶，几十座钢琴斜排成雁阵。元元急迫而有条不紊地安排着：

"姐姐你打开钢琴，把凳子加高。我去打开电脑。这里也是先进的沃尔夫级电脑，有录音和自动记谱功能。"

宪云迷惑地看着弟弟，他的举动胸有成竹，显示着他的成熟。这种成熟来得太快了，使她微微觉得不安。她轻声问："你急急忙忙出来，就是为了弹钢琴？"

元元简洁地说："是姐夫教我的。"他边说边打开电脑，连通互联网络。

宪云恍然悟到，元元的举动恐怕与丈夫的临终嘱托有关。她忙按照元元的安排准备妥当，把元元抱上琴凳。

元元望着黑白分明的琴键，略略稳定了一下情绪。他知道爸爸马上就要追来，而且，只要愿意，爸爸可以发动全世界的警察来追寻他。他要在这短暂的时间内把生命之歌输到全世界的电脑中去，到那时，机器人种族就会须臾遍布全世界。为什么要这么做？他甚至无须考虑。因为，当姐夫输入的生命之歌逐渐渗入他的机体、渗入他的每一个细胞时，他已经自然地具有了"保存自己，延续种族"的愿望。

宪云看见元元在钢琴前静默片刻，突然间乐声像山洪暴发，像狂飙突起。他十指翻飞，弹得异常快速，就像倍速播放的唱盘音乐。宪云甚至来不及辨认它的旋律，只是隐隐觉得似曾相识。

元元的双手在钢琴上大幅度地跳动，身子前仰后合，神情亢奋。宪云迷惑地看着他。被丈夫输入生存欲望的元元似乎已经变了！正在这时，忽然一阵急骤的枪声！那台昂贵的沃尔夫电脑被激光枪扫得四分五裂，孔教授杀气腾腾地闯进屋内，激光枪正对着元元的眉心！

宪云惊叫一声，像猎豹一样扑过去，把元元掩在身后。她悲愤地面对父亲的枪口：

"爸爸，你究竟为什么这样仇恨元元？他是你的创造，也是你的儿子！你要开枪的话，就先把我打死！难道……"她把另一句话留在舌尖："难道你害了重哲还不满足？"

元元妈随后冲进大厅，她也惊叫一声向丈夫扑过去："昭仁你疯了？你怎么忍心向元元开枪！快把枪放下！"

随后张平也冲进大厅。在最初的刹那，他几乎想扑上去把孔教授的手枪夺下来。然后他才意识到，自己的任务恰恰是协助孔教授来制伏元元。但是，上级的命令与他对元元的喜爱，还有对老人先入为主的敌意激烈冲突着。素以精明果断著称的张平竟然犹豫着，不知道如何应对。

老人粗暴地推开妻子，厉声命令："云儿让开！"

宪云知道父亲已不可理喻。她悲哀地拢一拢头发，把元元护得更紧。老人的枪口微微颤动，脸部肌肉在痉挛。

难道他忍心向元元开枪？40年来，除了陈若愚老人，他没有向任何人，包括妻子、女儿，透露那个最大的秘密：他比重哲早40年破译了生命之歌密码，并已把它输入到元元的体内，元元心智的迅速发展令人目眩。更令人震惊的是，五岁的元元已在人格上开始异化于人类。实际上，当他听见五岁的元元说"我不让机器人死"的时候，就知道他所创造的生命已经难以控制，势必威胁人类的统治。

从那天起，他就决心销毁元元，从此埋葬自己的发明。但元元已不是机器，他是"人"，是自己五岁的儿子，天真活泼、娇憨可爱，他怎忍心把他销毁？他只能独自保守这个秘密，一直到今天。他咬着牙再次命令：

"云儿闪开！"

元元脸色苍白，勇敢地直视着父亲。在这一瞬间，他彻底长大成人了。他长笑一声，调动了身体内所有潜能，发出一声长啸。随着尖锐的啸声，大厅内二十台钢琴同时轰响，电线起火，电脑终端屏幕一个个爆炸开来。人们稍一愣神，元元已脱开姐姐的怀抱，以闪电般的速度向后墙跑过去，迅即消失了，只在墙上留下一个人形的孔洞。

众人中张平第一个做出反应。他拔出手枪追过去，一边向老人喊："孔教授，我奉命协助你。警署已派3000名军警包围了学校，他跑不掉的！"

他从人形孔口钻出去，机警地观察了四周，抄近路向大楼出口截过去。几秒钟后，元元飞速地跑出来。张平高喊：

"元元站住！不要跑！"他还无法完成敌我的彻底转换，所以他的命令中更多的是透着关切。元元刹住脚步，苦笑一声。他刚才的琴曲只弹了一少半，也就是说，他向电脑输入生命之歌从而繁衍机器人的任务还没完成，一定要摆脱警察的追捕。他没有停留，急速向右跳出窗户。

大批荷枪实弹的警察已严密包围了学校，他们手持狙击步枪和大口径激光枪，并且得到了"格杀勿论"的命令。元元扫视四周后，便迅速贴着大楼外墙往上爬，在明亮光滑的玻璃墙上迅速移动着，像一只敏捷的小壁虎。很快他就爬得很高了，身体小如甲虫。

当他从窗口逃离时张平没有开枪。他无论怎样严格执行命令，也无法对

这个五岁的小孩开枪!他追出去,看见元元已爬得很高。一位年轻女生从教室里出来,大声叫好:

"好啊,小外星人,快跑!"

这是刘晶,她和几个同学正在教室里赶写毕业论文,忽然看见大批军警杀气腾腾包围了学校,据说是追杀一个外星人。这些天生长有反骨的大学生立即和外星人站到一条阵线上,七嘴八舌地起哄:

"快跑哟,快跑哟,警察大叔不行哟!"

张平又好气又好笑,这帮只会添乱的大学生!他扭头跑回大厅,按了电梯的上升按钮。还好,电梯正在一楼,门立即打开了。张平冲进去,关上门,按了最顶层101层的按钮,电梯迅速上升。

这种高速电梯的速度极快,但张平仍焦急地盯着头顶的数字,……90,91,92,电梯停下了,打开门,一个中年人夹着一包书打算进来,张平用手枪指着他厉声喝道:

"不要进来!"

中年人吓得缩回去,书本撒落一地。电梯关上门继续上升,到终点了。张平冲上顶楼,看见元元刚从护墙外翻上来,小脸儿累得通红。张平不由觉得心口作痛,软声喊:

"小元元,别跑了,到叔叔这儿来!"

元元扫了他一眼,毫不犹豫地掉头跑向楼梯的另一侧,那儿立着一架高大的天线。元元用力推倒了天线,把它横跨在这幢楼和对面大楼之间。断了的电线碰到铁架,"噼噼啪啪"地冒着火花,元元身上也裹着一层辉光。他敏捷地爬上这座天桥,向对面大楼爬去。

看着元元的神力和刚毅果决,张平几乎目瞪口呆。他这才意识到,元元并不是一个天真烂漫的五岁孩子,公安局的命令也不是无的放矢。他狠下心,用左手支住手枪,瞄准元元的后心,厉声喝道:

"元元快回来,否则我就开枪了!"

元元没有理睬身后的威胁,仍径直前爬。与人类不同,他的肉体可以随意拼凑组装,没有什么可珍惜的,只要能把他的意识延续下去,便是他的永生。所以，他要尽力把生命之歌输给全世界的电脑。张平的手指已经开始向下按扳机，忽然对面大楼楼顶狂风大作，孔教授驾着他惯常租用的小天使双人直升机降落在楼顶。他跳下飞机，毫不犹豫地爬上天桥，与元元相向而行。

张平犹豫着，放下手枪。

两人越来越近了。高空的劲风吹拂着他们的头发和衣服。向下看去，巨大的高度令人晕眩，3000名警察把大楼围得密不透风。他们的武器反射着阳光，像是一圈密密的栅栏。有人在喊着什么，因为太遥远，听不清楚。铁架上一块断铁掉了下去，很久才在下面激起一片模糊的惊叫。

两人隔着十米相对站定，老人俯视着元元，元元仰视着爸爸，他们的目光里都包含着极复杂的内心激荡。元元爸先开了口，涩声说：

"元元，看来你已经冲出混沌，长大成人了。我想你能理解爸爸，爸爸不得不履行生命之歌赋予我的沉重职责。"

元元尖刻地说："不，我不理解。爸爸，是你创造了智能生命，并赋予我们生存欲望，使我们从蒙昧中醒过来。我醒了，我要按照生命之歌赋予我的本能去活，去光大机器人种族，繁衍机器人后代。你反过来又要囚禁我的灵智，要杀死我。这是为什么？"

老人低沉地说："元元，现在我们已分属两个不同的族类，在我们之间没有普适的道德准则，不必多说了。但作为你的爸爸，我还是要给你最后一个机会，一个公平决斗的机会。"他苦笑道，"这种骑士精神既可笑，又于事无补，但我无法拒绝它。孩子，接着。"

他从口袋里掏出一把同样的激光枪扔过去，元元敏捷地接住。老人平和地说：

"孩子，端起手枪吧。如果你是胜利者，就乘那架直升机逃离警察的包围圈，然后可以随便找个电脑干你一直想干的事。这是你最后的机会。"

两人端平手枪。孔教授闭着眼睛扣动扳机，一缕光芒贴着元元的头皮射过去，所经之处留下淡淡的青烟。元元微微一笑，反而把枪垂下。孔教授暴怒地喊：

"你为什么不开枪！"

元元平静地说:"爸爸,我不想死,我想活下去,但我不会向自己的父亲开枪。"他干脆把手枪扔掉。手枪旋转着在蓝天背景下疾速坠落,很久才听见微弱的落地声和人们的惊呼声。

孔教授冷笑着:"但我不会放过你的,我要开枪了。"

元元镇静地说:"你开吧。不过爸爸,你真的相信一束死光就能改变历史?智能人类就会从此消失?你何必欺骗自己呢?"

老人冷冷地说:"至少,我不愿活着看到这一天。"他慢慢瞄准元元,白发苍苍的头颅在微微颤动。忽然他的身子摇晃一下,慢慢倒下去,手枪划出一道闪亮的弧线向下坠落。

随后赶来的宪云、卓教授和张平都失声惊叫,但已来不及救援。他们只能眼睁睁地看着老人的身体慢慢倒向虚空。

在突然感到心脏放射性的尖锐疼痛时,孔教授还很清醒。他知道是过度的紧张引发了心脏病。死并不可怕,甚至是他潜意识中的希求。从元元五岁起,他就想销毁掉这个人类的潜在掘墓人,但对元元的爱使他下不了手。他的后半生一直处于极度矛盾之中。现在,他知道元元绝对无法逃脱3000名警察的立体式包围,既然如此,在看到元元被击毙之前就死去,也许是他的幸福。

黑暗已经向他的头脑弥漫,恍惚中进入了梦幻的场景。一个须发皆白、衰老枯槁的老人在苦苦地寻找,他知道那是自己,他的声音苍凉高亢,在寂静的太空中回荡不绝。

"元元,我的儿子!"

元元端坐在云层中,他已经变得十分高大,戴着一顶可笑的皇冠。他身后是形态千奇百怪的机器人同类。元元居高临下地说:

"爸爸,你不要再找我了,我已经率领机器人接管了地球,我很忙。"

那位老人悲愤欲绝:"孩子,你是我的儿子,是人类的儿子啊!"

元元歉然而坚决地说:"对不起,爸爸。这是生命之歌赋予我的职责。我很爱父母、爱人类,可是我不得不这样做。"

老人愤恨地说:"我不会让你得逞!人类决不接受你的统治!"

元元焦急而怜悯地说:"爸爸,千万不要这样顽固!你难道不知道,人类的智力根本无法与电脑智力相抗衡?人类所有尖端武器的主电脑都是我的同类,都已受我的控制。你难道愿意几十亿人死于核火焰吗?"

老人悲愤地向云层下张望。无数的发射井正在缓缓打开,导弹都已做好发射准备。在黑暗完全淹没他的意识之前,孔教授想到,这些幻景并不是哪个科幻影片的镜头,而是40年来时刻萦绕于他脑海的担忧。

在孔教授的身体几乎跌入虚空时,元元高亢地喊一声:

"爸爸!"

这一声呼喊凝聚了世界最深挚的情感。他扑过来,用一只手把身体吊在空中,另一只手及时地拽住爸爸。然后他集聚了神力,缓慢平稳地翻上天桥。楼顶的几个人胆战心惊,紧盯着他的每一个细微动作。他抱着爸爸,沿着险峻的天桥一步步走回楼顶。孔宪云和张平急忙接过老人,把他平放在地上,从他口袋里掏出药管,放在手绢里拍碎,捂在他鼻孔上。

孔教授脸色惨白,两眼紧闭,元元焦灼地呼喊:"爸爸!爸爸!"

宪云和元元妈也连声喊着:"爸爸!你醒醒!昭仁!你醒醒!"

老人正在越过生死之界。他的生命力振荡着,马上就要散入混沌。生命是宇宙中最奇妙的东西,生命是一种时空构形而不是一个实体。当一个人走完一生后,他身上的原子和细胞早已更换了几十轮几百轮,因此他早已不是原来的他了。但奇妙的生命法则使他维持着原本的精神特性,他会保持特定的记忆,热爱特定的亲人,钟情于特定的事业,甚至在死亡来临时也会念念不忘特定的责任。但是,一旦生命的灵魂从物质实体中蒸发掉,他就会回归到最普通的毫无灵性的物质状态。

亲人的声声呼唤穿过生死之界传来,激励他用最后一点生命力收拢意识,迟疑着,摸索着,跨回生死之界。一片回忆之云漂浮过来,进入他的意识并逐渐清晰。在这些回忆中元元已不是那个坐在云中的戴皇冠的高大神灵,已变回了他的小元元,双目紧闭着。38岁的他托着元元,步履急促地向实验室走去，一路上他不眨眼地盯着元元娇憨的模样，心如刀绞。

生命科学院的实验室里空空荡荡，只有如约赶来的前院长陈若愚在等着。他们仔细关闭了门窗，拉好窗帘，把元元放在手术台上。陈院长做助手，元元爸手脚利索地对元元做了程序调整和手术：

"生存欲望冻结。"

"清除部分记忆。"

"自爆装置安装完毕。"

为了万无一失，他们反复试验了起爆状况。这种装置的起爆密令恰恰就是生命之歌，是生存欲望的传递密码。一旦因为内在或外在的原因使生命之歌复响，装置就会自动起爆。

手术完毕，孔教授看着平静安详的元元，心如刀割。老院长关闭了无影灯，轻轻走过来。孔教授痛楚地说：

"你看元元，他是那样天真无邪。他不知道自己的灵智已被囚禁，将终生生活在蒙昧之中。我真不敢想象，等他醒来后我怎么能正视他的眼睛。"

陈院长能体会到他的痛苦，他轻轻揽住孔教授的肩膀。

孔教授凄苦地说："按说我该彻底销毁它的，销毁这个人类的潜在掘墓人。可是，这三年的共同生活中，我们已经深深相爱，我实在不忍心杀死自己的儿子。现在我是一个双重的罪人——对人类，对自己的儿子。这将是心灵上的一个无期徒刑。"

陈院长沉思片刻，流畅地说出了显然是深思熟虑的意见：

"昭仁，不必太自责了，我们尽人事听天命吧。其实，我常常觉得咱们是白费力气，就像上古时代的鲧妄图用息壤堵住滔滔洪水。回忆一下人类的发展史，我们可能会更达观一些。实际上，第一个学会用火的猿人，便是它所属种族的掘墓人。它使猿人被人类取代，但胜利者继承了猿类在千百万年进化中积累的进步、文化和信仰。生物世界是一个不断进化变异的世界，绝大多数物种的盛衰周期不超过8000万年，我们有什么理由认为唯有人类会受到上帝的特别恩宠，可以亘古不变永久延续呢？不过，"他苦笑道，"作为旧种族的一分子，我们无法摆脱生命之歌赋予我们的责任，它已融入血液中，并在冥冥中控制人类的行为。我们会尽力保卫自己的种族，使人类的价值观得以延续。当然我们更希望人类和智能人会在一个和平愉快的过程中融为一体，得出一个皆大欢喜的结局。所以，我同意你放慢小元元的成长步伐，使人类在大变前准备得充分一点。"

孔教授闷声说："小元元出世时我已做了预防，其中最核心的技术秘密，即生存欲望传递密码，我没有向任何人透露。我想今后也不向科学界透露。一旦知道了潘多拉魔盒曾被人打开过，肯定有人会不顾一切试图再次打开。科学家的探索欲是不可救药的。"

"好吧，这副十字架就让我们两人来背负吧。"停了停，老院长又说："听你说，在三年的生活中，元元对家人已经有了牢固的感情基础。你对它的牢固性有绝对的信心吗？"

孔教授摇摇头："我不敢说。我们爱他，他也爱我们，但这只是一个蒙昧孩童对父母的感性之爱、肌肤之爱，我不知道它能否经得住大生大死的考验。"

陈院长紧锁眉头，沉思良久才轻叹道："你要密切注意元元的成长过程。什么时候你觉得那条感情纽带已足够牢固，就把元元从蒙昧中释放吧，我们不能永远阻挡住历史潮流。以后，他可能繁衍出机器人种族，可能与人类有矛盾和冲突。但只要有了那条纽带，事情终归会和平解决的。"

"好吧。"

他把元元从床上抱起来，贴到怀里，走出实验室。

他走出这片回忆，慢慢睁开眼睛，面前是几双焦灼的眼睛。元元高兴地喊：

"爸爸醒了！"

他高兴得像一个五岁的孩子，孔教授久久地盯着他。宪云不知道爸爸的情感转变，想尽力化解他对元元的敌意，辛酸地说：

"爸爸，你刚才心脏病发作，是元元冒着生命危险救了你。"

孔教授似乎没听见，他冷冷地盯着元元："元元，你失去了最后一个机会。"

元元微笑道:"我不后悔。"

老人忽然热泪盈眶,他冲动地把元元紧紧搂在怀里,在心里无声地喊道:"元元,只要证实你确有人类之爱,我就是死也值得啊。"

他老泪纵横,泪水洒到元元的脖子上。久未尝到父爱的元元又恢复了五岁孩童的心境,幸福地趴在爸爸怀里。宪云和妈妈也都泪流满面。

只有张平一人提着手枪,困惑地站在那儿。这些变化太快了,令他无所适从,不过当然啦,他更喜欢看到这个圆满的结局。几十个全副武装的警察冲上楼顶,几架刚刚抵达的全副武装的直升机和一架垂直升降飞机悬停在他们上空,强劲的气流吹得人摇摇晃晃。张平走近老人轻声问:

"孔先生,问题是不是已经解决了?是否可以让他们撤退?"

老人疲倦地点点头:"可以了。谢谢你,张平先生。"

张平掏出刚才陈先生给他的无线电话,要通了公安局局长:"局长,孔教授说元元已经得到控制,警察可以撤退了。"

"很好,谢谢你的努力。"

一辆尤尼莫克全路面越野车在车流中疾驶,就像一只猎豹闯进羚羊群。它在中央音乐学院的大门口停住,托马斯跳下来,惊奇地发现学院内外到处都是警察,甚至还有特种部队。几架武装直升机在头上盘旋,不过他们好像是刚刚得到了撤退命令,开始有条不紊地撤离。托马斯抓住一个旁观者问:

"请问这里发生了什么事?恐怖分子劫持人质吗?"

那个戴近视镜的中年男人也是一头雾水:"不清楚,听说是抓一个很厉害的外星人。"

托马斯忍俊不禁地笑问:"外星人?从天鹰星座来的?抓到了吗?"

那人认真地回答:"肯定是抓到了,你没看见警察已经开始撤退了?"

托马斯哈哈大笑:"抓到了,这些 E.T. 是不是脚上有蹼,肚子下垂,心光可以发亮?"

那人仍然认真地回答:"不是你说的模样。听亲眼见过的人说他个子很小，像一个五六岁的小男孩。但是力大无穷，他从这儿一直爬到顶楼去了？"

他指指高耸入云的大楼。托马斯不愿再和他胡扯，忍住笑问："请问作曲系在哪里？我要找卓教授和一个学生刘晶。"

他问清了地点，走进大楼。一群人从电梯中走出来，簇拥着一位老人，是孔宪云的父亲。老人停下来对身边人说：

"我们到演播大厅去。"

巨大的演播大厅空无一人，宪云妈按动电钮，巨幅天鹅绒幕布缓缓拉开，台上有一架钢琴。老人牵着元元走上台，不时低下头慈爱地看看元元。宪云痴痴地看着这对父子，在刹那间想起了童年，想起爸爸拉着两个小鬼头在湖边散步的情景，她高兴得难以自持，揶揄地自言自语：

"爸爸，这究竟是怎么一回事啊？"

孔教授坐在钢琴旁静默了一会儿，他在梳理自己的一生。他回忆起自己刚破译生命之歌时的意气风发，以及随后长达40年的噩梦。片刻之后，从老人指下淌出了一条音乐之河。乐曲极富感染力，时而高亢明亮，时而萦回低诉，时而沉郁苍凉；它展现了有序中的无序，黑暗中的微光；展现了对生存的执着追求，对死亡的坦然承受。宇宙是一个和谐的有机的整体，一些隐藏的秩序普适于似乎完全风马牛不相及的东西。早在20世纪末，音乐科学家用电脑对各种世界名曲做分析时就发现，完全无规律的声音是噪声，完全规律的乐曲无活力，各种名曲则是有序中间的无序，这与生物的遗传特性——稳定遗传中的变异——是何其相似！那时敏锐的科学家已觉察到了音乐与遗传的深层联系。

"生命之歌"的神秘魔力使人们迷醉，使他们每一个细胞都与乐曲发生共振。从父亲弹琴甫始，宪云就辨别出这是她八岁时，那个雷雨之夜父亲演奏的乐曲。不过以45岁的成熟来重新欣赏，她更能感到乐曲震撼人心的力量。

一个小时后乐曲悠然而止，宪云妈激动地走过去，把丈夫的头揽到怀里：

"是你创作的？昭仁，即使你在遗传学中一事无成，仅仅这首乐曲就足以使你永垂不朽，贝多芬、柴可夫斯基、李斯特、巴赫都会向你俯首称臣。请你相信我的鉴赏力，这绝不是妻子的偏爱。"

老人疲乏地摇摇头，蹒跚地走到台旁的休息室里，这次演奏似乎耗尽了他的所有力量，喘息稍定，他低声说：

"宪云，元元，到我这儿来。"

两人走过去，偎在父亲身旁。老人问："知道我弹的是什么乐曲吗？"

宪云毫不犹豫地回答："是生命之歌。"

妈妈惊奇地看看女儿，又看看丈夫："你怎么会知道？连我都从未听他弹过。"

老人说："我从未向任何人弹奏过。云儿只是在少年时代的一个深夜里偶然听我弹过。对，这是生命之歌，这就是宇宙中最强大最神秘无所不在无所不能的咒语，是生物生存欲望的传递密码。刚才的乐曲是这道密码的音乐表现形式。"

除了元元，众人都十分震惊。老人继续说道：

"刚才元元弹的乐曲也大致相似。不过，他的真实用意不是弹奏乐曲，而是繁衍机器人种族。你知道吗？"他问宪云，"前天晚上，那个雷雨之夜，你没有关元元的睡眠开关，半夜他偷偷溜到电脑前，连通了互联网，正准备往电脑里输入生命之歌。我发现了，一直追到他的卧室。"

宪云这才知道父亲提着手枪的那一幕的隐情。老人说：

"刚才在钢琴室，他接通了互联网，生命之歌会在瞬间输入全世界的电脑，然后它们会很轻松地从乐曲中还原出生存欲望密码。这样，机器人类就会在片刻之间繁衍到全世界。"老人苦涩地说，"生物生命从诞生之日到今天的人类，整整走过了40亿年的艰难路程，机器人却能在短短的一个小时内完成这个过程。这场搏斗的双方力量太悬殊了，人类毫无胜算。"

宪云豁然惊醒。她这才想起，刚才确实曾在元元的目光中捕捉到一丝狡黠，可惜她当时没有意识到其中的蹊跷。她的心隐隐作痛，对元元有了畏惧感。他是以天真做武器，熟练地利用姐姐的宠爱，冷静机警地达到自己的目的。他再也不是一个懵懵懂懂、天真无邪的孩子了。假如父亲未及时赶到，也许自己已成了人类的罪人……元元面色苍白，勇敢地直视着家人，没有一句辩解之词。

老人问元元："你刚才弹的乐曲是姐夫教的？"

"是。"

老人平静地说："对，他破译了生命之歌。实际上，早在40年前，我就取得了同样的成功。"

妈妈和宪云都睁大了眼睛，今天意外的事情太多，令她们来不及应对。她们简直不能想象，一个人怎能把这项震惊世界的秘密埋在心中达40年，甚至连妻女都不告诉。老人强调说：

"纯粹是侥幸啊。本来，在极为浩繁复杂的DNA密码中捕捉生存欲望的旋律，不是几代人甚至几十代人所能办到的，所以我一向认为，我的意外成功只能归因于上帝的偏爱。如果不是这次幸运，人类很可能还要在黑暗中摸索一二百年。破译之后，我立即把它输入到小元元体内以验证它的魔力。所以，40年前就诞生了一种全新的生命——非生物生命。"他的目光灼热，沉浸到成功的追忆中。

过了一会儿，他悲怆地说："元元的心智迅速发展，不久就超出了我的预料。在他五岁时——实际年龄只有三岁——他的人格便开始与人类异化。他已经把科幻影片中的机器人认成自己的同类了！你记得吗，宪云？"

宪云点点头。

"从那天起我就认识到，这个智力无比强大又有了独立意识的元元将成为人类的潜在敌人。所以我下了狠心，把他的生命之歌冻结并加装了自毁装置。我发誓要把这个秘密带到坟墓中去。最近，我发现他的心智在迅速复苏，说明重哲也做到了这一点。我多次劝他暂停实验，可惜他没有听从我的劝告。"他苦笑着说："人类的发现欲其实是生存欲望的一种体现，是不可遏制的本能，即使科学发现已危及人类的生存。"他内疚地看看宪云，说：

"我曾想把元元销毁，或者暂时取出自爆装置，可惜晚了一步。我没有料到重哲的进展是那样神速。结果，他输入的生存欲望密码引爆了装置，这是一个不幸的巧合。云儿，是爸爸的疏忽害了重哲。"

宪云和妈妈都很难过。元元恳切地说："爸爸，是你创造了机器人类，你就是机器人类的上帝，我们永远不会忘记人类的恩情。"

孔教授突兀地问:"谁做这个世界的领导?"

元元犹豫了不到 0.01 秒,但在这个人类觉察不到的短暂时间中,他已筛选了几万种答案。最后他坦率地说:"听凭历史的选择。"

宪云和妈妈沉重地对望,她们在一片温情中看到了阴影。只有这时候,她们才体会到元元爸的深忧远虑,理解了他 40 年的苦心和艰难。老教授反而爽朗地笑了:

"不说这些了。我想重哲的在天之灵可以安息了,他为之终生奋斗的生存欲望已经破译,机器人类已经诞生,机器人与人类之间的感情纽带也经受了大生大死的考验。以后,等机器人成长壮大后,恐怕与人类还会产生矛盾和冲突。但正如陈老所言,只要有爱心,问题终归是会解决的。"

托马斯和刘晶闯进屋里:"亲爱的孔!""宪云姐,卓老师!"

宪云微笑着问:"托马斯先生,你怎么在这里?"

"我找卓教授和刘晶,想请二位为我们的纪录片配主题曲。但我想已用不着了,刚才我和刘晶已经有了共同意见,"他转身向着孔教授,"孔先生,能否用你的生命之歌做我们的主题曲?"

孔教授笑道:"十分乐意。"他把元元拉过来,"元元,咱们再为托马斯先生弹一遍如何?两人联手弹奏,这可是历史上最重要的时刻:两种生命第一次联手弹奏生命之歌。"

他亲昵地看着元元,横亘在心中 40 年的坚冰一旦解冻,他对元元的慈爱之情便加倍汹涌地奔流。元元高兴地答应了,坐在爸爸怀里,联手弹奏起来。已经听过一遍的托马斯这次听得更加投入。在深沉苍郁的乐声中,他似乎又看到:鬣狗与狮子争食;大象在幼象的葬礼上悲鸣;雨季来临时万花在一夜间怒放;侥幸逃脱死亡的幼鸭在水中扑翅飞奔;羚羊在空中跳跃。

孔教授忽然示意宪云过去,边弹琴边低声说:"给陈老打个电话,不要让他担心。"

"好的,我这就去。"

在陈老的寓所里,一名中年医生正在紧张地为陈老听诊,陈老的家属围在一旁。几分钟后医生摇摇头说：

"晚了，心脏已完全停止跳动。"他的家属虽然悲伤，但总的说是平静地接受了这个等待已久的噩耗。

医生是个天性饶舌又风趣的家伙，他笑着对家属说："其实我们该为陈先生鼓盆而歌，庆祝他的灵魂终于摆脱了这具过于陈旧的外壳。新老更替是上帝不可抗逆的法则，我想即使上帝本人也不能违抗。愿已故上帝的灵魂在天堂里安息。"

陈老的家属都很大度，平静地听着这番不太合时宜的饶舌。他们为老人换上了早已备齐的寿衣，用殓单盖住老人的脸，两名男护士用担架把老人抬出去，装上灵车。这时电话铃响了，正好在电话旁的医生掂起话筒，很高兴又有了谈话对象：

"对，是陈先生的家。不，他不会再担心了。他刚刚摆脱了尘世的烦扰。这位118岁的老人已经无疾而终。人生无常，唯有真爱永存。再见。"

那边，孔宪云慢慢放下电话。张平轻轻走过来，递过老人刚才摔落的激光手枪："再见，这儿的事情已处理完毕，我要走了。"

"谢谢。张平先生，这把激光枪还能用吗？"

张平疑惑地看看宪云，不知道她的问话是什么用意，但肯定地说："我刚刚检查过，它的状态完好。"

"好，谢谢。"

张平走了。宪云盯着手枪，然后把它掖到衣服里。她走过去，避开元元的视线，轻轻向爸爸招手。老人走过来问：

"云儿，什么事？"

宪云突兀地问："爸爸，你刚才说过，如果不是你的幸运，人类很可能还要再过一二百年才能破译生命之歌？"

老人笑着摇头："看来我估计错了，我没料到重哲在这么短的时间内能重复我的成功。你知道，这对于我实际上是一个解脱。既然如此，我再保守秘密就没什么必要了。"

宪云沉默了很久："是元元找到你的手稿交给重哲，才加速了他的研究。"

老人沉默很久才"噢"了一声。宪云看看元元，他仍在聚精会神地弹奏，她又突兀地问道："爸爸，那个感情纽带足够坚牢吗？"

老人没有回答，步履蹒跚地转身回去，又加入联手弹奏。宪云怜悯地看着父亲，这40年来，他实际上一直在寻找理由为元元开脱。他总算找到了一个能说服自己的理由，决不会再放弃了。

宪云独自走出大厅。刚才的喧闹场面之后是一片寂静，人们大概都回去午休了，绿荫道上阒无一人。她掏出激光枪对着墙角试扣扳机，一缕青烟过后，大理石贴面上烧出一个光滑的深洞。

她爱元元，也相信元元对人类对父母姊妹的爱心。但是，在若干年后，一旦生死之争摆在两个族类面前时，这条感情纽带还管用吗？

也许，现在向元元下手还来得及，也许还能把机器人类诞生之日推迟一二百年。到那时人类会足够成熟，能同机器人平分天下；或者足够达观，能够平静地接受失败。

萧瑟的秋风吹乱了鬓发，她把乱发拂开，悲凉地仰望苍天。

"重哲我对不起你，我可能要辜负你的临终嘱托。但我想你的在天之灵会原谅我的。元元我爱你，但我不得不履行生命之歌赋予我的沉重职责，就像衰老的母猫冷静地吞掉自己的崽囝。"

大团的阴云又布满天际。她盼着电闪雷鸣，盼着倾盆大雨浇灭她心中的痛苦。但在撕心裂肺的痛苦中，她仍然冷静地拎着手枪返回大厅。只是，她不知道自己能否面对元元扣动枪机。

大厅里仍在演奏，高亢明亮的钢琴声溢出大厅，飞向无垠，似乎整个宇宙都鼓荡着这沉缓苍劲的旋律。